어느 독일인 이야기

Geschichte eines Deutschen: Die Erinnerungen 1914~1933
by Sebastian Haffner

어느 독일인 이야기: 회상 1914~1933

—

제바스티안 하프너 지음 | 이유림 옮김

2014년 10월 1일 초판 1쇄 발행
2021년 6월 7일 초판 3쇄 발행

펴낸이 한철희 | 펴낸곳 돌베개 | 등록 1979년 8월 25일 제406-2003-000018호
주소 (10881) 경기도 파주시 회동길 77-20 (문발동)
전화 (031) 955-5020 | 팩스 (031) 955-5050
홈페이지 www.dolbegae.co.kr | 전자우편 book@dolbegae.co.kr
블로그 blog.naver.com/imdol79 | 페이스북 /dolbegae | 트위터 @Dolbegae79

책임편집 권영민
표지디자인 민진기 | 본문디자인 이은정 · 김동신 · 박정영
마케팅 심찬식 · 고운성 · 조원형 | 제작 · 관리 윤국중 · 이수민
인쇄 · 제본 상지사P&B

ISBN 978-89-7199-620-1 (03850)
이 도서의 국립중앙도서관 출판시도서목록(CIP)은 e-CIP 홈페이지
(http://www.nl.go.kr/ecip)에서 이용하실 수 있습니다.(CIP제어번호: CIP2014025806)

책값은 뒤표지에 있습니다.

어느 독일인 이야기

회상 1914~1933

Geschichte eines Deutschen: Die Erinnerungen 1914~1933

제바스티안 하프너 지음
이유림 옮김

돌베개

머리말

2002년 3월, 나와 동생 사라 하프너는 2000년부터 독일연방기록보관소에서 아버지의 유고를 정리해온 젊은 역사학자 위르겐 페터 슈미트 Jürgen Peter Schmied가 『어느 독일인 이야기』에 속하는 원고 두 편을 발견했다는 소식을 들었다.

첫째는 없어진 25장을 타이프라이터로 친 것이다. 이로써 24장에서 넘어오는 부분과 「슈테른」지가 줄여서 펴낸 부분을 원래대로 복원할 수 있었다.

둘째는 손으로 쓴 원고 38쪽이다. 이 수고手稿는 여섯 개 장에 걸쳐 1933년 12월까지 이야기를 이어가면서 유터보그의 사법 연수생 훈련소 생활을 기술하고 있다. 이를 덧붙이자 전체 원고가 비로소 후기에 인용한 것처럼 1939년 10월 6일자 아버지의 편지에 나오는 길이가 되었다. 비록 초고 형태였지만 우리는 발견한 그대로 손보지 않고 여기 실었다.

이 두 부분을 보완함으로써 이 책은 독일어로 재번역한 10장을 제외하면 1939년 가을 아버지가 집필을 멈춘 때의 길이가 되었다.

2002년 4월

올리버 프레첼Oliver Pretzel

차 례

독일은 아무것도 아니다,
독일인 하나하나가 모든 것이다.
—괴테, 1808

무엇보다 중요한 것.
"이 위대한 시대에 당신은 무엇을 했습니까?"
나의 대답.
"위대하지요.
저마다 제 발밖에 다른 것 위에 서 있을 수 없고
게다가 시대정신에 반쯤은 휘둘려
싫든 좋든 자기 자신밖에 다른 것을 생각할 수 없는 시대가
저는 그저 위대해 보입니다.
때때로 한숨 돌리는 것만도 다행이지요.
이해하시겠지요."
—페터 간•, 1935

• 페터 간(Peter Gan, 1894~1974): 독일 작가.

프롤로그

Prolog

1

여기서 할 이야기는 일종의 결투를 소재로 한다.

서로 다른 상대 사이의 싸움이다. 엄청나게 힘이 센 데다 권력을 쥔, 무자비한 국가와, 작고 이름 없는, 알려지지 않은 개인의 결투다. 이는 흔히 아는 정치 영역이라는 데서 일어나는 것도 아니다. 개인은 결코 정치인이 아니며 모반자나 '국가의 적'은 더더욱 아니다. 그는 결투가 벌어지는 내내 수세이다. 그는 그저 스스로 자신의 인격과 사생활, 그리고 개인적 명예라고 생각하는 것을 지키고 싶어 할 뿐이다. 하지만 그가 몸담은 국가는 약간 투박하지만 매우 잔인하게 이 모든 것을 끊임없이 공격한다.

이 국가는 무시무시한 협박으로 이 개인에게 친구를 포기하고 연인을 떠나길, 자신의 신념을 버리고 미리 정해진 것을 받아들이길, 익숙하지 않은 방식으로 인사하고 좋아하지 않는 방식으로 먹고 마시길, 경멸하는 활동에 여가 시간을 바치고 마뜩지 않은 모험에 자신을 내맡기길, 자기 과거와 자아를 부정하길, 게다가 이 모든 것에 대해 끊임없이 열광하며 감사하는 모습을 보이길 요구한다.

개인은 이 모든 것을 원하지 않는다. 그는 이런 공격에 대한 준비가 허술하다. 그는 타고난 영웅이 아니요 순교자는 더더욱 아니다. 그저 약점이 많은 평범한 인간이고 게다가 위험한 시대에 나서 자라왔다. 하지만 그는 원치 않는다. 그래서 결투에 응한다. 열광하기는커녕 어깨를 한번 으쓱 올려보지만 무릎 꿇지 않겠다고 조용히 다짐하면서. 그는 물론 상대에 비해 턱없이 약하지만 그 대신 더 유연하다. 우리는 그가 어떻게 상대의 공격을 교묘히 잽싸게 피하는지, 강한 한 방을 아슬아슬하게 막아내는지 볼 것이다. 영웅이거나 순교자도 아닌 그저 평균적 인간인 그가 결투를 훌륭히 치러냈다는 점을 인정해야 한다. 하지만 그가 마지막엔 이 싸움을 포기하고 다른 차원으로 옮겨갈 수밖에 없는 것도 보게 될 것이다.

그 국가는 독일 제국이며 개인은 나다. 우리의 결투는, 싸움이 다 그렇듯 구경할 만할 것이다.(부디 그러길!) 하지만 나는 단지 흥밋거리로만 이 이야기를 하는 것은 아니다. 내게는 좀 더 중요한, 다른 의도가 있다.

제3제국과 내 개인적인 결투는 외따로 떨어진 사건이 아니다. 개인이 매우 강력하고 적대적인 국가에 대항해 자아와 명예를 지키고자 하는 이런 결투는 지난 6년 동안 독일에서 수천에서 수십만 건이나 일어났다. 모두 사람들의 관심 밖에서 외따로 떨어져. 영웅적이거나 순교자적인 성정을 지닌 사람들 가운데 몇몇은 나보다 더 많이 나아갔다. 집단 수용소에 갇히고 죽음을 당한 그들을 위해 언젠가 기념탑이 세워질 일이다. 다른 사람들은 훨씬 일찍 굴복해서, 지금은 조용히 들릴락 말락 투덜거리는 돌격대SA 예비군이나 나치복지기구NSV 블록 관리자*가 된 지 오래다. 나는 딱 평균적인 경우다. 오늘날 독일인들이 어떤 형편인지 알려면 내 경우를 보면 된다.

아마 독일인들이 영 가망 없어 보일 것이다. 하지만 외부 세계가 관여한다면 그들이 그토록 절망적이지 않을 수 있다. 나는 외부 세계가 독일인들이 희망을 좀 더 많이 품을 수 있길 바란다고 믿는다. 그럼 비록 전쟁을 피하기는 너무 늦었지만 그 기간을 한두 해 줄일 수 있을지 모른다. 개인적 평화와 자유를 지키기 위해 애쓴 독일인들의 좋은 의지가 미처 알지 못하는 사이에 다른 것, 즉 세계 평화와 자유를 지키게 되기 때문이다.

그래서 나는 독일 내의 잘 알려지지 않은 사건으로 세계의 주목을 돌리는 것이 노력할 만한 가치가 있다고 생각한다.

나는 이 책에서 이야기를 할 뿐 설교하지 않을 것이다. 하지만 이 책에는 교훈이 하나 있다. 마치 엘가의 「수수께끼 변주곡」에서 '큰 주제'가 '전곡을 꿰뚫고 그 너머까지' 밝혀지지 않은 채 흐르듯 그 교훈

* 나치는 독일 전역을 다양한 단위로 나누었다. 블록은 50가구를 묶는 최하위 단위다. (이곳을 비롯해 본문의 각주는 대부분 역주이다. 원주에는 '-원주'라고 표시했다.)

은 드러나지 않는다. 사람들이 이 책을 읽고 나서 내가 이야기한 모험과 사건들은 모두 잊어버려도 상관없다. 하지만 말하지 않은 교훈을 잊지 않는다면 나는 매우 기쁘겠다.

2

전체주의 국가가 요구하듯 위협적으로 다가와, 역사를 몸소 경험한다는 것이 무슨 뜻인지 가르치기 전에, 나는 이미 이른바 '역사적 사건'이란 것을 꽤 많이 경험했다. 지금 살아 있는 모든 유럽인은, 특히 독일인은 누구나 자신에 대해 그렇게 말할 수 있을 것이다.

모든 역사적 사건은 나뿐만 아니라 모든 독일인에게 흔적을 남겼다. 이것을 감지하지 못하면 나중에 일어난 일도 이해하지 못할 것이다. 하지만 1933년 이전에 일어난 일과 그다음에 일어난 일은 큰 차이가 있다. 이전의 일들은 우리를 지나가고 넘어갔으며, 우리는 그 일에 신경을 쓰거나 흥분하기도 했고 몇몇은 그로 인해 죽거나 가난해지기도 했다. 하지만 아무도 이런 일 때문에 마지막 양심의 결단을 해야 하지는 않았다. 삶의 가장 깊은 영역은 건드려지지 않은 채 남아 있었다. 사람들은 새로이 경험을 하고 확신을 얻기도 했지만 자기 자신으로 남아 있었다. 하지만 원하든 원치 않든 제3제국의 기계장치 속에

말려들어 간 사람은 자기 자신에 대해 이렇게 말할 수 없을 것이다.

역사적인 사건은 집중도가 다 다른 것 같다. 어떤 '역사적인 사건'은 실제 현실, 즉 개인의 사생활에 거의 영향을 미치지 않을 수 있다. 반면에 모든 것을 완전히 파괴하고 황폐하게 만드는 사건도 있다. 일반적인 역사 기술에서는 이런 차이가 눈에 띄지 않는다. "1890년, 빌헬름 2세가 비스마르크를 해임하다." 분명 독일 역사에서 아주 중요한 사건이다. 하지만 이에 관련된 몇몇을 제외하면 어떤 독일인의 인생에서 중요한 사건이라고 보기는 어렵다. 생활은 전과 다름없이 계속되었다. 가족이 헤어지거나 우정이 깨지거나 누가 고향을 떠나야 하는 일은 일어나지 않았다. 데이트 약속이나 오페라 공연조차 취소되지 않았다. 불행하게 사랑에 빠진 사람은 불행하게, 행복하게 사랑에 빠진 사람은 행복하게, 가난한 사람은 가난하게, 부유한 사람은 부유하게 남아 있었다. 이를 다음 사실과 비교해보자. "1933년 힌덴부르크•가 히틀러를 총리로 임명하다." 6,600만 명의 인생에 지진이 일어난다!

이미 지적했지만 학술적·실용적 역사 기술은 역사적 사건의 이런 집중도에 대해서 아무것도 말하지 않는다. 이에 대해 알고 싶으면

• 파울 폰 힌덴부르크(Paul von Hindenburg, 1847~1934): 1차 세계대전 당시 명장으로 타넨베르크 전투와 대 러시아 전에서 무공을 세워 명성을 얻었다. 1925년 프리드리히 에베르트에 이어 바이마르 공화국의 2대 대통령을 지냈고 1932년 재선되었으나 히틀러를 총리에 임명해 나치 독재의 길을 열어주었다.

전기, 그것도 정치인의 전기가 아니라 거의 알려지지 않은 개인의 전기를 읽어야 한다. 이런 개인의 전기는 정치인의 그것보다 훨씬 드물다. 개인의 전기에서는 어떤 '역사적 사건'이 호수 위의 구름처럼 개인의 실제 생활 위를 스쳐 지나가는 것을 볼 수 있다. 아무것도 움직이지 않고 이따금 그림자만 비칠 수도 있다. 어떤 사건은 폭풍우처럼 호수를 채찍질해대 아무것도 볼 수 없게 만든다. 어떤 사건은 호수를 깡그리 바짝 말려버리기도 한다.

나는 우리가 역사의 이런 차원을 망각하면(거의 늘 잊힌다.) 역사를 잘못 이해하게 된다고 믿는다. 그래서 본격적으로 이야기를 시작하기 전에 20년 동안의 독일 역사를 나의 관점에서, 즉 내 개인사의 일부로 기술하려 한다. 별로 오래 걸리지 않을 테고 이어지는 이야기를 이해하는 게 더 쉬워질 것이다. 뿐만 아니라 우리는 서로 좀 더 잘 알게 될 것이다.

3

내가 기억하는 한, 지난 전쟁은 팀파니 소리처럼 갑작스레 시작됐다. 유럽인들에게는 대개 다 그랬지만, 전쟁은 여름휴가에 맞춰 나를 찾아왔다. 사실 휴가를 망친 것이 전쟁을 통틀어 가장 화나는 일이었다.

이제 곧 일어날 전쟁이 고문하듯 천천히 다가오는 것에 비하면 지난 전쟁은 얼마나 자비롭게도 갑자기 찾아왔는지! 1914년 8월 1일 우리는 모든 것을 너무 심각하게 받아들이지 말고 피서지에 그냥 남아 있자고 막 결정한 참이었다. 우리는 아주 외진 데 있는 힌터포메른•의 영지에 머물렀는데, 숲으로 둘러싸인 이곳은 어린 사내아이인 내가 세상 그 어디보다 잘 알고 사랑하는 곳이었다. 해마다 8월 중순에 이 숲을 떠나 도시로 돌아가는 것은 1년 중 가장 슬프고 참기 힘든 일이었다. 새해를 맞아 크리스마스트리를 뽑아 태우는 것에나 견줄

• Hinterpommern: 유럽 중북부 발트 해 연안 지역으로 현재 폴란드 영토다.

수 있을까. 아무튼 8월 1일에 여름휴가는 아직 영원처럼 긴 2주일이나 남아 있었다.

그 전 며칠 동안 우리를 불안하게 만드는 몇 가지 사건이 있었다. 신문에는 전에는 없었던 큰 제목이 보였다. 아버지는 다른 때보다 더 오래 신문을 읽으며 걱정스런 표정을 지었고 그런 다음에는 오스트리아인들을 욕했다. 한번은 신문의 큰 글씨가 "전쟁!"이었다. 나는 '최후통첩' '동원령' '동맹' '동맹 협상' 같은 이해할 수 없는 새로운 단어들을 계속 들었고, 어른들은 그 뜻을 자세히 설명해야 했다. 우리와 같은 영지에 국방군 소령이 묵고 있었다. 나는 그의 두 딸과 놀리고 싸우면서 함께 놀았다. 그런데 그 사람도 갑자기 '소집령'을 받고 부랴부랴 떠났다. 우리가 묵던 집 주인의 아들 가운데 하나도 불려 갔다. 사냥할 때 쓰던 마차를 타고 그가 기차역으로 떠날 때, 다들 한참 따라가면서 "용감하게 싸워." "몸성히 돌아와." "곧 다시 만나." 하고 외쳤다. 누군가가 "세르비아 놈들 다 죽여 버려!" 하고 외쳤고 나는 아버지가 신문을 읽고서 하던 말이 떠올라 "오스트리아 놈들도!" 하고 거들었다. 다들 웃음을 터뜨려서 나는 어리둥절했다.

영지의 아주 멋진 말 '한스'와 '바흐텔'도 '예비 병마'에 속하기 때문에 곧 떠나야 한다는 말을 들었을 때 나는 가장 큰 충격을 받았다. 대체 무슨 뜻인지 설명해야 하는 단어가 어찌나 많은지! 말이라면 다 좋아하는 나였지만, 근사한 말 두 마리가 갑자기 떠나야 한다니 마치 심장에 비수가 꽂힌 것만 같았다.

하지만 무엇보다 화가 나는 것은 언제나 다시금 '출발한다'는 말이 튀어나오는 것이었다. "어쩌면 내일 당장 출발해야 할지도 모르겠어."라는 말이 내게는 마치 "어쩌면 내일 당장 죽어야 할지도 모르겠어."라는 말처럼 들렸다. 2주라는 영원한 시간이 지난 다음이 아니라 내일 당장이라니!

그때는 물론 라디오가 없고 신문은 24시간이 지나서야 우리가 있는 숲에 도착했다. 게다가 그 신문에도 요즘보다 훨씬 더 적은 내용이 실렸다. 그때 외교관은 요즘 외교관보다 더 신중했다. 그래서 1914년 8월 1일, 우리는 전쟁이 바로 일어나지 않을 테니 계속 여기 머무르자고 결정할 수 있었다.

나는 1914년 8월 1일을 절대 잊지 못할 것이다. 그날을 돌이켜볼 때면 긴장이 풀리고 '모든 게 다시 잘되리라'라는 안도감이 함께 밀려들 것이다. '역사를 몸소 경험한다는 것'이 이토록 특이한 일이다.

시골의 토요일답게 더할 나위 없이 평화로운 토요일이었다. 하루 일과가 끝나고 하늘에는 집으로 돌아가는 가축 떼의 방울 소리가, 농장 전체에는 질서와 정적이 걸려 있었다. 일꾼과 하녀들은 저녁에 춤을 추러 가려는지 방 안에서 몸단장이 한창이었다.

하지만 나는 벽에 사슴뿔이 걸려 있고 선반에 주석 장식품과 빛나는 도자기 그릇이 놓인 거실에서, 집주인 영주와 아버지가 푹신한 안락의자에 앉아 상황을 신중하게 가늠하면서 진지하게 토론하는 모습을 보았다. 물론 그때 나는 두 사람이 무슨 얘기를 하는지 잘 이해하지 못했고 또 죄다 잊어버렸다. 하지만 아버지의 높은 목소리와 영주의 깊고 낮은 목소리가 얼마나 고요하고 위안이 되었는지, 두 사람이 느긋하게 피우는 시가의 짙은 연기가 그들 앞에 가느다란 기둥을 만들었다가 허공으로 올라갈 때 얼마나 믿음을 불러일으켰는지, 그리고 그들이 오래 이야기할수록 모든 게 얼마나 더 명확해지고 나아지고 편안해졌는지 잊어버리지 않았다. 그렇다. 전쟁은 절대로 일어날 수 없다는 게 반박의 여지 없이 분명해졌고, 그러니까 우리는 겁에 질려 허둥지둥 돌아갈 게 아니라 늘 그랬듯이 방학이 끝날 때까지 여기 머물 것이다.

거기까지 듣고 난 다음 나는 홀가분하고 만족스럽고 고마워서 가슴이 부푼 채 밖으로 나가 이제 다시 내 차지가 된 숲 위로 해가 지는 모습을 아주 경건한 느낌으로 바라보았다. 그날은 구름이 껴 있었지만 저녁이 가까워질수록 점차 개었고 이제 붉은 기가 도는 황금빛 태양이 파랗기 그지없는 하늘에 떠서 구름 한 점 없는 다음 날을 약속했다. 이제 다시 내 앞에 놓인, 영원처럼 긴 2주일도 저렇게 구름 한 점 없이 맑으리라 확신했다.

다음 날 아침 누가 나를 깨웠을 땐 벌써 짐 싸기가 한창이었다. 무슨 일이 일어났는지 처음에는 전혀 이해할 수 없었다. 며칠 전에 사람들이 나한테 설명해주었지만 '동원령'이란 말은 나한테 아무 의미가 없었다. 하지만 이제 나한테 뭔가 더 설명해줄 시간도 없었다. 짐을 다 싸서 정오에는 출발해야 했다. 그다음에는 기차가 계속 다닐지 확실치 않았다. 유능한 우리 집 하녀가 말했다. "오늘은 영점오로 가야 해." 그게 무슨 뜻인지 지금도 아리송하지만 어쨌든 모든 게 어수선하기 짝이 없고 누구나 각자 알아서 챙겨야 한다는 것만은 확실했다. 그래서 내가 눈에 띄지 않게 빠져나와 숲으로 달려갈 수도 있었다. 출발하기 바로 전에 사람들이 간신히 나를 찾아냈다. 나는 나뭇등걸 위에 앉아 얼굴을 손에 묻은 채 엉엉 울면서 이제 전쟁이니 모두 나름대로 희생해야 한다는 말 따위는 전혀 들으려 하지 않았다. 나는 어찌어찌 마차에 실려, 이미 떠난 한스와 바흐텔은 아니었지만 타닥타닥 속보로 달리는 갈색 말 두 마리를 따라 떠났다. 우리 뒤로 먼지구름이 일어 모든 것을 덮어버렸다. 나는 내 어린 시절의 숲을 다시는 보지 못했다.

그게 전쟁으로 무엇인가 빼앗기고 망가진 인간의 자연스런 고통까지 포함해, 내가 전쟁을 현실로 경험한 처음이자 마지막이었다. 집으로 돌아가는 길에 벌써 모든 것이 달라졌다. 더 흥미진진해지고, 더 모험적이고 더 화려해졌다. 베를린까지 가는 데 보통 때처럼 일곱 시간이 아니라 열두 시간 걸렸다. 우리가 탄 기차는 끊임없이 멈춰 섰고 군인들이 득시글거리는 열차가 스쳐 지나갈 때마다 사람들은 모두 창가로 몰려가 왁자지껄 소리를 지르면서 손을 흔들었다. 우리 가족은 여행할 때면 늘 객실을 따로 잡았지만, 이번에는 모르는 사이가 아니라 아주 오래 전부터 알고 지낸 것처럼 끊임없이 종알거리며 얘기하는 사람들 사이에 끼어 복도에 서 있거나 가방 위에 앉아 있었다. 스파이 얘기를 가장 많이 했다. 나는 기차를 타고 가는 동안 그전에는 한 번도 듣지 못했던 스파이의 아슬아슬한 활약상에 대해서 모든 것을 알게 되었다. 기차가 다리를 아주 천천히 건너갈 때마다 나는 조마조마하면서도 신바람이 났다. 스파이가 이 다리 아래 폭탄을 설치했을 수도 있다니! 자정이 다 되어 베를린에 도착했다. 이렇게 늦게까지 잠을 자지 않고 깨어 있는 것도 처음이었다! 집은 아직 우리를 맞을 준비를 마치지 못해서 가구 덮개에 먼지가 뽀얗게 쌓여 있었고 침대에 누워 잘 만한 상태도 아니었다. 담배 냄새가 푹 밴 아버지 서재 소파 위에 내 잠자리가 마련되었다. 전쟁은 신나는 일을 많이 가져다주는 게 분명했다.

그다음 며칠 동안 나는 믿을 수 없을 만큼 짧은 시간에 믿을 수 없을 만큼 많은 것을 배웠다. 얼마 전까지만 해도 '최후통첩' '동원령' '예비 병마'는 물론 전쟁이 뭔지도 거의 알지 못했던 일곱 살짜리가 전쟁이 무엇인지, 어떤지, 어디에서 일어나는지 분명하게 알게 되었을 뿐만 아니라 왜 일어나는지 그 이유까지 마치 처음부터 늘 알고 있었던 것처럼 잘 알게 되었다. 전쟁이 일어난 것은 프랑스의 복수심과 영국의 무역 야심과 러시아의 야만성 탓이었다. 덧붙이자면, 나는 곧 이 단어들을 발음까지 다 할 수 있었다. 어느 날 문득 나는 신문을 읽기 시작했고 기사가 어찌나 이해하기 쉬운지 깜짝 놀랐다. 나는 유럽 지도를 보여달라고 했고, '우리'가 영국과 프랑스를 금방 끝장내리라는 것은 한눈에 알아봤지만 러시아는 너무 커서 겁이 덜컥 났다. 하지만 러시아인들은 아무리 숫자가 많아도 멍청하고 사악하고 보드카만 내리 들이켜니 별 쓸모 없다고 생각하면서 스스로 위로했다. 나는 이미 말했듯이 믿을 수 없을 만큼 짧은 시간에 믿을 수 없을 만큼 많은 것을 배웠다. 즉 전투를 이끄는 명장들의 이름, 각 부대의 병력 규모, 전함에 설치된 무기와 방수 설비, 중요한 요새의 위치, 전방의 상황을 마치 처음부터 늘 알고 있었던 것처럼 알게 되었다. 그리고 여기 인생을 예전보다 훨씬 더 흥미진진하게 만들어주기에 적합한 놀이가 일어나고 있다는 사실을 곧 알아차렸다. 이 놀이에 대한 나의 열광과 관심은 쓰라린 종말에 이를 때까지 시들해지지 않았다.

여기서 내 가족에 대해 변명해야겠다. 내 머리를 돌게 만든 사람은 절대 나와 가까운 이들이 아니었다. 물론 내 아버지는 충직하고 애국적으로 독일이 이기길 기원했지만 전쟁이 처음 시작했을 때부터 괴로워했고 첫 몇 주 동안의 열광을 회의적으로 보았으며 이어지는 병적 증오에 넌더리를 냈다. 비록 입 밖에 내진 않았지만 그는 유럽인 사이의 전쟁이란 과거의 일이라고 굳게 믿는 자기 세대의 자유로운 영혼이었다. 다시 말해 그는 전쟁으로 아무것도 시작할 수 없었고, 전쟁을 너무 혐오한 나머지 다른 사람들과는 달리 그 사실을 숨기지도 않았다. 아버지는 이제 오스트리아인만 아니라 전쟁에 대해서도 씁쓸하고 회의적인 말을 했는데, 전쟁에 한창 열광하는 나한테는 그런 말들이 낯설기만 했다. 아니, 아버지는 다른 식구들과 마찬가지로, 내가 며칠 만에 광신적 국수주의자이자 '책상머리 군인'이 된 데 아무 잘못도 없었다.

잘못은 공기에 있었다. 딱히 이름을 붙일 순 없지만 주위에서 수천 겹으로 느낄 수 있는 분위기 탓이었다. 하나로 뜻을 모은 대중이 밀고 당기기 때문이었다. 이런 것들은 아무리 일곱 살짜리 소년이라도 그 안에 직접 뛰어들면 전에 듣지 못한 감정을 선사하지만, 그 바깥에 남아 있으면 적막함과 외로움 속에서 거의 질식하게 만든다. 나는 그때 일말의 의심이나 갈등도 없이 오직 천진난만한 쾌감으로, 집단정신병을 만들어내는 우리 민족의 특이한 재능을 처음 알아차렸다. (어쩌면 개인적인 행복을 느끼는 재능이 부족한 데 대한 보상이었을 것이다.) 나는 이렇게 축제처럼 널리 퍼진 광기에 어떻게 휩쓸리지 않을 수 있는지 전혀 이해할 수 없었다. 또 이렇게 우리를 대놓고 행복하게 해주면서 비일상적이고 축제 같은 환각 상태를 일으키는 일에 뭔가 나쁘고 위험한 요소가 있을 수 있다는 생각은 꿈에도 못했다.

베를린의 어린 학생에게 전쟁은 아주 비현실적인 것이었다. 마치 놀이처럼 비현실적인 것이었다. 공습도 없고 폭탄도 없었다. 부상자는 있었지만 붕대를 친친 감은 모습은 멀리서 보면 그저 그림 같았다. 물론 전쟁터에 나간 친척도 있었고 부고도 날아왔다. 하지만 아이들은 누가 없어져도 쉬 적응하게 마련이다. 그리고 어느 날 이 부재가 영원해진다고 해도 다를 게 없었다. 현실적으로 어려운 일도, 감각적으로 불쾌한 일도 있지만 별로 중요하지 않았다. 물론 음식이 나빴고, 나중에는 부족하기까지 했다. 나무로 된 신발 밑창은 달가닥거렸고 천을 뒤집어 옷을 다시 만들어 입었다. 학교에서는 뼈와 버찌씨를 모았고 이상하게도 다들 자주 아팠다. 하지만 이 모든 게 나한테 그리 깊은 인상을 남기진 않았다. 내가 '작은 영웅처럼' 참아내서가 아니었다. 나는 딱히 참아낼 게 없었다. 마치 열성 축구 팬이 월드컵 결승전 때 먹을 것 생각을 하지 않는 것처럼 나도 그런 생각을 하지 않았다. 전황 보고가 식단보다 훨씬 더 흥미진진했다.

축구 열성 팬과의 비유는 더 나아갈 수 있다. 사실 그때 나는 축구에 열광하듯 전쟁에 열광했다. 하지만 내가 전쟁 초기 몇 달에 비해 점점 시들해져 가는 열광을 고조하기 위해 1915년부터 1918년까지 시행한 증오 선전의 희생양이라고 주장한다면, 나는 나 자신을 실제보다 더 나쁘게 표현한 셈이다. 나는 포츠머스 팬이 울버햄프턴 팬에게 으르렁거리면서도 '증오'하지 않듯이 프랑스인과 영국인과 러시아인을 증오하지 않았다. 물론 나는 그들이 패배하고 모욕당하길 원했다. 하지만 이는 그저 우리 편이 이기고 승리하려면 어쩔 수 없기 때문이었다.

중요한 것은 전쟁놀이의 매혹이었다. 이 놀이에서는 포로 숫자, 획득한 토지, 정복한 요새, 가라앉은 군함 등등이 비밀스런 규칙에 따라 축구에서 슛이나 권투에서 점수와 같은 역할을 했다. 나는 지치지도 않고 머릿속으로 점수표를 만들었다. 전황 보고를 꼼꼼히 읽고 난 다음 무척 비밀스럽고 불합리한 방식으로 이를 환산했다. 이에 따르면 러시아 포로 열 명은 프랑스나 영국 포로 한 명과 같은 가치가 있고 비행기 50대는 장갑순양함 한 대와 같은 가치가 있었다. 전사자 통계도 나왔다면 나는 분명 이를 계산하는 게 실제로 어떻게 보일지는 생각하지도 않고 죽은 이도 거리낌 없이 환산했을 것이다. 이런 어둡고도 비밀스런 놀이에는 절대로 끝낼 수 없는 사악한 매혹이 있어서 일상생활을 따분하게 느끼게끔 한다. 이런 놀이에는 룰렛이나 아편처럼 마비시키는 효능이 있었다. 나와 친구들은 전쟁이 지속된 4년 내내 처벌도 받지 않고 간섭도 받지 않고 이를 계속했다. 그리고 바로 이런 놀이가 거리나 놀이터에서 하던 무해한 '전쟁놀이'와 달리 우리에게 위험한 흔적을 남겼다.

4

어쩌면 언뜻 보기엔 별로 중요하지 않은, 세계대전에 대한 어떤 아이의 반응을 이렇게 자세히 기술할 가치가 있겠냐고 생각할 수도 있다. 물론 이게 특수한 경우라면 맞는 얘기다. 하지만 이건 특수한 경우가 아니다. 독일의 어떤 세대는 모두 어린 시절과 청소년기에 이렇게 또는 이와 비슷하게 전쟁을 경험했다. 게다가 더욱 주목할 만한 것은 바로 그 세대가 지금 전쟁을 되풀이하려고 준비하고 있다는 사실이다.

어린 시절이나 학생 때 전쟁을 이런 방식으로 배워 알게 되었다는 사실이 결코 그런 경험의 힘과 영향력을 약화하지는 않는다. 오히려 정반대다. 대중의 영혼과 어린이의 영혼은 어떤 일에 대해 아주 비슷하게 반응한다. 어떤 개념이 대중에게 양분을 제공하고 대중을 움직이는지, 그건 아무리 어린아이처럼 낮은 수준에서 상상해도 충분하지 않다. 어떤 착상이 진정 대중을 움직이는 역사적인 힘이 되기 위해서는 우선 어린이의 이해력 수준까지 내려와야 한다. 특정한 10년 동안 태어나 자란 어린이의 머릿속에서 어떤 망상이 만들어지고 4년 내내 거기 단단히 박여 있었다면, 이는 20년 뒤 매우 진지한 '세계관'이 되어 거대정치에 진입하고도 남는다.

독일에서 1914년부터 1918년까지 초등학생이었던 세대는 날마다 여러 나라들이 벌이는 거대하고 자극적이고 매혹적인 게임처럼 전쟁을 경험했다. 이는 평화가 제공하는 것보다 훨씬 신나고 극적인 만족감을 주었다. 이것이야말로 나치즘의 근본 비전이 되었다. 여기서 나치즘은 선전의 힘과 단순성, 판타지에의 호소, 활동 동기 등을 얻었다. 또한 내부의 적에 대한 편협함과 잔인함도 여기서 비롯했다. 이 놀이를 함께 하지 않으려는 사람은 숫제 '적'으로도 인정하지 않고 그저 흥이나 깨는 사람으로 여겼기 때문이었다. 마지막으로 전쟁에서 이웃 나라를 대할 때 적절한 자세도 여기에서 나왔다. 다른 나라는 '이웃'으로 인정하지 않고 무조건 적이어야만 했다. 그렇지 않으면 이런 놀이를 할 수 없을 테니까!

많은 것들이 나치즘을 강화하고 그 성격을 변하게 했다. 하지만 그 뿌리는 바로 여기, 독일 군인들의 '전선 경험'이 아니라 독일 학생들의 전쟁 경험에 있다. 전선에 직접 나간 세대는 대개 확신에 찬 나치가 되지 않았고 지금도 주로 '깐깐이와 투덜이'를 만들어낸다. 전쟁을 현실로 직접 경험한 사람들은 대개 이를 다르게 평가하기 마련이다.(물론 예외는 있다. 영원한 투사들, 그들은 온갖 끔찍한 일이 포함된 전쟁의 현실 속에서 자기 삶의 방식을 찾았고 여전히 찾고 있다. 또 전쟁의 끔찍함과 파멸을 환호하며 경험했고 여전히 경험하고 있는 영원한 실패자들, 그들은 인생에 걸맞게 성숙하지 못했기에 전쟁을 이에 대한 복수로 여긴다. 아마 괴링Hermann Göring이 첫 번째 타입에 속하고 히틀러는 분명 두 번째 타입일 것이다.) 하지만 나치즘의 근간이 된 세대는 1900년에서 1910년 사이에 태어나 전쟁이라는 현실에 아무 영향도 받지 않고 이를 거대한 놀이로 경험한 사람들이다.

아무 영향을 받지 않았다니? 최소한 배를 곯지 않았냐고 반박할 수도 있다. 맞는 말이다. 하지만 나는 이미 허기가 놀이를 방해하지 않는다고 말했었다. 오히려 부추기기까지 한다. 배불리 잘 먹은 사람들은 어떤 몽상이나 환상에 쏠리지 않는다. 어쨌든 단지 배고픔만으로 환상이 깨지지는 않았다. 말하자면, 배고픔은 그냥 삭였다. 우리는 영양부족에 익숙해져 있었다. 어쩌면 이것이야말로 우리 세대에서 사줄 만한 특징의 하나일 것이다.

우리는 일찌감치 아주 적은 음식으로 버티는 데 길들여졌다. 지금 살아 있는 독일인은 대부분 세 번 영양실조를 겪었다. 처음에는 전쟁 때, 두 번째는 하이퍼인플레이션 때, 세 번째는 '버터 대신 탱크'라는 구호 아래 바로 지금. 독일인은 이런 점에서 단련되었고 요구가 그리 높지도 않다.

독일인이 굶주림 때문에 전쟁을 중단했다는 설이 널리 퍼져 있지만, 오해가 아닌가 싶다. 1918년 독일인은 3년째 굶주려왔고 1917년 기근은 1918년 기근보다 더 심했다. 내가 보기에 독일인은 배가 고파서가 아니라 이제 군사적으로 가망이 없다고 보았기에 전쟁을 포기했다. 어쨌든 독일인은 나치즘이나 이제 다가오는 두 번째 세계대전을 굶주림 때문에 포기하지는 않을 것이다. 오늘날 독일인은 굶주림을 반쯤은 도덕적 의무라고 보고 어쨌든 그리 나쁘게 생각하지 않는다. 독일인은 자연스러운 식욕을 부끄럽게 여긴다. 역설적이게 나치는 대중에게 먹을 것을 주지 않음으로써 이득을 보았고 간접적인 선전 수단까지 얻었다.

나치는 '투덜거리는' 사람들이 버터나 커피를 받지 못해 불평한다고 그 동기를 몰아버린다. 물론 지금 독일에서 '투덜거리는' 일이 아주 많지만, 독일인들은 식료품 부족보다 훨씬 더 명예로운, 아주 다른 이유에서 불평한다. 먹을 것 때문에 불평한다면 이는 수치스러운 일이다. 지금 독일인들은 식료품 부족에 대해서는 나치 신문의 독자들이 짐작하는 것보다 훨씬 덜 투덜거린다. 하지만 나치 신문들은 의도적으로 그 반대라는 인상이 들게끔 현실을 왜곡한다. 불만족스러운 독일인들은 저급한 식탐 때문에 그렇다고 오해를 받느니 차라리 입을 다물어버린다.

앞서 말했듯이, 나는 이게 독일인들이 지닌 좋아할 만한 특징의 하나라고 생각한다.

5

전쟁이 지속된 4년 동안 차츰 나는 평화가 어땠는지 그 느낌을 잊었다. 전쟁 전의 기억은 점점 희미해졌다. 이제는 전황 보고가 없는 하루를 상상할 수 없었다. 그런 날은 아마 가장 중요한 매력이 사라진 날이었을 것이다. 전황 보고가 없다면 무엇이 있을 수 있을까? 학교에 가서 글씨와 산수를, 나중에는 라틴어와 역사를 배우고 친구들이랑 놀고 부모님이랑 산책한다. 하지만 그런 게 과연 인생의 전부일까? 인생에 활력을 주고 일상에 색채를 주는 것은 그때그때 일어나는 군사적 사건이었다. 포로 숫자가 다섯 자리에 이르고 적군의 요새를 함락하고 '엄청난 전쟁 물자를 수확'하는 거대한 공격전 중이라면 축제 기간 같았다. 상상할 거리가 끝이 없고 나중에 사랑에 빠졌을 때와 비슷하게 인생이 찬란했다. 하지만 '서부전선 이상 없음', 더 나아가 '계획에 따른 전략적 후퇴'가 전부인 지루한 방어전 중이라면 인생 전체가 잿빛이 되었다. 친구들과 하는 전쟁놀이도 재미가 없고 학교 공부는 두 배나 따분해졌다.

나는 날마다 우리 집에서 두어 모퉁이 떨어진 파출소에 갔다. 그곳에는 신문에 나오기 몇 시간 전에 이미 전황 보고문이 걸려 있었다. 전황이 적힌 좁다란 흰 종이는 때로는 길고 때로는 짧았다. 낡은 등사기 탓인지 머리글자는 춤추는 듯했다. 모든 암호를 풀려면 까치발로 서서 고개를 높이 쳐들어야 했다. 나는 날마다 꾸준히, 그리고 열성적으로 이에 몰두했다.

이미 말했듯이 나는 평화가 무엇인지 분명한 개념이 없었다. 하지만 '최종승리'Endsieg가 무엇인지는 알았다. 전황 보고문에 나오는 수많은 개개 승리를 언젠가 모두 합치면 큰 합에 이르게 될 텐데 그게 최종승리였다. 그때 나에게 최종승리란 독실한 기독교도한테 최후의 심판이나 육신의 부활 같은 것, 독실한 유대교인한테 메시아의 도래와 같은 것이었다. 승전보에서는 포로 숫자, 정복한 땅의 넓이, 노획한 물품의 양이 날마다 기록을 넘어서는데, 최종승리란 모든 승전보가 더욱 상승해서 절정에 이르는 것이었다. 그다음은 상상할 수 없었다. 나는 두근두근 마음 졸이며 최종승리를 기다렸다. 그것은 기필코 올 것이다. 다만 그다음에도 인생에 의미가 있을지 모를 일이었다.

1918년 7월에서 10월까지도 나는 여전히 최종승리를 믿고 있었다. 비록 나도 전황 보고가 나날이 어두워진다는 사실과 내가 터무니없이 기대하고 있다는 것을 알지 못할 만큼 멍청하진 않았다. 하지만 '우리'는 러시아도 이겼다. 전쟁에 필요한 것을 모두 내줄 우크라이나도 차지했고 우리 군대는 아직 프랑스 깊이 들어가 있다.

물론 나도 이 무렵 많은 사람들, 아주 많은 사람들, 사실 거의 모든 사람들이 시간이 지나면서 전쟁에 대해 나랑 생각이 달라졌다는 것을 모르지 않았다. 원래 내 생각은 모두의 생각이었다. 그게 내 견해가 된 것도 그래서가 아닌가! 그런데 바로 지금 거의 모두가 전쟁 의욕을 잃은 듯하니 무척 화가 났다. '측면 돌파 시도 좌절'이나 '준비한 방어선으로 계획적 후퇴'처럼 끄물끄물하니 우울한 전황 보고를 다시금 '30킬로미터 진군'이나 '적군 방어 체계 분쇄'나 '3만 명 생포'처럼 화창한 날씨 영역으로 끌어들이기 위해서 조금 더 노력할 필요가 있는 바로 지금!

나는 당밀이나 탈지유를 사기 위해 가게 앞에 줄을 서 있다가(어머니와 하녀가 집안일을 다 해낼 수는 없어서 나도 종종 도와야 했다.) 여자들이 불평하거나 이해할 수 없다며 험한 말을 하는 것을 들었다. 나는 듣고만 있지 않고, 아이다운 새된 목소리를 높여 '참고 견뎌야 한다'고 맹랑하게 강의했다. 여자들은 처음에는 웃다가 의아해했고 때로는 안됐다 싶게 눈치 보고 기가 죽었다. 나는 4분의 1리터 탈지유병을 흔들면서 의기양양하게 토론장을 떠났다……. 하지만 전황 보고는 나아지지 않았다.

10월에 혁명•이 다가왔다. 혁명은 전쟁이랑 비슷하게 새로운 단

• 1918년 10월 마지막 주, 해군 수뇌부가 북독일의 항구도시 킬에 정박해 있던 수병들에게 무리한

어와 개념이 갑자기 허공에 윙윙거리면서 다가오다가 전쟁처럼 급작스레 닥쳤다. 하지만 비슷한 점은 딱 이것뿐이다. 전쟁은 누가 뭐라고 하든 그 자체로 완전한 것이었다. 잘 돌아가는 일이었고 적어도 처음에는 나름대로 성공적이었다. 혁명에 대해서는 이렇게 말할 수 없다.

1918년 혁명이 결국 평화와 자유를 가져다주었지만, 사실 독일인은 모두 혁명에 대해 어렴풋한 기억만 지니고 있다. 반면 전쟁에는 끔찍한 불행이 뒤따랐지만, 전쟁의 발발은 거의 모든 독일인의 기억에 즐겁고 설레는, 인생의 잊을 수 없는 며칠과 결부되어 남아 있다. 이 사실은 이후 독일 역사 전체에 운명적인 의미를 지닌다. 화창한 여름날 전쟁이 시작되고, 차갑고 축축한 11월 안개 속에서 혁명이 시작되었다는 것만 해도 혁명에는 치명적인 약점이었다. 터무니없이 들리겠지만 사실이다. 공화주의자들도 나중에는 스스로 그렇게 느꼈다. 그들은 11월 9일을 제대로 기억하고 싶어 하지 않았고 한 번도 공식적으로 기념하지 않았다. 11월 18일 대신 8월 14일이라는 카드를 내세운 나치는 늘 간단히 이겼다.• 11월 18일 전쟁이 끝나고 여자들은 남자를, 남자들은 목숨을 돌려받았지만 이 날짜는 기이하게도 축제의

출병 명령을 내리자 수병들이 반란을 일으키면서 혁명이 시작된다. 무장을 갖춘 수병들이 노동자들과 연대하면서 혁명이 급속히 퍼져 결국 11월 9일 프로이센 제국의 빌헬름 2세가 강제 퇴위하기에 이른다. 하지만 그다음 해 봄 우익 군사 조직인 자유군단이 혁명군을 무자비하게 진압한다.

• 독일은 1914년 8월 초 서유럽 각국에 선전 포고함으로써 1차 세계대전에 뛰어들었고, 1918년 11월 종전 협정에 조인하면서 전쟁을 끝냈다. 여기 적힌 날짜는 정확한 개전·종전 날짜와 조금 차이가 나는데 저자가 착각한 듯하다.

맛을 남기지 않았다. 오히려 언짢은 기분, 패배, 두려움, 무의미한 총질, 혼란, 그리고 궂은 날씨만 떠올리게 된다.

나는 개인적으로 실제 혁명에 대해서 알아챈 게 적었다. 토요일 신문들은 황제가 퇴위했다고 보도했다. 그저 신문 표제일 뿐, 이런 엄청난 일에 별다른 게 없어서 오히려 놀라웠다. 사실 전쟁 때는 더 큰 활자도 보았다. 또 황제는 우리가 그 기사를 읽을 때까지 실제로 퇴위하지도 않았다. 그는 뒤늦게 퇴위했는데 그것도 그리 중요한 일은 아니었다.

일요일 「테글리헤 룬드샤우」 신문이 갑자기 「디 로테 파네」라고 이름을 바꾼 일이 '황제 퇴위'라는 표제보다 더 충격적이었다.* 어떤 혁명적 인쇄공 집단이 이를 관철시킨 듯했다. 하지만 내용은 별로 달라지지 않았고 며칠 뒤 그 신문은 도로 「테글리헤 룬드샤우」가 되었다. 아주 사소하지만 1918년 혁명 전체에 상징적인 의미가 있는 사건이다.

그 일요일에 나는 처음으로 총소리를 들었다. 전쟁 내내 한 번도 총소리를 듣지 못했는데 전쟁이 끝나는 시점에 우리가 사는 베를린에서 총을 쏘기 시작했다. 우리는 뒷방에 서서 창문을 열고 나지막하지만 분명히 기관총 소리를 들었다. 나는 불안했다. 누군가가 중기관총

* 테글리헤 룬드샤우Tägliche Rundschau는 '일일 전망', 디 로테 파네Die Rote Fahne는 '붉은 깃발'이란 뜻이다.

과 경기관총 소리가 어떻게 다른지 설명해주었다. 우리는 어떤 싸움이 일어나고 있을지 짐작해보았다. 총소리는 궁전 부근에서 났다. 베를린 경비대가 저항하고 있을까? 혁명이 그리 순조롭게 이루어지지 않는 걸까?

내가 거기 희망을 걸었다면 다음 날 무척 실망했을 것이다. 지금까지 얘기한 것에 비추어 아무도 놀라지 않겠지만 나는 온 마음으로 혁명에 반대했기 때문이다. 누가 외양간을 차지할 것인지를 놓고 서로 다른 혁명 집단이 의미 없는 총질을 한 것뿐이었다. 저항은 아예 없었다. 혁명이 성공한 것 같았다.

혁명이 성공했다는 것은 무슨 뜻일까? 적어도 축제의 무질서, 야단법석, 모험, 무정부 상태의 다채로움을 갖고 오는 걸까? 전혀 그렇지 않았다. 오히려 그다음 월요일, 눈알을 희번덕거리는 성급한 독재자로 우리가 가장 무서워하는 선생님이 '여기' 학교에서는 혁명이 일어나지 않았으니 앞으로도 계속 질서를 지켜야 한다고 선언했다. 그리고 자기 말을 확인이라도 하듯 쉬는 시간에 혁명놀이를 하다 눈에 띄게 나댄 학생들 몇 명을 불러내어 보란 듯이 두들겨 팼다. 이 체벌 과정을 지켜본 우리는 모두 불길한 조짐을 어렴풋하게 느꼈다. 바로 다음 날 혁명놀이를 했다고 학교에서 얻어맞다니 혁명에는 뭔가 문제가 있다. 이런 혁명은 아무것도 이루지 못할 것이다. 실제로 그 혁명은 아무것도 이루지 못했다.

하지만 전쟁은 아직 완전히 끝나지 않았다. 혁명이 전쟁의 끝을 의미한다는 것은 다른 사람들한테처럼 나한테도 분명했다. 그것도 분명 최종승리가 없는 끝, 이해할 수 없지만 최종승리를 거두기 위해 특별히 노력도 하지 않았으니까. 하지만 최종승리가 없는 전쟁의 끝이 어떤 것일지 나는 상상할 수 없었다. 그것을 상상하려면 일단 보아야 했다.

전쟁은 머나먼 프랑스 어디선가 비현실적인 세계에서 벌어지고 마치 저세상에서 온 사절처럼 전황 보고를 통해서만 우리에게 다가왔다. 그래서 전쟁의 종말도 나한테는 실제 현실이 아니었다. 내가 직접 몸으로 겪는 주위에서는 아무것도 달라지지 않았다. 전쟁은 오직 거대한 놀이의 환상세계에서만 일어났고 나는 지난 4년 동안 그 세계에서 살았다……. 물론 나한테 이 세계는 현실세계보다 더 중요해졌다.

11월 9일과 10일에는 아직 '적군의 돌파 시도 격퇴' '용감한 방어전을 마친 뒤 미리 준비한 방어선으로 후퇴'처럼 평범한 전황 보고문이 나왔다. 11월 11일 평소와 똑같은 시간에 파출소에 갔는데 게시판에 전황 보고문이 걸려 있지 않았다. 게시판은 텅 빈 채 나에게 하품을 해댔다. 나는 경악해서는 몇 년 동안이나 날마다 정신의 양식과 꿈의 내용을 길어내던 곳에 영영 텅 빈 게시판밖에 없다면 어떨지 알게 되었다. 어느덧 나는 계속 걸었다. 교전지에서 어떤 소식이든 왔어야 한다. 전쟁이 끝난다면 (그건 받아들여야 하지만) 적어도 운동경기가 끝날 때 호루라기 소리처럼 뭔가 전할 만한 소식이 있어야 했다. 거리 몇 개를 지나면 파출소가 하나 더 있었다. 아마 거기에는 전황 보고문이 걸려 있으리라.

그곳에도 전황 보고문은 걸려 있지 않았다. 이제 경찰에도 혁명이 옮겨붙었고 기존 질서는 깨졌다. 하지만 나는 받아들일 수 없었다. 어떤 소식이든 찾아서 가랑비가 내리는 거리를 계속 걸어가다가 이윽고 낯선 곳에 다다랐다.

신문 가게 앞에 사람들이 모여 있었다. 나도 줄에 끼어들어 살살 앞으로 밀고 들어가서 모두들 우울한 표정으로 말없이 읽고 있는 것을 보았다. 일찍 나온 신문이 진열창에 걸려 있었다. "휴전협정 조인"이란 표제 아래 휴전협정 조건들이 죽 적혀 있었다. 기나긴 목록. 나는 읽다가 딱딱하게 굳고 말았다.

내 기분, 환상세계 전체가 무너져버린 열한 살 소년의 기분을 무엇에 빗댈 수 있을까? 아무리 머리를 쥐어짜도 정상적인 현실세계에서는 그에 들어맞는 것을 찾기 어렵다. 꿈 같은 파국은 꿈의 세계에서만 가능하다. 여러 해 동안 많은 돈을 은행에 맡겼는데 어느 날 통장 명세서를 요구해보니 재산 대신 빚만 잔뜩 쌓여 있다는 사실을 발견하면 비슷한 기분이 들까? 하지만 그런 일은 꿈에서만 일어난다.

휴전협정에서는 최근 전황 보고문에 쓰던 조심스러운 언어를 사용하지 않았다. 잔인한 패배의 언어를 사용했다. 전황 보고문이 적의 패배에 대해 이야기할 때만 사용하는 그토록 잔인한 언어. 우리한테도 이런 일이 일어날 수 있다니, 그것도 잠시 스쳐 지나가는 게 아니라 승리에 승리가 이어진 최종 결과로 일어나다니, 내 머리로는 도저히 이해할 수 없었다.

지난 4년 동안 전황 보고를 읽을 때 그랬던 것처럼 나는 고개를 치켜들고 휴전협정 조건들을 읽고 또 읽었다. 이윽고 나는 무리에서 빠져나와 어디로 가는지 알지도 못한 채 걸었다. 뭔가 소식을 찾다가 오게 된 여기도 낯설었지만 이제 더 낯선 데에 이르렀다. 나는 난생처음 보는 거리에서 서성거렸다. 11월 가랑비가 내렸다.

온 세상이 이 낯선 거리처럼 낯설고 무시무시했다. 이 거대한 놀이에는 아무래도 내가 아는 매혹적인 규칙 말고도 내가 놓친 비밀스런 규칙이 더 있었나 보다. 겉보기와는 달리 이 놀이에는 뭔가 흠이 있는 게 틀림없다. 하지만 세상사가 이토록 음험하다면, 꼬리에 꼬리를 무는 승리가 결국 패배로 이어진다면, 어떤 사건의 규칙이 제대로 공시되지 않고 나중에야 비로소 드러난다면 버팀목, 안전과 믿음은 어디 있단 말인가? 나는 아득한 구렁텅이 속을 들여다보았다. 인생이 무시무시했다.

나는 독일의 패배가 어떤 사람을 자기가 어디로 가는지도 모르고 가랑비에 젖는지도 모른 채 낯선 거리를 헤매던 열한 살짜리 소년보다 더 큰 충격에 빠뜨렸을 거라고 믿지 않는다. 특히 비슷한 시간에 파제발크 야전병원에서 다른 사람들과 함께 패전 선포 방송을 듣다가 참지 못하고 뛰쳐나온 상병 히틀러의 고통이 더 컸을 거라고는 믿지 않는다. 그는 나보다 더 극적으로 반응해서 이렇게 썼다.

"나는 그곳에 더 머무를 수가 없었다. 다시 눈앞이 캄캄해진 채

휘청휘청 더듬거리면서 공동 침실로 돌아와 내 자리에 몸을 던지고 뜨겁게 달아오른 머리를 이불과 베개 속에 묻었다."•

그리고 그는 정치인이 되기로 마음먹는다.

나보다 훨씬 더 유치하고 고집스러운 태도였다. 겉보기에만 그런 게 아니다. 히틀러와 내가 비슷한 고통을 겪었지만 여기에서 어떤 결정을 내렸는지 비교해보자. 한 사람은 분노하고 저항하면서 정치가가 되겠다고 결심했고 다른 사람은 놀이 규칙의 유효성을 의심하고 인생의 예측 불가능성을 어렴풋이 두려워했다. 이렇게 비교해보면 열한 살 소년의 반응이 스물아홉 살 남자의 반응보다 성숙하다고 생각할 수밖에 없다.

어쨌든 이 순간부터 내가 히틀러의 제국에서 잘 적응할 수 없으리라는 것은 별에 새겨놓은 듯 분명했다.

• 『나의 투쟁』 중에서. 당시 히틀러는 일시적 실명 상태였다.

6

하지만 나는 일단 히틀러의 제국보다는 1918년 혁명과 독일 바이마르 공화국을 다루어야 한다.

혁명은 나와 내 또래에게 전쟁과 정반대로 영향을 미쳤다. 전쟁은 우리의 실제적인 일상생활을 전혀 바꾸지 않아서 때로 지루할 지경이었지만 환상에는 마르지 않는 풍부한 재료를 제공했다. 혁명은 일상생활에 새로운 변화를 많이 가져왔고 이 변화는 매우 다채롭고 자극적이었지만 우리의 환상에 끼어들지는 않았다. 혁명은 전쟁과 달리 그 안에서 일어나는 여러 가지 사건을 단순하고 분명하게 설명할 방법이 없었다. 혁명의 모든 위기, 혁명 과정에서 일어난 파업과 총성과 반란과 시위 행렬은 모순으로 가득하고 혼란스러웠다. 사실 정말 중요한 게 뭔지는 끝내 분명해지지 않았다. 그래서 혁명에 열광할 수 없었다. 이해조차 할 수 없었다.

다 알다시피 1918년 혁명은 누가 의도적으로 계획한 과정이 아니라 군사적 파멸의 부산물이었다. 민중—그야말로 민중이었다. 지도층은 거의 없었다—은 군사적·정치적 지도자들이 자신들을 기만했다고 느끼고 그들을 쫓아냈다. 그래, 쫓아냈다. 추방조차 하지 않았다. 처음 손을 들어 위협하는 시늉만 해도 황제를 비롯해 지도자들이 모두 소리도, 흔적도 없이 사라졌기 때문이다. 마치 1932년이나 33년에 바이마르 공화국 지도자들이 모두 소리도, 흔적도 없이 사라진 것처럼. 독일 정치인들은 좌익이든 우익이든 패배를 품위 있게 받아들이지 못한다.

권력은 거리에 굴러다녔다. 그 권력을 집어 든 사람들 가운데 진정한 혁명가는 아주 드물었다. 그리고 돌이켜보면 그 혁명가들조차 자기가 지금 진정 무엇을 원하는지, 그리고 원하는 것을 어떻게 이룰 것인지 분명한 표상이 거의 없었다.(혁명이 일어난 지 반년 만에 그 사람들이 거의 모두 총에 맞아 죽은 것은 그저 운이 나빠서가 아니라 재능이 부족해서였다.)

새로운 권력자는 대부분 우직한 사람들이었다. 충직한 야당의 습관 속에 늙어가면서 편안해진 그들은 예기치 않게 자기 손에 떨어진 권력이 그저 부담스러워서 가능한 보기 좋게 다시 넘겨버릴 생각만 했다.

권력자 중에는 방해자도 여럿 있었다. 혁명을 '길들이려고', 다시 말해 혁명을 배신하려고 마음먹은 사람들이었다. 무시무시한 노스케•

• 구스타프 노스케(Gustav Noske, 1868~1946): 정치인으로 15세 때 사회민주당SPD에 들어가

가 그 가운데 가장 유명해졌다.

이제 놀이는 다음과 같이 펼쳐졌다. 진정한 혁명가들이 아마추어처럼 비조직적인 폭동을 연달아 일으키면 방해자들이 반혁명으로 맞섰다. 그들은 정부군으로 위장한 이른바 '자유군단'Freikorps을 내세워 혁명을 몇 달 만에 피비린내 나게 진압했다.

아무리 눈을 씻고 봐도 이런 광경에서 열광할 만한 것을 찾을 수 없었다. 부르주아 소년인 데다가 지난 4년 동안 애국적이고 투쟁적인 몽상에서 지금 막 우악스럽게 떨어져 나온 우리는 당연히 붉은 혁명을, 카를 리프크네히트와 로자 룩셈부르크와 그들의 스파르타쿠스 연맹*을 '반대'할 수밖에 없었다. 스파르타쿠스 연맹에 대해서 우리가 아는 것은 그저 그들이 우리에게서 '모든 것을 빼앗고' 부모가 부유하면 죽일 수도 있고 전체적으로 끔찍한 '러시아 같은' 상황으로 이끌려고 한다는 것뿐이었다. 우리는 좋든 싫든 에베르트**와 노스케와 그들의 자유군단을 '지지'했다. 하지만 아쉽게도 그들에게 열광할 수는

언론 및 조합운동에 관여했다. 독일의 식민지 영유와 전쟁을 지지하는 등 양가적인 면모도 보였다. 1918년 킬과 1919년 베를린에서 자유군단을 이용해 혁명을 무자비하게 진압한 것으로 악명이 높다.

* Spartakusbund: 1차 세계대전 중 독일 사회민주당의 극좌파가 탈퇴하여 조직한 혁명 단체. 그 전에도 암암리에 활동했으나 1916년 1월부터 비합법 잡지 「스파르타쿠스 서신」을 내면서 스파르타쿠스 연맹이라고 불리게 되었다. 사회민주당 좌파와 연합하여 1919년 1월 독일공산당을 창당하고 봉기를 계획했으나 실패하고 지도자 카를 리프크네히트(Karl Liebknecht, 1871~1919)와 로자 룩셈부르크(Rosa Luxemburg, 1871~1919)는 살해당한다.

** 프리드리히 에베르트(Friedrich Ebert, 1871~1925): 사회민주당 정치인으로 1913년부터 당 대표를 맡았다. 러시아식 혁명을 두려워한 나머지 군부와 손잡고 혁명을 무자비하게 진압했다. 1919년 바이마르 공화국 첫 대통령으로 뽑혀 일했지만 임기가 끝나기 전 복막염으로 급사했다.

없었다. 그들에게 달라붙어 있는 배신의 악취는 너무 지독해서 열한 살짜리 아이의 콧속까지 밀고 들어왔다.(여기서 나는 아이들의 정치적 반응이 역사적으로 주목할 만한 가치가 있다는 사실을 다시 한 번 강조하고 싶다. '아이들도 다 아는' 것은 대개 정치적 과정에서 절대 부인할 수 없는 최후의 진수인 셈이다.) 물론 우리는 자유군단이 힌덴부르크와 황제를 도로 데려오는 것을 보고 싶었지만, 호전적이고 잔혹한 자유군단이 다름 아닌 '정부' 편에 서서 싸우다니 왠지 꺼림칙했다. 그러니까 에베르트와 노스케는 원래 신조를 배반한 사람들이었다. 덧붙이자면 생기기도 꼭 그렇게 생겼다.

게다가 혁명에 따른 여러 가지 사건은 우리에게 실제로 가까이 온 다음부터 예전에 멀리 프랑스에서 벌어지고 날마다 전황 보고로 제대로 밝혀질 때보다 훨씬 불분명하고 이해하기 어려웠다. 거의 날마다 드문드문 총소리가 들리지만 왜 그런지 알기 힘들었다.

어떤 날에는 전기가 들어오지 않았고 어떤 날에는 전차가 다니지 않았다. 하지만 지금 우리가 석유를 태우거나 걸어서 다니는 게 스파르타쿠스 연맹을 위해선지 또는 정부를 위해선지는 불분명했다. 누가 전단을 손에 쥐여주거나 '결산의 시간이 왔다'는 제목이 붙은 포스터를 읽기도 했지만, '배신자' '노동자의 살해자' '비양심적으로 민중을 현혹하는 자' 등등이 각각 에베르트와 샤이데만*을 뜻하는지 또는 리

* 필리프 샤이데만(Philipp Scheidemann, 1865~1939): 사회민주당 지도자로 1919년에 바이마

프크네히트와 아이히호른•을 뜻하는지 알아내려면 우선 욕설과 이해하기 어려운 비난이 가득한 긴 단락을 죽 읽어야 했다. 시위는 날마다 일어났다. 그 무렵 시위자들은 누군가 구호를 선창하면 입을 모아 "만세!"나 "타도!"라고 외쳤다. 조금 떨어진 곳에서는 수천 명이 외치는 "만세!"나 "타도!"라는 소리만 들렸다. 중요한 단어를 외쳤을 선창자 목소리는 들리지 않았다. 그래서 지금 무엇이 문제인지 알 수 없었다.

더러 뜸해지기도 했지만 반년이 이렇게 흘러갔다. 그러고 나서 이런 일이 아무 의미도 없게 된 지 한참이 지나서야 잠잠해졌다. 물론 그때는 미처 몰랐지만 혁명의 운명은 12월 24일 노동자와 선원들이 궁전 앞 시가전에서 승리한 다음 흩어져 크리스마스를 축하하러 집에 갔을 때 이미 정해져 있었다. 축제가 끝난 다음 그들은 다시 새로운 각오로 싸움터에 나갔지만 정부는 이미 자유군단을 충분히 모아놓은 참이었다.

두 주일 동안 베를린에는 신문이 나오지 않았다. 멀리서 가까이서 총을 쏘아대고 소문만 무성했다. 그런 다음 다시 신문이 나와서 정부가 이겼다고 보도했다. 그다음 날 리프크네히트와 로자 룩셈부르크가 총에 맞았다는 기사가 나왔다. 두 사람 모두 도망치려다가. 내

르 공화국 초대 총리가 되었으나 베르사유 조약에 반대해 사임했다.

• 에밀 아이히호른(Emil Eichhorn, 1863~1925): 독립사회민주당USPD 소속 정치인. 1919년 베를린 경찰서장으로 있다가 파면되었다. 에베르트는 노스케를 불러들이고 자유군단을 끌어들여 그의 파면에 항의하는 군중집회를 매우 잔인하게 진압했다.

가 알기로는 이때 '도망치려다가 총에 맞았다'는 말이 처음 생겨나 그 다음부터 라인 강 동쪽에서 정치적 반대자를 다루는 통상적인 방식이 되었다. 그때만 해도 아직 이런 표현에 익숙하지 않아서 많은 사람들이 이를 말 그대로 받아들이고 정말 문명의 시대라고 믿었다.

혁명에 반대하는 결정이 내려졌지만 안정은 멀었다. 오히려 베를린에서는 3월에 혁명의 시체를 매장하고서야 격렬한 시가전이 벌어졌다. (그리고 뮌헨에서는 4월에야.) 베를린에서는 노스케가 원래 혁명을 지원했던 '인민해병대'Volksmarinedivision를 적절한 절차 없이 해산하려고 하자 시가전이 더욱 격렬해졌다. 인민해병대원들은 그냥 흩어지지 않고 저항했고 베를린 북동부 노동자들이 그들을 지원했다. 굳게 믿었던 정부가 자기들에 맞서 적들을 끌어들였다는 것을 이해할 수 없었던 '잘못 이끌린 대중'은 몹시 격분해서 여드레 동안 승산 없는 싸움을 필사적으로 계속했다. 결과는 처음부터 분명했고 승자의 복수는 잔혹했다.

1919년 봄 좌파 혁명이 형태를 갖추려고 헛힘을 쓸 때, 이후의 나치 혁명은 히틀러가 없었지만 이미 완성되어 굳건하게 자리 잡았다는 사실은 주목할 만하다. 그때 에베르트와 노스케를 구해준 자유군단은 단원들의 구성, 특히 견해, 태도, 투쟁 방식에서 이후의 나치 돌격대와 그냥 똑같다. 그들은 이미 '도망치려다가 총에 맞았다'는 장치를 만들어냈고 고문 기술을 발전시켰으며 그리 많이 묻거나 가려내지 않고 중요하지 않은 적수까지 벽에 세워 총살함으로써 1934년 6월 30

일•을 예고했다. 실천을 뒷받침할 이론만 부족했다. 이론은 나중에 히틀러가 제공한다.

• 히틀러가 돌격대를 제어하려고 에른스트 룀Ernst Röhm을 비롯한 정적, 정부 요인, 유대인을 학살한 '긴 칼의 밤'Nacht der langen Messer을 지칭한다.

7

생각해보면 히틀러유겐트Hitlerjugend도 그때[1919년] 이미 거의 완성되었다고 말해야 한다. 예를 들어 우리 반에도 '알트 프로이센 달리기 협회'라는 동아리가 하나 생겨서 반反스파르타쿠스, 스포츠, 정치를 구호로 삼았다. 이때 정치는 학교를 오가는 길에 혁명에 찬성한다고 밝힌 불쌍한 급우 몇 명을 두드려 패는 것으로 이루어졌다. 그 밖의 중요한 활동은 운동이었다. 학교 운동장이나 공영 운동장에서 달리기경주를 하면서 우리는 스파르타쿠스 연맹에 맞서 활동한다고 생각했고 우리 스스로 아주 중요하고 애국적인 사람이 된 양 느꼈다. 우리는 조국을 위해 달렸다. 그게 히틀러유겐트와 다를 게 무엇인가? 물론 히틀러의 개인적인 성향으로 덧붙인 몇 가지 성격, 예를 들어 반유대주의는 없었다. 유대인 급우도 다른 친구들처럼 반스파르타쿠스적이고 애국적으로 같이 달렸다. 심지어 가장 잘 달리는 회원은 유대인이었다. 맹세코 유대인 급우들이 우리의 민족주의적 단결을 위태롭게 하지는 않았다.

1919년 3월 혁명 기간 동안 알트 프로이센 달리기 협회는 한동안 정상적인 활동을 할 수 없었다. 우리가 운동하던 곳이 전쟁터로 변했기 때문이었다. 우리가 살던 지역은 시가전의 중심지가 되었다. 우리 학교에는 정부군 사령부가 들어오고 바로 옆에 있던 초등학교(그 이름은 얼마나 상징적인지!)•는 '혁명군'의 거점으로 변해 누가 이 건물들을 차지하느냐를 놓고 하루 종일 싸웠다. 관사에 남아 있던 교장선생님은 총에 맞아 죽고 건물 외벽은 나중에 보니 총탄으로 구멍이 숭숭 뚫려 있었다. 내 책상 아래 핏자국은 몇 주 동안 지워지지 않았다. 우리는 몇 주 동안 예상치 못한 방학을 맞았는데 이때 이른바 '포화 세례'를 받았다. 틈만 나면 집에서 빠져나와 '뭔가 보려고' 싸움터를 찾았으니까.

볼 것은 그리 많지 않았다. 시가전에서도 '전쟁터의 현대적 공허'••만 보였다. 대신 그럴수록 들을 건 많았다. 우리는 보통 기관총과 야전포, 심지어 산개 사격 소리에도 곧 익숙해졌다. 박격포나 중대포 소리쯤은 들려야 비로소 심장이 뛰었다.

출입 봉쇄된 동네에 들어가 집과 뜰, 지하실을 살금살금 기어 다니다가 '정지! 더 들어오면 발포함!'이란 경고판을 한참 지나쳐 진압

• 초등학교를 뜻하는 독일어 Volksschule에는 '민중' '국민'이란 뜻이 있다.

•• 독일 작가 클라분트(Klabund, 1891~1928)의 「종군기자」라는 단편에 나오는 구절로 보인다. 클라분트는 '현대적 전쟁터의 공허'라고 했는데 하프너는 '전쟁터의 현대적 공허'라고 쓰고 있다.

군 뒤에 불쑥 나타나는 게 일종의 놀이가 되었다. 우리는 총에 맞지 않았다. 아무도 우리에게 해를 입히지 않았다.

봉쇄는 철저하지 않았다. 일상생활이 전투행위와 기괴하게 섞이기도 했다. 어느 화창한 일요일, 그해 들어 처음으로 따뜻한 날이었다. 산책을 나온 사람들이 널따란 가로수 길로 접어들었다. 아주 평화로웠고 총소리도 들리지 않았다. 갑자기 모두들 길 양편의 집 안으로 허둥지둥 도망치자 장갑차가 덜커덩거리며 들어섰다. 아주 가까운 곳에서 폭발음이 나고 기관총이 갑자기 깨어났다. 5분 동안 난리법석이었다. 그러다가 장갑차가 다시 덜커덩거리면서 사라지고 기관총 사격도 사그라졌다. 우리 사내아이들이 가장 먼저 용기를 내어 집 밖으로 나갔다가 기이한 광경을 보았다. 가로수 길에는 빗자루로 싹 쓸어낸 듯 개미 한 마리 얼씬거리지 않고 대신 유리 조각만 잔뜩 쌓여 있었다. 가까이에서 일어난 총격의 진동을 유리창이 견디지 못한 것이다. 아무 일도 더 일어나지 않자 산책객들이 쭈뼛거리면서 다시 밖으로 나왔고 몇 분 뒤 거리는 마치 아무 일도 없었던 듯 다시 봄날 산책객으로 복작거렸다.

모든 게 너무나 비현실적이었다. 세세한 내용은 끝내 밝혀지지 않았다. 예컨대 나는 이 총격전에 어떤 의미가 있는지 끝까지 알지 못했다. 신문에도 나오지 않았다. 대신 우리가 파란 하늘 아래 산책하던 바로 그 봄날, 몇 킬로미터밖에 떨어지지 않은 리히텐베르크 변두리에서 노동자 수백 명(어쩌면 수천 명? 숫자는 수시로 달라진다.)을 붙잡아 한곳에 몰아넣고 자동소총으로 '해결했다'는 기사가 나왔다. 섬뜩했다. 이 사건은 몇 해 전 머나먼 프랑스에서 일어난 일보다 훨씬 더 가깝고 현실적이었다.

하지만 그다음에 아무 일도 일어나지 않았다. 죽은 사람을 안다는 사람도 없었다. 신문에도 바로 다음 날부터 다른 기사가 나왔다. 그래서 섬뜩함도 곧 사라졌다. 삶은 계속 이어졌다. 시간이 흘러 화창한 여름으로 접어들었다. 학교가 다시 열리고 '알트 프로이센 달리기 협회'도 유익하고 애국적인 활동을 개시했다.

8

신기하게도 공화국은 계속 버텼다. 늦어도 1919년 봄부터는 공화국을 지키는 것이 오직 그 적들의 손에 놓여 있었다는 사실을 생각하면 신기하다 할 밖에. 그 무렵 모든 무장 혁명 조직은 일망타진되어 지도자는 죽고 조직원은 10분의 1로 줄었다. 무기는 자유군단만 지닐 수 있었다. 자유군단은 이름만 다를 뿐, 실제로는 이미 나치들이었다. 왜 그들은 그때 약한 지배층을 무너뜨리고 제3제국을 세우지 않았을까? 그리 어렵지도 않았을 텐데.

대체 왜 그랬을까? '알트 프로이센 달리기 협회'의 우리뿐만 아니라 많은 사람들이 희망을 걸었는데 왜 실망시켰을까?

많은 사람들이 제3제국의 첫 몇 해 동안 국방군이 군대의 이상과 목적을 위협하는 히틀러를 끝장내리라고 기대했지만 국방군은 이 희망을 저버렸다. 자유군단이 적극적으로 나서지 않은 것도 이와 비슷하게 불합리한 이유에서 그랬을 것이다. 독일군은 시민적 용기

Zivilcourage가 없기 때문이다.

시민적 용기, 즉 스스로 결정하고 그 결과에 책임까지 지는 용기는 비스마르크의 유명한 발언에서 보듯 독일에서는 원래 드문 미덕이다. 특히 독일인은 제복을 입으면 시민적 용기가 완전히 사라지고 만다. 독일 군인은 장교든 사병이든 전쟁터에서 매우 용감하다. 하지만 명령을 받았다면 언제라도 민간인 동포에게까지 총구를 돌릴 준비가 되어 있지만 명령에 맞서야 할 때는 토끼처럼 겁이 많아진다. 총살을 당하는 끔찍한 장면이 눈앞에 악몽처럼 펼쳐지면서 온몸이 뻣뻣해진다. 죽음이 두려워서만은 아니다. 하지만 독일 군인은 어떤 특정한 죽음은 무척 겁낸다. 이런 상황에서 독일 군대는 항명을 하거나 쿠데타를 시도할 수 없다. 다스리는 자가 누구든 상관없다.

언뜻 보기에 유일한 반례가 실제로는 여기에 해당한다. 공화국에 반대하는 정치적 문외한 몇 명의 쿠데타 시도인 1920년 3월의 카프 반란Kapp Putsch이 그렇다. 공화국 군지도부의 일부가 그들을 전폭적으로 지원하고 그 나머지도 절반쯤은 동조했다. 정부는 이내 허점을 드러내고 별로 저항도 하지 않았으며 루덴도르프Erich F. W. Ludendorff처럼 군사적 전시효과가 있는 인물까지 지지했다. 하지만 결국 이른바 에르하르트 여단Brigade Ehrhardt만 쿠데타에 참여했다. 다른 자유군단 부대는 모두 '정부에 충성스럽게' 남았다. 이 우익의 쿠데타 시도도 결국 좌파에 대한 징벌로 끝났다.

매우 불행한 역사로, 길게 이야기할 것도 없다. 어느 토요일 아침

에르하르트 여단이 브란덴부르크 문으로 진군해 들어오자 정부는 노동자들에게 파업을 하라고 호소하고 재빨리 안전한 곳으로 피했다.

반란의 지도자 카프Wolfgang Kapp가 흑·백·적 삼색기 아래 민족주의적 공화국을 세웠다고 선언했지만 노동자는 총파업을 벌이고 군대는 '정부에 충성스럽게' 남았다. 새로운 정부는 일을 시작할 수도 없었다. 카프는 닷새 뒤 군대를 해산했다.

정부가 돌아와서 노동자들에게 일을 다시 시작하라고 요구했다. 하지만 노동자들은 이제 보상을 원했다. 그들은 악명 높은 노스케를 비롯해 타협적인 장관들 몇 명을 해임하라고 요구했다. 그러자 정부는 충성스러운 군대를 투입해 노동자들을 진압했다. 군대는 다시 대규모 진압 작전을 수행하고 특히 서부 독일에서는 실제 전투까지 벌어졌다.

몇 년 뒤 나는 진압에 참여했던 전직 자유군단 단원이 하는 얘기를 들었다. 그의 얘기 속에는 그때 수백 명씩 전사하거나 '도망치려다 총에 맞은' 희생자들에 대한 안타까움이 담겨 있었다. 그는 신중하고 감상적으로 몇 번이고 이렇게 말했다.

"한창때 젊은 노동자들이었어요."

그는 그때의 기억을 이 문구로 저장해둔 듯했다. 그는 인정한다는 듯 말을 이었다.

"일부는 정말 용감했죠. 1919년 뮌헨에서랑은 달랐어요. 그때 죽은 놈들은 아무짝에도 쓸모없는 떠돌이, 게으름뱅이, 유대인이었습니다. 그놈들은 조금도 불쌍하지 않습니다. 하지만 1920년 루르에서는 정말이지 한창 젊은 노동자였습니다. 정말 안타까운 친구들도 많았어요. 하지만 어찌나 고집이 센지 선택의 여지를 주지 않았죠. 그냥 총을 쏠 수밖에 없었습니다. 어떻게든 기회를 주려고 심문할 때 '너는 그냥 얼떨결에 휩쓸린 것뿐이잖냐?'고 물으면 아니라면서 구호를 외쳤죠. '노동자의 살해자와 매국노를 타도하자.' 그럼 어쩔 수가 없습니다. 열두 명씩 세워놓고 총을 쏠 수밖에. 우리 선임자도 그날 저녁 그렇게 가슴이 아팠던 적이 없다고 말하더라고요. 네, 1920년 루르에서 죽은 사람들은 한창 젊은 노동자였어요."

물론 나는 그때 이 일에 대해 하나도 몰랐다. 멀리 루르 지역에서 일어난 일이 아닌가. 베를린에서는 훨씬 덜 극적이었다. 피도 흐르지 않았고 훨씬 순조로웠다. 1919년의 격렬한 총격전에 비하면 1920년 3월은 적막하고도 섬뜩했다. 모든 것이 멈췄지만 아무 일도 일어나지 않았다는 바로 그 점이 섬뜩한 것이다. 기이한 혁명. 이야기를 해보자.

어느 토요일이었다. 점심때 빵집에서 사람들이 이제 황제가 돌아올 거라고 수군댔다. 그날 오후 학교에 가니 수업이 없었다. 그 무렵 우리는 오후 수업만 있을 때가 많았다. 석탄이 모자라서 학교 건물의 절반을 닫아놓고 두 학교 학생들이 한 건물에서 오전, 오후반으로 나누어 수업했다. 날씨가 좋을 때면 운동장에서 '정부군과 혁명군' 놀이를 했는데 아무도 혁명군 역할을 하려고 하지 않아서 곤란했다. 때때로 지금 혁명이 일어나고 있다는 사실을 믿을 수 없다는 것뿐 모든 게 만족스러웠다. 혁명이 너무나 갑자기 다가와서 소소한 내용은 하나도 몰랐다.

소소한 내용은 나중에도 알 수 없었다. 바로 그날 저녁부터 신문이 나오지 않았다. 그리고 이어서 전깃불도 들어오지 않았다. 다음 날 아침에는 처음으로 물도 나오지 않았다. 우편물도 들어오지 않았다. 대중교통도 다니지 않았다. 상점들은 문을 닫았다. 한마디로 아무것도 없었다.

우리가 사는 지역에는 수도水道와 상관없는 옛날식 우물이 몇 군데 있었다. 이제 이 우물이 전성기를 맞았다. 수백 명이 주전자와 양동이를 들고 줄을 서서 물을 길어 갔다. 건장한 젊은 남자 두엇이 펌프로 물을 퍼냈다. 사람들은 물을 가득 채운 양동이를 들고 소중한 물을 한 방울도 떨어뜨리지 않으려고 조심조심 걸어갔다.

그 밖에는 이미 말했듯 아무 일도 일어나지 않았다. 아니, 그보다 더 적은 일이 일어났다. 여느 때라면 날마다 일어났을 일도 일어나지 않았다. 총격전도 시위 행렬도 불법 집회나 노상 토론도 없었다. 정말 아무것도 없었다.

월요일에도 학교 수업이 없었다. 그곳에는 텅 빈 만족감이 널리 퍼져 있었지만 모든 것이 썩 이상하게 전개되는 듯하여 가벼운 불안감이 섞였다. 무척 '민족주의적'인 우리 체육 선생님은(교사는 모두 '민족주의적'이지만 체육 교사가 가장 심했다.) 확신에 차서 몇 번이나 말했다. “권력자가 바뀌면 당장 알아차리게 마련이지.” 하지만 솔직히 말해서 아무것도 알아차릴 수 없었다. 아마 체육 선생님도 자기가 알아차릴 수 없다는 것을 무마하려고 그렇게 말했을 것이다.

우리는 학교에 있다가 베를린 중심가 ‘운터덴린덴’으로 갔다. 조국에 큰일이 일어나는 날에는 그곳에 있어야 한다고 막연히 느꼈기 때문이다. 거기 가면 뭔가 더 보거나 더 알아낼 수 있으리라는 기대도 있었다. 하지만 볼 것도 알아낼 것도 없었다. 쓸데없이 설치한 기관총 뒤에 군인 몇 명이 지루해하면서 서 있을 뿐이었다. 아무도 그들을 공격하러 오지 않았다. 이상하게도 일요일 같은 느낌이었다. 그저 조용하고 평화로웠다. 총파업 때문이었다.

그다음 며칠도 그저 따분하기만 했다. 물을 길기 위해 우물 앞에 줄을 서는 것도 처음에는 새로운 맛이 있었지만 곧 다른 일과 마찬가지로 귀찮아졌다. 변기가 막히고 뉴스나 편지가 안 들어오고 음식을 구하기가 어려우며 밤에는 칠흑처럼 깜깜하고 날마다 일요일처럼 적막했다. 민족주의적 열정을 불러일으키며 보상해줄 만한 일도 없었다. 행진도 없고 「우리 국민에게 고함」 같은 격문도 없었다. 정말이지 아무것도 없었다.(그때 라디오 방송이라도 있었다면!) 딱 한 번 벽에 낙서가 적혔다. “외국도 중재하지 않는다.” 그래, 그것마저 없었다.

그리고 어느 날 갑자기 카프가 물러났다고 했다. 자세한 것은 몰라도 다음 날 다시 여기저기서 총소리가 들리자 이제 옛 정부가 돌아왔다는 사실을 알 수 있었다. 언제부터인가 수도관에서 찔끔거리는 소리가 나더니 곧 물이 콸콸 쏟아지기 시작했다. 좀 지나자 학교 수업도 다시 시작했다. 학교 기물들은 뭔가 물을 뒤집어쓴 듯한 분위기였다. 그리고 신문도 다시 나왔다.

카프 반란이 끝난 다음부터 우리 사내아이들 사이에서는 정치 전반에 대한 관심이 시들해졌다. 어느 쪽이든 다 똑같아서 모두 별 매력이 없었다. '알트 프로이센 달리기 협회'는 해산되었다. 많은 애들이 우표 수집, 피아노 연주, 연극 등 새로운 관심사를 찾았다. 몇몇 애들만 여전히 정치에서 관심을 떼지 않았는데 나는 이상하게도 그 애들이 멍청하고 거칠고 호감이 가지 않는 부류라고 처음 눈치챘다. 그 애들은 이제 독일민족주의자 청년회나 비스마르크 협회 등 '정식'협회에 가입했다.(히틀러유겐트는 아직 없었다.) 그 애들은 학교에서 브래스너클*, 고무 곤봉, 심지어 철제 곤봉을 언뜻 내보이고 밤마다 위험을 무릅쓰고 포스터를 붙이거나 떼면서 활약했다고 으스대는가 하면 다른 사람과 다른 은어를 쓰기 시작했다. 또 유대인 급우한테 못되게 굴기 시작했다.

카프 반란이 끝난 지 얼마 지나지 않았을 때, 그런 애들 가운데 하나가 지루한 수업 시간에 공책에 이상한 형상을 끼적거리고 있는 것이 보였다. 언제나 같은 모양으로 줄 몇 개를 긁적거리면 놀랍게도 대칭적인 상자 모양 장식이 나왔다. 나도 당장 따라 해 보았다.

* 손가락에 끼워 무기로 쓰는 금속 씌우개.

내가 목소리를 낮춰 물었다. 아무리 지루해도 수업 시간이었으니까.

"이게 뭐야?"

전보 치듯 그 애도 짤막하게 속닥거렸다.

"반유대주의자 표식. 에르하르트 여단이 철모에 달았어. '유대인 꺼지라'는 뜻이야. 이런 건 알고 있어야지."

그 애는 느긋하게 계속 끼적거렸다.

나는 이렇게 하켄크로이츠*를 처음 접했다. 하켄크로이츠는 카프 반란이 뒤에 남긴 딱 한 가지였다. 그다음부터 이것을 자주 보게 되었다.

* Hakenkreuz: 갈고리 십자형의 휘장으로 나치와 제3제국의 상징으로 사용됐다.

9

정치는 2년이 지난 다음 다시 단박에 흥미진진해졌다. 발터 라테나우•라는 남자가 등장한 덕분이었다.

그 전에도 그 뒤에도 독일은 대중과 청소년에게 이렇게 깊은 환상을 심어준 정치가를 내놓은 적이 없었다. 슈트레제만Gustav Stresemann과 브뤼닝Heinrich Brüning은 활동 기간이 더 길었고 어떤 의미에서는 정치를 통해 짧은 역사적 시기를 형성했다고 할 수 있지만 결코 한 인간으로서 라테나우의 마력은 따라잡지 못했다. 기껏해야 히틀러를 라테나우와 어떤 의미에서 비교할 수 있겠지만 그 또한 제한이 있다. 히틀러를 둘러싼 유명세는 오래전부터 의식적으로 이끌어낸 것이라서, 어디까지가 진짜 매력이고 어디까지가 조작인지 구분하는 게 거의 불

• 발터 라테나우(Walther Rathenau, 1867~1922): AEG 설립자인 에밀 라테나우의 장남으로 아버지 회사를 운영하는 한편 정치 현실 비판서도 몇 권 출간했다. 1921년 5월부터 재건장관으로 일했고 1922년 6월부터는 외무장관으로 일했다.

가능하다.

라테나우가 살던 시대에는 아직 정치적 스타덤이라는 게 없었고 라테나우 자신도 사람들 관심을 끌려고 한 적이 전혀 없었다. '위인'이 공적인 영역에 나타날 때면 신비스러운 발전 과정이 일어난다. 내가 경험한 바로는 라테나우가 가장 강력한 실례다. 우선 위인은 모든 장벽을 뚫고 대중과 홀연히 접촉한다. 다들 냄새를 맡고 귀를 기울인다. 갑자기 팽팽하게 긴장한다. 재미없는 것도 재미있게 된다. '그를 제쳐두고 지나갈 수 없다.' 어쩔 수 없이 열정적으로 가담한다. 전설과 개인숭배가 솟구쳐 오른다. 사랑과 증오도 생겨난다. 이 모든 게 자기도 모르는 새 거의 무의식적으로 피할 수 없이 일어난다. 마치 자석을 쇳가루 더미에 댔을 때 일어나는 반응과 비슷하다. 꼭 그만큼 비합리적이고 꼭 그만큼 벗어날 수 없고 꼭 그만큼 설명할 수 없다.

라테나우는 재건장관이 되었다가 나중에 외무장관을 맡았다. 그러자 갑자기, 정치가 다시 움직인다는 느낌이 들었다. 그가 국제회의에 참석하면 비로소 독일의 입장이 적절하게 대변되고 있다고들 느꼈다. 라테나우는 루쇠르•와 '현물급부조약'을 체결하고 치체린••과 친화조약을 맺었다. 그전에는 현물급부가 뭔지 아는 사람이 거의 없었지만 러시아와 조약을 맺을 때 쓴 외교 형식의 표현을 이해하는 사람

• 루이 루쇠르(Louis Loucheur, 1872~1931): 프랑스 정치가.
•• 게오르기 치체린(Georgi Chicherin, 1872~1936): 러시아 외교관.

도 아주 적었지만, 다들 식품점이나 신문 가게에서 이 두 가지를 놓고 왁자지껄하게 떠들었다. 우리 김나지움 9학년 학생들도 어떤 애들이 이 조약이 '천재적인 작업'이라고 한 반면 다른 애들은 이를 '유대인의 민족 배반'이라 했다고 서로 뺨을 때렸다.

단지 정치로서만이 아니었다. 사람들은 사진이 많은 신문과 잡지에서 다른 정치인들처럼 라테나우의 얼굴을 보았다. 다른 얼굴들은 곧 잊어버렸지만 라테나우의 얼굴은 지혜와 슬픔이 가득 담긴 검은 눈으로 물끄러미 바라보는 것 같아 잊기 힘들었다. 그의 연설을 읽으면 그 내용 너머 책망과 요구와 약속이 담긴 목소리가 들렸다. 도저히 흘려들을 수 없었다. 그건 선지자의 목소리였다. 많은 사람이 그의 저서를 찾아 읽었다.(나도 그랬다.) 그 안에는 또 흐릿하지만 비장한 호소가 들어 있었다. 그 호소는 강요하는 한편 설득했고 요구하는 동시에 권유했다. 한편, 바로 이게 그 책들의 가장 큰 매력이었다. 절제하는 한편 환상적이고, 각성시키는 한편 고무적이고, 회의적인 한편 열정적이었다. 그 책들은 머뭇머뭇 가장 나지막한 목소리로 가장 대담한 얘기를 했다.

이상한 일이지만 라테나우에 걸맞은 제대로 된 전기는 아직 나오지 않았다. 그는 의심할 나위 없이 우리 세기의 위대한 인물 중 대여섯 번째에 든다. 그는 귀족적인 혁명가이자 이상주의적인 경제 전문가이고, 유대인이면서 독일 애국자이고, 독일 애국자이면서 자유주의적인 세계시민이며, 자유주의적 세계시민이면서 다시금 천년왕국

설의 신봉자이고 엄정한 법의 종복이기도 했다.(다시 말해 유일하게 진실한 의미로 유대인이었다.) 그는 교양에 대해 초연할 만큼 교양이 있었고 재물에 대해 초연할 만큼 부유했으며 세상에 대해 초연할 만큼 세상물정에 밝았다. 그가 만약 1922년에 독일 외무장관이 아니었다면 1800년의 독일 철학자나 1850년의 국제적인 금융자본가나 위대한 랍비나 은둔자였을 거라고들 느꼈을 법했다. 그는 절대 통합할 수 없는 것을 위험하고도 딱 한 번만 가능한 조금 섬뜩한 방식으로 자신 안에서 통합해냈다. 라테나우 안에는 문화와 철학이 종합된 진테제가 있었다. 그는 사상도 아니고 행위도 아니고 인간으로 그것을 체현했다.

사람들은 "대중을 이끄는 자가 이럴 수 있을까?" 하고 물을 것이다. 놀랍게도 대답은 "그렇다"다. 대중은—나는 이 단어를 프롤레타리아가 아니라 이름 없는 집단적 존재를 뜻하는 데 사용하는데, 우리는 높든 낮든 누구나 어떤 순간에는 대중의 일원이 된다—자기와 가장 닮지 않은 사람에게 가장 강렬하게 반응한다. 정상적인 것도 유능함이 함께하면 인기가 있을 수 있다. 하지만 대중은 자기가 전혀 도달할 수 없는 가장 비정상적인 사람만 극단적인 사랑으로 신처럼 숭배하거나 극단적인 증오로 악마란 낙인을 찍는다. 그런 사람은 대중에 비해 지나치게 높은 곳에 있을 수도 있지만 너무 낮은 곳에 있을 수도 있다. 이 사실을 나는 독일에서 직접 경험했다. 라테나우와 히틀러는 독일 대중의 환상을 최대한 자극한 현상이다. 한 사람은 믿을 수 없는 교양으로, 다른 사람은 믿을 수 없는 야비함으로. 결정적인 것은 두 사람 다 대중이 도달할 수 없는 영역, 즉 '저 세상'에서 왔다는 사실이다. 한 사람은 두 대륙과 3세기의 문화가 향연을 벌이는 세련된 영성의 영역에서, 다른 사람은 천박한 통속문학에 그려진 세계보다 훨씬 급이 낮은 정글, 소시민의 뒷방과 노숙자 쉼터와 군대 뒷간과 사형장에서 스멀스멀 생기는 곰팡이처럼 악마가 태어나는 지하세계에서. 두 사람은 모두 자기 정책이 뭐든 각자의 '저 세상'에서 나온 진정한 마력을 지니고 있었다.

라테나우가 자기 정책을 제대로 펼칠 시간이 있었다면 독일과 유럽의 정치는 어떻게 되었을까? 다 알다시피 그는 직책을 맡은 지 6개월 만에 살해당했기에 그럴 시간이 없었다.

라테나우가 대중에게 참된 사랑과 증오를 불러일으킨다는 말은 이미 했다. 이 증오는 근원적인 것으로 야만적이고 비이성적이고 어떤 토론도 용납하지 않는다. 라테나우 다음에 이런 증오를 거둔 독일 정치인은 딱 한 사람, 히틀러뿐이었다. 물론 라테나우를 증오하는 사람과 히틀러를 증오하는 사람은 두 사람이 서로 다른 만큼이나 너무나 달랐다.

"저 새끼를 없애버려야지."는 라테나우의 반대자들이 입에 달고 살던 말이었다. 그래도 어느 날 점심신문에서 구구한 설명도 없이 너무 간단한 표제를 보니 놀라웠다. 외무장관 라테나우 피살. 발아래에서 땅이 꺼지는 느낌이었다. 범죄가 별 어려움 없이 얼마나 쉽게 그야말로 당연한 것처럼 저질러졌는지 기사를 읽어갈수록 절망감은 더 강해졌다.

라테나우는 아침마다 일정한 시각에 무개차를 타고 그뤼네발트의 집에서 빌헬름 거리로 갔다. 어느 날 아침 장관의 차가 빌라가 늘어선 조용한 거리로 나오자 다른 차 한 대가 기다리고 있다가 뒤따랐다. 그 차가 장관의 차를 추월하는 순간 차에 타고 있던 세 젊은이가 모두 동시에 희생자의 가슴과 머리를 향해 총을 쏘고는 최고 속도로 달아났다.(오늘날 그곳에는 그 세 사람을 위한 기념비가 서 있다.)

이토록 간단했다. 어떻게 보면 콜럼버스의 달걀 같았다. 카라카스나 몬테비데오*가 아니라 우리가 사는 여기 베를린 그뤼네발트에서 일어난 일이다. 그곳에 직접 가볼 수도 있다. 다른 곳과 그리 다르지 않은 교외의 거리다. 곧 알려졌지만 범인도 우리와 그리 다르지 않은 남자애들로 하나는 김나지움 7학년 학생이었다. 바로 얼마 전에 라테나우를 '없애버려야 한다'고 말했던 동급생 가운데 하나가 범인일 수도 있지 않을까? 분하고 화나고 고통스럽기도 했지만 어찌나 뻔뻔스럽게 성공했는지 하마터면 헛웃음이 날 지경이었다. 자연스럽고 너무나 간단했다. 너무 간단해서 아무도 미처 예상하지 못했다. 이렇듯 역사를 만드는 게 정말 섬뜩할 정도로 쉬워졌다. 아무래도 미래는 비범한 인물이 되려고 애쓴 라테나우가 아니라 그저 운전과 총질을 배운 테호브나 피셔에게 달린 듯했다.**

* 카라카스는 베네수엘라, 몬테비데오는 우루과이의 수도로 1930년대 정국이 매우 불안했다.

물론 이런 불편한 느낌도 애도와 분노가 뒤섞인 압도적인 감정에 묻혀버렸다. 1919년 리히텐베르크에서 노동자 수천 명이 학살된 것도 이 한 남자, 그것도 자본가였던 이 남자의 암살만큼 대중을 격분시키지 않았다. 라테나우가 죽고 난 다음에도 며칠 동안 그 인물의 마력은 여전히 살아남았다. 며칠 동안 널리 퍼진 진정한 혁명의 분위기는 내가 다시는 경험하지 못한 것이었다. 아무도 강요하거나 위협하지 않았는데 라테나우의 장례식에는 수십만이 모여들었다. 그들은 예식이 끝난 뒤에도 흩어지지 않고 분노를 억누른 채 말없이 시위하면서 몇 시간이나 끝없이 줄을 지어 거리를 행진했다. 이 무렵 누가 그들에게 그때만 해도 '반동주의자'라 불렸지만 사실 이미 나치였던 자들과 끝장을 내라고 요구했다면 그들은 더 묻지도 않고 빠르고 단호하면서도 철저하게 그렇게 했을 것이다.

하지만 아무도 그러라고 하지 않았다. 오히려 규율과 질서를 지키라고 요구했다. 정부는 몇 주간 토의 끝에 '공화국 수호에 관한 법률'을 입안해서 장관을 모욕할 경우 쉽게 감금할 수 있게끔 하여 웃음거리가 되었다. 몇 달 뒤 정부는 음울하고 조용하게 스스로 무너져 우파정권에 자리를 내주었다.

●● 라테나우의 암살자 에른스트 베르너 테호브, 헤르만 피셔, 에르빈 케른은 극우 무장 조직 콘줄 조직원이었다. 피셔와 케른은 경찰의 추적에 몰리자 자살하고 운전을 한 테호브만 살인죄로 기소되었다. 어떤 책은 테호브가 프랑스 어디서 유대인의 탈출을 도왔다고 하는데 미국 언론인이 지어낸 이야기다.

라테나우의 짧은 시대가 남긴 것은 1918, 19년부터 이미 익혀온 교훈을 확인한 것뿐이었다. 좌파가 하는 일치고 되는 게 없다는 것.

10

이윽고 1923년이 왔다. 이 특별한 해가 아마 독일인에게 오늘날 다른 민족이 이해할 수 없는 기이한 특징을 남겼을 것이다. 이런 특징은 '독일 민족의 성격'이라고 생각해오던 통념과도 거리가 있었다. 억제할 수 없는 냉소적인 망상, 그 자체로 '불가능한 것'에 대한 허무주의적인 즐거움, 그 자체가 목적이 된 '추진력'. 그해 독일에서는 한 세대 전체에서 영혼의 장기 하나를 제거했다. 그 장기는 안정감과 균형감을 주지만 어려움을 주기도 하는데 상황에 따라 양심, 이성, 경험적 지혜, 기본에 충실함, 도덕, 경건함 등등으로 드러난다. 그해 독일인 한 세대 전체가 인생에서 중심을 잡아주는 근간이 없어도 아무 문제가 없다는 사실을 배웠다. 아니 적어도 그 사실을 배웠다고 믿었다. 그 이전 몇 해가 허무주의를 배우기에 좋은 예비학교였다면 1923년은 허무주의라는 큰 축복을 골고루 나눠준 해였다.

어떤 민족도 독일인의 '1923년'에 상응하는 것을 겪지 않았다.

세계대전은 모든 민족이 다 경험했고, 혁명, 사회적 위기, 총파업, 부의 재편, 화폐 평가절하 등도 거의 다 경험했다. 하지만 어떤 민족도 1923년 독일에서처럼 이 모든 게 한꺼번에 터무니없이 극단적으로 치솟는 일은 경험하지 않았다. 돈뿐만 아니라 모든 가치 기준이 사라져버린, 어마어마한 사육제謝肉祭의 행렬과 끝없는 피투성이 농신제農神祭는 어떤 민족도 경험한 적이 없다. 1923년을 겪고 난 다음 독일인은 꼭 나치즘이 아니라도 어떤 환상적인 모험에라도 뛰어들 준비를 마쳤다. 나치즘의 심리학적·정치학적 뿌리는 우리가 봐왔듯이 훨씬 더 깊이 내려간다. 하지만 나치즘의 광란적인 특징을 결정하는 것은 그때 이미 만들어졌다. 냉혹한 광기, 불가능한 것을 향해 오만할 만큼 거침없이 나가는 맹목적 결단력, '우리한테 유용한 것이 정당한 것이다'와 '불가능이란 없다'는 원칙. 1923년 같은 경험은 어떤 민족이 영혼의 상처 없이 치러낼 수 있는 한계를 넘어선 듯하다. 아주 현명한 사람이 평화를 추구하지 않는다면, 다가올 전쟁을 치른 다음 어쩌면 유럽 전체가 1923년과 같은 미친 시간을 경험할지도 모른다. 나는 그 생각만 해도 소름이 끼친다.

애국적 열정으로 들뜬 분위기에서 시작된 1923년은 마치 1914년이 다시 돌아온 듯했다. 푸앵카레가 루르 지방을 점령하자• 정부는 수

• 1923년 프랑스 총리 레몽 푸앵카레(Raymond Poincaré, 1860~1934)는 독일이 전쟁배상금을

동적 저항을 호소하고 독일 국민들 사이에서는 조국이 굴욕을 당하고 위험에 처했다는 감정이 그동안 쌓인 피곤과 실망을 뛰어넘었다. 사실 이런 감정은 1914년보다 더 진실하고 진지했을 것이다. 민중은 '떨치고 일어나' 꺾이지 않을 각오로 준비를 마쳤다고 선언했다. 하지만 무엇을 위해? 희생하기 위해서? 싸우기 위해서? 분명하지 않았다. 민중에게는 아무것도 요구하지 않았다. '루르 전쟁'은 전쟁이 아니었다. 아무도 징집되지 않았다. 전황 보고문도 없었다. 목표가 없으니 전투적인 분위기도 이내 시들해졌다. 그래도 며칠 동안 사람들은 모이기만 하면 어디서나 『빌헬름 텔』에 나오는 뤼틀리 서약•을 읊었다.

하지만 이런 행동은 허공에 대고 허세를 떠는 것이기에 점차 우습고 민망스러운 일이 되었다. 루르 지방 바깥에서는 아무 일도 일어나지 않았다. 루르 지방에서도 돈을 받고 일종의 위장 파업을 했을 뿐이었다. 노동자만 돈을 받은 것이 아니라 사용자도 받았다. 그것도 아주 후하게 받았다고 곧 알려졌다. 애국심이었을까? 아니면 이윤을 놓쳤다고 보상을 받았을까? 뤼틀리 서약으로 전도유망하게 시작한 루르 전쟁은 몇 달 뒤 아주 분명하게 부패라는 악취를 풍겼다. 곧 아무도 더 흥분하지 않았다. 고향에서는 훨씬 더 이상한 일이 일어났기에

제대로 지불하지 않자 벨기에와 힘을 합쳐 루르 지방을 점령한다. 이 사건은 독일인의 경제 사정을 더욱 악화시키고 독일인에게 굴욕감을 안겨주었고 그 결과 민족주의적 분위기가 고양되었다.

• 1291년 8월 1일 스위스 세 지역 대표자들이 뤼틀리 평원에 모여 압제자를 거부하고 연맹을 맺기로 뜻을 모은다. 이는 스위스 건국의 신호탄이 되었다. 프리드리히 실러는 이 건국신화를 소재로 희곡 『빌헬름 텔』을 썼다.

아무도 루르 지방에 신경을 쓰지 않았다.

1923년에 신문을 읽은 사람들은 포로 숫자와 전리품의 양이 신문 표제를 장식하던 전쟁 때처럼 흥미진진한 숫자 놀음을 다시 할 수 있었다. 그토록 투쟁적으로 시작한 해지만 이번에 나오는 숫자들은 전쟁과는 아무 상관이 없었다. 평소라면 별로 재미없었을 일상적인 외환 거래와 관련 있는 달러 시세였다. 사람들은 공포와 흥분이 뒤섞인 감정으로 달러 가치의 변동에서 마르크화의 폭락을 읽어냈다. 더 많이 관찰할 수도 있었다. 달러의 가격이 오를수록 환상의 왕국으로 가는 우리 비행은 더 거칠어졌다.

사실 마르크화의 평가절하에는 그리 새로울 게 없었다. 1920년 내가 처음으로 몰래 피운 담배 한 개비는 이미 50페니히였다. 1922년 말 물가는 전쟁 전 수준의 10배에서 100배까지 차츰 올랐고 1달러는 약 500마르크였다. 그러나 이는 점진적으로 일어났다. 임금과 급료와 물가도 대체로 그에 맞춰 올랐다. 계산할 때 숫자가 너무 커서 조금 불편하지만 그 밖에는 이상할 게 없었다. 많은 사람이 '물가가 오른다'라고 이야기했다. 하지만 그보다 더 자극적인 일이 많았다.

그런데 이제 마르크화가 미치고 말았다. 루르 전쟁이 일어나자마자 1달러는 2만 마르크까지 치솟더니 잠깐 있다가 4만 마르크로 올랐다. 그런 다음 조금 머뭇거리거나 잠깐씩 오르락내리락하긴 했지만 만 배에서 10만 배, 100만 배까지 되었다. 어떻게 이런 일이 일어나는지 아무도 정확하게 몰랐다. 우리는 이게 마치 놀라운 자연현상이라도 되는 양 눈을 비비면서 이 과정을 따라갔다. 달러는 가장 중요한 얘깃거리였다. 그러다 문득 주위를 둘러보니 이 사건은 우리 일상생활까지 망가뜨렸다.

정기예금이나 저당권 같은 데 돈을 투자한 사람은 그 가치가 하룻밤 사이에 사라지는 것을 보았다. 맡긴 금액이 적든 많든 곧 아무 차이가 없어졌다. 모든 것이 흔적도 없이 사라졌다. 많은 사람이 얼른 투자처를 바꾸었지만 그래봐야 소용이 없었다. 이런 일들이 모든 사람이 재산 따위는 잊어버리고 훨씬 더 급한 일에 생각을 집중해야 한다는 사실을 깨닫게끔 하는 사건임이 곧 명백해졌다.

상인들이 달러 시세를 바짝 뒤쫓아 가격을 올렸기에 생활비가 치솟기 시작했다. 어제 5만 마르크이던 감자 1파운드*가 오늘은 벌써 10만 마르크였다. 지난주 금요일 집에 가져온 급료 6만 5,000마르크로 화요일에는 담배 한 갑도 살 수 없었다.

어떻게 해야 할까? 사람들은 갑자기 안전한 섬 하나를 발견했다. 주식은 이 속도를 견딜 수 있는 유일한 투자처였다. 규칙적이지도 않고 똑같은 정도도 아니지만 대충 보조를 맞출 수는 있었다. 그래서 모두들 주식을 샀다. 하급 공무원, 사무직원, 교대 작업을 하는 노동자까지 다 주주가 되었다. 매일 장을 볼 때면 주식을 팔아 값을 치렀다. 다들 봉급날이면 은행으로 몰려갔고 주식시세는 로켓처럼 하늘로 치

* 1파운드는 약 453그램.

솟았다. 은행에는 돈이 흘러넘쳤다. 새로운 은행이 버섯처럼 솟아나 번성했다. 온 국민이 날마다 주식 뉴스를 탐독했다. 때로 주식 가운데 몇 가지가 폭락하면 수천 명이 비명을 지르면서 나락으로 뛰어내렸다. 모든 가게, 공장, 학교에서 주식 정보를 속닥거렸다.

늙은이들과 세상물정에 어두운 사람들이 가장 힘든 축이었다. 많은 사람이 구걸로 내몰렸고 스스로 목숨을 끊기도 했다. 젊은이들과 눈치 빠른 사람들은 아주 잘 지냈다. 그들은 하룻밤 사이에 자유로워지고 부유해지고 독립적이 되었다. 정신적으로 태만하거나 예전 경험에 의존했다가는 굶주림과 죽음으로 벌을 받았지만 충동에 따라 행동하거나 새로운 상황에 재빨리 적응하면 갑자기 어마어마한 재산으로 보답받았다. 스물한 살짜리 은행장이 나오고 고등학교 졸업반 학생도 나이가 좀 더 많은 친구들에게서 주워들은 주식 정보로 생활비를 벌었다. 그는 멋진 넥타이를 매고 샴페인 파티를 열며 당황한 아버지를 먹여 살렸다.

이런 고통과 절망과 빈곤 속에서 뜨거운 피가 흐르는 열띤 청춘, 방탕함, 널리 퍼진 축제의 정신이 번성했다. 이제 늙은이가 아니라 젊은이한테 돈이 모였다. 돈의 본성도 달라져서 그 가치가 몇 시간밖에 지속하지 않았다. 이렇게 돈이 마구 쓰인 것은 전무후무한 일이었다. 그것도 노인들이 사는 것과 다른 물건들을 사는 데.

수많은 술집과 나이트클럽이 갑자기 생겨났다. 젊은 연인들은 상류층이 나오는 영화에서처럼 유흥가를 휩쓸고 돌아다녔다. 어디를 둘러봐도 누구나 미친 듯이 성급하게 사랑에 빠져들었다. 사랑도 인플레이션의 특징을 띠었다. 기회만 있으면 잡아야 했다. 또 대중이 그 기회를 제공해야 했다. 사랑에서도 '신사실주의'가 발견되었다. 경박하고 성급하게 편한 관계를 추구했다. 괜히 애태우지 않고 쉽게 만나고 쉽게 헤어졌다. 이 무렵 사랑하는 것을 배운 젊은이들은 낭만을 건너뛰어 냉소를 바로 껴안았다. 나와 내 또래들은 이런 젊은이에 속하지 못했다. 우리는 열다섯, 열여섯 살로 딱 2, 3년쯤 어렸다. 몇 년 뒤 우리가 용돈 20마르크로 여자 친구를 만날 수밖에 없을 때, 우리는 한때 기회를 누렸던 나이 많은 사내아이들을 은근히 부러워했다. 우리는 자물쇠 구멍으로 이 시대의 향기가 영원히 콧속에 감돌 수 있을 딱 그만큼만 안을 들여다보았다. 불타는 파티에 따라가는 일, 자신을 내던지고 지치도록 놀거나 칵테일을 너무 많이 마셔서 가벼운 숙취가 생기는 일, 지친 얼굴에서 방탕한 지난밤의 행적이 그대로 드러나는 선배들의 이야기를 듣는 일, 화장을 짙게 한 소녀들이 불쑥 던지는 키스를 받는 일, 모두 짜릿짜릿했다.

물론 이 그림에는 다른 면도 있었다. 갑자기 거지들이 늘어났다. 신문에는 자살 기사가, 원형 광고탑에는 '가택 침입으로 수배'라는 경찰의 게시물도 많아졌다. 어디서나 강도와 절도가 수없이 일어났다. 한번은 공원 벤치에 앉아 뻣뻣하게 굳어 있는 나이 든 여인, 아니 숙녀를 보았다. 사람들이 모여들었다. 누군가가 말했다. "죽었어." 다른 사람이 덧붙였다. "굶어서." 나는 그리 놀라지도 않았다. 우리 집도 가끔 굶었으니까.

사실 아버지는 시대를 이해하지 못한 사람 가운데 하나였다. 어쩌면 그는 전쟁을 이해하기를 거부한 것처럼 시대를 이해하고 싶어 하지 않았을 것이다. 그는 '프로이센 관료는 투기하지 않는다'라는 표어 뒤에 자신을 묻고 주식을 사지 않았다. 그때 나는 그건 소견이 좁다고 보고 아버지의 원래 성격에도 맞지 않는다고 생각했다. 아버지는 아주 현명한 사람이었으니까. 오늘날 나는 아버지를 더 잘 이해하게 되었다. 지금 되돌아보면 이런 '황당무계한 일'을 거부하던 아버지의 염오나 '해서 안 되는 일은 할 수 없다'는 상투적인 문구 뒤에 있는 성급한 경멸에도 어느 정도 공감한다. 하지만 유감스럽게도 기준을 이렇게 높게 세우면 실제 결과는 소극笑劇으로 전락하기 십상이다. 만약 어머니가 나름대로 상황에 적응하지 않았다면 소극은 비극으로 변할 수도 있었을 것이다.

프로이센 고급 관료 가족은 외형상 이렇게 살았다. 아버지는 매달 31일이나 그다음 달 1일에 월급을 받았고 그 돈은 우리 생계비였다. 은행 자산이나 정기예금은 오래전에 가치를 잃었다. 이 월급이 얼마나 가치가 있는지 측정하기란 쉽지 않았다. 그 가치는 매달 달라졌다. 어떤 때는 1억 마르크가 상당한 가치가 있었지만 얼마 뒤에는 5억 마르크도 용돈에 불과했다. 어쨌든 아버지는 월급을 받자마자 서둘러 지하철 정기권을 샀다. 비록 지하철을 타면 상당히 돌아가고 시간도 오래 걸렸지만 적어도 다음 달에 출퇴근을 할 수 있었다. 그런 다음 수표를 발행해 집세와 학비를 내고 그날 오후 온 가족이 머리를 다듬으러 갔다. 남은 돈은 어머니에게 건네졌다. 다음 날 아침 아버지만 빼고 하녀를 포함해 온 가족이 새벽 4시나 5시에 일어나 택시를 타고 도매시장에 갔다. 그곳에서 상하지 않는 식료품을 조직적으로 사면 고급 공무원의 한 달치 월급을 한 시간 안에 다 쓸 수 있었다. 커다란 치즈랑 햄 덩어리, 감자가 자루째 택시에 실렸다. 차에 자리가 모자라면 우리 식구 하나랑 하녀가 같이 가서 손수레를 구해 왔다. 아직 학교에 가기 전인 8시쯤 우리는 한 달쯤 포위되어도 그럭저럭 견딜 만큼 갖추어 집에 돌아왔다. 그리고 그게 끝이었다. 한 달 동안 돈은 더 생기지 않았다. 친절한 제빵공이 외상으로 빵을 갖다 주었고 그 밖에는 감자, 훈제 고기, 통조림, 고형 수프만 먹고 살았다. 가끔 예기치 않은 돈이 더 들어올 때도 있었지만 한 달 내내 너무 돈이 없어서 편도 전차표나 신문 한 장 값을 치르지 못할 때도 많았다. 우리 식구들한테 나쁜 일이라도 생겼다면, 예를 들어 누가 큰 병에 걸리거나 다른 사고가 났다면 어떻게 되었을까?

부모님에게는 힘들고 어려운 시절이었을 것이다. 그러나 나한테는 불편하기보다는 색다른 경험이었다. 먼 길을 돌아 출퇴근했기에 아버지는 집에서 일찍 나가 늦게야 돌아왔고 나는 그 덕분에 감독을 받지 않고 절대적인 자유를 누렸다. 용돈은 받지 못했다. 하지만 나보다 몇 살 많은 학교 친구들은 그야말로 부유했고 그들이 연 파티에 초대받아 빈손으로 간다고 해서 전혀 폐가 되지도 않았다. 나는 우리 집의 가난과 친구들의 부유함 사이에서 일종의 무심함을 유지할 수 있었다. 하나를 원통해하지도 않고 다른 하나를 질시하지도 않고 그저 다 기이하고 놀랍다고 생각했다. 사실 현재가 아무리 흥미진진해도 내 자아의 일부만 현재에 살고 있었다. 더욱 흥미진진한 것은 책의 세계였다. 나는 거기 깊이 빠져들었고 그 세계는 내 존재의 더욱 큰 부분을 차지했다. 나는 『부덴브로크 가의 사람들』과 『토니오 크뢰거』, 『닐스 리네』와 『말테의 수기』, 베를렌의 시와 릴케, 게오르게, 호프만스탈의 초기 시, 플로베르의 『11월』, 와일드의 『도리언 그레이의 초상』, 그리고 하인리히 만의 『피리와 단도』를 읽었다.

나는 이 책의 주인공들과 비슷하게 세상에 넌더리를 내며 세기말 퇴폐적인 아름다움을 찾는 유미주의자로 바뀌었다. 초라하고 조금은 거칠어 보이는 열여섯 살의 나는 조금 작아진 양복을 걸치고 머리는 덥수룩한 채 인플레이션 아래 베를린의 달뜬 거리를 만이 그리는 도시귀족이나 와일드에 나오는 멋쟁이 같은 자세나 감정으로 돌아다녔다. 이런 감정은 바로 그날 아침 하녀와 함께 치즈 상자나 감자 자루를 손수레에 실었다고 해도 별로 손상되지 않았다.

이런 감정이 근거 없는 것일까? 그저 책을 읽다가 흘러 들어왔을까? 열여섯 살 먹은 남자아이는 원래 가을에서 봄까지 염세, 무료, 우울로 기우는 경향이 있지만 나와 내 또래들은 인생을 심드렁하니 염세적이고 회의적으로 얕보고 우리 자신 속에서 토마스 부덴브로크나 토니오 크뢰거랑 비슷한 무엇인가를 발견하기에 충분할 만큼 많은 것을 겪지 않았을까?

우리는 전쟁이라는 거대한 놀이를 경험하고 그 결말이 준 충격도 감당했다. 환상을 철저하게 깨뜨린, 혁명이라는 정치 수업도 했다. 그리고 이제 날마다 인생의 모든 규칙이 몰락하고 나이와 경험이 파산하는 것을 보았다. 여러 가지 모순적인 신념도 두루 겪었다. 우리는 한동안 평화주의자이다가 이어 민족주의자가 되고 마지막엔 마르크스주의적 계몽에 복속했다.(마르크스주의적 계몽은 성적 계몽과 여러 가지 점에서 비슷하다. 우선 둘 다 비공식적이고 약간은 불법이며 교육에 충격요법을 이용한다. 또한 둘 다 매우 중요하지만 공식적으로 입에 올리지 않고 관례상 무시하는 일부분을 전체라고 간주한다. 성적 계몽의 경우에는 사랑이고 마르크스주의적 계몽의 경우에는 역사다.) 라테나우의 죽음은 위대한 사람도 죽는다는 사실을 우리에게 가르쳐주었다. 루르 전쟁은 고귀한 의도와 추잡한 사업을 똑같이 가볍게 넘길 수 있다는 사실을 일깨워주었다. 열광이란 젊은이들에게 인생의 양념인데, 우리가 열광할 만한 일이 더 남아 있을까? 게오르게나 호프만스탈의 시에서 새빨갛게 달궈진, 시간을 초월한 아름다움을 관찰하는 일이나 회의주의의 오만함을 지니는 일이나 사랑을 꿈꾸는 일이 아니라면.

아직 어떤 여자애도 내 사랑을 깨우진 못했지만 나와 이상이 같고 책 읽는 취향도 비슷한 남자애가 있었다. 이렇게 거의 병적일 만큼 여리지만 소리 없이 열정적인 관계는 여자애가 인생에 제대로 등장하기 전까지 남자애들만 유지할 수 있다. 이런 능력은 곧 시들어버린다. 우리는 수업이 끝난 뒤 몇 시간이고 거리를 돌아다니면서 어디선가 달러 시세를 찾아보고 생각도 말도 별로 하지 않은 채 정치 상황에 대해 뜻을 모으고 책 이야기를 하곤 했다. 만날 때마다 새로운 책을 철저하게 분석하기로 약속하고 그 약속을 실제로 지켰다. 우리는 수줍어하고 또 두려워하면서 상대방의 영혼을 더듬거렸다. 그러는 동안 주위에는 열병이 돌고 사회는 눈에 보일 만큼 망가지고 독일 제국은 무너져 내렸다. 하지만 이런 혼란이 생긴 건 단지 천재성의 본질이 무엇인지, 천재성이 도덕적인 결함이나 타락과 어울릴 수 있는지에 관한 심오한 토론의 배경을 제공해주기 위함이었다.

대체 어떤 배경이었나! 한 치 앞을 내다볼 수도, 차마 잊을 수도 없었다.

8월, 1달러는 100만 마르크에 이르렀다. 우리는 믿을 수 없는 기록이라도 들은 양 숨을 멈추고 말았다. 두 주일 뒤에는 이에 대해 웃었다. 달러가 100만 경계선에서 새로운 추진력이라도 얻었는지 속도를 열 배 높여 곧 1억, 이어 10억 마르크로 뛰어올랐기 때문이다. 9월이 오자 100만 마르크는 아예 실제적인 가치가 없어지고 10억 마르크가 지불 단위가 되었다. 10월 말 지불 단위는 1조 마르크였다. 그러는 사이 엄청난 일이 일어났다. 제국은행이 지폐 발행을 중단했다. 몇몇 은행에서 독자적으로 지폐를 발행했지만, 1,000만 마르크든 1억 마르크든 상황에 보조를 맞출 수 없었다. 달러 시세와 일반 물가는 늘 한 발 앞서 나갔다. 실제적으로 화폐의 기능을 맡을 만한 것이 하나도 없었다. 며칠 동안 상거래가 중단되고 가난한 지역에서는 모든 지불 수단이 사라진 사람들이 폭력을 써서 식품점을 약탈했다. 다시금 분위기가 혁명적으로 바뀌었다.

8월 중순, 정부는 극렬한 거리 폭동으로 인해 허우적거렸다. 얼마 뒤 정부는 '루르 전쟁'을 포기했다. 이제 루르 전쟁은 아무도 생각조차 하지 않았다. 프랑스가 루르 지방을 점령해서 우리가 형제로 이루어진 하나의 국가라고 다시금 맹세하게 한 것이 얼마나 오래전 일이었는지! 이제 우리는 대신 국가가 멸망하길, 제국이 분해되길, 그러니까 우리 사생활에 일어나고 있는 일에 걸맞은, 끔찍한 정치적인 사건이 일어나기를 기대했다. 라인란트가 변절했다, 바이에른이 변절했다, 황제가 돌아왔다, 프랑스군이 진군했다 등등 소문이 이토록 무성한 적이 없었다. 몇 년 동안 있는 듯 없는 듯 숨죽이고 있던 정치적 '동맹'들이 좌파 우파 할 것 없이 갑자기 활발해졌다. 그들은 베를린 근처 숲에서 무장 훈련을 했다. '검은 국방군'schwarzen Reichswehr에 대한 소문이 퍼져 나가고 '그날'에 대해서도 많은 얘기가 들렸다.

무엇이 가능하고 무엇이 불가능한지 구분하기 어려웠다. 라인 공화국은 실제로 며칠 동안 지속했다. 작센에는 몇 주 동안 공산주의 정부가 수립되었고 제국 정부는 이에 맞서 국방군을 보냈다. 그리고 어느 화창한 날 신문은 퀴스트린 주둔군이 베를린으로 진군하기 시작했다고 보도했다.

이 무렵 "배반자는 비밀재판에 부친다"는 표어가 널리 퍼졌다. 옥외 광고탑에는 절도 혐의자 공고와 함께 실종·살인 공고가 덧붙었다. 사람들이 줄줄이 사라졌다. 거의 언제나 '동맹'과 관련 있는 사람들이었다. 그들의 유골은 몇 년 뒤 베를린 부근 숲에서 발견됐다. 동맹 내부에서는 신뢰할 수 없고 의심스러운 동료를 거침없이 제거하여 어디엔가 매장하는 일이 통례가 되었다.

'정상적'이고 문명화된 나날에 이런 소문을 들었다면 아마 믿을 수 없었겠지만 이제 그렇지 않았다. 심지어 분위기가 차츰 계시록에 적힌 것처럼 변해갔다. 베를린에는 세상을 구하겠다는 자들이 득시글거렸다. 머리를 기르고 털옷을 입은 그 사람들은 신이 세상을 구하라고 자기를 보냈다면서 그 사명으로 생명을 이어갔다. 그 가운데 가장 성공적인 호이서란 사람은 옥외 광고탑에 광고를 싣고 대형 집회를 열고 많은 추종자를 거느렸다.

언론에 따르면 히틀러가 뮌헨의 호이서 격인데 그와는 연설의 조악함에서 확연히 달랐다. 히틀러는 과장스럽게 협박하는가 하면 잔인함을 거리낌 없이 드러내면서 연설 수준을 더할 나위 없이 천박하게 끌어내렸다. 히틀러가 유대인을 모조리 죽여서 천년제국을 건설하려 한 반면 튀링겐의 람베르티란 사람은 민속무용, 노래, 재주넘기로 이에 이르려고 했다. 세상을 구하겠다는 이들은 다 나름대로 자기 방식이 있었다. 이제 어느 누구도, 어느 무엇도 놀랍지 않았다. 놀라움은 벌써 오래전에 잊혔다.

'뮌헨의 호이서'라는 히틀러는 믿을 수 없게도 지하 맥주홀에서 혁명을 일으키려고 시도해 11월에 이틀 동안 신문 표제를 장식했다. 사실 경찰은 혁명 대열이 지하실에서 나오자마자 기마 경찰대를 내세워 강제 해산했는데 이게 혁명의 끝이었다. 하지만 사람들은 이것이 기대하던 혁명이라고 하루 종일 정말 진지하게 믿었다. 우리 희랍어 선생님은 그 소식을 듣고 신이 나서 우리는 몇 년 안에 모두 다시 군인이 될 거라며 예언했다. 사실 이런 모험이 일어날 수 있다는 사실이 그 실패보다야 훨씬 흥미진진하지 않은가? 세상을 구하겠다는 자들에게는 분명 기회가 있었다. 불가능할 게 없었다. 1달러는 1조 마르크였다. 천국은 엎어지면 코 닿을 데 있었다.

그러다가 정말 기대하지 못한 일이 일어났다. 어느 날 '지속적인 가치를 지닌' 돈이 다시 나올 것이라는 믿을 수 없는 소문이 돌기 시작하더니 얼마 뒤 정말 새로운 화폐가 나왔다. 렌텐마르크Rentenmark라고 적힌 작고 볼품없는 회녹색 지폐. 렌텐마르크로 처음 물건 값을 치를 때면 다들 약간 미심쩍은 마음으로 무슨 일이 일어날지 기다렸다. 아무 일도 일어나지 않았다. 상인은 그 돈을 실제로 받고 물건을 내주었다. 1조 마르크 가치가 있는 상품. 다음 날에도 그다음 날에도 또 그다음 다음 날에도 똑같은 일이 일어났다. 믿을 수 없었다.

달러는 이제 값이 오르지 않았다. 주식도 마찬가지였다. 그리고 주식을 렌텐마르크로 바꾸면 다른 모든 것들처럼 대단치 않아졌다. 이제 아무도 달러나 주식을 지니고 있지 않았다. 하지만 임금과 봉급은 갑자기 렌텐마르크로 지불되었고 얼마 뒤 더욱 놀랍게도 반짝이는

5페니히, 10페니히 동전까지 나왔다. 주머니 안에 넣으면 딸랑거리는 데다가 그 가치도 유지되었다. 지난 주 금요일에 받은 돈으로 이번 주 목요일에도 뭔가 살 수 있었다. 세상은 온통 놀라운 일로 가득했다.

그 몇 주 전 슈트레제만이 총리 자리에 올랐다.* 정치는 단박에 훨씬 평온해졌다. 이제 아무도 공화국이 무너질 거라고 수군대지 않았다. 온갖 '동맹'이 툴툴거리면서 겨울잠을 자려고 물러났다. 실종자 얘기도 거의 들리지 않았다. 세상을 구한다는 자들이 도시에서 사라졌다. 정치는 오로지 렌텐마르크를 누가 만들어냈는지 정당들 사이에서 말다툼하는 것만으로 이루어진 듯했다. 국가주의자들은 보수적인 국회의원이자 황제 때 전직 장관이었던 헬페리히Karl Helfferich가 만들어냈다고 주장했다. 좌파는 이를 극렬하게 부인하면서 믿을 만한 민주주의자며 확신에 찬 공화주의자인 샤흐트Hjalmar Schacht 박사란 사람이 만들어냈다고 주장했다. 마치 대홍수가 지나간 뒤 같았다. 모든 것을 잃고 말았지만 물이 빠지고 있었다. 아직은 노인들이 경험에 근거해 설교할 수 없었다. 하지만 젊은이들은 머리를 한 방 얻어맞은 듯했다. 스물한 살짜리 은행가는 다시 도제 자리를 찾아야 했고 김나지움 졸업반 학생은 다시 20마르크 용돈으로 아껴 써야 했다. 물론 '통화 안정의 희생자' 중에서 스스로 목숨을 끊은 사람도 더러 있었다.

* 구스타프 슈트레제만은 1923년 8월 13일부터 그해 11월 2일까지 공화국 총리였다가 그 뒤로 죽 외무장관으로 재직했다.

그러나 은신처에서 조심스럽게 밖을 내다보면서 이제 다시 살아갈 수 있는지 묻는 사람들이 훨씬 더 많았다.

숙취에 젖은 듯한 느낌에 허공에 떠 있었지만 홀가분하기도 했다. 크리스마스에는 베를린 여기저기에 커다란 장이 섰다. 모든 게 10페니히였다. 다들 10페니히로 다시 무엇인가 살 수 있다는 사실을 확인하고 싶어 딸랑이나 마지팬으로 만든 동물 같은 유치한 물건을 샀다. 어쩌면 지난해, 아니 지난 10년을 다 잊어버리고 다시 아이처럼 느끼고 싶었는지도 모른다. 가게마다 '평화 시 가격'이라고 써 붙였다. 정말이지 처음으로 평화로워 보였다.

11

그랬다. 우리 세대가 독일에서 경험한 딱 한 번뿐인 진정한 평화기가 시작되었다. 1924년부터 1929년까지 6년 동안 슈트레제만이 외무장관으로 독일 정치를 이끌었던 슈트레제만 시대.

어쩌면 정치를 여자에 대해서처럼 말할 수 있을지 모르겠다. 아주 좋으면 말할 게 극히 적은 법이라는. 그 말이 맞다면 슈트레제만의 정치는 탁월했다. 슈트레제만 시대에는 정치적 토론이 거의 없었다. 처음 2, 3년 동안은 약간 논의를 하긴 했다. 인플레이션이 남긴 폐허를 정리하는 일, 도스 안Dawes Plan이나 로카르노 조약이나 투아리 성*, 독일이 국제연맹에 가입한 것에 여전히 논란이 있었지만 그저 그 정도였다. 이제 아무도 정치 때문에 열 내지 않았다.

* 1926년 독일이 국제연맹에 가입한 뒤 슈트레제만은 프랑스 대표 브리앙Aristide Briand과 이곳에서 개인적으로 만났다고 한다. 두 사람은 그해 공동으로 노벨 평화상을 수상했다.

1926년 이후에는 화제 삼을 만한 것이 거의 없었다. 신문은 표제를 먼 나라에서 찾아야 했다.

우리한테는 새로운 것이 별로 없었다. 모든 게 질서정연하고 조용했다. 가끔 정부가 바뀌었다. 때로는 우파정당이 정권을 잡고 때로는 좌파정당이 잡았다. 큰 차이는 눈에 띄지 않았다. 외무장관은 늘 구스타프 슈트레제만이었다. 그것은 평화였다. 위기가 닥치지 않을 테고 평소와 같으리라는 걸 뜻했다.

돈이 나라 안으로 들어와, 현금 가치가 유지되고 사업은 잘 굴러갔다. 나이든 사람들은 다락방에서 인생 경험을 끄집어내 번쩍이게 닦아서는 그게 통하지 않은 적이 없었던 양 내보이기 시작했다. 지난 10년은 나쁜 꿈처럼 잊혔다. 하늘나라는 다시 멀어지고 구세주나 혁명가는 전혀 수요가 없었다. 공적인 영역에서는 유능한 공무원, 사적인 영역에선 성실한 장사꾼만 필요했다. 어디를 봐도 적절한 자유, 안정, 질서와 호의적인 관용이 있었다. 임금이 좋고 음식도 좋고, 그리고 공적으로 약간 무료했다. 누구나 사생활을 돌려받고 인생을 자기 적성에 맞게 계획해서 자기 취향에 따라 행복해지게끔 초대받았다.

그런데 이상한 일이 일어났다. 나는 그 일을 드러내는 것이 어느 신문에도 나오지 않은 우리 시대의 근본적인 정치적 사건 가운데 하나를 알리는 것이라 믿는다. 그런 초대는 대개 받아들여지지 않았다. 사람들은 전혀 원치 않았다. 독일의 어떤 세대는 모두 자유로운 사생활이라는 선물을 받고 어쩔 줄 몰라 하는 듯했다.

스무 살쯤 됐거나 그보다 더 어린 독일인들은 자기 인생의 내용 전부, 그러니까 좀 더 깊은 감정, 사랑과 증오, 환희와 슬픔뿐만 아니라 충격이나 긴장의 재료까지도—여기에 빈곤, 기아, 죽음, 혼란, 위험이 따라온다 해도—공적인 영역에서, 말하자면 거저 받는 데 익숙해져 있었다. 그런데 갑자기 이런 공급이 끊어지자 그들은 가난해지고 뭔가 빼앗긴 기분이 들었는지 실망한 채 어쩔 줄 모르고 무료해했다. 그들은 자기 자신 안에 있는 것으로 어떻게 사는지, 작고 개인적인 삶을 어떻게 크고 아름답고 가치 있게 만드는지, 삶을 어떻게 즐기고 흥미롭게 만드는지 배운 적이 없다. 그래서 공적인 긴장이 멈추고 사적인 자유가 다시 돌아오자 이를 선물이라기보다는 박탈로 받아들였다. 그들은 지루해하며 허튼 생각이나 하면서 투덜거렸다. 그리고 결국 첫 교란, 처음 일어나는 반동적 움직임이나 우발적인 사건 따위를 애타게 기다렸다. 평화로운 시대를 청산하고 집단적인 모험을 새로 시작하기 위해서.

정확하게 말하자면—이 문제에 대해선 정확해야 한다. 내 생각에 이것이야말로 우리가 사는 세계사적 당대를 이해하는 단서를 제공하기 때문이다—독일 젊은이들이 다 이렇게 반응하지는 않았다. 이 시대에 늦게나마 조금 서툴지만 이른바 어떻게 살아야 하는지 배운 사람들도 있었다. 그들은 삶에 대한 자기 취향을 발견하고 전쟁과 혁명놀이의 나쁜 습관에서 성공적으로 빠져나와 개인으로 우뚝 섰다. 사실 그 무렵 눈에 딱 보이지도 않고 어디 등록하지도 않았지만 독일인이 나치와 나치 아닌 사람들로 나뉘는 섬뜩한 균열의 조짐이 뚜렷해졌다.

나는 앞에서 지나가는 말로 우리 독일인은 개인적인 삶과 행복을 추구하는 재능이 다른 민족보다 부족하다는 사실을 언급했다. 훗날 나는 프랑스와 영국에서 경탄하고 부러워하면서 지켜봤다. 예를 들어 프랑스인은 맛있는 음식과 음료를 먹고 마시면서 지적인 토론을 하고 이색적이고 예술적으로 사랑했다. 또 영국인들은 정원을 가꾸고 동물을 기르고 아이처럼 열심히 놀고 취미 생활을 누렸다. 그들은 이런 활동을 통해, 시들지 않는 충만한 행복과 평생토록 절대 마르지 않고 지속하는 즐거움을 얻어냈다. 평범한 독일인에게는 이런 것이 없다. 아주 적지는 않지만 그래도 소수인, 교양을 쌓은 특정한 계층만 책이나 음악에서, 혹은 독자적으로 생각하고 나름의 '세계관'을 형성하는 데서 비슷한 인생의 내용과 즐거움을 찾았고 지금도 찾고 있다. 서로 의견을 교환하고, 와인 한잔하면서 사려 깊은 대화를 나누고, 많지 않은 친구들을 약간 감상적일 정도로 충실하게 돌보고, 그리고 무엇보다 친밀하고 집중적으로 가족생활을 지키는 것 따위가 교양층이 통달한 인생의 자산이고 기쁨이다. 그런데 이런 것들이 1914년에서 1924년까지, 10년 동안 혼란에 빠져 다 망가지고 말았다. 그래서 젊은이들은 확고한 관례나 전통에 익숙해지지 않았다.

이런 교양층을 빼면 독일에서 인생의 가장 큰 위험은 늘 공허와

권태였고 지금도 그렇다.(어쩌면 바이에른이나 라인란트 같은 지리적 외곽 지역은 예외일 수도 있다. 약간 남쪽에 있는 이런 곳에선 낭만이나 해학도 드러난다.) 독일 북부와 동부의 거대 평원 너머 너무 부지런하고 철저하고 책임감 있게 운영되는 사업체와 조직 저편 색깔 없는 도시에서는 언제나 무료함이 위협해왔다. 다른 한편 공간외포•와 '해방'의 욕구도 존재한다. 알코올을 통한 해방이나 미신을 통한 해방도 나쁘지 않지만 가장 좋은 것은 역시 거대한, 모든 것을 휩쓸어버리는 유치한 집단도취를 통한 해방이다.

독일에서는 극소수의 사람들만(덧붙이자면 딱히 그들이 귀족이거나 부자도 아니다.) 인생에 대해서 뭔가 이해하고 인생에서 뭔가 이끌어낼 줄 안다. 말이 나온 김에 덧붙이자면 바로 이런 기본 정황 때문에 독일은 근본적으로 민주적인 통치 방식에 적합하지 않다. 이런 기본 정황은 1914년부터 1924년 사이에 일어난 사건들 때문에 무시무시할 만큼 악화되었다. 나이 든 세대는 자신의 이상과 확신을 의심하면서 소심해졌다. 그들은 부담을 덜려고 '젊은이'들만 바라보면서 그들의 비위를 맞추고 그들에게서 기적을 기대하기 시작했다. 그런데 정작 이 젊은이들은 공적인 소란, 센세이션, 무정부주의, 무책임한 숫자 놀음의 위험한 매혹밖에 아는 게 없다. 그들은 그저 이 모든 것을 자

• horror vacui: 인간이 자신 앞의 공백에 대해 품는 공포감을 가리키며 일체의 허무를 싫어하는 인간 본성에 바탕을 두는 심리학적 작용을 말한다.

기가 본 것보다 더 커다란 규모로 직접 해보기만 기다렸다. 그러면서 모든 사적인 생활을 '지루하다' '부르주아적이다' '고리타분하다'고 치부했다. 대중은 무질서의 온갖 센세이션에도 익숙해졌다. 게다가 그들 속에 남아 있던 마지막 커다란 미신, 즉 그동안 맹목적이고 교조적으로 칭송해온 전지전능하신 성 마르크스의 마법적인 능력과 그가 예언한 역사 발전의 필연성에 대한 믿음까지 흔들리기 시작했다.

이렇게 표면 아래에는, 거대한 재앙을 일으키기 위해 필요한 것이 모두 갖춰져 있었다.

하지만 이러는 동안에도 공적인 세계에서는 오로지 황금기의 평화, 바람 없는 고요함, 질서, 호의와 선의가 눈에 띄었다. 곧 닥칠 재앙의 전조마저 이런 평화로운 풍경에 딱 어울리는 듯했다.

12

이런 전조 가운데 하나가 독일 청소년을 사로잡은 스포츠 열기였다. 공식적으로는 이 열기를 완전히 오해해서 공식적으로 지원하고 칭송하기까지 했다.

1924, 25년부터 1926년까지 독일은 갑작스럽게 스포츠 강국으로 발전했다. 그 이전에 독일은 운동을 많이 하는 나라가 아니었고 이 분야에서 미국이나 영국처럼 독창적이거나 창의적인 적도 없었다. 또한 진정한 스포츠 정신, 즉 자신을 잊은 채 운동경기를 하면서 고유한 규칙과 법칙이 있는 환상세계로 들어가는 일은 독일인의 성정에도 맞지 않았다. 하지만 이 기간 동안 각종 스포츠 클럽 회원 수와 운동경기 관중 수는 갑자기 열 배로 늘어났다. 권투 선수나 100미터 주자가 국민영웅이 되었고 스무 살 청년의 머릿속에는 육상경기 결과나 우승자 이름, 신문에서 특정한 속도나 숙련도로 바뀌던 난해한 숫자들이 가득했다.

스포츠 열풍은 독일인의 집단망상 가운데 내가 마지막으로 함께 겪은 것이었다. 2년 동안 나는 정신 활동은 거의 멈춘 채 이를 악물고 중장거리 달리기 연습을 했다. 단 한 번만이라도 800미터를 2분 안에 달릴 수 있다면 나는 전혀 망설임 없이 악마에게 영혼이라도 팔았으리라. 경기라는 경기는 다 보러 갔고 독일 최고 기록과 세계 최고 기록은 자면서도 줄줄 읊어댈 수 있었으며 더 나아가 모든 선수의 최고 기록을 다 알고 있었다. 스포츠 경기 소식은 10년 전 전황 보고문과 비슷한 역할을 했다. 그때 포로 수와 전리품 양이었던 것이 이제는 기록과 시간이었다. "후벤, 100미터를 10.6초에 끊다"라는 큰제목은 10년 전 "러시아군 2만 명을 생포하다"와 같은 감정을 불러일으켰고 심지어 "펠처, 영국에서 신기록을 세우다"는 전쟁에서는 결코 일어나지 않은 사건, 이를테면 "파리 점령"이나 "영국, 평화 애걸"에 해당했다. 나는 자나 깨나 후벤이나 펠처처럼 되기를 꿈꿨다. 어떤 경기도 놓치지 않았다. 일주일에 세 번 훈련하고 담배를 끊고 자기 전에 스트레칭을 했다. 그러는 동안 수천, 수만의 사람들, 사실 모든 이와 완벽하게 일치할 수 있어서 완벽하게 행복했다. 아무리 낯설고 교양 없고 인상이 안 좋더라도 나와 같은 또래라면 누구든 처음 보자마자 몇 시간이고 신나게 떠들어댈 수 있었다. 물론 스포츠에 대해서. 다들 머릿속에 똑같은 숫자가 들어 있었다. 아무도 소리 내어 말하지 않았지만 그럴 때면 당연히 똑같은 생각을 했다. 거의 전쟁 때만큼이나 좋았다. 이는 다시금 그때와 똑같이 거대한 놀이였다. 아무 말 하지 않아도 우리는 서로 다 이해했다. 우리 정신의 양식은 숫자였고 우리 영혼은 늘 설레고 떨렸다. 펠처가 누르미도 이길 수 있을까? 쾨르니히가 10.3초에 다다를까? 400미터 마지막 독일 주자가 48초 안에 들어올까? 마음은 온통 국제 대회에 나간 '우리 독일 전사'들에게 간 채 훈련을 하고 우리끼리 작은 대회를 열었다. 마치 전쟁 당시 생각은 완전히 힌덴부르크와 루덴도르프에게 보낸 채 거리와 놀이터에서 소총과 나무칼로 우리끼리 작은 전투를 치렀던 것처럼. 인생이란 얼마나 단순하고도 흥미진진한지!

이상하게도 정치인들은 좌파든 우파든 모두 젊은이들의 발작적인 것이 분명한 집단 우민화를 격찬해 마지않았다. 우리가 다시금 현실과 동떨어진 숫자 놀음의 마취제라는 우리 세대의 오랜 악습에 몰두하는 것으로는 충분하지 않았다. 이제 우리는 집중적으로 주목을 받으면서 우리 조언자들의 한결같은 갈채를 받으면서 이를 반복했다. 늘 그렇듯 멍청하고 우둔한 '국가주의자'는 우리가 이제는 사라진 병역의무를 대체할 좋은 방법을 본능적으로 찾았다고 생각했다. 마치 우리한테 '신체 단련'이 중요한 것처럼! 너무 똑똑한 나머지 (늘 그렇듯) 결과적으로 '국가주의자'보다 더 멍청한 '좌파'는 스포츠 열기를 이제부터 평화로운 푸른 잔디 위에서 달리고 체조하면서 전쟁 본능을 해소할 멋진 발명품이라 보고 세계 평화가 확실해졌다고 생각했다. 그들은 당시 공화국의 색깔이 흑·적·황이었지만 '독일 전사'들이 하나도 빠짐없이 흑·백·적 리본을 꽂은 것을 눈치채지 못했다.* 우리가 스포츠를 통해 오히려 전쟁놀이의 매력을, 국가들 사이에서 일어나는 거대한 경쟁의 옛 모습을 다시금 단련하고 생생하게 간직한다는 생각은 하지 못했다. 그들은 둘 사이의 연관을 놓치고 집단망상의 재발도 보지 못했다.

아마 자기가 풀어놓은 힘이 그르고 위험한 길로 간다는 사실을 느꼈던 사람은 슈트레제만뿐이었던 것 같다. 그는 때때로 '새로운 이두박근 귀족정치' 따위의 뜬금없는 말을 해서 인기를 잃었다. 슈트레제만은 스포츠 열기에서 다음과 같은 사실이 드러나는 걸 알았을 수도 있다. 맹목적인 힘과 열정이 정치로 가는 것을 용케 막았지만 이 힘과 열정은 그냥 사라진 게 아니라 어떤 배출구를 찾았다는 사실과 이제 '차례가 된' 세대가 성실하고 인간적으로 삶을 배울 생각은 안 하고 틈만 나면 집단비행을 저지른다는 것을.

대중 현상으로서 이 스포츠 열기는 3년밖에 지속되지 않았다.(개인적으로 나는 더 일찍 빠져나왔다.) 이 열기는 전쟁의 '최종승리'에 해당하는 목표나 종결을 상상할 수 없었기에 더 오래 살아남을 수 없었다. 근본적으로는 늘 똑같았다. 똑같은 이름, 똑같은 숫자, 똑같은 센세이션. 물론 계속 이렇게 이어질 수 있겠지만 우리 환상을 계속 사로잡을 수 없었다. 비록 독일이 1928년 암스테르담 올림픽에서 종합 2위에

● 독일의 삼색기는 두 가지 형태가 있다. 흑·백·적 삼색기는 북독일연맹에서 1867년에 만들어져 1871~1919년과 1933~1945년 공식 국기로 쓰였고, 현재 독일 국기와 같은 형태인 흑·적·황 삼색기는 바이마르 공화국 공식 국기로 쓰였다.

올랐지만 올림픽이 끝나자마자 사람들은 눈에 띄게 시큰둥하고 냉담해졌다. 스포츠 뉴스가 신문 1면에서 스포츠 면으로 되돌아갔다. 운동장은 비어갔다. 이제는 스무 살 청년의 머릿속에 어떤 100미터 주자의 '최근' 기록이 들어 있는지 확실하지 않았다. 심지어 세계신기록조차 외우지 못하는 사람이 다시 나타났다.

하지만 그동안 정치를 마치 스포츠처럼 실행하던 '동맹'과 정당들은 지난 몇 년 동안 거의 죽은 듯이 엎드려 있다가 천천히, 아주 천천히 되살아났다.

13

아니, 슈트레제만 시대가 '위대한 시대'는 아니었다. 그 시대가 지속하고 있는 동안에도 완벽한 성공은 아니었다. 너무나 많은 불행이 표면 아래 들끓고 있었다. 너무나 많은 초자연적인 악한 세력을 배경에서 느낄 수 있었다. 그 세력은 비록 한동안 묶여 잠자코 있었지만 완전히 사라지지는 않았다. 악마들을 쫓아낼 수 있는 위대한 표식은 세워지지 않았다. 그 시대는 열정도 위대함도 그 자체의 목적에 대한 완전한 확신도 없었다. 머뭇거리는 복구의 시대. 종래의 시민적이고 애국적인, 평화적이고 자유주의적인 견해가 다시금 통용되었지만 '달리 좋은 수가 없으므로'부터 '그렇지만 아직은' 정도의 수준으로 자리를 맡아놓은 미봉책에 불과했다. 나중에 '위대한 과거'라면서 음울한 현재에 맞세울 수 있는 시대는 아니었다.

하지만…….

탈레랑•은 "1789년 이전에 살지 않았던 사람은 인생의 달콤함을 결코 알지 못한다."고 했다. 나이 든 독일인들은 1914년 이전에 대해 비슷한 말을 한다. 슈트레제만 시대에 대해 이렇게 극단적인 말을 한다면 우스워 보일 수도 있을 것이다. 어쨌든 우리 젊은 독일인들에게 슈트레제만 시대는 물론 단점도 많지만 우리가 경험한 가장 나은 시대였다. 우리가 인생의 달콤함을 경험한 적이 있다면 그건 이 시대와 연결된다. 인생의 기본 정조가 딱 한 번 단조가 아니라 비록 조심스럽고 희미했을망정 장조이던 시대였다. 우리가 살 만한 유일한 시대였다. 하지만 이미 이야기했듯이 독일 젊은이들은 대개 무엇을 시작해야 할지 몰랐거나 무엇을 시작했다가도 좌초했다. 그러나 나머지 사람들, 우리는 이 시대에서 우리가 살아가는 최선의 자양분을 얻었다.

활짝 피어본 적이 없는 일에 관해 '어쩌면'과 '거의'의 단계에 머물러 있던 단초에 대해 무슨 말을 하기는 어렵다. 하지만 나한테는 그때 독일에서 불길하고 비인간적인 나쁜 일들도 많았지만, 뭔가 드물고 멋진 일이 싹트기 시작한 것처럼 보인다. 떠오르는 젊은 세대의 다수가 구제불능으로 망가졌지만 나머지 소수는 어쩌면 지난 100년의 다른 어떤 세대보다 희망적이었다. 1914년부터 1923년까지 어수선한 10년은 균형과 전통을 다 망가뜨렸지만 곰팡이와 잡동사니도 휩쓸

• 샤를모리스 드 탈레랑페리고르(Charles-Maurice de Talleyrand-Périgord, 1754~1838): 프랑스의 외교관이자 정치인.

어갔다. 그런 다음 젊은이들은 대개 냉소적인 허무주의자가 되었다. 하지만 어떻게 살아야 하는지 다시 배운 사람들은 우리에 갇힌 젊은이들이 먹고 살던 망상과 우둔함을 뛰어넘어 처음부터 중급 과정에서 시작했다. 우리는 거센 바람에 내맡겨졌지만 대신 갇히지도 않았다. 전통적인 정신적 가치에서도 가난해졌지만 대신 물려받은 선입견에서도 자유로워졌다. 우리는 뻔뻔스러워지고 무감각해졌다. 하지만 메말라갈 위험에서 벗어났다면 너무 허약해질 위험도 없었다. 냉소주의에서 벗어났다면 파르시팔Parsifal 같은 몽상가가 될까 봐 염려할 필요도 없었다. 1925년부터 1930년까지 우수한 독일 젊은이 사이에서는 고요한 가운데 미래를 이끌 만한 아름다운 것들이 움트고 있었다. 의심과 환멸을 넘어선 새로운 이상주의, 19세기의 정치적 자유주의보다 더 넓고 포괄적이며 성숙한 제2의 자유주의, 어쩌면 새로운 고귀함과 새로운 성례aristie와 삶의 미학의 새로운 기반까지. 물론 이런 것들은 아스라이 멀리 떨어져 있었다. 현실이 되어 영향력을 미치기는커녕 아직 사상으로 세우거나 언어로 표현하지도 못했을 때 네발짐승이 와서 다 짓밟아버렸다.

그래도 그때 독일에서는 새로운 분위기를 많이 느낄 수 있었고 인습적인 거짓말이 없어진 사실도 눈길을 끌었다. 계급 사이 장벽은 얇고 깨지기 쉬워졌다. 아마 다들 가난해지다 보니 이런 축복도 있었을 것이다. 많은 이들이 대학생인 동시에 노동자였고 많은 젊은 노동자들이 대학 공부를 겸했다. 계급적 자부심과 화이트칼라의 거만함은 그냥 고리타분한 것이 되었다. 남녀 관계도 그 어느 때보다 개방적이고 자유로워졌다. 아마 오래 방종해지다 보니 이렇게 축복받은 결과도 생겼을 것이다. 젊은 시절 도달할 수 없는 숫처녀를 쳐다보기만 하고 정작 욕구는 곁에 있던 창녀와 해소했던 세대에게 우리는 이제 경멸적인 우월감조차 없이 막연한 동정만 느꼈다. 그리고 국제 관계에서도 새로운 희망이 밝아오기 시작했다. 서로에 대해 편견이 없고 관심이 많았다. 굳이 말하지 않았지만 세상에 이토록 많은 민족이 있어서 다채로워지는 게 좋았다. 그 무렵 베를린은 매우 국제적인 도시였다. 물론 그때도 이미 뒤에서 눈에 살기를 품고 '동쪽 쓰레기들'이라고 욕하거나 콧방귀를 뀌면서 '미국화'를 걱정스러워하는 답답한 나치 타입이 있었을 것이다. '우리'도 그런 사람이 있다는 사실을 모르지는 않았고 반감을 느꼈다. 하지만 우리들, 어디서 서로 만나는지 알고 있지만 딱히 뭐라고 정의할 수 없는 독일의 일부 젊은이는 외국인에게 친절했을 뿐만 아니라 더 나아가 열광했다. 이 세상에 독일인만 있는 게 아니라서 인생이 얼마나 재미있고 아름다워지고 풍부해지는가! 우리는 손님은 누구나 환영했다. 미국인이나 중국인처럼 스스로 오는지 러시아인처럼 쫓겨나서 오는지는 아무 상관 없었다. 우리는 호기심에 가득 차서 친절과 호의를 베풀고 아무리 낯선 것이라도 배워서 이해하고 사랑하겠다며 마음먹고 문을 활짝 열었다. 그때 머나먼 동쪽 끝에서 온 사람과 서쪽 끝에서 온 사람 사이에서 꽤 많은 우정이 꽃피고 사랑이 열매 맺었다.

나에게 가장 소중하고 멋지게 남은 기억도 이런 국제적인 모임, 베를린에 있던 작은 지구와 이어진다. 대학의 오붓한 그 테니스 클럽에서 우리 독일인은 외국인보다 더 많지 않았다. 이상하게도 프랑스인과 영국인은 드물었지만 그 밖에는 지구촌 거의 모든 나라가 들어 있었다. 미국인과 스칸디나비아인, 발트 해 연안 국가 국민과 러시아인, 중국인과 일본인, 헝가리인과 발칸 반도 국가 국민, 심지어 감상적인 코미디언인 터키인도 빠지지 않았다. 나는 내가 손님으로 잠깐 머문 파리의 라틴 지구를 빼면 이토록 편하면서도 젊고 개방적인 분위기를 다시는 만나지 못했다. 지금도 테니스를 치고 난 다음 종종 밤늦게까지 클럽하우스에 남아 보내던 그 여름 저녁들을 떠올리면 깊은 슬픔이 덮친다. 우리는 옷도 갈아입지 않은 채 버들가지 의자에 앉아 와인을 홀짝거리고 농담도 하면서 그 전후의 끈질긴 정치 토론과는 공통점이라곤 없는 대화를 오래 나누었다. 때로 얘기를 멈추고 탁구를 한판 치거나 축음기를 켜놓고 춤을 추었다. 우리가 젊은이답게 얼마나 천진하면서도 진지했는지, 어떤 미래를 꿈꾸었는지, 우리가 얼마나 세계에 대해 개방적이고 서로 믿었는지! 이런 생각을 하면 정말 믿을 수가 없다. 10년도 채 안 된 과거의 독일에 이런 모임이 존재했다는 사실과 10년도 채 안 되어 이런 모임이 이토록 완벽하게 흔적도 없이 사라져버렸다는 사실 가운데 오늘날 무엇이 더 이해하기 힘들까?

내가 가장 깊고 지속적인 사랑을 경험한 것도 이 모임에서였다.

나는 이런 사랑이 개인적인 경험을 넘어선다고 생각하기에 여기서 언급할 수 있다고 믿는다. '진정한 사랑은 평생 딱 한 번뿐이다.'라는 말은 비록 지난 세기에 보편적인 인기를 누렸지만 낭만적인 거짓말이다. 또 비교할 수 없는 사랑의 경험에 서열을 매겨서 '이 여자 또는 저 여자를 가장 사랑했다.' 하고 말하는 것도 쓸모없는 일이다. 하지만 인생에는 딱 한 번, 대개 스무 살 무렵에 어떤 시기가 있어서 이때 이루어지는 사랑의 경험이나 선택은 한 사람의 운명이나 성격을 그 어느 때보다 더 많이 결정한다는 말은 사실이다. 이때 우리는 어떤 여자에게서 단지 그 여자뿐만 아니라 다른 어떤 것, 즉 전체 세계관이나 인생관을 사랑하게 된다. 이상이라고 말해도 좋지만 살과 피로 이루어진 살아 있는 이상이다. 한 남자가 한 여자를 사랑하면서, 스스로 나중에 자기 인생을 이끌 별이라고 느낄 그 무엇을 사랑하는 것은 스무 살 무렵 젊은이의 특권이다. 물론 젊은이라고 다 이런 특권을 누리는 것은 아니다.

오늘날 나는 이 세상에서 사랑하는 것, 어떤 대가를 치르더라도 지켜내고 싶은 것, 혹시라도 그랬다가는 영원한 불에 타 죽을 거라서 절대 배반할 수 없는 것을 기술하려면 추상적인 표현을 사용해야 한다. 자유, 인간적 현명함, 용기, 우아함, 기지, 음악. 그래도 남들이 내 말을 이해하는지는 불확실하다. 그때는 똑같은 일을 위해 단지 이름 하나, 그것도 테디란 별명만 말하면 충분했다. 그리고 적어도 우리들 사이에서는 누구나 다 내 말을 이해하리라고 확신할 수 있었다. 우리는 모두 이 별명의 주인인 자그마한 오스트리아 여자를 사랑했다. 꿀빛 금발머리에 주근깨투성이인 그녀는 불꽃처럼 민첩했다. 우리는 그녀 때문에 질투를 배우고 잊었는가 하면 희극과 작은 비극을 연출하고 송가와 찬가를 불렀다. 또 용기와 현명함, 우아함과 자유로움에 이끌려 살고 삶의 지혜와 음악에 귀를 기울이고 이를 이해하는 법을 배우면 인생이 아름다워진다는 사실을 배웠다. 우리들 한가운데 여신이 있었다. 그때 테디라고 불렸던 여자는 그 사이 나이도 좀 들고 더 인간적으로 되었을 테고 우리 중 누구도 그때의 감정에 그대로 머물러 있지는 않을 테지만, 한때 그녀가 있었고 그런 감정이 있었다는 사실은 지워지지 않는다. 그것은 어떤 '역사적 사건'보다 더 강력하고 지속적으로 우리를 만들었다.

테디는 여신이 곧잘 그러듯 우리 사이에서 일찍 사라졌다. 벌써 1930년에 다시 돌아오지 않겠다고 마음먹고 파리로 떠났다. 어쩌면 그녀는 첫 번째 이민자였을 것이다. 우리보다 멀리 내다보고 민감했던 그녀는 히틀러가 대두하기 오래전에 이미 어리석음과 악함이 독일에 뿌리를 내리고 위협적이 되는 것을 느꼈다. 해마다 여름이면 한 번씩 독일에 다니러 왔는데 그때마다 그녀는 공기가 답답하고 숨쉬기 어려워진다고 느꼈다. 1933년을 마지막으로, 그 뒤에는 오지 않았다.

훨씬 더 오래 전부터 '우리'—이름도, 정당도, 조직도, 권력도 없는 불특정한 우리—는 독일에서 소수였다. 우리도 그것은 알고 있었다. 전쟁에서든 스포츠에서든 숫자 놀음에 따라다녔던 보편적인 이해 같은 자연스러운 감정은 오래전에 뒤집혔다. 우리는 많은 사람들과 말이 통하지 않는다는 사실을 알아차렸다. 완전히 다른 언어를 쓰기 때문이었다. 주위에 '갈색 독일어'가 생겨나는 것을 느꼈다. '타격' '질권' '광적인' '동포' '향토' '이종의' '하류 인간' 이런 무시무시한 용어들은 그 속에 폭력적 어리석음의 세계 전체를 내포하고 있었다. 우리한테도 비밀 언어가 있었다. 어떤 사람에 대해서 우리는 간단하게 그들이 '똑똑한지' 그렇지 않은지 말했다. 그 말은 특별히 지성적이라는 뜻이 아니라 개인적인 생활이 무엇인지 안다는, 즉 '우리' 가운데 하나라는 뜻이었다. 멍청한 사람들이 압도적으로 많다는 사실은 알았다. 하지만 슈트레제만이 있는 한 그들을 견제하리라고 믿어서 어느 정도 마음을 놓고 태평스럽게 돌아다녔다. 마치 철책이 없는 현대적인 동물원에서도 아주 면밀하게 계산해서 구덩이를 파고 울타리를 세웠으리라고 사람들이 믿고 돌아다니는 심정과 비슷했다. 저편의 맹수들도 아마 엇비슷한 감정을 느꼈을 것이다. 그들은 자신들에게 자유를 허용해주면서도 우리 속에 가두어두는, 눈에 보이지 않는 질서에 대해 깊은 증오를 담아 매우 의미심장한 '체제'라는 단어를 만들어냈다. 어쨌든 그들은 울타리 안에 머물렀다.

그렇게 여러 해 동안 그들은 아주 쉬웠을 테지만 슈트레제만을 암살할 시도조차 하지 않았다. 그는 경호원을 두지도 않았고 주위에 장벽을 쌓지도 않았다. 우리는 특이할 게 없는 땅딸막한 남자, 슈트레제만이 중산모를 쓰고 운터덴린덴에서 산책하는 모습을 보곤 했다.

"저기 저 사람 슈트레제만 아니야?" 누군가가 물어서 보면, 정말 그였다. 그는 파리 광장 꽃밭 앞에 서서 지팡이 끝으로 꽃 한 송이를 헤집고는 생각에 잠긴 채 통방울눈으로 요리조리 뜯어보았다. 그 꽃의 이름이 뭔지 생각해보고 있었을까.

이상하게도 요즘 히틀러는 오로지 빨리 달리는 자동차를 타고 중무장한 친위대SS 대원들이 탄 자동차 여남은 대에 둘러싸여 나타난다. 그러는 편이 현명할 것이다. 라테나우도 1922년 무장 경호원을 마다하자마자 암살되었다. 하지만 그 사이에 슈트레제만은 무장도 하지 않고 경호도 받지 않고 파리 광장에서 꽃을 살펴볼 수 있었다. 황소 같은 목에 통방울눈을 지닌, 이 뚱뚱하고 눈에 안 띄고 못생기고 인기 없는 남자는 어쩌면 마법사였을까? 아니면 인기가 없고 눈에 안 띈다는 특징 덕분에 그럴 수 있었을까?

그가 생각에 잠겨 천천히 운터덴린덴에서 빌헬름 거리로 접어드는 모습을 우리는 멀리서 눈으로 따라갔다. 많은 사람들이 그를 알아보지도 못하고 주의를 기울이지 않았다. 어떤 사람들이 인사를 건네면 그는 정중하고도 예의 바르게, 팔을 높이 쳐드는 게 아니라 모자를 벗어서, 그리고 한꺼번이 아니라 일일이 따로따로 인사에 답했다. 우리는 그가 '똑똑한지' 스스로 물어보았다. 답이 어떻게 나오든 우리는 이 눈에 띄지 않는 사람에게 조용한 신뢰와 존경 어린 고마움을 느꼈다. 하지만 그뿐, 슈트레제만은 뜨거운 감정을 불러일으키는 인물은 아니었다.

슈트레제만은 죽었을 때 가장 강력한 감정을 불러일으켰다. 갑작스럽고도 차가운 두려움이었다. 그가 오래전부터 아프다고는 했지만 얼마나 아팠는지 아무도 몰랐다. 4주 전 운터덴린덴에서 봤을 때 평소보다 더 해쓱하고 부어 보였다고 사람들은 나중에야 기억해냈다. 하지만 그는 워낙 눈에 띄지 않아 특별한 게 없어 보였다. 그의 죽음도 특별하지 않았다. 힘든 하루를 보낸 다음 평범한 시민들이 다 그러듯 자기 전에 이를 닦다가 죽었다. 갑자기 비틀거리더니 양치 컵이 손에서 미끄러졌다고, 나중에 읽었다. 다음 날 신문 표제는 "슈트레제만 사망"이었다.

그리고 그 기사를 읽던 우리는 얼음처럼 차가운 두려움을 느꼈다. 이제 누가 야수들을 제어할 것인가? 그들은 이제 막, 믿을 수 없을 만큼 황당한 '민족적 열망'을 내세워 움직이기 시작했다. 앞으로 '전쟁 책임이라는 거짓말에 근거한' 조약을 맺는 장관은 모두 감옥에 보내야 한다는 주장에 이어 비슷한 종류의 억지가 이어졌다. 그것은 멍청이들을 위한 것이었다. 선전 벽보와 행렬, 군중집회, 행진, 여기저기에서 일어나는 총싸움. 평화로운 시대는 끝났다. 슈트레제만이 있는 동안 사람들은 그 사실을 믿지 않았다. 이제 갑자기 깨달았다.

1929년 10월, 아름다운 여름이 지난 뒤 잔인한 가을, 비와 궂은 날씨, 하지만 공기 중에 도사린 답답함은 날씨와는 관련이 없었다. 원형 광고탑의 험한 말들, 거리에 처음 등장한 똥색 제복과 그 위의 달갑지 않은 얼굴들. 쿵쾅쿵쾅 휙, 귀에 선, 날카롭고 조악한 행진곡의 소음. 관공서에는 당혹스러움, 제국 의회에는 소란스러운 장면, 신문에 가득한, 살금살금 찾아와 끝나지 않는 정부의 위기. 모든 게 언젠가 본 듯 음울했다. 1919년이나 1920년 냄새가 풍겼다. 공화국 총리도 그때 그 자리에 있던 불쌍한 헤르만 뮐러*가 아니었나. 슈트레제만이 외무장관으로 일할 때 사람들은 총리가 누군지 그다지 궁금해하지 않았다. 그의 죽음은 종말의 시작이었다.

* 헤르만 뮐러(Hermann Müller, 1876~1931): 사회민주당 소속 정치인으로 1920년 3월 27일부터 그해 6월 8일까지, 1928년 6월 28일부터 1930년 3월 30일까지 두 번에 걸쳐 총리를 맡았다.

14

1930년 봄 브뤼닝이 공화국 총리 자리에 올랐다. 우리가 기억하는 한 독일에 처음으로 엄격한 주인이 생긴 것이다. 1914년부터 1923년까지 모든 정부는 약했다. 슈트레제만은 능숙하고 단호했지만 어느 누구에게도 고통을 주지 않고 부드러운 손으로 다스렸다. 브뤼닝은 아주 많은 사람들에게 끊임없이 고통을 안겨주었다. 그게 그의 방식이었고 그는 자신이 '인기가 없다'는 사실을 되레 자랑스러워했다. 테가 없는 안경을 통해 실눈으로 엄격하게 내려다보던 무뚝뚝하고 앙상한 남자. 친절하게 굴거나 두루뭉술하게 넘어가는 것은 그의 본성에 맞지 않았다. 그도 몇 가지 성취해냈다는 데는 이론의 여지가 없지만 그의 성과는 예외 없이 "수술을 마쳤습니다만 환자는 죽었습니다." 나 "진지는 지켰지만 병사는 부상을 입었습니다."라는 식이었다. 배상금을 지불하는 게 불합리하다고 증명하기 위해 그는 은행이 문을 닫고 실업자 수가 600만까지 올라가는 등 독일 경제가 거의 무너지도록 만들었다. 그런 상황에서도 국가 재정을 유지한다고 '허리띠를 더 졸라매라'는 엄격한 가장의 처방전을 가차 없이 적용했다. 거의 6개월마다 규칙적으로 긴급명령을 내려서 봉급(공무원 및 사무직의 임금), 연금, 사회보장기금에 이어 결국 일반 임금과 이자까지 낮추고 또 낮췄다. 어떤 정책 하나를 시행하면 다른 것이 이어질 수밖에 없었고 브뤼닝은 이를 악물고 모든 고통스러운 결과를 감당했다. 외국 여행을 불가능하게 만든 '외환 관리'와 이민을 불가능하게 만든 '이민세', 나중에 히틀러의 효과적인 고문 도구에 속하게 된 것 가운데 많은 것을 브뤼닝이 도입했다. 더 나아가 언론 자유의 제한과 제국 의회의 억압도 그 시작은 브뤼닝에게로 거슬러 올라간다. 그런데 역설적이게도 그는 공화국을 지키기 위해서 이 모든 일을 했다. 하지만 공화주의자들은 이런 일이 일어난 다음 과연 무엇을 더 지켜야 할지 묻기 시작했다.

내가 알기에 브뤼닝 정권은 그 뒤로 많은 유럽 국가가 모방한 정부 형태의 첫 습작이자 전범이었다. 진짜 독재 정권을 막기 위한, 민주정치의 이름을 빌린 반半독재. 브뤼닝의 통치 시대를 자세히 연구하는 수고를 마다하지 않은 사람은 이런 통치 형태가 결과적으로는 바로 그가 막고자 했던 것을 앞서 도입한 것이었음을 발견할 것이다. 이는 그 신봉자들을 낙담하게 하고, 그 스스로 바닥을 드러내고, 자유 상실을 감수하게끔 한다. 적들의 선전에 대해 대처할 방법이 없고 주도권이 적에게 넘어간다. 결국 모든 게 단순한 권력의 문제로 첨예화하는 순간 실패하고 만다.

브뤼닝한테는 진정한 추종자가 없었다. 그는 '묵인되었다.' 그는 차악이었다. 몹시 가학적인 고문 전문가에 맞서 학생들을 때리면서 "내가 너희들보다 아프다."라고 말하는 엄격한 교사였다. 사람들은 브뤼닝이 히틀러를 막을 딱 하나뿐인 보호막으로 보였기에 그를 감쌌다. 브뤼닝도 당연히 이를 알고 있었고 그가 정치적으로 생존하는 이유는 히틀러에 대항하는 한편 히틀러가 존재하는 것이었기에, 그는 절대 히틀러를 없앨 수 없었다. 브뤼닝은 히틀러에 맞서 싸워야 하지만 동시에 히틀러를 보존해야 했다. 히틀러는 실제 권력을 잡아서는 안 되지만 계속 위험하게 남아 있어야 했다. 브뤼닝은 2년 동안 이를 악물고 얼굴에는 미소를 띤 채 어려운 줄타기를 해냈는데, 이것만 해도 대단한 성취였다. 그가 균형을 잃는 순간이 오지 않을 수는 없었다. 그럼 그다음엔? 브뤼닝의 시대에는 내내 이런 질문이 남았다. 그럼 그다음엔? 음울한 현재가 무시무시한 미래에 대한 전망 덕분에 가벼워 보이는 시대였다.

브뤼닝 자신은 빈곤, 우울함, 자유의 제한과 더 나아질 리 없다는 보장밖에 독일에 제공할 것이 없었다. 기껏해야 금욕적인 자세를 더 요구했을 뿐이다. 게다가 그는 천성이 매몰차서 이런 요구를 인상적인 말로 포장하지도 못했다. 그는 독일에 이상을 보여주지도 못하고 호소를 하지도 못했다. 그저 아무 기쁨 없는 그림자만 그 위에 드리웠다.

그러는 사이에 아주 오랫동안 가라앉아 있던 힘들이 소란스럽게 모여들었다.

1930년 9월 14일 제국 의회 선거가 치러졌다. 그 전까지 의원이 12명에 불과했던 나치는 이 선거에서 107명의 당선자를 내서 단박에 군소 정당에서 제2당으로 뛰어올랐다. 총리는 여전히 브뤼닝이었지만 이날부터 이미 정치의 중심인물은 브뤼닝이 아니라 히틀러였다. 이제 문제는 '브뤼닝이 남을까?'가 아니라 '히틀러가 올까?'였다. 괴롭고도 화가 나는 정치 토론에서도 이제 브뤼닝을 지지하는지, 반대하는지가 아니라 히틀러를 지지하는지, 반대하는지가 문제였다. 그리고 다시 총질이 시작된 교외에서도 브뤼닝의 지지자가 그 반대자를 쏘아 죽인 것이 아니라 히틀러의 지지자가 그 반대자를 쏘아 죽였다.

그런데 히틀러 자신, 그의 경력과 태도와 연설은 그 뒤에 모인 운동 세력에 처음에는 오히려 해가 되었다. 1930년까지만 해도 그는 많은 사람들에게 민망한 인물이었다. 1923년 뮌헨의 구세주이자 괴상망측한 맥주홀 폭동을 일으킨 남자라는 경력도 한심했다. 게다가 그의 개인적 분위기도 ('똑똑한' 사람뿐만 아니라) 평범한 독일인에게 거부감을 주었다. 뚜쟁이 같은 머리, 짐짓 점잖은 척하기, 빈 변두리 사투리, 너무 길고 많은 연설, 간질병자 같은 태도, 과장된 몸짓, 침 튀기기, 번갈아 번뜩이다가 멍해지는 시선. 게다가 연설의 내용은 또 어떤지. 협박과 잔혹함을 즐기는가 하면 피에 굶주린 처형 판타지가 가득했다. 아마 1930년 스포츠궁전*에서 그에게 환호하기 시작했던 사

* Sportpalast: 베를린에 있는 실내 체육관으로 나치가 정치 집회 장소로 자주 이용했다.

람들도 대부분 거리에서 이런 남자에게 불을 빌리는 것을 꺼렸을 것이다. 하지만 여기서 이상한 일이 일어났다. 바로 이런 역겨운 것, 진창 같은 것, 메스꺼움이 뚝뚝 떨어지는 것도 극단까지 밀고 가니 매혹적으로 변했다. 이 작자가 처음 연설을 했을 때 경비원이 그의 목덜미를 잡아서 어디엔가 다시는 볼 수 없는 곳으로 그를 치워버렸다고 해도 아무도 놀라지 않았을 것이다. 의심할 나위 없이 그가 있어야 할 곳이니까. 하지만 그런 일은 생기지 않았고 외려 그가 강도를 높여서 점점 더 정상에서 벗어나 괴물처럼 변하면서 더욱 유명해지기만 하자 그 효과가 뒤집혀버렸다. 괴이함의 매혹이 작용하기 시작했다. 그와 동시에 히틀러를 가능하게 만든 진짜 비밀, 반대자들의 혼란과 마비도 드러나기 시작했다. 그들은 이 인간으로 바뀐 저승사자가 자신들에게 도전한다는 것을 이해할 수 없었기에 마치 바실리스크•의 눈에 얼어붙은 양 히틀러라는 현상에 맞춰 대처하지 못했다.

독일 최고법원에 증인으로 소환된 히틀러는 언젠가는 자신이 합법적으로 정권을 잡을 것이며 그러면 잘린 머리가 굴러다닐 것이라고 법정에서 고함을 질렀다. 아무 일도 일어나지 않았다. 머리가 허연 대법원장은 증인을 끌고 나가게 할 생각도 하지 못했다. 힌덴부르크에 맞서 공화국 대통령 선거전에 나선 히틀러는 이 싸움은 보나마나 자기가 이겼다고 장담했다. 그의 적수는 여든다섯 살이고 자기는 마흔

• 그리스신화에 나오는 작은 뱀으로 날카로운 눈빛으로 생물을 죽였다고 한다.

세 살이니 기다릴 수 있다고 했다. 아무 일도 일어나지 않았다. 그가 다음 집회에서 다시 이런 말을 하자 청중은 누가 간질이기라도 한 듯 웃음을 터뜨렸다. 어느 날 밤 돌격대원 여섯 명이 침대에 누워 있던 '생각이 다른 사람'을 습격해서 말 그대로 죽도록 짓밟았다. 히틀러는 그 때문에 사형을 선고받은 그들에게 인정과 칭찬의 말이 담긴 전보를 보냈다. 아무 일도 일어나지 않았다. 아니, 일이 일어나기는 했다. 그들은 사면받았다.

각각의 행동이 서로 어떻게 상대편을 강화했는지 살펴보면 기분이 묘하다. 작고 불쾌한 선동가는 거친 뻔뻔스러움을 통해 악령으로 자라났다. 히틀러를 제어해야 할 사람들은 우둔해서 그가 방금 실제로 무슨 말을 하고 어떤 행동을 했는지 늘 한 발짝 늦게, 다시 말해 그가 더 정신 나간 말이나 더 무시무시한 행동으로 다시금 이를 넘어선 다음에야 이해했다. 게다가 청중은 최면에 걸려 역겨움의 마법과 악함의 환각에 점점 더 저항하지 못하고 쓰러지고 말았다.

히틀러는 모든 사람에게 모든 것을 약속했다. 당연히 판단력이 없는 사람들, 실의에 빠진 사람들, 가난해진 사람들 사이에서 느슨하고 거대한 추종자와 지지자 군단이 그 주위에 모여들었다. 하지만 이게 결정적인 것은 아니었다. 히틀러는 노골적인 선동과 공약을 넘어 분명하고 진실하게 두 가지를 약속했다. 1914년부터 1918년까지의 거대한 전쟁놀이의 복구와 성공할 게 뻔한 1923년 무정부적인 약탈 행군의 반복, 다시 말해 히틀러의 외교정책과 경제정책이었다. 그는 이를 약속할 필요가 없었다. 외려 언뜻 이에 반대하는 것처럼 말할 수도 있었다.(그는 나중에 '평화 연설'을 할 때 이렇게 했다.) 그래도 사람들은 다 이해했다. 바로 이것이 히틀러에게 참다운 제자, 나치당의 실제 핵심부를 만들어주었다. 히틀러는 젊은 세대에게 깊은 인상을 남긴 두 가지 커다란 경험에 호소했다. 이 호소는 그 경험에 매달려 있던 사람들에게 전기불꽃처럼 옮겨붙었다. 그 바깥에는 그 경험을 거부하고 마음속으로 부정적인 징후라고 표식을 붙인 사람들, 그러니까 '우리'만 남았다.

하지만 우리한테는 다른 정당도, 따를 수 있는 깃발도, 계획도, 투쟁하자는 호소도 없었다. 대체 누구를 따라야 했을까? 총애를 받던 나치를 빼면 철모단• 주위에 모여 있던 교양시민계급의 반동주의자들이 있었다. 그들은 약간 불분명하게 '전선 경험'과 '향토'에 열광하는가 하면 나치처럼 확연하게 비열하진 않았지만 복수심에 불타고 인생을 적대적으로 보는 점은 비슷했다. 사민주의자들도 있었다. 그들은 싸움을 시작하기도 전에 이미 져서 여러 방면으로 웃음거리가 되었다. 마지막으로 공산주의자들이 있었다. 그들은 사이비 종교 단체처럼 교조주의적이었고 마치 혜성처럼 패배를 꼬리에 달고 다녔다. (이상하게도 공산주의자들은 어떤 일을 하든, 언제나 마지막엔 패배하여 '도망치려다가 총에 맞아' 죽었다. 이것은 마치 자연법칙인 듯 보인다.)

• Stahlhelm : 1차 세계대전 후 독일에서 조직된 우익 성향의 민병대.

그 밖에는 수수께끼 같은 국방군이 있었다. 국방군은 권모술수에 능한 뒷방 사령관•이 이끌었다. 프로이센 경찰도 있었다. 그들은 훈련을 잘 받은, 신뢰할 만한 공화국의 권력 기구라고들 했다. 물론 사람들은 온갖 경험을 다 한 뒤에 이런 말을 곧이곧대로 믿지는 않았다.

이런 것들이 이 게임에 작용하는 힘들이었다. 게임 자체는 끈덕지고 음울하며 절정도 극적인 요소도 눈에 보이는 결정도 없이 질질 끌기만 했다. 그때 독일 분위기는 많은 점에서 오늘날 유럽 분위기를 연상케 했다. 결코 피할 수 없는 일을 그래도 마지막 순간에 용케 피할 수 있길 바라며 속수무책으로 기다리던. 오늘날 유럽에 전쟁이 다가오고 있다면 그때 독일에서는 히틀러의 정권 장악과 나치가 예언하듯 말하던 '긴 칼의 밤'이 다가오고 있었다. 세세한 부분까지 비슷하다. 무시무시한 일이 천천히 다가오는데 저항 세력은 방심하고 그들의 적이 나날이 깨뜨리는 규칙에 가망 없이 매달리다가 '안정과 질서'와 '내전' 사이에서 동요하는 상태로 일방적인 전투를 치렀다.(바리케이드는 없지만 의미 없고 유치한 주먹질과 총질이 있었고 '정당 사무실'을 습격하는가 하면 죽는 이도 끊임없이 나왔다.) 심지어 그때 벌써 '유화정책'이라는 방식도 나왔다. 권력 집단은 히틀러에게 '책임'을 넘겨줌으로써 '해롭지 않게 만드는 데' 동의했다. 카페에서, 술집에서, 상점에서, 학교에서, 가정에서, 어디서나 아무 성과도 없이 화만 치밀어 오르게

• 쿠르트 폰 슐라이허(Kurt von Schleicher, 1882~1934)를 지칭한다.

만드는 정치 토론이 끊임없이 이어졌다. 숫자 놀음이 다시금 나타났다는 사실도 잊지 말아야 한다. 크고 작은 선거가 잇달아 열렸고 이제는 누구의 머릿속에나 유권자와 대표자 숫자가 들어 있었다. 나치 숫자는 끊임없이 늘어났다. 인생의 기쁨, 사랑스러움, 천진난만함, 호의, 이해, 자발성, 관대함, 유머 등등은 이제 존재하지 않았다. 좋은 책이 거의 나오지 않았고 책에 관심 있는 사람도 없었다. 독일의 공기는 빠르게 답답해져 갔다.

1932년 여름까지 점점 더 숨이 막혀가더니 브뤼닝이 갑자기 별다른 이유도 없이 실각하고 파펜-슐라이허의 막간극•이 이어졌다. 아무도 정체를 모르는 귀족들이 정부를 세우더니 반년 동안 정치는 마치 헝가리 경기병들의 질주 같았다. 공화국이 무너지고 헌법이 효력을 잃고 제국 의회는 해산되었다가 다시 선출되기를 거듭했다. 신문은 금지되고 프로이센 정부는 떠나고 행정 기구 고위층은 모두 바뀌었다. 게다가 이 모든 일이 마치 흥미진진한 모험처럼 명랑한 분위기에서 일어났다. 유럽의 1939년은 독일의 1932년 여름의 맛이 난다. 우리는 지금 종말에서 머리카락 한 올만큼 떨어져 있다. 정말 두려워하던 것이 언제라도 일어날 수 있다. 그때 나치들은 어느새 최종적으로 허용된 제복을 입고 거리를 꽉 채우는가 하면 폭탄을 던지고 블랙

• 1932년 6월부터 11월까지는 프란츠 폰 파펜(Franz von Papen, 1879~1969)이, 그해 12월부터 다음해 1월 30일까지는 쿠르트 폰 슐라이허가 총리였다. 두 사람 다 보수주의자로 히틀러에게 권력을 줌으로써 견제할 수 있다고 생각했다. 슐라이허는 '긴 칼의 밤'에 살해당했다.

리스트를 작성했다. 그해 8월 사람들은 히틀러와 부총리 자리를 놓고 흥정하다가, 11월에는 파펜과 슐라이허가 갈라진 뒤 히틀러에게 총리 자리를 제안했다. 히틀러와 권력 사이에는 몇몇 귀족정치 노름꾼의 운 말고는 아무것도 없었다. 모든 진지한 장애물은 치워졌다. 헌법도 없고 법적 계약도 없고 공화국도 없었다. 그야말로 아무것도 없었다. 공화국을 지원할 프로이센의 경찰도 더는 없었다. 오늘날 국제연맹이 이렇게 망가졌고 집단 안보, 계약의 가치, 협상의 의미도 사라졌다. 스페인이 이렇게 무너지고 오스트리아와 체코슬로바키아도 허물어졌다. 하지만 그때처럼 지금도, 가장 위험하고 혼란스러운 이 마지막 순간에도 아무 근거도 없이 병적인 낙관주의, 노름꾼의 낙관주의가 널리 퍼져 있다. 태평스럽게 모든 것이 머리카락 한 올 차이로 잘 풀릴 것이라고 기대한다. 지금처럼 그때도 히틀러의 금고가 비어 있지 않았을까? 지금처럼 그때도 히틀러의 옛 친구들이 마침내 저항하기로 마음먹지 않았을까? 이 얼어붙은 정치적 지형도에 다시 한 번 움직임과 생명이 들어오지 않았을까? 1939년 유럽에서처럼?

지금처럼 그때도, 사람들은 나쁜 일은 이미 지나갔다고 생각했다.

15

이제 우리는 준비를 마쳤다. 여정은 끝났다. 우리는 싸움터에 와 있다. 이제 곧 결투가 시작될 것이다.

혁명

Die Revolution

16

1933년 초 나는 잘 먹고 잘 입고 교육도 잘 받은 스물다섯 살의 젊은이로 우호적이고 반듯했다. 호리호리 멀쑥한 대학생 시절을 지나 어느덧 조금 닳았지만 실제 경험은 턱없이 부족했다. 전체적으로 독일 교양시민계급의 평균적 산물이자 아직 아무것도 쓰지 않은 흰 종잇장 같았다. 무척 흥미진진하고 극적인 시대에 살았다는 것을 빼면 그때까지 내 인생은 딱히 흥미진진하거나 극적인 특성이 없었다. 개인적 경험 가운데 조금 더 깊이 들어가서 이미 상처와 경험과 성격적 특징을 남긴 것이 있다면, 그 나이 젊은이들이라면 누구나 다 해보는 유쾌하고도 고통스러운 사랑의 실험이었다. 그때 나는 사랑에 가장 관심이 많았다. 사랑이야말로 진정한 '인생'이었다. 또 독일에서 나와 같은 계급에 속하는 젊은이들이 으레 그러듯 나는 아직 부모님 집에서 지냈다. 집에서는 잘 먹이고 입성도 깨끗하게 챙겨주었지만 용돈은 원칙적으로 빠듯했다. 근엄하고 나이가 들어가는 아버지가 그리 편하지는 않았지만 나는 홍미로운 그분을 내심 사랑했다. 아버지는—물론 나도 그게 그저 좋지만은 않지만—그때 철두철미하게 내 인생의 중심인물이었다. 뭔가 진지한 일을 계획하거나 결정하려고 할 때 나는 주저하지 않고 아버지에게 조언을 구했다. 내가 그때 어땠는지, 아니, 무엇이 되고 싶었는지 기술하려면 아버지에 대해 쓸 수밖에 없다.

아버지는 신념은 자유주의자이고 자세와 태도는 프로이센의 청교도였다.

청교도주의에는 프로이센의 특수한 변종이 있다. 이 청교도주의는 1933년 이전에 독일에서 지배적인 정신적 권력이었고 지금도 여전히 표면 밑에서 일정한 역할을 수행한다. 프로이센의 청교도주의는 영국의 고전적인 청교도주의와 비슷하지만 몇 가지 성격적 차이가 있다. 그 선지자는 칼뱅이 아니라 칸트다. 그 전범은 크롬웰이 아니라 프리데리쿠스•다. 영국의 청교도주의처럼 프로이센의 청교도주의도 엄격함, 품위, 인생의 즐거움에 대한 절제, 의무 이행, 자기부정에 이르기까지 충절하고 고결할 것, 음울함에 이르기까지 세상을 경멸할 것을 요구한다. 영국의 청교도처럼 프로이센의 청교도도 원칙적으로 아들들에게 용돈을 빠듯하게 주고 젊은이다운 그들의 사랑 실험에 눈살을 찌푸린다. 그러나 프로이센 청교도주의는 세속적이다. 그는 여

• Fridericus: 프리드리히 2세(1712~1786)의 라틴어식 이름. 1740년부터 프로이센의 왕으로 재위하는 동안 독일을 유럽 최강의 군사 국가로 만들었다.

호와가 아니라 프로이센의 왕에게 봉사하고 희생한다. 그의 훈장과 지상의 포상은 사적 재산이 아니라 공적 지위다. 어쩌면 이게 가장 중요한 차이일 텐데 프로이센 청교도주의에는 자유롭고 통제되지 않은 영역으로 가는 뒷문이 있고 그 문에는 '사적'私的이라는 단어가 씌어 있다.

프로이센 청교도주의의 기념비적 인물인 음울한 고행자 프리데리쿠스도 알다시피 '사적으로' 플루트를 불고 시를 쓰고 자유사상가이며 볼테르의 친구였다. 지난 2세기 동안 그의 제자들, 근엄한 표정을 짓는 프로이센의 고위 관료와 장교들도 대개 사적으로 그와 비슷했다. 프로이센의 청교도주의는 '외강내유'의 인물을 사랑한다. 프로이센의 청교도는 다음과 같이 말하는 지극히 독일적인 자기과시의 창시자다. "인간으로서 나는 당신에게 이렇게 말하지만 공무원으로서 나는 이렇게 말한다." 프로이센이나 프로이센-독일은 전체적으로 비인간적이고 잔인하고 탐욕스러운 기계처럼 행동하고 작용하지만 만약 누군가가 개인적으로 독일을 방문하거나 프로이센 사람이나 독일인과 '사적으로' 접촉하면 속속들이 매력적이고 인간적이고 무해하고 사랑할 만한 인상을 준다. 그래서 많은 외국인이 이를 이해하지 못하고 의아해하지만, 프로이센의 청교도가 이 현상을 해명해준다. 독일인들이 거의 모두 이중생활을 하기 때문에 독일은 하나의 국가로서 이중생활을 한다.

나의 아버지는 '사적으로' 열렬한 문학 애호가였다. 죽을 때까지 수만 권에 이르는 장서를 확보하고 늘려갔는데, 그는 이 책들을 단지 '소장'만 한 게 아니라 읽기까지 했다. 아버지가 매우 좋아한 작가만 해도, 디킨스와 새커리, 발자크와 위고, 투르게네프와 톨스토이, 빌헬름 라베와 고트프리트 켈러 등 19세기 유럽의 위대한 이름들을 꼽을 수 있었는데, 그에게는 단지 이름일 뿐이 아니라 소리 없이 길고 열정적인 토론을 나눈 은밀한 지인이었다. 그리고 이런 토론을 소리 내어 계속할 수 있는 사람을 만났을 때만큼 아버지가 대화에서 활짝 피어난 적이 없었다.

하지만 문학이란 매우 희귀한 취미다. 사람들은 '사적으로' 아무 문제 없이 무엇을 수집하거나 화초를 재배할 수 있고 심지어 음악이나 미술 전문가가 될 수도 있다. 하지만 살아 있는 정신과 매일같이 교류하는 것이 '사적으로' 남기는 쉽지 않다. 몇 년 동안 '사적으로' 유럽 시와 사유의 심연과 정상을 다 겪은 사람이 언제인가 답답하고 융통성 없이 의무에 매달리는 프로이센의 관료로 남아 있기란 거의 불가능하다. 아버지는 달랐다. 그는 프로이센의 관료로 머물렀다. 하지만 그는 프로이센 청교도적인 실존 형태를 깨뜨리지 않고도 회의적이고 지혜로운 자유사상을 자기 안에서 발전시켜서 관료로서 자신의 얼굴이 점점 더 단순한 가면이 되도록 했다. 이 두 가지를 이어주는 수단은 아주 미묘하고 비밀스런 역설로 절대 밖으로 요란하게 드러나지 않았다. 또한 내가 보기에 이 역설은 관료라는 인간적으로 문제가 많은 유형을 고귀하고 정당하게 만들어줄 수 있는 유일한 방법이기도 했다. 아버지는 다음과 같은 사실을 늘 의식하였다. 책상 뒤에 있는 힘 있는 고위 관료나 그 앞에 있는 약한 탄원자나 둘 다 사람일 뿐 그 이상이 아니다. 그들은 연극에서 어떤 역할을 맡아 수행할 뿐이다. 공무원은 물론 엄격하고 냉정해야 하지만 마찬가지로 남을 배려하고 호의를 베풀고 신중해야 한다. 아주 냉정한 관청 독일어로 몹시 까다로운 문제에 대해 규정을 쓸 때 서정시를 쓸 때보다 더 많은 민감함이, 소설의 난점을 풀 때보다 더 많은 지혜나 평형감각이 필요할 수도 있다. 그 무렵 아버지는 나와 산책하는 걸 즐겼는데 길을 걸으면서 관료주의의 이런 고급 비밀을 나에게 조심스럽게 알려주었다.

내가 공무원이 되는 게 아버지에게는 중요했기 때문이다. 자신에게는 문학이 읽기와 토론에 그쳤지만, 내게는 쓰기로 변하는 경향이 있다는 것을 알아채고 아버지는 조금 당황했다. 그는 이를 크게 격려하지는 않았지만 그렇다고 섣불리 막으려 하지도 않았다. 그럴 생각도 하지 않았다. 나는 여유 시간에 장편소설이든 단편소설이든 에세이든 마음대로 써도 좋고 그걸 출간해서 돈까지 벌 수 있다면 더 좋은 일이었다. 하지만 그 전에 '뭔가 이성적인 것'을 공부하고 시험도 치러야 했다. 아버지는 청교도답게 카페나 다니면서 불규칙적인 시간에 종이에 가득 끼적거리는 일로 이뤄지는 인생을 마음속 깊은 데서 신뢰하지 않았다. 또한 자유주의자답게 국가와 관청을 권모술수나 좋아하는 무능력자들에게 맡기는 것을 못마땅해했다. 아버지가 보기에 국가권력이라는 귀중한 자산을 아무 의미 없는 규정이나 조례에 낭비할 사람들은 이미 너무 많았다. 그는 나를 자신처럼 교양 있는 관료로 만들기 위해 나름대로 최선을 다했다. 아마 이를 통해 나에게도 조국에도 가장 좋은 일을 한다고 믿었으리라.

그래서 나는 법학을 전공하고 '연수생'이 되었다. 앵글로색슨 국가와는 달리 독일에서 예비 법관이나 관료는 대학을 졸업하고 난 다음 바로 스물두 살이나 스물세 살부터 연수생으로 권위를 행사하는 일에 익숙해진다. 연수생은 자원자로 모든 법정과 관청에서 법관이나 관료와 함께 일을 하지만 독자적인 책임이나 결정권은 (따라서 급료도) 없다. 어쨌든 많은 법관이 연수생이 초안을 작성한 판결문에 서명만 한다. 심의에서도 투표권은 없지만 발언권이 있으며 실제적인 영향력이 있는 경우도 드물지 않다. 심지어 내가 교육을 받은 기관 가운데 두 군데에서는 법관이 부담을 더는 것을 기뻐하면서 연수생이 심리를 이끌게 하기도 했다. 아직 부모 집에 사는 젊은이에게 이렇게 갑작스러운 직권은, 좋든 나쁘든 두드러진 영향을 끼칠 수밖에 없다. 나는 적어도 두 가지를 배웠다. 하나는 특정한 '태도'로, 어쩌면 사람들이 관청의 책상 뒤에서만 배우는, 냉담하고 평온하고 호의적인 건조함의 자세다. 다른 하나는 '관청의 논리'에 따라 일종의 합법적인 추상화를 통해 생각하는 능력이다. 나중에 내가 배운 것을 미리 정해진 대로 사용할 기회는 적었다. 하지만 이 능력, 특히 두 번째 능력은 몇 년 뒤 말 그대로 나와 아내의 목숨을 구했다. 하지만 아버지가 나한테 이런 능력을 배우도록 할 때 이를 예측하진 못했을 것이다.

그 밖에는 내 앞에 놓인 모험에 대하여 얼마나 준비가 부족했는지 생각해보면 그저 씁쓸히 웃을 수밖에 없다. 정말이지 아무 준비도 못했다. 나는 밀수나 불법 월경越境, 암호 구사 등 알아두었으면 그 뒤 몇 년 동안 아주 유용했을 기술은 물론이거니와 권투나 주짓수* 조차 못했다. 곧 일어날 일에 대한 마음의 준비도 아주 미약했다. 참모들은 평화로울 때 자기 군대를 아주 탁월하게 준비시킨다고들 한다. 비록 방금 지나간 전쟁에 대해서지만. 그 말이 맞는지 모르겠다. 하지만 양심적인 부모는 늘 자기 아들을 방금 지나간 시대에 맞춰서 탁월하게 교육하게 마련이다. 나는 1914년 이전의 시민사회에서 좋은 역할을 담당하기 위해 필요한 지성적인 장비는 모두 갖추었다. 게다가 내가 살아온 경험에서 이런 것들이 나한테 별 쓸모가 없으리라는 사실도 어렴풋이 느꼈다. 하지만 그게 다였다. 내가 직면해야 할 일에 대해서는 기껏해야 경고의 냄새만 콧속에 남아 있었다. 하지만 이에 어떻게 대처해야 할지는 전혀 알지 못했다.

나뿐만 아니라 내 또래가 대체로 다 그랬고 나이가 더 많은 세대는 더욱 그랬다.(나치즘을 신문과 영화 상영 전 뉴스로만 아는 외국인들은 대부분 오늘날까지 그렇다.) 우리의 모든 사유는 그 토대가 너무나 분명해서 금세 잊히고 마는 어떤 문명의 내부에서만 일어난다. 우리가 자유와 구속, 민족주의와 인본주의, 또는 개인주의와 사회주의 같은 어

* 일본의 유도에서 유래한 무술.

떤 대립 명제에 대해 토론할 때 이는 언제나 어느 정도 모든 논의의 외부에 있는 어떤 기독교적·인본주의적·문화적 자명성을 해치지 않는다. 그때 나치였던 사람들조차도 그들 자신이 무엇을 하는지 정확하게 알았던 것은 아니다. 그들은 민족주의를 위해, 사회주의를 위해, 유대인에 맞서, 세계대전 이전의 상태를 회복하기 위해서라고 주장했을 테고 대부분 은밀하게 새로운 공적인 모험, 1923년을 다시 사는 것을 기대했다. 하지만 이 모든 것은 당연히 '문화민족'의 '인도적인' 형태로 일어나야 했다. 만약 누군가가 그들에게 (가장 끔찍한 일은 분명 아니지만 눈에 띄는 일을 들어보자면) 국가가 영속적인 고문장을 운영하거나 국가에서 민족 박해를 명령하는 데 찬성하는지 묻는다면, 그들은 대부분 깜짝 놀라 쳐다보았을 것이다. 오늘날에도 그런 질문을 던지면 깜짝 놀라서 바라보는 나치들이 있다.

나 자신은 그 무렵 결정적인 정치적 견해가 없었다. 가장 보편적인 정치적 입장을 규정하기 위해서 '좌파'인지 '우파'인지 결정하는 것조차 어려웠다. 1932년에 누군가가 내게 이런 질문을 던졌을 때 나는 당황해서 오래 주저하다가 대답했다. "글쎄요, 아마도 우파에 가까울 텐데요……." 일상적인 정치 문제에서는 경우에 따라 마음속으로 입장을 정했다. 어떤 문제에 대해서는 전혀 정하지 않았다. 기성 정당이 아주 많지만 어떤 것도 마음에 쏙 들지 않았다. 하지만 설령 내가 어떤 정당에 들어간다고 해도 나치가 되지 않게 막아주지는 못했을 것이다. 나를 지켜준 것은…… 내 코였다. 나한테는 훈련을 꽤 잘 받은 정신적인 후각기관이 있었다. 달리 말해 인간적이고 도덕적이고 정치적인 태도와 신념 가운데 어떤 것이 가치가 있는지 (또는 가치가 없는지!) 느끼는 감각이 있었다. 안타깝게도 독일인은 대부분 바로 이런 감각이 완전히 부족하다. 그냥 코를 대기만 해도 나쁜 냄새가 난다는 것을 알 수 있는데, 그래도 아주 똑똑한 독일인들도 그것이 가치가 있는지 없는지 추상과 연역을 동원하여 바보가 될 때까지 토론에 토론을 거듭한다. 하지만 나는 그때 벌써, 확실치 않을 때 코를 사용하는 습관이 있었다.

나치에 대해서라면 내 코는 의심할 여지가 없었다. 전체의 악취가 코를 찌르는데 그들의 목적이나 의도 가운데 과연 무엇이 토론할 만하고 또는 적어도 '시대적으로 정당한지'에 대해 이야기해봤자 입만 아플 뿐이었다. 나치가 적, 나의 적이자 나한테 소중한 모든 것들에게 적이라는 사실에 대해서 나는 한순간도 잘못 생각하지 않았다. 내가 완전히 잘못 생각한 것은 그들이 얼마나 무서운 적인지 몰랐다는 사실이다. 그때만 해도 나는 나치를 별로 진지하게 여기지 않았다. 이는 경험이 부족한 나치의 적들 사이에 널리 퍼진 태도로, 나치를 많이 도와주었고 여전히 돕고 있다.

우리, 그러니까 나와 비슷한 사람들이 나치가 혁명을 시작하는데 마치 극장의 특별석에서 연극을 보는 것처럼 무심히 우월하다는 듯 태평스럽게 편히 지켜보는 것만큼 우스운 일도 없다. 결국 우리를 이 세상에서 없애버리는 것을 목적으로 하는 과정인데 말이다. 아마 몇 년 후 유럽 전체가 우리가 어떻게 됐는지 눈앞에서 보고 난 다음에 나치가 사방에 불을 지르는 꼴을 우월하다는 듯이 즐기며 지켜보는 것만 더 우스운 일일까.

17

처음에는 나치 혁명도 다른 사건들과 비슷한 '역사적 사건'이 될 것처럼 보였다. 우선 신문 기사로 다루어지다가 사회 분위기에 약간 영향을 미칠 수도 있는.

나치는 1월 30일이 자기들 혁명 기념일이라고 축하하지만 이는 옳지 않다. 1933년 1월 30일에는 혁명이 일어난 게 아니라 정부가 바뀌었다. 히틀러가 총리가 되지만 절대 나치 정부의 지도자는 아니었다.(히틀러를 빼면 내각에는 나치가 고작 두 명밖에 없었다.) 히틀러는 바이마르 공화국의 헌법을 지키겠다고 서약했다. 일반적인 의견으로 그날의 승리자는 나치가 아니라 나치를 '사로잡고' 정부의 요직을 모두 차지한 우파의 부르주아 정당들이었다. 헌법에 비춰보아도 이 과정은 그 이전에 일어난 일 대부분보다 훨씬 더 평범하고 혁명적이지 않았다. 그날도 겉으로 보기에 혁명의 특징은 전혀 드러내지 않고 흘러갔다. 나치가 빌헬름 거리를 따라 횃불 행진을 하고 밤에 교외에서 사소한 총격전이 일어난 것을 뺀다면.

우리 바깥 사람들에게 1월 30일의 경험은 다만 신문 기사를 읽는 것으로만 이루어졌다. 그리고 그 기사를 읽을 때 느꼈던 감정으로만.

아침신문 표제는 다음과 같았다. "공화국 대통령 히틀러 호출." 무력감에 짜증이 났다. 대통령은 지난해 8월에 이어 11월에도 히틀러를 불러서 각각 부총리와 총리 자리를 제안했다. 히틀러는 그때마다 불가능한 조건을 내걸었고, 그때마다 정부에서는 근엄하게 '절대 다시' 이런 시도를 하지 않겠다고 선포했다. 하지만 '절대 다시' 하지 않겠다는 결의는 기껏해야 석 달 동안 유지되었다. 그때 이미 독일에서는 마치 오늘날 세계가 그러는 것처럼 히틀러가 원하는 것을 모두, 언제나 다시 점점 더 쉽게 제공하다 못해 숫제 강요하려는 병적인 욕망이 그의 적수들 사이에서 지배적이었다. 이런 '유화정책'은 공식적으로는 늘 부인되었지만 중요한 순간에는 지금과 똑같이 화려하게 되살아났다. 예나 지금이나 딱 하나 남은 희망은 히틀러 자신의 눈먼 욕심뿐이었다. 결국 그게 히틀러 적수들의 참을성을 고갈시키지 않을까? 그때나 지금이나 그들의 참을성은 무슨 일이 일어나도 고갈되지 않을 것 같아 보인다…….

점심때 신문 표제는 "히틀러 다시 지나친 요구"였다. 사람들은 안심하고 고개를 끄덕였다. 지나치게 요구하지 않는다면 히틀러의 성정에 맞지도 않을 테지. 이렇게 다시 한 번 독배를 피할 수 있게 되는구나. 히틀러는 히틀러를 막기 위한 마지막 방책이었다.

5시쯤 저녁신문이 나왔다. "민족주의자 중심 내각 구성, 총리 히틀러."

대개 어떻게 반응했는지 모르겠다. 하지만 나는 1분쯤 정말이지 온몸이 오싹했다. 이미 오래전부터, 이런 일이 '그 속에' 들어 있었음이 분명했다. 하지만 너무 비현실적이었다. 분명히 신문을 보고도 두 눈을 믿을 수 없을 정도였다. 히틀러가 총리라니. 한순간 나는 이 히틀러란 인간에게서 나는 피와 더러움의 냄새를 거의 물리적으로 느꼈다. 마치 피에 굶주린 야수가 위협적으로 나에게 다가오는 것만 같았다. 더러운 앞발의 뾰족한 발톱을 얼굴에 들이대면서.

하지만 나는 충격을 떨쳐내고 웃음을 지으면서 생각해보려고 애썼다. 실제로 마음을 놓을 이유가 꽤 많았다. 그날 저녁 나는 아버지와 새 정부의 전망에 대해 토의했다. 우리는 그들이 여러 가지 재앙을 야기하겠지만 권좌에 오래 남아 있지 못할 거라는 데 의견을 같이했다. 히틀러를 대변자로 내세운 대체로 반동적인 정부. 히틀러라는 첨가물만 빼면 브뤼닝 이후 이어진 지난 두 정부와 그리 다르지 않다. 아무리 나치를 끌어들여도 그들은 의회의 과반수에 이르지 못할 것이다. 물론 의회는 언제든지 해산될 수 있다. 하지만 국민의 과반수도 정부에 분명하게 반대 의사를 표명했다. 특히 노동자들은 신중한 사민주의자들이 마지막으로 수치를 당한 이후 아마 공산주의적으로 변할 것이다. 물론 그래봐야 더 위험해질 뿐이지만 공산주의자도 '금지'시킬 수 있다. 그동안 정부는 지금처럼, 아마 지금보다 더 급격하게,

사회적 반혁명을 추진할 테고 히틀러를 봐서 어쩌면 반유대주의도 덧붙일 것이다. 그렇지만 반대자 가운데서 하나도 자기편으로 끌어들이지 못할 것이다. 대외적으로는 아마 강경책을 펼 테고 어쩌면 군비 확장을 추진할지도 모른다. 그러면 정부에 반대하는 60퍼센트에 이르는 국민과 다른 나라들이 모두 저절로 정부에 맞서 뭉칠 것이다. 게다가 3년 전부터 갑자기 나치에 투표하는 이들은 어떤 사람들인가? 대개 판단력이 부족한 사람들로 선전의 희생양이자 동요하는 대중인데, 그들은 처음에 실망하면 바로 뿔뿔이 흩어질 것이다. 아니, 모든 점을 고려해봤을 때 이런 정부가 들어섰다고 해서 경계하고 불안해할 이유는 없다. 문제는 그다음이다. 독일이 내전에 이를 수도 있다. 또 공산주의자들은 활동이 금지되기 전에 마지막 반격을 시도할 것이다.

이는 지성적 신문의 일반적인 견해임이 다음 날 드러났다. 모든 일이 어떻게 됐는지, 우리가 다 아는 지금까지도 이 논증이 어찌나 그럴듯하게 들리는지 신기할 따름이다. 어떻게 이렇게도 다르게 될 수 있을까? 어쩌면 우리 모두가 다르게 될 수는 없다고 너무나 확신한 나머지 최악의 경우에 이르는 것을 막기 위해 무엇이 필요한지 눈여겨보지 않은 탓은 아닐까?

2월 내내 일어난 모든 일은 여전히 신문 기사로 남아 있었다. 다시 말해 신문이 없어진다면 99퍼센트의 사람들이 곧바로 현실감각을 잃어버릴 영역에서 일어났다. 물론 이 영역에서도 충분히 많은 일이 일어났다. 제국 의회가 해산되었다. 그런 다음 힌덴부르크는 헌법을 명백하게 어기면서 프로이센 지방의회를 해산했다. 고위 관리들이 무더기로 경질되었고 선거전에서는 흉포한 테러가 일어났다. 나치는 이제 머뭇거리지 않았다. 걸핏하면 선발대를 보내 다른 정당의 선거 집회를 해산했고 거의 날마다 정적을 하나둘씩 쏘아 죽였다. 심지어 베를린 교외에서는 사회민주당원의 집을 다 태워버렸다. 나치당원으로 새로 프로이센 내무장관이 된 괴링 중대장이라는 사람은 믿을 수 없는 법령을 선포했다. 그는 경찰에게 분쟁이 생기면 누구 잘못인지 가릴 것 없이 나치당원의 편을 들고, 사전 경고 없이 상대측을 쏘라고 지시했다. 조금 지나자 돌격대원 중에서 '보조 경찰'까지 꾸려졌다.

여기까지가 이미 말했듯이 신문 기사 내용이었다. 자기 눈과 귀로는 지난 몇 년 동안 익숙해진 것밖에 다른 것을 더 보거나 들을 수 없었다. 거리의 갈색 제복, 시위 행렬, 만세 소리. 그러나 그 밖에는 평소와 똑같았다. 그 무렵 내가 연수생으로 일하고 있던 대법원, 그러니까 프로이센의 최고법원에서는 내무장관이 터무니없는 법령을 선포했어도 법률 집행 과정은 전혀 변하지 않았다. 신문 기사에 따르면 헌법은 완전히 무너졌다. 하지만 민법의 조항은 모두 여전히 유효했고, 늘 그렇듯 신중히 숙고하고 분석했다. 진짜 현실은 어디 있을까? 날이면 날마다 총리가 공공연하게 유대인에 대한 저열한 비방을 퍼부었지만 우리 부서에서는 여전히 유대인 대법관이 자리에 앉아서 매우 명민하고도 양심적인 판결을 내렸다. 이 판결은 효력이 있고 전체 국가기구가 그 판결을 완수하기 위해 활동했다. 이 나라 최고 요직에 있는 사람이 그 판결을 내린 사람을 '기생충' '하급 인간' '흑사병'이라고 부르든 말든. 이럴 때 모욕을 당한 사람은 과연 누구일까? 이런 역설적인 상황은 누구를 표적으로 삼은 것일까?

나는 법이 아무 문제 없이 작동하고 일상생활도 아무 문제 없이 계속 이어졌다는 것 자체를 나치에 대한 승리로 보려 했음을 고백한다. 저들이 아무리 거칠고 요란하게 행동해도 기껏해야 정치적 표면만 휘저을 수 있을 뿐 그 아래 현실 생활이라는 대양의 깊은 곳은 아무 영향도 받지 않은 채 있었다.

그런데 정말 영향을 전혀 받지 않았을까? 그때 이미 수면에서 무엇인가가 아래까지 뚫고 들어오지 않았을까? 새롭게 떨리는 긴장감으로, 사적인 정치 토론을 하다가 갑자기 화해할 수 없거나 격렬하게 증오하게 되는 것으로, 무엇보다도 늘 정치를 생각할 수밖에 없는 부담으로 나타난 게 아닐까? 사람들이 평범하게 비정치적인 생활을 계속하는 걸 갑자기 정치적인 시위처럼 느꼈다는 그것이 바로 사생활에 들어온 정치의 기이한 효과가 아니었을까?

어쨌든 나는 여전히 평범한 비정치적인 생활에 매달렸다. 내가 나치에 맞서 투쟁할 수 있는 자리는 없었다. 그렇다면 적어도 그들한테서 조금도 방해를 받지 않으리라. 일면 이런 마음으로, 나는 기분은 영 아니지만 사육제 무도회에 가기로 했다. 하지만 나치가 사육제마저 어떻게 망가뜨리는지 이제 보도록 하자.

18

베를린의 사육제는 이 도시의 많은 관습이 그런 것처럼 약간 인공적이고 작위적으로 연출되는 행사다. 천주교를 믿는 지역처럼 기이하게 거룩해진 의식도 없고 뮌헨처럼 즉흥적이고 즐겁고 감동적인 요소도 없다. 베를린 사육제의 기본 특성은 매우 베를린다운 '활기'와 '조직'이다. 베를린의 사육제 무도회란 말하자면 커다랗고 알록달록하게 잘 조직해놓은 사랑의 복권 추첨과 같은 것으로 당첨도 있고 낙첨도 있다. 제비뽑기에서 추첨하듯 한 소녀를 뽑아서 하룻밤 사이에 연애의 모든 예비 과정을 두루 겪을 수 있는 기회다. 대개 새벽녘에 택시를 같이 타고 가면서 전화번호를 주고받는 것으로 끝맺는다. 그때쯤이면 좀 더 아름다운 얘기가 시작될지 그저 숙취만 벌어들였는지도 분명해진다. 이 모든 일이, 종이로 만든 사슬이나 초롱처럼 사육제에 빠질 수 없는 장식품으로 매우 화려하게 꾸민 곳에서, 쟁쟁거리는 밴드의 댄스음악 소리에 맞춰, 돈 내고 사는 알코올의 도움으로, 다 똑같은 일을 하기에 눈치를 보지 않는 수천 명의 사람들이 정어리 통조림처럼 빽빽이 들어찬 가운데 일어난다. 바로 그래서 '활기'란 말이 어울린다.

그때 내가 간 무도회는 어떤 미술학교에서 주최하는 것으로 왠지는 모르지만 '다흐 칸'이라고 불렸다. 여느 무도회처럼 거대하고 시끄럽고 다채롭고 사람이 무척 많았다. 2월 25일 토요일이었다. 느지막이 가보니 무도회는 한창이었다. 꽉 찬 사람들에다 어른거리는 실크, 여자들은 어깨와 다리를 드러내고, 줄은 좀체 줄어들지 않았다. 휴대품 보관소가 꽉 차고 바에도 자리가 없었다. 이 모두가 '활기'의 일부였다.

나는 이런 분위기에 쉬이 젖어들 수 없었다. 아니, 이곳에 도착했을 때 벌써 조금 울적한 기분이었다. 그날 오후 걱정스런 소식을 들은 참이었다. 나치는 선거전이 마음대로 되지 않자 쿠데타를 일으킬 계획이라고 했다. 사람들이 대거 체포되고 공포정치가 펼쳐질 테니 다음 몇 주 동안 최악의 상황까지 각오해야 한다고 했다. 마음이 편치 않았지만 그것도 그저 신문에 나온 기사일 뿐이었다. 현실은 여기 있었다. 귓전을 스쳐 지나가는 목소리, 웃음소리, 음악 소리, 여자들의 아낌없는 미소 속에.

나는 계단에 서서 싱숭생숭하고 갈팡질팡한 심정으로 주위에서 흥청거리는 사람들을 보았다. 뜨겁게 달아올라 싱글벙글 웃어대는 얼굴들. 모두 괜찮은 남자나 여자를 만나서 오늘 하루나 이번 여름 동안 인생의 달콤함을 맛보거나 모험을 하거나 아련하게 되새길 추억을 만들 생각밖에 없는 순진한 사람들이었다. 문득 기이하고 어찔어찔한 느낌이 나를 덮쳤다. 마치 내가 한껏 치장한 이 젊은이들과 함께 이리저리 구르는 거대한 배에 꽁꽁 묶여서 벗어날 수 없는 것만 같았다. 우리가 가장 외진 곳에 있는 쥐구멍 같은 작은 선실에서 춤을 추고 있는 동안 저 위 다리에서는 갑판에 물을 들이부어 우리를 하나도 빠짐없이 익사시키기로 벌써 결정한 듯했다.

그때 뒤에서 누가 내 팔을 잡았다. 귀에 익은 목소리가 들렸다. 나는 현실을 향해 돌아섰다. 행복한 테니스 클럽 시절에 알고 지낸 리즐이라는 여자애였다. 한동안 보지 못해 거의 잊고 있었는데 이제 다시 친숙하고 편안한 모습으로 나타나 위로든 농담이든 다 해줄 태세였다. 리즐은 나와 내 음울한 생각 사이에 버티고 서서, 작고 꼿꼿한 몸으로 세상과 나치를 덮어버리고 나를 사육제의 의무로 이끌었다. 나는 한 시간도 채 지나지 않아 맺어졌다. 나의 제비는 검은 머리의 자그마한 여자애로 터키 소년 의상을 입고 있었다. 커다란 갈색 눈에 귀여운 인상이었다. 얼핏 보면 배우 엘리자베트 베르그너Elisabeth Bergner가 떠올랐다. 그 여자애도 그걸 원했을 것이다. 그 무렵 베를린 여자들은 다 베르그너처럼 보이길 원했다. 더 나은 것을 바랄 수 없었다.

리즐은 격려하듯 눈을 찡긋거리더니 북새통 속으로 사라졌고 베르그너를 닮은 여자애는 그날 밤 내 짝이 되었다. 그날 밤뿐만 아니라 앞으로 닥쳐올, 황량한 시절 내내. 아주 행복한 관계는 아니었지만 그때는 미처 몰랐다. 그 여자애는 깃털처럼 가벼웠고 춤출 때 내 팔에 폭 안겼으며 작지만 높은 목소리로 어른스럽게 말했다. 베를린 여자답게 차갑고 건조한 애교를 섞어 되바라진 농담을 할 때면 얼굴보다 나이가 더 든 커다란 두 눈이 반짝였다. 나는 내 제비에 만족했다. 우리는 한동안 춤을 추고 나서 한잔 마시러 갔다. 이리저리 거닐다 보니 아스라이 멀리서 음악이 스며 들어오는 작은 방에 다다랐다. 우리는 자리에 앉아 서로 이름을 맞혀보려고 하다가 이내 포기하고 이름을 새로 지어주기로 했다. 그녀는 나에게 피터라는 이름을, 나는 그녀에게 찰리라는 이름을 지어주었다. 비키 바움Vicki Baum의 소설 속 연인들에게 어울릴 법한 근사한 이름이었다. 더 나은 것을 바랄 수 없었다. 서로 이름을 붙여주면서 우리는 다들 하는 대로 연인이 될 준비를 했다. 주위의 다른 연인들은 오로지 자기들한테만 관심이 있어서 우리를 방해하지 않았다. 하지만 그곳에 혼자 꿋꿋하게 서 있던 나이 든 배우가 기발한 말로 축복하면서 우리 사이에 끼어들었다. 그는 우리를 '애들'이라고 부르면서 우리 몫까지 칵테일을 주문했다. 마치 작은 가족 같았다. 시간이 지나자 나는 춤을 좀 더 추고 싶었다. 게다가 리즐에게도 나중에 다시 만나자고 약속한 참이었다. 하지만 상황이 전혀 다르게 발전했다.

경찰이 건물 안에 들어와 있다는 말이 어떻게 처음 퍼졌는지 모르겠다. 때때로 누군가가 술에 취해 들어와 딴에는 재미난 농담을 해서 관심을 끌려고 했다. 아마 누가 "다들 일어나, 경찰이 들어왔어!" 하고 외쳤을 것이다. 나는 이런 농담이 그리 재미있다고 생각하지 않았다. 하지만 소식은 점점 더 널리 퍼졌다. 여자들 몇몇이 겁에 질려 벌떡 일어나 자리를 떴고 기사들이 얼른 따라 나갔다. 갑자기 머리끝에서 발끝까지 새까만 옷을 입고 머리와 눈도 새까만 젊은이가 방 한가운데 서서 거칠고 사나운 목소리로 오늘 밤을 알렉산더 광장에서 지내고 싶지 않다면 지금 당장 이곳을 떠나는 게 좋을 거라고 말했다. (알렉산더 광장에는 경찰청이 있었고 유치장도 있었다.) 마치 경찰인 양 굴었지만 가까이서 살펴보니 그는 꽤 오랫동안 여기 앉아 어떤 여자에게 키스하던 사람이었다. 그 여자는 벌써 사라졌다. 또 지금 보니 모자에 속간표지•를 달고 있었다. 게다가 세상에, 그 까만 옷도 파시스트의 제복이었다! 이상한 옷차림! 이상한 행동!

나이 든 배우가 천천히 자리에서 일어나더니 입을 꾹 다문 채 비척거리면서 밖으로 나갔다. 갑자기 모든 게 꿈속에서 일어난 일만 같았다.

어떤 방에선가 흘러나와 여기까지 비춰주던 불빛이 꺼지고 동시에 그곳에서 요란한 비명 소리가 터져 나왔다. 우리는 연극 무대에서 조명을 받은 것처럼 단박에 창백해졌다.

까만 옷을 입은 남자에게 물었다.

"경찰이 왔다는 게 사실인가요?"

• 막대기 묶음 사이에 도끼를 끼운 것으로 고대 로마에서 집정관의 권위를 표시한다. '통합을 통한 힘'을 상징하기에 파시즘의 표시로 쓰이기도 했다.

그가 우렁찬 목소리로 외쳤다.

"사실이오, 젊은이!"

"왜요? 무슨 일인가요?"

그가 소리를 질렀다.

"무슨 일이냐고? 다 알면서 뭘 물어봐요. 이런 걸 좋아하지 않는 사람도 있게 마련이죠."

그가 이렇게 말하더니 가까이 있던 여자의 허벅지를 요란한 소리가 나도록 철썩 때렸다. 이런 행동을 하는 게 자기가 경찰 편이라는 표식인지, 고집스럽게 저항하는 몸짓인지 종잡을 수 없었다. 나는 어깨를 으쓱했다.

"찰리, 직접 가서 살펴볼까?"

찰리는 고개를 끄덕이더니 나를 믿고 다소곳하게 따라왔다.

소란스러웠다. 어디에나 동요와 불안과 가벼운 공포가 있었다. 무슨 일이 일어나기는 했다. 뭔가 불쾌한 일, 사고가 나거나 싸움이 벌어졌을까? 나치나 공산주의자가 여기에서도 총을 쏘아댔을까? 완전히 불가능해 보이지는 않았다.

우리는 이 방 저 방을 서성거렸다. 저기! 정말 헬멧을 쓰고 파란 제복을 입은 경찰이 있었다. 그들은 부서지는 파도 속 바위처럼, 어디로 갈지 몰라 갈팡질팡하는 사육제 의상을 입은 사람들 사이에 딱 버티고 서 있었다. 이제 어찌된 일인지 알아낼 수 있으리라. 나는 경찰에게 뭔가 알아내고자 할 때 다들 그러듯, 조금 어색하게 웃으며 짐짓 당당하게 그에게 다가갔다.

"정말 집에 돌아가야만 하나요?"

그가 대답했다.

"집에 돌아가는 게 허용됩니다."

그가 어찌나 위협적으로, 천천히 차갑고 심술궂게 대답하는지 나는 하마터면 뒷걸음질 칠 뻔했다. 그의 얼굴을 봤다가 또 한 번 주춤했다. 대체 어떤 얼굴이람! 일반적인 경찰관의 평범하고 친숙하고 친절하고 우직한 얼굴이 아니었다. 마치 이빨만 있는 듯했다. 그는 내게 이를 내보이며 말 그대로 으르렁거렸다. 믿을 수 없게도 윗니 아랫니 전부가 다 드러났다. 사람이 이런 모습을 보이는 것은 무척 드문 일이 아닌가? 작고 뾰족하고 험상궂은 이가 상어처럼 돋아 있었다. 헬멧 아래 노랗고 해쓱한 얼굴도 상어처럼 냉담하고 잔혹해 보였다. 죽은 듯 물기가 많은 색깔 없는 눈과 색깔 없는 머리와 피부와 입술, 그리고 창꼬치처럼 뾰쭉한 코. 무척이나 '북방화'한 얼굴이라는 것은 인정하지만, 더 이상 사람의 얼굴이 아니었다. 악어의 얼굴이었다. 소름이 돋았다. 나는 친위대의 얼굴을 본 것이다.

19

이틀 뒤 국회의사당에 불이 났다. 그 무렵 일어난 역사적인 사건 가운데 내가 이토록 완벽하게 놓친 일은 흔치 않았다. 국회의사당이 불에 타는 동안 나는 교외에 있는 친구 집에 놀러가서 정치 얘기를 하고 있었다. 그는 지금 군사행정 분야에서 꽤 높은 직책을 맡고 있는데 '철저하게 비정치적'이지만 그저 직업적 의무상 외국 공략의 기술적인 측면에만 관여한다. 그때 그는 나처럼 연수생이었고 좋은 동료였다. 성정이 조금 메말랐는데 바로 그 때문에 힘들어했고 외아들로 부모의 기대를 한 몸에 받고 너무 곱게 자라나 집이라는 감옥을 빠져나올 수 없었다. 그에게 인생의 가장 큰 고민은 진짜 연애다운 연애를 한 번도 해보지 못하리라는 것이었다. 그는 분명 나치가 아니었다. 곧 있을 제국 의회 선거 때문에 난감해했다. 그는 '민족주의'적이지만 '법치국가'에 찬성했고 이 갈등을 해결할 수 없었다. 지금까지는 '독일인민당' Deutsche Volkspartei에 표를 줬지만 이제 부질없다는 느낌이 들었다. 어쩌면 아예 투표를 하지 않을 것이다.

그 집에 찾아간 친구들은 그의 불쌍한 영혼을 두고 말씨름을 했다.

누군가가 말했다.

"너도 알잖아. 이제 분명 민족주의적인 정책을 펼 거야. 그런데 어떻게 아직도 흔들릴 수 있어? 이제는 도 아니면 모야. 몇몇 헌법 조항이야 무시해도 돼!"

어쨌든 사회민주주의자들이 '노동자를 국가에 통합하는' 공적을 이루었다고 반론을 편 사람도 있었다. 현 정부는 이렇게 힘들여 얻은 성과를 다시 위험하게 만든다는 것이다. 나는 정치적 입장이야 어떻든 나치에 맞서 투표하는 것이 좋다는 '경솔한' 발언으로 가벼운 비난을 받았다.

나치 옹호자가 무던하게 말했다.

"좋아, 그럼 적어도 흑·백·적에 투표해."

우리가 모젤 와인을 마시면서 이런 시답잖은 얘기를 하는 동안 국회의사당이 불에 타고 불쌍한 반 더르 뤼베•는 신분증을 다 지닌 채 타오르는 건물 안에서 발견되고 국회의사당 앞에서 히틀러는 바그너의 오페라에 나오는 보탄Wotan처럼 불꽃을 배경으로 기억에 남을 말

• 마리누스 반 더르 뤼베(Marinus van der Lubbe, 1908~1934): 독일 국회의사당 화재 현장에서 발견되어 방화범으로 처형된 네덜란드 실직 벽돌공이다. 스스로 네덜란드 공산당원이라고 했으나 네덜란드 공산당은 그가 한때 청소년 조직에 있었을 뿐 정식 당원이 아니라고 부인했다. 그와 같이 체포된 이들은 증거 불충분으로 석방되었다.

을 했다.

"나는 그러리라고 믿어 의심치 않는데, 만약 공산주의자가 이런 일을 저질렀다면 그들에게 신의 가호가 있길!"

우리는 아무것도 몰랐다. 라디오는 꺼져 있었다. 공격조가 여기저기 돌아다니면서 희생자를 침대에서 끌어내던 자정 무렵 우리는 심야 버스를 타고 졸면서 집에 돌아갔다. 좌파 정치인, 좌익 문인, 달갑잖은 의사와 관료와 변호사 등은 그때 새로 생긴 집단 수용소에 처음으로 들어갔다.

국회의사당이 불에 탔다는 사실을 나는 다음 날 아침에 신문을 읽고야 알았다. 대량 검거에 대해서는 정오쯤에 읽었다. 거의 동시에 힌덴부르크는 긴급명령을 내려 개인에게서 언론의 자유를 뺏고 서신과 통화의 비밀을 폐기하는 한편 경찰에게 무제한의 수색·압수·체포의 권리를 주었다. 오후에는 바지런한 일꾼들이 사다리를 들고 여기저기 돌아다니면서 모든 광고탑과 울타리에 붙인 선거 포스터를 흰 종이로 깔끔하게 덮기 시작했다. 좌익 정당들은 이제부터 선거 유세를 할 수 없었다. 아직 남아 있는 신문들은 이 모든 일에 대해서 아첨하고 환호하는, 열렬하게 애국적인 목소리로 입을 모아 보도했다. 우리는 구원받았노라! 만세, 독일이 해방되었다! 토요일 모든 독일인은 감사하는 마음으로 민족주의를 찬양하는 축제에 나오라! 횃불을 들고 깃발을 꺼내라!

여기까지가 신문 기사였다. 거리는 평소와 똑같아 보였다. 영화관에선 영화를 상영했고 법정에선 판결을 내렸다. 혁명? 흔적도 없었다. 사람들은 집 안에 앉아 조금 혼란스럽고 조금은 겁을 먹은 채, 대체 어떤 일이 일어났는지 이해하려고 해봤다. 하지만 이토록 짧은 시간에 이 모든 것을 이해하기란 무척이나 어려운 일이었다.

그러니까 공산주의자들이 국회의사당에 불을 질렀다. 그래, 그랬단 말이지. 그야 그럴 수도 있다. 예상할 수 있는 일이었다. 그런데 이상한 것은, 왜 공산주의자들이 하필이면 국회의사당을 골랐을까? 텅 비어 있는 그 건물을 태워봐야 아무 득도 없을 텐데. 그래, 그게 정말 공산혁명의 '효시'라면 정부가 '단호한 대응'으로 이를 미연에 방지했다. 그런데 또 재미있는 것은, 왜 나치가 하필이면 국회의사당 때문에 흥분하는 걸까? 그때까지 국회의사당을 늘 '헛소리 제작소'라고 불렀으면서 누가 불을 지르자 이제 와서 갑자기 성역을 훼손한 것처럼 굴다니. 그래, 달면 삼키고 쓰면 뱉는 거겠지. 정치가 원래 그렇잖아. 안 그래요, 여러분? 우리가 정치를 손톱만큼도 이해하지 못하는 게 다행이지요. 아무튼 이제 공산혁명의 위험은 지나고 우리는 다시 편안하게 잠들 수 있습니다. 안녕히 주무시길.

좀 더 진지하게 이야기해보자. 국회의사당 방화 사건에서 가장 흥미로운 일은 이게 공산주의자의 소행이라는 주장이 널리 받아들여졌다는 점이다. 의심이 많은 사람들조차 이를 완전히 불가능하다고 보지는 않는다. 공산주의자들 스스로 책임이 있다. 그들은 최근 몇 년 동안 강력한 정당으로 올라섰고 언제나 다시금 '준비해왔다'고 위협했다. 그들이 거세게 저항하지 않고 그냥 '금지'되거나 학살당하리라고 믿는 사람은 없었다. 2월 내내 우리는 모두 사회민주주의자들이 아니라 공산주의자들이 역습하길 기다리면서 '눈을 왼쪽에' 두고 있었다. 1932년 7월 20일 제베링Carl Severing과 크셰진스키Albert Grzesinski가 완전한 합법성과 중무장한 경찰 병력 8만을 등에 업고도 일개 국방군 중대의 '폭력을 살짝 피한'* 다음부터는 아무도 사회민주주의자들에게서 뭔가 기대하지 않았다. 하지만 공산주의자들은 달랐다. 그들은 험상궂은 표정의 단호한 사람들이었다. 주먹을 들어 올려 인사하고 무기도 지니고 있었다. 어쨌든 술집에서 싸움이 날 때면 총을 자주 쏘았다. 그들은 끊임없이 자신들의 강점과 조직을 떠벌렸다. 또 분명 러시아에서 '그런 일'을 어떻게 하는지 배워왔을 터였다. 나치가 공산주의자들을 다 죽이려 한다는 것은 누가 봐도 의심할 나위 없었다. 그러니까 그들은 저항할 것이었다. 사실 너무나도 당연했다. 지금껏 그들이 역습을 하지 않은 게 놀라울 따름이었다.

독일인들은 공산주의자들이 늑대의 탈을 쓴 양이라는 사실을 간파하는 데 매우 오래 걸렸다. 공산주의자들이 봉기하려는 걸 막았다

* 1932년 7월 20일 프란츠 폰 파펜 총리가 프로이센의 사회민주당 연립정부를 무력화시킨 프로이센 전복 사건을 뜻한다. 당시 바이마르 헌법은 대통령이 긴급명령권을 발동하면 주정부의 행정권과 통수권을 연방정부에 이양할 수 있게 했는데 이에 따라 브라운 연립내각은 실권하고 제국위원이 파견된다. 쿠데타와 유사한 연방정부의 횡포에 사회민주당 연립정부는 제대로 저항도 하지 않고 무기력하게 대처해 이후 급격하게 지지층을 상실한다. 이는 또한 앞으로 바이마르 공화국을 차츰 무력화시킨 히틀러 독재의 등장을 예고하는 전주였다.

는 나치의 신화는 그들이 스스로 마련해준 토양에서 신뢰를 얻었다. 공산주의자들의 높이 치켜든 주먹 뒤에 아무것도 없다는 사실을 대체 누가 알 수 있었을까? 독일에는 아직까지 공산주의자라면 겁을 먹는 사람들이 있는데 이 모든 게 공산주의자들이 스스로 만들어낸 일이다. 하지만 이제 그렇게 믿는 사람도 그리 많지 않다. 독일 공산주의자의 치욕은 이미 꽤 널리 알려졌다. 나치조차 이제 공산주의자 타령을 거의 하지 않고 기껏해야 몇몇 특정한 외국인들 앞에서만 이용한다. 그 외국인들한테는 여전히 모든 것을 속일 수 있다.

1933년 2월 무렵 독일인들 대부분이 공산주의자가 국회의사당에 불을 질렀다는 거짓말을 곧이곧대로 믿었다고 해서 그들을 탓할 수는 없다. 하지만 그들이 이 문제를 너무나 간단히 접어버렸다는 것은 탓해야 한다. 바로 여기서 처음으로 나치 시대 독일인들의 성격상 집단적 약점이 드러난다. 독일인들은 국회의사당이 불에 조금 그을렸다고 해서 헌법으로 보장된 개인적 자유와 기본권을 빼앗겨도 마치 당연한 것처럼 고분고분하게 받아들였다. 공산주의자들이 국회의사당에 불을 질렀으니 정부가 '단호하게 대처'하는 것은 너무나 자연스러운 일이다! 다음 날 나는 연수생 동료 몇 명과 함께 이 사건에 대해 토론했다. 다들 누가 불을 질렀는지 관심이 많았고 몇몇은 눈짓으로 공식적인 해명에 의심을 보였다. 하지만 아무도 앞으로 전화 통화를 엿듣고 편지를 개봉하고 책상을 부수어 열 수 있다는 게 이상하다고 생각하지 않았다.

내가 말했다.

"어떤 공산주의자가 국회의사당에 불을 질렀다고 해서 내가 읽고 싶은 신문을 못 읽게 하다니, 이건 개인적인 모욕이라고 생각합니다. 안 그래요?"

누군가가 가볍게, 악의 없이 대답했다.

"아뇨. 왜 그래야 하죠? 지금까지 「전진」이나 「적기」를 읽으셨나요?"

여러 가지 일이 많았던 그 화요일 저녁 나는 전화를 세 통 걸었다. 맨 먼저 새로 사귄 여자 친구 찰리에게 전화를 걸어 데이트 약속을 했다. 그 여자가 마음에 들기도 했지만 반항심이 더 컸다. 나는 일상을 흐트러뜨리고 싶지 않았다. 게다가 찰리는 유대인이었다.

그런 다음 주짓수 도장에 전화해서 수련 과정을 묻고 시간표를 보내달라고 부탁했다. 주짓수를 할 줄 알아야만 하는 시간이 왔다는 느낌이 들었다.(하지만 나는 주짓수가 도움을 줄 수 있는 시간은 벌써 지나고 정신적인 주짓수를 배워야 한다는 사실을 곧 깨달았다.)

마지막으로 오랜 친구 리즐에게 전화를 걸었다. 약속을 잡으려는 게 아니라 무도회에서 다시 만나지 못해 미안하다고 사과하고 그날 무사히 돌아갔는지 물어보기 위해서였다. 그때 상황에서 여느 때보다 한결 진지한 질문이었다.

리즐은 울다가 전화를 받은 것처럼 들렸다. 리즐이 나더러 너는 법조계에 있지 않느냐고, 어제 체포된 사람들이 어떻게 되었는지 아느냐고 물었다. 그러고는 한동안 목이 메어 말을 잇지 못하다가 가까스로 그들이 아직 살아 있는지 물었다. 그녀는 누군가가 통화를 엿들을 수 있다는 사실에 아직 익숙해지지 않은 듯했다.

체포된 사람들 가운데 리즐의 남자 친구가 있었다. 사육제에서 오다가다 만난 남자가 아니라 리즐이 사랑하는 남자. 그는 매우 잘 알려진 좌익 의사였다. 그는 노동자들이 많이 사는, 자기 담당 지역에서 의료봉사 활동을 조직하고 경제 사정 때문에 어쩔 수 없이 낙태하는 것을 처벌해서는 안 된다고 주장하는 기사를 썼다. 그의 이름은 나치의 명단 첫 줄에 올라 있었다.

이후 몇 주 동안 나는 리즐과 두어 번 더 이야기했다. 하지만 리즐을 도울 수 없었고 위로의 말을 건네기도 점점 더 어려워졌다.

20

혁명이란 무엇인가?

법률 전문가들은 헌법을 그 안에 규정된 것과 다른 방법으로 바꾸는 것이라고 대답할 것이다. 빈약하나마 이 정의를 받아들인다면 1933년 3월 나치 '혁명'은 혁명이 아니었다. 모든 것이 엄밀하게 '합법적으로', 헌법이 허용한 방법대로 이루어졌기 때문이었다. 우선 독일 제국 대통령이 '긴급조치'를 내리고 마지막으로 헌법을 바꾸기 위해 규정해놓았듯 의회 구성원 3분의 2가 동의한 가운데 무제한적인 입법권을 정부에 이양하기로 결정했다.

물론 이것은 눈속임이다. 하지만 실제로 어떤 일이 일어났는지 찬찬히 살펴봐도 그해 3월에 일어난 일들이 정말 '혁명'이라는 이름에 어울리는지 여전히 의심할 여지가 남는다. 상식적으로 보았을 때 혁명의 본질적인 특성은 사람들이 기존 질서와 그 수호자인 경찰, 군부 등을 폭력으로 공격해 이기는 것이다. 혁명이 늘 감동적이고 장엄

할 필요는 없다. 때로는 참극, 폭력, 약탈, 살인, 방화 등이 함께하기도 한다. 하지만 우리는 '혁명가'이길 바라는 사람들에게 그들이 용기를 보여주며 공격하고 목숨을 걸기를 바라게 마련이다. 바리케이드는 시대에 조금 뒤떨어졌을지 모르지만 어떤 형식이든 자발성, 봉기, 헌신, 반란 등은 참된 혁명을 이루는 본질적인 구성 요소로 보인다.

1933년 3월 혁명에는 그 가운데 단 하나도 들어 있지 않았다. 무척이나 이질적인 요소들이 모여서 혁명이 일어났지만 어느 쪽에서든 용기와 고결함에서 나온 행동은 전혀 존재하지 않았다. 네 가지 요소가 이 3월을 불러왔고 그 결과 쉽사리 무너뜨릴 수 없는 나치 정권이 세워졌다. 네 가지 요소란 테러, 축제와 장광설, 배반, 마지막으로 집단적 허탈 상태다. 집단적 허탈 상태란 수백만이 동시에 신경쇠약에 걸린 듯 정신을 놓은 상태다. 많은 나라, 사실 대부분의 유럽 국가가 태어날 때 이보다 더 많은 피를 흘렸다. 하지만 어떤 국가도 이토록 혐오스럽게 탄생하지는 않았다.

유럽 역사에는 두 가지 형태의 테러가 있다. 하나는 고삐 풀린 혁명적 군중이 승리에 취했을 때 나타나는 걷잡을 수 없는 살의다. 다른 하나는 무적의 국가기구가 권력을 과시하며 위협하려고 냉혹하고 면밀하게 계획해서 일으키는 잔혹 행위다. 이 두 가지 테러는 대개 혁명과 억압으로 나눠진다. 첫째 테러는 혁명적이다. 순간적인 흥분과 분노, 도취 상태에 빠졌다는 데서 그 변명을 찾는다. 둘째 테러는 억압적이다. 혁명에서 일어난 만행을 보복한다는 데서 그 변명을 찾는다.

이 두 가지 테러를 그 어떤 변명도 통하지 않는 방식으로 결합하는 게 나치의 몫이었다. 1933년에 일어난 테러는 정말 피에 굶주린 하층민들(꼭 집어 말하자면 돌격대. 그때만 해도 친위대는 큰 역할을 하지 않았다.)이 저질렀지만 이때 돌격대는 '보조 경찰'로 등장했다. 흥분이나 자발성은 거의 없었고 특히 위험을 부담할 필요는 전혀 없었다. 오히려 명령에 따라 규율에 맞춰 아주 안전하게 움직였다. 수염이 덥수룩한 하층민이 한밤중에 집 안에 침입해 저항하지 못하는 사람들을 고문실로 끌고 가니 겉보기에는 혁명적인 테러였다. 하지만 속사정은 억압적인 테러였다. 국가가 냉혹하고 치밀하게 계산해서 지시를 내리고 조정한 다음 경찰과 군부는 이를 완벽하게 감싸주었다. 이 모든 일은 싸움에서 승리하거나 커다란 위험을 넘어선 다음의 흥분 상태에서 일어난 게 아니었다. 그런 일은 없었다. 반대편에서 예전에 자행한 만행에 대한 보복으로 생긴 것도 아니었다. 그런 일은 일어나지 않았다. 여기서 일어난 일은 일상적인 개념의 악몽 같은 반전이었다. 강도와 살인자가 국가권력의 옷을 빌려 입고 경찰로 등장했고 그 희생자는 범죄자 취급을 받고 추방당하는가 하면 미리 사형을 선고받았다. 그 규모가 워낙 커서 대중에게까지 알려진 예를 들어보자. 쾨페닉에 사는 사회민주주의자 노조 활동가가 그를 '체포'하기 위해 밤늦게 자기 집에 침입한 돌격대원들에 맞서 아들들과 함께 저항하다가 분명 정당방위로 돌격대원 두 명을 쏘았다. 바로 그날 밤 더 강력한 돌격대 부대가 그 집을 덮쳐 그들을 헛간에 목매달아 죽였다. 다음 날 군기가 꽉 잡힌 돌격대원들이 명령에 따라 다시 쾨페닉에 나타나 사회민주주의자가 산다는 집마다 다 들어가 거기 사는 사람들을 모두 그 자리에서 때려 죽였다. 정확한 사망자 숫자는 알려지지 않았다.•

이런 테러는 그때그때 상황에 따라 혁명적 테러를 위한 변명을 구사하거나 억압적 테러를 위한 변명을 구사할 수 있다는 장점이 있다. 즉 '안타깝지만 모든 혁명에 반드시 나타나는 부작용'이라고 말할 수도 있고 또 엄격한 규율을 강조하면서 안정과 질서를 유지했고 경찰은 꼭 필요한 경우에만 개입했으며 이를 통해 혁명적 무질서가 독일에서 멀어졌다고 주장할 수도 있다. 이 두 가지 변명은 누구에게 말하는지에 따라 번갈아 쓰인다.

이런 홍보 작업은 나치 테러를 유럽 역사에 알려진 어떤 테러보다 더 역겹게 만드는 데 한몫을 했고 지금도 그렇다. 잔혹 행위도 프랑스혁명, 러시아와 스페인 내전에서 그랬듯 공개적으로 마음먹고 열정을 다해 실행한다면 위대한 면이 있을 수 있다. 하지만 나치는 자신의 범죄를 부인하는 살인자의 음흉하고 비겁한 표정밖에 보여주지 않았다. 나치는 저항할 방법이 없는 사람들을 체계적으로 고문하고 살해하면서도 날마다 고상하고 부드러운 목소리로 누구의 머리카락 한

• 1933년 6월 돌격대원들이 민간인을 공격한 사건으로 '쾨페닉 피의 일주일'이라고 부른다. 사민주의자, 공산주의자, 흑·적·황 국기단 단원 등 500여 명이 포로로 잡혀 학대, 고문을 당했고 그중 적지 않은 사람들이 학살당했다. 추정되는 사망자 숫자는 24명에서 91명까지 각각 다르고 행불자는 70명까지 추산한다. 1933년 7월 25일 법무부 장관은 이 사건에 관여한 사람들을 사면하였다.

올도 건드리지 않을 것이며 혁명이 이토록 피를 적게 흘리고 인간적으로 일어난 적이 없다고 확언했다. 사실 잔혹 행위가 일어난 지 몇 주 지나지 않아 그런 행위가 있었다고 자기 집 안에서라도 주장하는 사람은 엄벌에 처한다는 위협적인 법령이 제정되었다.

물론 이 법령은 잔혹 행위를 정말 숨기기 위한 것이 아니었다. 그렇다면 공포와 불안을 불러일으켜 굴복시킨다는 그 원래 목적을 이룰 수 없었을 것이다. 이렇게 쉬쉬하면서 그에 대해 말하는 것조차 위험해지면 테러의 효과는 오히려 상승한다. 예를 들어 연단이나 신문에서 돌격대 지하실이나 집단 수용소에서 어떤 일이 일어나는지 공개적으로 밝혔다면 아마 독일에서도 필사적인 저항을 불러일으켰을 것이다. "조심하세요. 그 사람한테 어떤 일이 일어났는지 아세요?" 이렇듯 은밀하게 속삭이는 무시무시한 이야기들이 허리를 꺾는 데 더욱 효과적이다.

이와 동시에 연이은 기념행사와 의식과 민족적 축제로 사람들이 무척 바쁘고 그쪽에 주의를 돌릴 때는 더더욱 그렇다. 이는 이미 3월 4일 선거 바로 전날 열린 선거 승리 축하 행사, '민족 봉기의 날'로 시작했다. 대중 행진과 불꽃놀이가 벌어지고 북소리가 울리고 악단이 연주하고 깃발이 독일 전역을 뒤덮었다. 히틀러의 목소리가 확성기 수천 개를 통해 울려 퍼졌고 선서와 맹세를 했다. 더구나 이 행사는 선거에서 나치가 승리할지 패배할지 아직 확실해지기도 전에 열렸다. 실제로 나치는 패배했다. 독일에서 치러진 이 마지막 선거에서 나치는 44퍼센트의 지지밖에 얻지 못했다.(그 전 선거에서는 지지율이 37퍼센트였다.) 독일인의 반이 넘는 숫자가 여전히 나치를 지지하지 않았다. 테러가 한창인 데다가 선거전에 결정적인 마지막 일주일 동안 좌파정당들의 공식적 활동을 모두 금지했다는 점을 고려하면 독일인들이 매우 꿋꿋하게 처신했다는 점을 인정해야 한다. 그러나 이로써 달라지는 것은 전혀 없었다. 나치는 패배를 그냥 승리처럼 축하하고 테러를 강화하고 축제는 열 배로 늘렸다. 그다음 두 주일 동안 창가에서 깃발은 결코 사라지지 않았다. 일주일 뒤 힌덴부르크는 공화국 국기를 폐기하고 하켄크로이츠기를 흑·백·적 삼색기와 함께 '임시 국기'로 삼았다. 날이면 날마다 가두 행진, 군중집회, 민족 해방에 대한 감사 선언, 아침부터 저녁까지 군사 음악, 영웅 표창, 군기 수여가 이어지다가 결국 천박하기 그지없는 '포츠담의 날'Tages von Potsdam로 그 절정에 이르렀다. 그날 히틀러는 늙은 변절자 힌덴부르크와 함께 프리드리히 대제의 무덤 앞에서 다시금 무엇엔가 충성을 맹세했다. 종이 울리고 제국 의회 의원들이 근엄하게 교회로 행진했다. 사열식에서는 군도를 숙여 경례하고 아이들은 깃발을 흔들었다. 마지막 횃불 행진으로 끝맺었다.

그리 감동적이지 않은 이런 행사의 터무니없는 공허함과 무의미함은 결코 비의도적인 것이 아니었다. 독일인들은 그럴 만한 이유가 없어도 일어서서 환호하는 데 익숙해져야 했다. 너무 확연하게 이런 일을 같이 하지 않는 사람들은, 쉿! 밤낮없이 강철 채찍과 전기 드릴로 죽음으로 내몰릴 만했다. 그러니까 환호하고 늑대와 함께 울부짖자, 만세, 만세, 만만세! 더 나아가 사람들은 이런 일을 즐기기 시작했다. 1933년 3월 날씨는 화창했다. 깃발로 뒤덮인 광장에 봄볕이 눈부시게 내리쬐는데 들뜬 군중 사이에서 조국과 자유와 격상과 성스러운 맹세에 대한 숭고한 이야기에 귀를 기울이다니 정말 근사하지 않은가?(어쨌든 아무도 모르게 돌격대 병영의 지하실에 갇혀 수도 호스로 장에 물을 채우는 것보다는 나았다.)

사람들은 함께하기 시작했다. 처음에는 두려워서. 하지만 일단 한번 함께하고 나면 두려움 때문에 함께하고 싶지 않았다. 그러면 비겁하고 천박할 테니까. 그래서 뒤늦게 그에 맞는 신념을 공급했다. 바로 이것이 민족사회주의혁명이 승리한 정신적 기초다.

물론 이 모든 것을 마무리하기 위해서는 뭔가 다른 것이 더 보태져야 했다. 1933년 3월 5일에만 해도 나치에 맞서 투표한 독일인 56퍼센트가 신뢰한 모든 정당과 조직 지도자들의 비겁한 변절이 바로 그것이다. 이 끔찍하고도 중요한 사건을 세계는 거의 의식하지 못했다. '승리'의 가치를 깎아내릴 테니 나치는 이를 강조하는 데 관심이 없었다. 배신자들 스스로 관심이 있을 리도 없었다. 그렇지만 이런 배신만이 겁쟁이들로만 이루어지지 않은 민족이 이렇다 할 저항도 않고 나치라는 치욕에 빠졌다는 도저히 해명할 수 없을 것 같은 사실을 궁극적으로 해명할 수 있다.

이런 변절은 좌파에서 우파까지 예외가 없었다. 나는 이미 공산주의자들이 앞으로는 '준비해왔다'며 내전이라도 무릅쓸 것처럼 허세를 부리면서 실제로는 고위 당직자들이 늦지 않게 외국으로 도주할 준비만 하고 있었다는 사실을 이야기했다.

사회민주주의 지도자들은 어땠을까? 점잖은 소시민으로 이루어진 수백만의 추종자는 충성스럽게도 당 지도부를 맹목적으로 믿었지만 제베링과 크세진스키가 '폭력을 살짝 피한' 1932년 7월 20일에 이미 지도부의 배신은 시작되었다. 사회민주당은 1933년 선거전도 나치의 구호에 빌붙어 자기들도 '역시 민족주의적'이라고 강조하면서 무척이나 굴욕적인 방식으로 이끌었다. 선거 바로 전날인 3월 4일 사회민주당 '실권자' 프로이센 주 총리 오토 브라운Otto Braun이 자동차로 스위스 국경을 넘었다. 그는 용의주도하게도 티치노에 작은 집을 미리 사두었다. 사회민주당이 해산되기 한 달 전인 5월 제국 의회의 사회민주당원들은 히틀러 내각에 신뢰를 표명하고 호르스트 베셀 노래•를 함께 부르기에 이르렀다.(국회 보고서에는 이렇게 적혀 있었다. "연단과 의석에 환호와 갈채가 끊어질 줄 몰랐다. 총리도 사회민주당 소속 의원을 향해 돌아서서 손뼉을 쳤다.")

최근 몇 년 동안 개신교 시민계급도 점점 더 많이 끌어모은 가톨

• Horst Wessel Lied: "깃발을 들어라, 간격을 좁혀라"로 시작하는 이 노래는 호르스트 베셀이 지어서 1929년 「공격자」지에 실린 시에 뱃노래의 곡조를 붙인 것이다. 나치 당가이자 1933년부터 독일제국의 비공식 국가로 널리 불렸다. 호르스트 베셀은 나치당 초기에 활발하게 활동하던 돌격대원으로 집주인과 분쟁에 휘말려 공산당원인 청부 살인자의 총에 맞았다가 결국 패혈증으로 사망했다. 괴벨스는 그를 나치 운동의 순교자로 격상하고 선전 수단으로 이용했다.

릭 시민계급의 거대 정당인 중앙당Das Zentrum은 이미 3월에 그 지경에 이르렀다. 중앙당은 자기들 표로 3분의 2 이상이라는 정족수를 채워서 히틀러 독재 정권을 '합법적으로' 만들어주었다. 전임 총리 브뤼닝의 지도 아래 일어난 일이었다. 외국에서는 이를 너무 쉽게 잊어버리고 여전히 브뤼닝을 히틀러를 대체할 만한 인물로 간주한다. 하지만 독일에서는 이를 잊지 않았다. 1933년 3월 23일까지만 해도 전술적인 이유로 자기가 맡은 정당이 히틀러에게 투표하도록 이끌어도 괜찮다고 생각했던 남자를 독일인은 영원히 제쳐둘 것이다.

마지막으로 '명예'와 '용기'를 중심 프로그램으로 삼는 보수 우파 집단인 독일 민족주의자들이 있었다.* 세상에! 1933년부터 그 지도자들은 얼마나 불명예스럽고 비겁한 모습을 추종자들에게 보여주었는지. 그들이 나치를 '사로잡아' '무해하게 만들'리라는 기대가 깨지고 난 다음 우리는 적어도 그들이 나치를 '제지'하여 '최악을 피하길' 기대했다. 아무것도 없었다. 테러와 유대인 박해와 기독교인 박해까지 그들은 모든 것을 함께 했다. 자기 정당을 금지하고 당원들을 체포해도 아랑곳하지 않았다. 사회주의 활동가들이 당원과 지지자들을 저버리고 도망치는 것만 해도 음울하기 짝이 없는 광경이었다. 하지만 폰 파펜 씨처럼 높은 사람이 가장 가까운 친구와 동료들이 총에 맞아 죽는 것을 보고도 그냥 자기 자리를 지키면서 "하일 히틀러!" 하고 외친

* 독일국가민족당DNVP, 독일민족당DVP, 바이에른민족당BVP등을 지칭한다.

다면 대체 무슨 말을 해야 할까?*

연맹도 정당과 다르지 않았다. '공산주의적 참전용사연맹' Kommunistischen Frontkämpferbund이 있었고 '흑·적·황 국기단'**이란 것도 있었다. 국기단은 군사 조직으로 무기를 지니고 있었고 수백만의 단원을 거느리고 있었으며 위급한 경우에는 돌격대에 맞설 것을 목적으로 삼았다. 하지만 국기단은 그동안 내내 눈에 띄지 않았다. 그야말로 전혀 보이지 않았다. 마치 한 번도 존재하지 않았던 것처럼 아무 흔적도 없이 사라졌다. 독일 전체에서 저항은 기껏해야 쾨페닉 노조 활동가의 경우처럼 궁지에 몰린 개인의 행동으로만 존재했다. 국기단 장교들은 돌격대가 그들의 건물을 '인수'할 때도 전혀 저항하지 않았다. 독일 민족주의자들의 군사 조직인 '철모단'은 일체화하다가 나중에 천천히 해산당할 때도 조금 투덜거리긴 했지만 저항하지 않고 가만히 있었다. 세찬 저항이나 의연함이나 각오는 눈을 씻고 봐도 없었다. 오직 당황과 도주와 회피만 있었다. 1933년 3월만 해도 독일인 수백만이 싸울 준비를 하고 있었다. 그들은 하룻밤 사이에 지도자도 무기도 없이 배반당한 채 남겨졌다. 그들 가운데 일부는 다른 이들이 투쟁하지 않으리라는 사실을 알아채고 필사적으로 철모단이나 독일

* 1934년 6월 30일 '긴 칼의 밤'에 슐라이허가 살해된 사실을 뜻한다.

** Reichsbanner Schwarz-Rot-Gold: 사회민주당 등 정당 연합이 주축이 된 군사 조직으로 롬멜Erwin Rommel이 세우고 히믈러Heinrich Himmler가 속했다는 준군사 조직 국기단Bund Reichskriegsflagge과는 다르다.

민족주의자에게서 연결 고리를 찾았다. 그 조직원 숫자는 몇 주 동안 눈에 띄게 늘어났다. 그러나 그들도 결국 해산했다. 싸워보지도 않고 항복했다.

저항 세력 지도부의 끔찍한 도덕적 파탄은 1933년 3월 혁명의 특징 가운데 하나였다. 이것이 나치의 승리를 아주 쉽게 만들어주었다. 하지만 이것은 또한 나치가 거둔 승리의 가치와 지속성에 의문을 제기한다. 하켄크로이츠는 조금 거슬리지만 대신 형태가 있는 단단한 물체처럼 독일인들에게 새겨진 것이 아니라 죽같이 형태가 없고 유연한 반죽처럼 새겨졌다. 그날이 오면 이 반죽은 마찬가지로 저항을 받지 않고 아주 쉽게 다른 형태를 취할 수도 있을 것이다. 하지만 이 반죽으로 어떤 형태를 빚어내는 게 과연 그럴 만한 가치가 있을까? 이 질문은 1933년 3월부터 답변을 얻지 못한 채 남아 있다. 그때 드러난 독일인의 도덕적 약점은 너무 끔찍해서 언젠가 역사가 그 결과를 감당할 수 있을 것 같지도 않다.

다른 민족이 혁명을 일으킬 땐 그 과정에서 얼마나 많은 피가 흐르든 그 나라가 일시적으로 얼마나 약해지든 투쟁을 하는 양쪽의 도덕적 에너지가 매우 상승한다. 그래서 혁명을 치른 나라는 장기적으로 엄청나게 강해진다. 물론 지나친 잔인함이나 폭력도 드러나지만 프랑스혁명에서 자코뱅파와 왕당파가, 스페인내전에서 프랑코주의자와 공화주의자가 얼마나 용감하게 죽음을 두려워하지 않고 인간의 위대함을 펼쳐 보였는지 관찰해보라. 혁명이 어떤 결과로 끝나든 이를 위해 투쟁하는 사람들의 용기는 어떤 나라의 의식 속에서 마르지 않는 힘의 원천으로 남는다. 그런데 독일인한테는 이런 힘이 솟아나야 할 자리에 부끄러움과 비겁함과 나약함의 기억만 남아 있다. 그 결과는 언젠가는 반드시 드러나게 마련이다. 어쩌면 독일이라는 나라가 완전히 사라질지도 모른다.

제3제국은 이렇듯 저항 세력의 배신과 그 배신이 불러온 무력함, 나약함, 역겨움의 감정에서 탄생했다. 3월 5일 나치는 아직 소수였다. 만약 3주일 뒤 선거를 다시 치렀다면 그들은 정말 다수를 차지했을 것이다. 그동안 테러만 효과를 낸 게 아니고 축제만 많은 사람을 도취시킨 게 아니었다.(독일인은 애국적인 의식에 쉽게 도취한다.) 결정적인 것은 비겁하게 배신한 지도자에 대한 분노와 혐오가 실제 적에 대한 분노와 증오보다 한순간 더 컸다는 사실이다. 1933년 3월 나치에 반대하던 사람들 가운데 수십만이 갑자기 그 당에 가입했다. 나치도 이른바 '3월의 떨거지들'을 미심쩍어하고 얕잡아 보았다. 노동자들도 수십만이 사회민주당이나 공산당 조직을 떠나서 공장 내부 나치 조직이나 돌격대에 들어갔다. 그 사람들이 나치가 된 이유는 다양하고 때로는 여러 가지 이유가 뒤엉켜 있었다. 아무리 오래 헤집어봐도 강력하고 탄탄하면서도 지속적이고 긍정적인 이유, 바로 이것이라고 내보일 만한 딱 하나의 이유를 찾을 수는 없을 것이다. 이 과정에서는 개인적으로 각자 나름대로 신경쇠약의 온갖 징후를 보였다.

가장 단순하지만, 깊이 살펴보면 어디에나 나타나는 가장 기본적인 이유는 두려움이었다. 얻어맞지 않기 위해서는 같이 때려야 했다. 그다음으로 조금 불분명하지만 흥분 상태, 다른 사람과 하나가 된다는 도취 상태, 즉 대중이라는 인력引力이 영향을 미치기도 했다. 또 많은 사람들이 자기를 배반하고 저버린 사람들한테 복수하고 싶어 했다. 그리고 매우 독일적인 현상으로 다음과 같은 사고방식이 작용한 경우도 있었다. 즉 "나치의 적들이 예상한 것은 하나도 들어맞지 않았다. 그들은 나치가 이기지 못하리라고 주장했다. 그런데 이제 나치가 이겼다. 나치의 적들은 틀렸다. 그러므로 나치가 옳다." 또한 (특히 지식인들 가운데) 어떤 사람들은 직접 입당해서 지금이라도 나치당의 얼굴을 바꾸고 그 방향을 틀 수 있으리라고 믿었다. 물론 승자의 편에 서기 위해 상황에 따라 입장을 바꾸는 기회주의자도 있었다. 마지막으로 원초적이고 대중적으로 사고하는 단순한 사람들 사이에서는 신화시대에 전쟁에서 패배한 부족이 믿을 수 없는 자기 신을 버리고 승리한 부족의 신을 수호신으로 받아들일 때 일어났음 직한 과정이 있었다. 지금껏 내내 믿어온 성 마르크스는 도움이 되지 않았다. 아무래도 성 히틀러가 더 힘이 센 것 같다. 그러니 제단 위 성 마르크스의 그림을 망가뜨리고 성 히틀러의 그림을 달자. 그리고 '모든 게 자본주의 탓이다' 대신 '유대인 탓이다' 하고 기도하자. 어쩌면 이것이 우리를 구원해주리라.

이런 과정은 보다시피 그리 부자연스러운 것은 아니다. 다 정상적인 심리 작용 범위 안에 있으며 언뜻 보기에 해명할 수 없는 것을 거의 다 해명해준다. 그래도 딱 한 가지 남아 있는 것을 해명하려면 우리는 어떤 개인이나 민족에게서 '심지'心地라고 부르는 것을 끌어내야 한다. 심지란 외부의 압력이나 흐름에 흔들리지 않는 어떤 견고한 본질로 아주 귀하고 강한 것이다. 우리는 자존심, 신념, 확신, 위엄 등을 아주 깊숙한 곳에 보관해두었다가 시험을 받는 순간에 비로소 뽑아 쓰는데, 이 저장고가 바로 심지다. 독일인한테는 심지가 없다. 그래서 그들은 하나의 국가로 유약하고 중심이 없고 신뢰할 수 없다. 1933년 3월이 이를 아주 잘 보여주었다. 위기가 닥쳐오는 순간, 다른 민족은 이를 기회로 삼아 자발적으로 도약하는 반면 독일인은 약속이라도 한 듯 풀어지고 망가지고 포기하고 항복했다. 간단히 말해 신경 기능이 무너졌다.

수백만 독일인의 신경 기능이 한꺼번에 무너진 결과 어떤 일이든 다 할 수 있는 통일 제국이 세워져 오늘날 전 세계의 악몽이 되었다.

21

시간이 어느 정도 지난 오늘날 이 과정을 돌이켜보면 오인할 여지 없이 분명하고 확실하다. 하지만 직접 겪고 있던 그때는 그 의미를 꿰뚫어볼 수 없었다. 나도 이 상황 전체가 역겹게 목을 졸라 온다고 느꼈지만 그 구성 요소를 파악해서 어떤 질서 아래 배열할 능력은 없었다. 상황을 분명하게 만들어보려는 시도 앞에는 끝없이 헛되고 무의미한 토론이 베일처럼 놓여 있었다. 다들 토론을 하면서 언제나 다시금 이런 사건들을 정치적인 개념 체계에 분류해 넣으려고 했지만 어떤 체계도 이 사건들에 들어맞지 않았기에 늘 지레 지치고 말았다. 오늘날 우연히 그 토론 과정을 하나씩 떠올려보면 얼마나 으스스한지! 온갖 시민적인 역사교육을 두루 받았지만 우리가 배운 것 속에 나타난 적이 없는 이런 과정 앞에서 우리는 정신적으로 얼마나 무력했는지! 이를 해명하려는 노력이 얼마나 무의미하고 이를 정당화하려는 시도가 얼마나 어리석었는지! 이성적으로 온갖 구조를 만들어서 분노와 혐오라는 분명한 감정을 덮으려고 했지만 그 구조라는 것조차 얼마나 표면적이었는지! 우리가 끌어들인 모든 '주의'가 얼마나 케케묵었는지. 지금도 그런 일들을 생각하면 몸서리쳐진다.

게다가 일상생활도 상황을 분명하게 보기 어렵게 만들었다. 물론 생활은 이제 으스스하고 비현실적이 되고, 배경을 이루는 사건들이 날마다 생활을 조롱하는 듯했지만 삶은 계속 이어졌다. 나는 아직 예전처럼 대법원에 갔고, 그곳에서는 아직 법이 뭔가 의미가 있는 것처럼 집행되었고, 내가 일하던 부서의 유대인 법관도 별 문제 없이 법복을 입고 판사석에 앉아 있었다. 물론 동료 판사들은 그를 마치 중환자를 대하듯 조심스럽게 대했다. 아직 찰리에게 전화를 걸어서 영화를 같이 보거나 작은 와인바에 앉아 키안티를 마시거나 어디엔가 함께 춤을 추러 갔다. 나는 여전히 친구들을 만나고 지인과 토론하고 식구들 생일을 전과 다름없이 축하했다. 하지만 2월에만 해도 결코 망가뜨릴 수 없는 이 본질적인 현실성이 나치가 추구하는 작전을 이겼는지 아직 의문을 품을 수 있었지만, 이제는 현실이 기계적이고 공허하고 생동감이 없어졌다는 사실을 부정할 수 없었다. 순간순간이 사방에서 흘러넘치는 적의 승리를 증명할 뿐이었다.

하지만 이상하게도 기계적이고 자동적으로 이어지던 일상생활이 이 끔찍한 상황에 맞서 어디에선가 생생하고도 힘찬 반응이 나오는 것을 막는 데 도움이 되었다. 나는 이미 정치 지도자들의 비겁한 배신이 대안 정치 세력 단체 구성원이 나치에 맞서 힘껏 저항하는 것을 어떻게 방해했는지 기술했다. 그러나 여전히 의문이 남는다. 비록 개인이 전체에 대해서는 저항할 수는 없었다고 해도 주위에서 어떤 불의나 범죄가 저질러질 때 왜 여기저기서 스스로 떨쳐 일어나 저항하지 않았을까?(이 질문이 나 자신에 대한 비난도 품고 있다는 사실은 나도 알고 있다.)

기계적으로 이어지는 일상생활이 장애가 되었다. 사람들이 고대 아테네에서처럼 여전히 전체에 대한 관계를 유지한 채 독립적으로 서 있는 존재라면 혁명을 비롯한 전체 역사는 얼마나 달라졌을까? 오늘날 우리는 어쩔 수 없이 자기 직업과 일과에 묶여 있고 신경 써야 할 일이 수없이 많다. 우리는 통제할 수 없는 기계장치의 일부다. 마치 선로 위를 달리는 것과 흡사해서 한번 탈선하면 의지할 곳이 없다. 안정과 존속은 틀에 박힌 일상 속에만 있고 바로 그 옆에선 정글이 시작된다. 20세기의 유럽인은 어렴풋이 이를 느끼고 두려워한다. 그래서 자기를 '탈선'시킬 수 있는 일, 뭔가 대담하고 비일상적이고 자기 자신에게서만 비롯한 일을 시작하기를 주저한다. 그래서 나치의 독일 통치처럼 거대한 문명의 재앙이 가능해진다.

1933년 3월 나도 화를 내고 분통을 터뜨리기는 했다. 이제 법원에 나가지 않겠다고, 이민을 가겠다고, 보란 듯이 유대교로 개종하겠다고, 입에서 튀어나오는 대로 말해서 식구들이 깜짝 놀라기도 했다. 그러나 그때마다 그저 말뿐이었다. 아버지는 이런 새로운 상황을 다 막아낼 수는 없었지만 1870년부터 쌓아온 풍부한 인생 경험으로 이것저것 저울질하며 나의 비장함을 부드럽게 비꼬아서 극적인 부분을 덜어냈다. 그리고 나는 이를 받아들였다. 나는 아버지의 권위에 익숙했고 나 자신의 권위는 아직 탄탄하지 않았다. 게다가 잔잔한 회의는 극단적인 격정보다 나에게 언제나 더 큰 영향력이 있었다. 이 경우에는 젊은이다운 나의 흥분이 경험에서 나온 아버지의 지식보다 더 옳고, 세상에는 잔잔한 회의로 다룰 수 없는 일도 있다는 사실을 나는 한참 지나서야 배웠다. 하지만 그때는 자신감이 부족해서 내 감정에서 긍정적인 결과를 끌어내지 못했다.

어쩌면 내가 상황을 제대로 보지 못했을지도 모른다. 그냥 견디면서 모든 일이 지나가도록 하는 게 정말 최선이었을지도 모른다. 어쨌든 나는 민법과 민사소송법의 법조문에 둘러싸여 법정에 있을 때만 안전하고 확실하다고 느꼈다. 법은 아직 서 있었다. 법원도 아직 버티고 있었다. 비록 지금 아무 의미가 없어 보여도 법에서는 아직 아무것도 변하지 않았다. 어쩌면 정말 이것이 맨 마지막에 이르러 더 강하고 지속적이라고 드러날지도 모른다.

이렇듯 확신을 갖지 못한 채 기다리면서 나는 틀에 박힌 일상을 계속 채워 나갔다. 분노와 공포는 그냥 억누르거나, 우습고 비생산적이지만 집 안에서만 터뜨렸다. 다른 사람들 수백만 명처럼 관심을 끊은 채 살아가면서 그 일이 나에게 다가오게끔 했다.

그 일은 나에게 다가왔다.

22

3월 말 나치는 이제 혁명적 활동을 시작할 수 있을 만큼 강해졌다고 느꼈다. 그 혁명은 어떤 나라의 헌법이 아니라 사람들이 함께 살아가는 근거를 공격했으며, 무언가 끼어들지 않으면 어디서 멈출지 몰랐다. 혁명적 활동의 조심스런 첫걸음은 1933년 4월 1일부터 유대인에 대항해 불매동맹을 맺는 것, 즉 그들을 보이콧하는 일이었다.

유대인에 대해 불매동맹을 맺자는 것은 그 전 일요일 히틀러와 괴벨스가 오버잘츠베르크에서 비스킷을 곁들여 차를 마시다가 생각해냈다. 월요일 신문은 "대중 시위 예고"라는 매우 역설적인 표제를 붙여 이를 보도했다. 4월 1일 토요일부터 모든 유대인 상점에 대해 불매운동을 한다고 했다. 돌격대원들이 가게 앞에 서서 누가 들어가려고 하면 막겠다고 했다. 유대인 법조인과 의사들 또한 보이콧해야 한다고 했다. 돌격대원들이 사무실과 진찰실을 돌아다니면서 이 결정을 제대로 따르는지 점검한다고 했다.

왜 유대인을 보이콧해야 하는지 그 이유라고 갖다붙인 것을 보면 나치가 지난 한 달 동안 얼마나 발전했는지 가늠할 수 있었다. 헌법을 무시하고 개인적 자유를 제한하려고 공산주의자들이 쿠데타를 계획했다는 전설을 퍼뜨릴 때만 해도 나치는 신빙성을 감안해 조심스럽게 이야기를 지어냈다. 심지어 눈에 보이는 증거가 필요하다고 생각했는지 국회의사당에 불까지 놓았다. 이에 반해 유대인에 맞서 불매동맹을 맺어야 하는 이유라고 공식적으로 발표한 것을 보면 그 말을 믿는 척하라고 요구하는 것 자체가 너무나 뻔뻔스러운 모욕이고 조소였다. 독일에 사는 유대인들이 새로운 독일에 대해 온갖 꼬투리를 잡아 아무 근거 없는 끔찍한 소문을 퍼뜨리고 있으니 이를 막고 처벌하기 위해 불매동맹을 맺어야 한다는 것이다. 아, 그렇게 깊은 뜻이!

불매동맹을 보완하기 위해 그다음 며칠 동안 다른 조치들이 덧붙여졌다.(그 가운데 일부는 나중에 다시 일시 완화되었다.) 모든 '아리아인' 상점은 유대인 직원을 해고해야 한다. 그런 다음에 유대인 상점도 유대인 직원을 해고해야 한다. 유대인 상점은 보이콧으로 인해 문을 닫더라도 '아리아인' 직원들에게 원래 급여를 다 지급해야 한다. 유대인 상점 주인은 일선에서 물러나고 '아리아인 지배인'을 고용해야 한다 등등.

이와 동시에 유대인에 대한 '계몽 캠페인'을 대대적으로 시작했다. 독일인들은 전단지와 포스터와 군중집회를 통해 지금까지 유대인을 인간이라고 생각해왔으면 늦게나마 이는 엄청난 착각이라고 깨우쳐야 했다. 사실 유대인은 '하류 인간'으로 일종의 동물인데 악마의 특성까지 지니고 있다. 여기서 어떤 결론을 내려야 하는지는 일단 말해지지 않은 채 남았다. 그래도 "유대인, 뒈져라!"Juda, verrecke라는 계몽 캠페인의 구호와 표어로 기본 요구는 제시했다. 보이콧을 이끌 지도자로는 율리우스 슈트라이허Julius Streicher를 지명했는데 독일인은 대개 그의 이름을 그때 처음으로 들었다.

이런 조치들은 지난 4주를 보낸 다음 아무도 독일인들한테서 기대하지 않았던 반응을 불러일으켰다. 두려움이 널리 퍼졌다. 들릴락 말락 그러나 다 들리게, 못마땅해하는 투덜거림이 온 나라에 퍼져 나갔다. 나치는 예민하게도 자기들이 순간적으로 너무 멀리 나갔다는 것을 눈치채고 4월 1일 이후 이런 조치의 일부를 다시 포기했다. 하지만 두려움은 이미 다 퍼진 다음이었다. 그들이 원래 의도하던 바에서 얼만큼 포기했는지 이제는 누구나 다 알고 있었다.

이런 두려움 너머 이상하고도 실망스러운 일이 있다면 이렇게 나치가 누군가를 살해하겠다는 의도를 공개적으로 밝힌 일이 독일 전체에 논쟁과 토론을 불러일으켰다는 사실이다. 그것도 반유대주의가 아니라, '유대인 문제'에 대해서. 이는 나치가 그때부터 다른 많은 '문제'에 대해서도 국제 무대에서 거듭 써먹어 성공한 수법이다. 한 나라든, 민족이든, 인종 집단이든 나치가 누군가를 죽이겠다고 공공연하게 위협하면 갑자기 그게 일반적인 화제가 되었다. 그것도 나치가 아니라 협박을 받은 사람들이 과연 존재할 권리가 있는지를 문제로 삼아 널리 토론했다.

모두들 갑자기 유대인에 대해서 나름대로 의견을 세우고 표명할 권리가 있다고 느꼈다. 더 나아가 반드시 표명해야 한다는 의무감까지 생겼다. 사람들은 '괜찮은' 유대인과 그렇지 않은 유대인을 미묘하게 구분했다. 누군가가 유대인을 정당화—그런데 정당화하다니? 무엇을 위해? 무엇에 맞서?—하기 위해 유대인의 학문적·예술적·의학적 업적을 언급하면 다른 사람은 그들이 학문과 예술과 의학을 '지나치게 낯설게 했다'고 바로 그 점을 비난하고 나섰다. 유대인들이 일반적으로 존경받는 직업에서 일하면 이를 범죄로 간주하거나 적어도 눈치가 없다고 평가하는 게 곧 일반적인 의견으로 인기를 끌었다. 유대인의 옹호자에게 이맛살을 찌푸리면서 유대인들은 뻔뻔스럽게도 의사, 변호사, 언론인 가운데 이렇게 높은 백분비를 차지한다고 항의하는 사람들도 많았다. 사람들은 대체로 '유대인 문제'를 백분율 계산으로 다루기를 좋아했다. 공산당원 가운데 유대인 백분비가 너무 높지 않은지, 하지만 세계대전 전사자 가운데 유대인 백분비는 너무 낮지 않은지 조사하기도 했다.(나는 두 번째를 실제로 경험했다. 박사학위를 소지하고 스스로 지식인인 체하는 어떤 남자가 아주 진지하게 전체 유대인 가운데 세계대전에서 전사한 사람은 12,000명뿐인데, 이는 이에 상응하는 아리아인의 숫자에 비하면 너무 적다고 주장하면서 나치의 반유대주의를 '어느 정도 정당화'하는 결론을 이끌어냈다.)

나치의 반유대주의는 사실 유대인의 업적이나 실책과는 거의 상관이 없다는 사실을 이제는 아무도 의심하지 않는다. 나치도 유대인이라면 세상 끝까지 쫓아가서 가능한 한 절멸하도록 독일인을 훈련하려는 의도를 이제 더 숨기지도 않는다. 그런데 나치의 이런 의도에서 흥미로운 것은 유대인을 왜 죽여야 하는지 그들이 주워섬기는 이유가 아니다. 그 이유란 것들은 너무 터무니없어서 단지 변호하기 위해서라도 그에 대해 토론하는 게 굴욕적일 정도다. 정말 중요한 것은 나치의 의도 자체로, 이는 인류 역사에서 듣도 보도 못한 새로운 것이었다. 인류에게는 모든 다른 동물 종과 마찬가지로 근본적인 연대가 있어서 그것만으로 생존경쟁에서 살아남을 수 있다. 나치는 이런 근본적인 연대를 없애고 대개 언제나 다른 종을 겨냥하는 잔인한 본능을 같은 종 안에 있는 대상으로 이끌려고 했다. 즉 한 민족 전체가 다른 민족을 향해 개떼처럼 '날을 세우게끔' 하려고 했다. 같은 인간에 대한 근원적이고 영속적인 '살기'가 일단 한 번 일깨워지고 더 나아가 의무처럼 되어버리면 그 대상을 바꾸는 것은 아주 사소한 일이다. '유대인' 대신 '체코인'이나 '폴란드인' 등 아무거나 넣을 수 있다는 사실은 오늘날 매우 분명하다. 여기서 문제는 우리가 같은 인간을 다룰 때 마치 늑대처럼 처신하게끔 하는 백신을 한 국가 구성원 전체에게 접종하는 상황이다. 달리 표현하면 인간은 수천 년에 걸친 문명화 과정을 통해 자신의 가학적인 본능을 억누르고 저지해왔는데 이를 다시 풀어헤치고 발산하는 것이라고도 할 수 있다. 뒤에 나오는 장에서 독일인들이 비록 약해지고 치욕을 겪었지만 이에 맞서서 내적인 저항력을 드러낸 사실을 보여줄 기회가 있을 것이다. 이 내적인 저항력은 아마 여기서 시험을 받는 중인 어렴풋한 본능에서 나왔을 것이다. 만약 그렇지 않고 나치가 지금껏 해온 모든 작업의 실제적 핵심인 이런 시도가 실제로 이루어진다면 이는 인류라는 종이 계속 존재하는 것을 위태롭게 만드는 인류 최악의 재앙으로 이어질 것이다. 이런 재앙을 해결하려면 늑대 백신을 맞은 사람들을 육체적으로 다 죽이는 것 같은 더욱 끔찍한 방법밖에 없을지도 모른다.

이 짧은 담론으로 우리는 나치의 반유대주의가 단지 유대인뿐만 아니라 모든 사람에게 나치의 다른 정강이 닿지 못하는 가장 궁극적인 실존의 문제를 건드린다는 사실을 알아차릴 수 있다. 오늘날 독일에서는 나치의 반유대주의를 부차적인 것, 기껏해야 나치라는 위대한 한 운동의 하찮은 결점으로 보고 싶어 하는 사람들이 여전히 드물지 않다. 그들은 반유대주의를 유대인에 대한 개인적 감정이 어떤지에 따라 받아들일 수도 있고 거절할 수도 있는 것으로 보면서 이는 '중대한 민족주의적 문제 앞에서는 아무 의미도 없다'고 생각한다. 앞의 담론에서 이런 입장이 얼마나 우스꽝스러운지도 알아볼 수 있다. 사실 나치의 반유대주의가 불러오는 인간 종말의 궁극적 위험에 비하면 '중대한 민족주의적 문제'야말로 별 의미도 없는 일시적 현안이며 기껏해야 유럽 역사에서 과도기적 수십 년의 부분적 혼란일 뿐이다.

다시금 1933년 3월에는 아무도 이런 모든 문제를 아주 분명하게 볼 수 없었다. 하지만 나는 그때 이미 뭔가 예감했다고 자부한다. 나는 그때까지 일어난 일은 그저 역겨울 뿐이었지만 지금 막 시작한 일에는 인류 종말을 암시하는 계시록적인 성격이 있다는 사실을 분명하게 느꼈다. 평소에 거의 들어가지 않는 내 영혼의 어떤 깊은 부분에서 내가 궁극적인 질문 앞에 서 있다는 사실을 분명히 감지했다. 하지만 이 질문이 대체 무엇인지 아직 이름을 붙일 수 없었다.

사건들이 나에게 다가올 때 나는 두려운 한편, 바로 그 옆에 거의 기쁨에 가까운 긴장감을 느꼈다. 나치는 나를 '아리아인'이라고 부른다. 물론 나는 나라는 한 인간에게서 실제로 어떤 인종이 얼마나 섞여 있는지 거의 알지 못한다. 어쨌든 혈통을 추적할 수 있는 지난 2, 300년 동안 우리 집안에 유대인의 피는 확인할 수 없었다. 하지만 나는 늘 나를 키운 평범한 북독일인의 세계보다 독일에 사는 유대인들의 세계에 본능적으로 더 친밀하다고 느꼈다. 가장 좋아하는 친구이자 가장 오랜 친구가 유대인이었다. 얼마 전에 알게 된 여자 친구 찰리도 유대인이었다. 사실 여전히 조금 우유부단하게 굴었지만 나는 그 여자를 분명 사랑했다. 위험이 서서히 다가오는 지금 나는 불현듯 찰리를 좀 더 뜨겁고 당당하게 사랑한다고 느꼈다. 나는 알았다. 어느 누구도 내가 찰리를 보이콧하게 만들지는 못하리라는 사실을.

신문에 보이콧에 대한 기사가 처음 실린 바로 그날 저녁 나는 찰리에게 전화를 걸었다. 그 주에 우리는 거의 매일 만났고 우리 관계는 진짜 연애의 양상을 띠었다. 찰리는 무도회 조명 아래에서와는 달리 현실에서는 터키인 소년이 아니라 걱정거리가 많은 유대인 소시민 가

정의 착한 딸이었고 누가 누군지 모를 만큼 친척이 많았다. 작고 연약하고 상냥한 이 여자를 재앙이 위협하고 있었다. 그 주에 나는 찰리를 정말 사랑했다.

유대인 보이콧이 곧 시작할 3월 마지막 주 찰리와 함께했던 기이한 장면이 떠오른다. 우리는 그뤼네발트로 산책을 나갔다. 그해 3월 내내 그랬듯 무척 따뜻하고 화창한 봄날이었다. 맑디맑은 하늘 한조각 구름 아래 송진 향기가 나는 소나무 사이 이끼가 덮인 풀 위에 앉아, 우리는 영화에 나오는 연인들처럼 입을 맞췄다. 평온한 세상에는 봄기운이 가득했다. 한두 시간쯤 거기 앉아 있었을까, 전교생이 소풍이라도 가는 날인지 10분마다 학생들이 무리지어 지나갔다. 양떼를 성실하게 지키는 목자 같은 선생님이라면 으레 그러듯 콧수염이나 턱수염을 기른 지도교사가 개구지고 귀여운 남자애들을 이끌고 갔다. 숲길에서 만났을 때 이 학생들은 우리를 지나면서 가벼운 인사말을 던지듯 쾌활하고 카랑카랑한 아이들 목소리로 입을 모아 외쳤다.

"유대인 뒈져라!"

어쩌면 꼭 우리를 겨냥한 말이 아닐 수도 있었다. 나는 유대인처럼 보이지 않고 찰리도 유대인치고는 별로 유대인처럼 보이지 않았다. 그냥 아무 악의도 없는 인사말이었을 수도 있었다. 모르겠다. 어쩌면 정말 우리를 향해 도발하는 말일 수도 있었다.

내가 자그마하고 사랑스럽고 발랄한 여자를 품에 안고 '봄 언덕 위에' 앉아 어루만지고 입 맞추는 동안 천진한 아이들이 지나가면서 우리한테 돼지라고 요구했다. 우리는 그러지 않았고 그 아이들도 우리가 돼지지 않는 데 전혀 아랑곳하지 않고 계속 걸어갔다.

초현실적인 풍경.

23

3월 31일 금요일. 상황은 내일부터 심각해질 참이었다. 모든 게 아직 믿어지지 않았다. 나는 그동안 어떤 완화 조치나 상식적이고 정상적인 방향으로 전환하는 조치가 나오지 않았는지 찾느라 신문을 뒤적거렸다. 아니, 아무것도 없었다. 오히려 몇 가지 더 강력한 조치가 나왔고 모든 일을 어떻게 실행하고 각자 어떤 태도를 취해야 하는지 침착하고 꼼꼼하게 지시를 내릴 뿐이었다.

그 밖에는 평소와 똑같았다. 늘 그렇듯 바삐 움직이는 사람과 차량이 가득한 거리에서는 어떤 특별한 일이 곧 일어나리라는 조짐이 보이지 않았다. 유대인이 주인인 상점도 늘 그렇듯 문을 열고 장사를 했다. 아직 그곳에서 물건을 사는 일을 완전히 금지하진 않았다. 불매 운동은 내일에야 비로소 시작할 것이다. 내일 아침 정각 8시에.

나는 법원으로 갔다. 잿빛 법원 건물은 늘 그렇듯 거리에서 좀 떨어져 잔디밭과 나무들 뒤에 냉정하고 여유롭게 서 있었다. 널찍한 복도와 홀에서는 사건 서류를 손에 든 변호사들이 진지하고 심각한 표정으로 검은 비단 법복을 박쥐처럼 휘날리며 휙휙 스쳐지나갔다. 유대인 변호사들도 오늘도 다른 날과 다르지 않은 양 사건을 변호했다.

오늘은 회의가 없었다. 나는 오늘도 다른 날과 다르지 않은 양 도서관에 가서 긴 책상에 자리 잡았다. 까다로운 법적 문제에 대한 복잡한 사건을 평가해야 했다. 두꺼운 참고문헌을 들고 와서 주위에 둘러놓고 판례를 들춰보면서 메모했다. 확 트인 열람실에는 늘 그렇듯 여러 사람이 모여 갖가지 정신노동을 할 때 나는 바스락거리는 소리 가운데 정적이 감돌았다. 사람들은 종이에 연필로 표시하면서 어떤 사건의 법률적 절차를 섬세하게 마무리하고 어떤 계약서에 적힌 단어의 뜻을 재고 더하고 비교하는가 하면 판례에 따라 어떤 법 조항을 어디까지 적용할 수 있는지 조사했다. 그런 다음 종이에 몇 자 끼적거리면 수술에서 절개를 할 때와 비슷한 일이 일어난다. 어떤 의문이 풀리고, 물론 아직 결정은 내리지 못하지만 판결을 내릴 때 꼭 필요한 요소를 얻게 된다. "그러므로 원고가 어떻게 했는지는 중요하지 않으며 이제 조사해야 할 것은……." 조심스럽고 세밀하고 말없는 작업. 도서관에 앉아 있는 사람들은 누구나 자기 일에 빠져 있었다. 반쯤은 사환이고 반쯤은 경찰인 수위도 여기 도서관에서는 조심조심 걸어다니면서 스스로 없는 듯 행동하는 경향이 있었다. 이곳에는 극도의 정적과 그 정적 속에서 이루어지는 다양한 작업에서 오는 긴장감이 동시에 스며들어 있었다. 마치 소리 없는 음악회 같다고나 할까? 나는 이런 분위기를 사랑했다. 아주 빽빽해서 좋았다. 우리 집 책상 앞에 혼자 앉아 있었으면 오늘 같은 날은 일하기가 어려웠을 것이다. 여기서는 한결 편했다. 생각이 곁가지를 칠 수 없었다. 마치 요새 안에, 아니 증류기 안에 앉아 있는 듯했다. 바깥 공기가 흘러 들어오지 않았다. 여기에는 혁명이 일어나지 않았다.

처음으로 들린 소리는 무엇이었을까? 문을 쾅 닫는 소리였을까? 무슨 뜻인지 종잡을 수 없는 날카로운 외침이나 명령이었을까? 갑자기 다들 고개를 들고 긴장한 채 귀를 기울였다. 도서관 안은 여전히 아주 조용했지만 이제 그 성격이 달라졌다. 각자 자기 일을 열심히 하느라 조용한 게 아니라 놀라서 긴장하느라 조용한 것이었다. 복도에서 총총거리는 발걸음 소리가 들리고 여러 사람이 계단을 쿵쿵 올라가는 소리가 들리더니 이어 아스라이 멀리서 굉음과 고함과 문을 쾅쾅 닫는 소리가 분명하게 들렸다. 몇몇이 자리에서 일어서서 문가로 가더니 밖을 내다본 다음 돌아왔다. 몇몇은 수위한테 다가가서 몇 마디 이야기를 나누었다. 여전히 목소리를 낮춘 채였다. 도서관에서는 늘 목소리를 낮춰야 했다. 바깥은 더욱 소란스러워졌다. 누군가가 정적을 깨뜨리면서 말했다.

"히틀러 돌격대야."

다른 사람이 목소리를 그리 높이지 않은 채 그 말을 받았다.

"유대인을 쫓아내고 있어."

그러자 두어 사람이 큰 소리로 웃었다. 밖에서 실제로 벌어진 일보다 이 웃음이 더 끔찍했다. 이 도서관 안에도 나치들이 앉아 있다는 사실이 불현듯 떠올랐기 때문이다.

처음에는 불안을 그저 어렴풋이 느낄 수 있을 뿐이었지만 어느덧 눈에도 보였다. 일하던 사람들이 자리에서 일어나 서로 이야기해보려고 입술을 달싹이다가 도서관 안을 어슬렁어슬렁 하릴없이 돌아다녔다. 유대인으로 보이는 사람이 입을 다문 채 책을 덮어 책장에 꽂고는 사건 서류를 챙겨 밖으로 나갔다. 오래 지나지 않아 누가 입구에 나타나더니 조심스럽지만 큰 목소리로 외쳤다.

"돌격대가 법원 안에 들어와 있습니다. 유대인 선생님들은 오늘은 이만 법원에서 나가시는 게 좋을 겁니다."

그와 동시에 바깥에서, 마치 만화처럼 고함 소리가 들려왔다.

"유대인 나가!"

누군가가 대답했다.

"벌써 다 나갔어요."

아까 웃던 사람들이 다시 웃었다. 도대체 그들이 누구인지 이제야 비로소 보였다. 나와 같은 연수생들이었다.

이 모든 일이 기이하게도 갑자기 4주 전 너무 일찍 끝나버린 사육제 무도회를 떠올리게 했다. 여기서도 거기서처럼 때려 부순다. 몇몇이 사건 서류를 챙겨서 밖으로 나갔다. "집에 돌아가는 게 허용됩니다." 하는 말이 떠올랐다. 아직 허용될까? 오늘은 벌써 그리 당연하지 않았다. 사람들이 물건을 놔둔 채 뭔가 볼 게 있나 싶어 밖으로 나갔다. 수위는 그 어느 때보다도 스스로 없는 듯 행동했다. 남은 사람들 가운데 한두 명이 담배를 꺼내 불을 붙였다. 여기 법원 도서관에서! 수위는 아무 말도 하지 않았다. 이것도 혁명이었다.

법원에서 무슨 일이 일어났는지 정찰병들이 나중에 얘기해주었다. 끔찍한 일은 전혀 일어나지 않았다. 모든 일이 매우 순조롭게 이루어졌다. 심의는 대부분 중단되었다. 법관은 법복을 벗어두고 겸손하고 정중하게 법원 건물에서 나가 돌격대원들이 양옆에 죽 늘어선 가운데 계단을 내려갔다. 변호사실에서만 문제가 생겼다. 어떤 유대인 변호사가 '말썽을 피우다가' 두들겨 맞았다. 그 사람이 누구인지도 나중에야 들었다. 전쟁에서 다섯 번 부상을 입고 한쪽 눈을 잃은 데다 그때 중대장까지 올라간 사람이었다. 폭도들을 길들이는 몸짓을 여전히 본능 속에 간직하고 있었다니, 그는 운이 없었다.

어느새 침략자들이 도서관에도 나타났다. 문이 벌컥 열리더니 갈색 제복을 입은 자들이 쏟아져 들어오고 지도자인 듯한 자가 쩌렁쩌렁하게 외쳤다.

"비아리아인들은 당장 이 영업장에서 나가시오!"

'비아리아인'이란 적절한 단어와 '영업장'이란 지극히 비적절한 단어가 함께 튀어나왔다. 충격이었다.

아마 아까와 같은 사람이었으리라. 누군가가 다시 말했다.

"벌써 다 나갔어요."

수위는 당장이라도 모자에 손을 대어 경례하고 싶은 듯 거기 서 있었다. 심장이 쿵쿵 뛰었다. 평정을 유지하려면 어떻게 해야 할까? 무시할 것, 방해받지 않을 것! 나는 사건 서류를 향해 고개를 깊이 숙였다. 눈에 띄는 대로 아무 문장이나 읽었다.

"피고인의 주장은 옳지 않을 뿐만 아니라 중요하지도 않으며……."

신경 쓰지 말 것!

갈색 제복을 입은 사람 하나가 다가와서 내 앞에 버티고 섰다.

"당신은 아리아인이오?"

미처 생각할 틈도 없이 대답했다.

"예."

그는 내 코를 유심히 살펴보더니 물러났다. 하지만 나는 온몸의 피가 얼굴에 쏠리는 듯했다. 나는 수치와 패배를 한 박자 늦게 비로소 감지했다. "예"라고 대답하다니! 물론 나는 맹세코 '아리아인'이다. 거짓말을 하진 않았다. 하지만 훨씬 더 끔찍한 짓을 저질렀다. 아무 상관도 없는 사람이 물어보는데 나는 아리아인이라고, 평소에는 별 의미도 없던 사실을 마치 기다렸다는 듯 냉큼 대답하다니, 어찌나 굴욕적인지. 그렇게 대답함으로써 사건 서류에 몰두할 수 있게 타협하다니, 어찌나 부끄러운지! 벌써 이렇게 휘둘리다니! 첫 관문에서부터 잘못하다니! 스스로 뺨이라도 갈기고 싶었다.

법원에서 나올 때 잿빛 법원 건물은 늘 그렇듯 거리에서 좀 떨어져 잔디밭과 나무들 뒤에 냉정하고 여유롭게 서 있었다. 하나의 제도로서 사법부가 방금 무너졌다는 것은 결코 알아챌 수 없었다. 아마 나한테서도 내가 방금 거의 회복할 수 없을 치욕을 겪고 상처를 받았다는 사실을 알아챌 수 없으리라. 그저 말쑥하게 차려입은 젊은 남자가 포츠담 거리를 조용히 걸어가고 있을 뿐. 거리에서는 아무것도 눈치챌 수 없었다. 평소와 똑같았다. 하지만 공기 속에는 뭔지 모를 일들이 천둥처럼 다가오고 있었다…….

24

그날 저녁 나는 기억에 남을 만한 일을 두 가지 더 겪었다. 첫째는 내가 찰리 때문에 한 시간쯤 두려워서 죽을 지경이었다는 것이다. 이 두려움은 근거가 없었지만 결코 이유가 없지는 않았다. 그 동기는 우스꽝스러울 정도였다. 길이 엇갈렸다. 우리는 찰리가 한 달에 100마르크씩 받고 타자수로 일하는 상점 앞에서 만나기로 했다. 이미 말했듯 찰리는 터키 남자애가 아니라 성실하게 일해도 걱정할 게 많은 소시민 가정 출신 여자였다. 내가 7시쯤 도착했을 때 상점은 이미 셔터를 다 내린 채 닫혀 있었다. 유대인이 운영하는 상점이었다. 상점 앞에는 아무도 없었다. 돌격대원이 이미 다녀갔을까?

지하철을 타고 찰리네 집으로 갔다. 커다란 임대주택 계단을 올라 초인종을 눌렀다. 두 번, 세 번 연거푸 눌렀다. 인기척이 없었다. 공중전화 박스로 내려가서 가게에 전화를 걸었다. 대답이 없었다. 집에 전화를 걸었다. 역시 대답이 없었다. 별 소용도 없겠지만 나는 찰리가 퇴근할 때 반드시 지나가는 지하철역 입구에 서서 그녀를 기다렸다. 사람들이 물밀 듯이 드나들었다. 늘 그렇듯 누가 그들을 성가시게 하지도 않았고 멈춰 세우지도 않았다. 하지만 찰리는 없었다. 이따금 전화를 다시 걸었지만 다 부질없는 짓이었다.

그러는 동안 내내 무력감 때문에 오금이 저렸다. 집에서 '불려'갔을까? 상점에서 '데려'갔을까? 어쩌면 벌써 알렉산더 광장이나, 이제 막 처음으로 집단 수용소가 세워진 오라니엔부르크로 가는 길일까? 아무것도 알 수가 없었다. 모든 것이 가능했다. 보이콧은 그저 시위일 수도 있다. 하지만 "유대인, 뒈져라!"라는 구호로 시작해 널리 보편적으로 명령해서 규율로 삼은 살해와 대량 학살을 위한 변명일 수도 있다. 불확실성이야말로 가장 포착하기 어렵고 가장 면밀하게 계산한 테러의 효과였다. 1933년 3월 31일 밤 어떤 유대인 여자 때문에 걱정스러워 죽을 지경이었다는 것은, 근거는 없어도 이유는 있었다.

이 경우에는 근거가 없었다. 한 시간쯤 지났을까? 내가 모든 기대를 다 접은 채 다시 한 번 전화를 걸었을 때 갑자기 찰리가 집에서 전화를 받았다. 직원들이 모두 모여 앉아 이제 직장을 잃을 텐데 앞으로 어떻게 해야 할지 별 성과도 없이 의논했다고 했다. 아니, 돌격대원들은 오늘 오지 않았다.

"미안해, 너무 오래 걸렸어. 나도 내내 안절부절못했다니까……."

부모님은? "유대인, 뒈져라!"라는 명령에 불응해 하필이면 오늘 아이를 낳은 친척 아주머니를 만나러 병원에 갔다! 그나저나 내일부터 병원도 의사도 보이콧해야 한다는데 아주머니는 내일 어떻게 해야 할지⋯⋯ 상상하기 어려웠다. 5년 뒤 현실로 이루어졌지만 환자와 산부를 침대에서 끌어낼 가능성도 그때 벌써 '그 속에' 다 들어 있었다. 모두들 어렴풋하게 느끼긴 했지만 아무도 그걸 차마 입 밖에 내어 말하지 못했다. 앞으로 어떤 일이 일어날지 당분간은 상상할 수 없었다.

그래도 일단 마음이 놓였다. 어쩌면 내가 괜히 스스로 우스꽝스럽게 만들었다는 느낌도 들었다. 5분 뒤 찰리가 깃털이 달린 자그마한 모자를 삐뚜름하게 쓰고 잔뜩 멋을 내어 도시 여자가 밤에 외출할 채비를 다 갖춘 채 나타났다. 이제 어디로 갈지가 가장 큰 문제였다. 벌써 9시가 넘었으니 영화관에 가기에도 너무 늦었다. 하지만 어디든 가기는 가야 했다. 그러려고 만났으니까. 한참 생각한 다음에야 9시 반에 시작하는 데가 떠올랐다. 우리는 택시를 타고 '카타콤베'•로 갔다.

이 모든 일에 광기가 어려 있었다는 사실은 그때 벌써 어렴풋하게 느낄 수 있었고 어느 정도 시간이 흐른 지금은 더욱 분명하다. 방금 죽음의 두려움에서 풀려나 내일부터 우리 두 사람 가운데 적어도 한 사람은 진짜 지속적으로 생명이 위험하다는 것을 알고 마음의 준비를 단단히 했으면서도 우리는 카바레에 가지 못할 이유를 찾을 수 없었다.

• Katakombe: 1929년 베르너 핑크Werner Fink와 한스 데페를 중심으로 설립한 카바레 극장. 한스 아이슬러, 에리히 케스트너, 에른스트 부슈 등이 참여했으며 비정치적이라고 내세웠지만 결국 1935년 5월 1일 게슈타포에 의해 강제로 문을 닫았다.

나치 정권 아래에서도 적어도 처음 몇 년 동안 일상생활은 겉보기에 전혀 바뀌지 않고 그대로였다. 영화관, 극장, 카페가 꽉꽉 들어차고 야외와 무도장에서는 쌍쌍이 춤을 추었다. 사람들이 평온하게 거리를 거닐고 젊은이들은 바닷가 모래사장에서 몸을 쭉 편 채 느긋하게 누워 있었다. 나치도 이를 선전용으로 우려먹을 만큼 우려먹었다. "우리의 일상적이고 평화롭고 행복한 나라에 와서 보라. 유대인들까지도 얼마나 잘 지내는지 와서 보라." 광기, 공포와 긴장, '하루하루 이어지는 삶'과 죽음의 무도, 그 비밀스런 흐름은 물론 보이지 않았다. 마치 오늘날 베를린 지하철역에서 "수염을 잘 깎아서 기분 좋은 하루"라는 카피가 달린 면도날 광고에서 활짝 웃고 있는 남자 얼굴을 보면서 그가 벌써 4년 전에—요즘엔 뭐라고 부르는지 몰라도—대역죄로 플뢰첸제 교도소 마당에서 머리가 잘린 그 남자라는 사실을 눈치채지 못하는 것과 마찬가지다.

물론 이는 어느 정도 우리에게 불리한 이야기다. 이렇게 두려워하고도, 결국 나치의 손아귀에 들어가놓고도, 우리는 가능한 한 이 상황을 무시하고 재미있는 일을 방해받지 않으려는 것 이상을 하지 못했다. 100년 전 젊은 연인들이라면 이런 경험에서 더 많은 것을 끌어냈을 것이다. 하다못해 위험과 상실감으로 양념을 친 위대한 사랑의 밤을 보낸다든지. 하지만 우리는 이 경험으로부터 특별한 것을 만들 생각은 하지도 못하고 그저 아무도 막지 않았기에 카바레에 갔다. 첫째, 어차피 그랬을 테니까. 둘째, 불쾌한 일을 생각하지 않으려고. 어쩌면 냉정하고 대담해 보일 수도 있지만 달리 생각하면 감정적 허약함의 표식일 수도 있다. 우리는 고난이 닥쳐올 때 그 상황을 감당할 수 없었다. 여기서 벌써 일반화하자면 이것이 바로 새로운 독일에서 일어나는 사건의 무시무시한 특성이다. 행위를 한 실행자도 없고 고통을 받은 순교자도 없다. 객관적으로 무시무시한 일 뒤의 얄팍하고 빈곤한 감정만 있을 뿐 모든 것이 일종의 반 마취 상태에서 일어난다. 개구쟁이 아이들 장난 같은 분위기에서 살인을 저지르고 굴욕과 도덕적 죽음을 막간의 작은 사고처럼 받아들이고 누가 고문을 받다가 죽었다고 해도 그저 '재수가 없었군' 정도로 마무리한다.

하지만 그날 저녁 우리는 무심함에 대해 과분한 보상을 받는다. 그저 우연히 카타콤베에 갔을 뿐인데 바로 이게 그날 두 번째 기억할 만한 경험을 만들어주었다. 우리는 독일에서 일종의 저항 행위를 공개적으로 하는 딱 하나 남은 곳에 다다랐다. 그것도 용기 있고 기지 있고 품위 있는 방식으로 저항하는 곳. 그날 오전 나는 오랜 전통을 지닌 프로이센의 법원이 나치 앞에서 치욕스럽게 무너지는 것을 보았다. 그날 저녁 나는 아무 전통도 없는 카바레 배우 몇몇이 땅에 떨어진 명예를 우아하고도 영광스럽게 회복하는 것을 경험했다. 법원은 무너졌다. 카바레는 버티었다.

죽음으로 위협하며 휘몰아치는 역경 앞에서 꿋꿋하게 자기 태도를 지키는 것도 일종의 승리라면, 여기서 자기네 배우 부대로 승리로 이끈 남자는 베르너 핑크다. 제3제국의 역사에서 나눠줄 수 있는 명예직은 그리 많지 않지만 이 자그마한 카바레 진행자는 의심할 나위 없이 그걸 요구할 권리가 있다. 그는 영웅처럼 보이지 않는다. 그가 영웅 비슷한 게 되었다면 그건 본의 아닌 결과다. 그는 혁명적 배우도 아니고 신랄한 조롱자도 아니고 새총을 든 다윗도 아니었다. 그의 성격은 근본적으로 천진난만하고 사랑스러웠다. 그의 농담은 가볍고 부드럽고 변덕스러웠다. 그의 도구는 애매모호한 말장난이었는데 그는 이 분야에서 점차 거장으로 올라섰다. 그는 이른바 '숨은 급소'를 만들어냈고 시간이 지날수록 그 급소를 점점 더 잘 숨겼다. 하지만 자기 신념을 숨기지는 않았다. 그는 천진난만함과 사랑스러움의 보고였다. 그것도 바로 이 특징이 절멸 목록에 들어 있는 나라에서. 이런 천진난만함과 사랑스러움 속에 결코 꺾이지 않는 진정한 용기가 '숨은 급소'처럼 들어앉아 있었다. 그는 나치 시대 현실에 대해 과감하게 입을 열었다. 독일 한복판에서. 그는 카바레에서 공연할 때 집단 수용소, 가택 수색, 널리 퍼진 공포, 널리 퍼진 거짓말에 대해 언급하고 조롱했다. 그의 조롱에는 이루 말할 수 없이 나지막하고 감상적이고 서글픈 그 무엇이 있다. 그리고 엄청난 위로의 힘도.

1933년 3월 31일은 아마 그에게도 최고의 밤이었을 것이다. 공연장은 다음 날을 깊은 구렁텅이처럼 바라보는 사람들로 가득했다. 핑크는 그들을 웃게 만들었다. 나는 청중이 이렇게 웃는 걸 들어본 적이 없었다. 극적인 웃음, 무감각과 의심을 뒤로하고 새로 태어난 저항의 웃음이었다. 위험은 이 웃음에 자양분을 제공했다. 돌격대가 오래전에 여기 모인 사람들을 모두 체포하지 않은 게 기적이 아닐까? 그랬다면 아마 우리는 경찰차를 타고 가면서도 계속 웃었을 것이다. 우리는 놀라운 방식으로 공포와 위험을 물리쳤다.

25

"그들이 집에 들이닥칠 것 같으면…… 나한테 와, 찰리."

헤어질 때 나는 이렇게 말했다. 물론 부모님에게 어떻게 말씀드려야 할지 걱정되기는 했지만 그건 나중 문제였다.

"우리 집에 와 있으면 안전할 거야. 약속해줘."

찰리는 감격해서 그러겠다고 약속했다. 다행히 찰리는 그럴 필요가 없었다. 어차피 나를 만나지도 못했을 것이다. 왜냐하면 다음 날…….

오전 10시에 전보가 왔다.

"올 수 있으면 와줘. 프랑크."

나는 마치 전쟁터에 나가는 사람처럼 부모님에게 작별 인사를 하고 교외선을 타고 베를린 동쪽 외곽에 사는 친구 프랑크 란다우에게 갔다. 어디에선가 나를 불러서 아무 사건도 없는 하루를 보내지 않아도 되는 것이 내심 기쁘기도 했다.

프랑크 란다우는 나의 가장 좋은 친구이자 오랜 친구였다. 우리는 김나지움 저학년 때 같은 반이었고 '알트 프로이센 달리기 협회'랑 나중에는 '정식' 스포츠 클럽에서 함께 달렸다. 대학도 함께 다녔고 이제 둘 다 연수생이었다. 우리는 남자아이다운 취미와 열정을 모두 함께 나누었다. 우리가 처음 쓴 습작품을 서로 읽어주고 더 진지한 작품을 쓰면서도 계속 그렇게 했다. 둘 다 자기가 연수생이라기보다는 '실제로' 문인이라고 느꼈다. 몇 년 동안 날마다 만났고 모든 것을 함께 나누는 데 익숙했다. 심지어 사랑 이야기까지 비밀을 누설한다는 느낌 없이 마치 혼자 곰곰이 생각하는 것처럼 다 털어놓았다. 서로 알고 지낸 17년 동안 심각한 싸움은 한 번도 한 적이 없었다. 그건 자기 자신과 싸우는 것일 테니까. 자기를 관찰하는 청소년기에 우리는 서로 다른 점을 장난삼아 분석하고 아주 흥미롭다고 생각했다. 인종은 그 차이 가운데 가장 사소한 것이었고 그런 차이들이 우리를 떼어놓지는 못했다.

둘 중에 프랑크가 훨씬 더 눈부셨다. 보기만 해도 멋졌다. 키가 크고 건장하면서 잘생긴 게 어렸을 땐 아폴로랑 비슷했다. 나중에 코가 우뚝해지고 이마가 넓어지고 얼굴선이 잡히자 젊은 시절의 사울 왕을 떠올리게 했다. 살아온 내력은 나랑 아주 비슷했지만 늘 한 걸음 더 나았다. 모든 면에서 그는 나보다 조금 더 높고 조금 더 깊게 흔들렸다. 사랑도 나보다 더 열정적으로 해서 그의 청년기에 광채를 더해주었다. 물론 그는 그 대가로, 깊고 소모적이고 절망적인 슬픔의 시기를 거쳐야 했지만 나는 그럴 필요가 없었다.

그는 지금 그런 암울한 시기의 마지막에 머물러 있었다. 이 시기는 위험할 정도로 오래, 거의 1년이나 지속했다. 이번에는 그럴 만한 이유도 있었다. 1년 전 그의 연인 한니가 바람을 피웠다. 아주 우연히, 별 생각 없이. 사실 그렇게 심각한 것도 아니었다. 하지만 그 일은 그를 완전히 뒤흔들어버렸다. 20세기 평범한 사랑의 기준을 여기 들이대면 아마 우스꽝스럽게 들릴 것이다. 하지만 한니와 프랑크의 사랑은 『베르테르』나 『신 엘로이즈』나 하이네의 『시가집』이나 쇼팽의 왈츠가 나오게 된, 유행이 지나도 한참 지나 세상에서 아예 사라진 듯 보이는 옛날식 위대한 열정이었다. 이런 감정은 경솔한 바람을 견디지 못했다. 이 사건은 먼저 프랑크, 그리고 자기가 무슨 짓을 했는지 알게 된 한니를 완전히 무너뜨리고 말았다. 그다음 일은 안타깝기 그지없었다. 두 사람은 일단 헤어졌다가 반쯤 화해했지만 결국 어긋나 버렸다. 프랑크는 다른 여자들도 만나봤지만 더 불행하고 혼란스러워질 뿐이었다. 한니랑 친구로 남으려고도 해봤지만 그것도 다 지난 일을 우습게 만들 뿐이었다. 모든 것을 포기하고 우울해져서 결국 헤어날 수 없는 구렁텅이로 점점 더 깊이 빠져들었다. 우리는 이런 이야기에 익숙하다. 이런 일을 다루는 소설이 있지 않은가. 이는 위대한 감정이 가져다준 행복의 상쇄물이다. 그런데 얼마 전에 다른 여자가 나타났다. 이름은 엘렌, 똑똑하고 명쾌한 여대생으로 아주 지적이었으며 상류층 집안의 평온함과 질서로 둘러싸여 있었다. 치명적인 혁명과 혼란과 고난을 다 겪은 다음 문명을 회복하고 복구하는 시대를 사람으로 체현했다고나 할까. 나는 얼마 전에 엘렌을 소개받았다. 아니, 프랑크가 그 여자를 전시했다. 얼마 뒤 그는 농담조로 엘렌과 약혼하는 걸 어떻게 생각하는지 물었다. 약혼한 다음 사법시험을 보고 결혼해서 부르주아가 되려고 하는데, 엘렌은 그에 딱 맞는 여자가 아닐까? 나는 웃으면서 조금 성급하게 결정한 것 같다고 대답했다. 프랑크도 덩달아 웃고는 화제를 바꿨다.

나는 교외선을 타고 프랑크네 집에 갔다. 프랑크도 부모님과 함께 살았는데 그의 아버지는 의사고 보이콧 대상이었다. 그곳은 어떨지 궁금했다.

조금 어수선했지만 그래도 위험해 보이진 않았다. 베를린 동쪽에는 유대인 상점이 꽤 많은데 가게 문이 열려 있지만 앞에는 돌격대원들이 다리를 쩍 벌리고 뿌리를 내린 듯 서 있었다. 진열창마다 거친 말이 적혀 있고 대개 주인은 보이지 않았다. 호기심 많은 사람들이 반쯤은 겁먹은 듯 반쯤은 고소한 듯 가게 앞에서 서성거렸다. 마치 모두들 무슨 일인가 더 일어나길 기대하지만 그게 어떤 일인지 아직 알지 못하는 것처럼, 모든 게 어색하고 불안해 보였다. 하지만 지금 당장이라도 피가 철철 흐를 것 같지는 않았다. 란다우 씨 댁에도 별 어려움 없이 들어갔다. '그들'이 사람들이 사는 집에는 아직 오지 않은 것이 확실하다고, 나는 찰리를 떠올리고 안심했다.

프랑크는 집에 없었다. 대신 풍채 좋고 쾌활한, 그의 아버지가 나를 맞았다. 그 집에 갈 때면 나는 그와 종종 이야기를 나누곤 했다. 그는 내 습작품에 대해 관심 깊게 묻고 자신이 가장 존경하는 모파상을 칭송하였고, 여러 가지 독주를 강권하면서 내 취향을 시험했다. 오늘 그는 기분이 상한 채 나를 맞았다. 그는 당황하지도 겁을 먹지도 않았다. 그저 기분이 상했다. 그때만 해도 많은 유대인이 그랬다. 이게 유대인을 옹호하는 말이라고 나는 얼른 덧붙인다. 그동안 유대인은 대부분 그럴 힘마저 잃어버렸다. 그들은 너무 끔찍하게 얻어맞았다. 이 과정은 어떤 사람이 수용소에 들어가 고문대에 묶여 곤죽이 되도록 맞을 때 일어나는 일과 마찬가지였다. 첫 번째 타격은 자존심을 때리고 정신이 거세게 반항한다. 열 번째와 스무 번째 타격은 몸만 때리고 낑낑거리는 소리만 끌어낸다. 지난 6년 동안 독일의 유대인 공동체는 이런 경험을 집단적으로 해왔다.

그때 란다우 씨는 아직 곤죽이 되도록 맞지 않았다. 그는 기분이 상했다. 그런데 그가 나를 마치 자신에게 모욕을 준 사람들이 보낸 사절처럼 맞았기에 나는 조금 당황했다.

그가 입을 열었다.

"그래, 당신은 어떻게 생각하시오?"

당연히 역겹다고 생각한다고 더듬더듬 대답했지만 그는 아랑곳하지 않고 나를 똑바로 쳐다보면서 물었다.

"정말 내가 끔찍한 헛소문을 외국에 퍼뜨렸다고 믿소? 당신들 중 누군가 그런 말을 믿느냐고."

그러고는 곧 변론에 나서니 더욱 난감했다.

"하필이면 지금 그런 끔찍한 이야기를 지어내 외국에 퍼뜨린다면 우리 유대인들은 정말 바보 멍청이겠지요. 서신의 비밀을 없앤다는 신문 기사를 우리도 읽었어요. 이상하게도 아직 신문은 읽을 수 있으니까요. 정말 단 한 사람이라도 우리가 끔찍한 이야기를 지어냈다는 터무니없는 거짓말을 믿는 거요? 아무도 안 믿는다면 이게 대체 무슨 짓이지? 말해줄 수 있겠소?"

"제정신이라면 당연히 믿지 않겠지요. 하지만 그게 무슨 상관이겠어요? 문제는 아버님이 적들의 손아귀에 들어가 있다는 겁니다. 우리 모두 그렇습니다. 그들은 이제 우리를 갖고 자기들 마음대로 할 겁니다."

그는 앞에 놓인 재떨이를 씁쓸하게 바라볼 뿐 내 말을 반박에 들지 않았다.

"내가 화가 나는 건 거짓말 때문이오. 빌어먹을 거짓말. 원한다면 우리를 다 죽여버리라고 해요. 나는 살 만큼 살았소. 하지만 치사하게 거짓말을 하다니, 그럼 안 되죠. 그들이 대체 왜 그러는지 말 좀 해보시오."

그는 마음속 깊은 곳에선 아마 내가 나치랑 한 꿍꿍이속이라 비밀을 알고 있다는 생각을 떨쳐낼 수 없는 것 같았다.

란다우 부인이 다가와서 씁쓸하게 웃으며 인사하더니 내 부담을 덜어주려고 했다.

부인이 말했다.

"프랑크 친구한테 뭘 물어봐. 우리만큼이나 아는 게 없을 텐데. 이이는 민족사회주의자도 아니잖아."(군이 민족사회주의자라고 에둘러 말했다.)

하지만 란다우 씨는 지금까지 말한 것을 다 떨어내려는 듯 고개를 계속 흔들다가 고집스럽게 말했다.

"그들이 왜 거짓말을 하는지 누군가가 말해줬으면 좋겠소. 이제 권력을 쥐었으니 자기들 마음대로 다 할 수 있는데 왜 여전히 거짓말을 하는지. 나는 정말 알고 싶소."

부인이 말했다.

"당신 아들한테나 가봐. 얼마나 끙끙거리는지 몰라."

내가 놀라서 물었다.

"세상에! 아드님이 어디 아픕니까?"

프랑크한테는 동생이 하나 있었다. 그 동생 얘기인 듯했다.

부인이 말했다.

"그런 것 같네요. 어제 대학에서 쫓겨나고는 어찌나 속상해하던지. 그러더니 오늘은 내내 토하면서 배가 아프다고 하네요. 맹장염 같기도 하고. 물론……."

부인은 애써 웃음을 지으며 말을 이었다.

"속상해서 맹장염에 걸린다는 말은 한 번도 들어본 적이 없지만요."

란다우 씨가 투덜거리면서 자리에서 일어났다.

"오늘은 한 번도 들어본 적 없는 일이 많이 일어나지."

그는 터덜터덜 문가로 걸어가더니 다시금 돌아서서 내게 말했다.

"당신은 버젓한 법률가지? 내 아들이 나를 보이콧하지 않고 진찰을 받으면 처벌을 받아야 하나요?"

부인이 나를 달랬다.

"서운하게 생각하지 마세요. 저이는 아직 마음을 비우지 못했어요. 프랑크가 곧 올 테니 점심 함께 드세요. 그나저나 어떻게 지내셨어요? 아버님은 안녕하시고요?"

프랑크가 들어왔다. 총총걸음이지만 차분해 보였다. 하지만 마치 장성들이 카드놀이를 할 때나 정신병자가 꽉 막힌 생각을 진전시키려고 골똘하게 생각할 때와 비슷한 긴장감도 어려 있었다.

프랑크가 말했다.

"와줘서 고마워. 그리고 늦어서 미안해. 나도 어쩔 수가 없었어. 나중에 몇 가지 부탁을 할까 해서. 나 떠날 거야."

나도 프랑크처럼 긴장하면서도 차분하게 물었다

"언제? 어디로?"

프랑크가 대답했다.

"취리히로. 가능하다면 내일 아침. 아버지는 못마땅해하시지만 그래도 갈 거야. 어제 법원에서 어떤 일이 일어났는지 알고 있어?"

내가 대답했다.

"나도 거기 있었어."(세상에, 그래, 프랑크도 어제 회의가 있었다!)

그가 말했다.

"그럼 너도 알겠구나. 여기 더 남아 있을 이유가 없어. 떠날 거야. 그건 그렇고, 나 방금 약혼했어."

"엘렌이랑?"

"그래, 엘렌도 같이 갈 거야. 오늘 엘렌 부모님이랑 이야길 해야 돼. 네가 같이 가준다면 고맙겠어. 엘렌도 같이 갈 테고. 네가 오늘 도와줄 일이 많아."

"한니는?"

프랑크가 말했다.

"한니랑도 오늘 저녁에 이야기를 해야겠지."

한순간 그는 덜 긴장하고 평온해 보였다. 목소리에도 낯선 기운이 있었다.

"할 일이 참 많구나."

"그래, 그러니까 네가 도와줘야지."

내가 대답했다.

"물론이지, 뭐든지 말만 해."

그때 란다우 부인이 점심을 먹으라고 불렀다.

부인은 식탁에서 애써 평범한 이야기를 하려 했지만 불가능했다. 란다우 씨는 계속 분통을 터뜨렸고 우리는 입을 꾹 다물었다.

란다우 씨가 대뜸 물었다.

"애가 당신한테 얘기했소? 떠나겠다고? 어떻게 생각하시오?"

내가 대답했다.

"잘 결정했다고 생각합니다. 떠날 수 있을 때 떠나야죠. 여기서 뭘 하겠어요?"

란다우 씨가 말했다.

"여기 남아 있어야지. 지금이야말로 도망치지 말고 여기서 버텨야지. 애는 시험을 마쳤으니 법관이 될 권리가 있소. 두 눈 부릅뜨고 지켜봐야지, 과연 그들이……."

프랑크가 참지 못하고 끼어들었다.

"아이 참, 아버지!"

내가 말했다.

"안타깝지만 어제 돌격대가 법정에 들어오는 걸 허용했을 때 정의는 이미 끝났습니다.(모든 일이 다시 떠올라서 얼굴이 화끈거렸다.) 이제 지킬 만한 게 없습니다. 우리는 모두 독 안에 든 거나 다름없고 이제 이곳을 뜨는 수밖에 없습니다. 저도 떠나고 싶어요."

정말 그러고 싶었다. 물론 내일 아침에는 아니지만…….

란다우 씨가 물었다.

"당신이? 당신은 왜?"

그는 아무래도 '아리아인'인 내가 나치가 되었을 거라는 생각을 떨칠 수 없는 듯했다. 요즘 그런 경우를 너무 많이 봐서 다른 가능성이 있다고는 생각도 할 수 없는 것 같았다.

내가 대답했다.

"여기서 일어나는 일이 마음에 들지 않으니까요."

담담하게 말하고 싶었지만 조금 알팍하고 오만하게 들렸다.

란다우 씨는 대답하지 않고 침묵 속에 빠져들었다. 한참이 지나서야 그가 다시 입을 열었다.

"아마 나는 오늘 두 아들을 한꺼번에 잃을 것 같군."

그의 아내가 외쳤다.

"아니 여보!"

란다우 씨가 말했다.

"작은애는 수술을 받아야 해요. 전형적인 급성 맹장염이지. 나는 오늘 수술을 할 수 없소. 손이 부들부들 떨려요. 다른 사람이 수술을 해줄까요? 여기저기 전화해서 애원을 해야 할까요? 동료 의사들한테, 아니 이제 동료도 아니지만, 제 아들이 유대인인데 수술을 해달라고 애걸해야 할까요?"

란다우 부인이 말했다.

"그 사람이 해줄 거야."

부인이 어떤 이름을 댔는데 그 이름은 이제 기억이 나지 않는다.

란다우 씨가 말했다.

"그래, 해줘야지."

그가 피식 웃더니 나를 향해 말했다.

"우리는 2년 동안 야전병원에서 함께 일하며 톱으로 다리를 썰었소. 하지만 지금 누가 그걸 알아줄까요?"

부인이 말했다.

"내가 전화할게. 분명히 해줄 거야."

부인은 정말 의연하게 처신했다.

점심 식사를 마친 다음 우리는 프랑크 동생한테 잠깐 들렀다. 그는 신음과 비명이 새어 나오는 걸 참으면서 마치 멍청한 일을 저지르기라도 한 듯 쑥스럽게 웃었다.

그가 자기 형에게 물었다.

"떠난다고?"

"응."

동생이 말했다.

"그래, 나는 오늘은 같이 못 가. 나중에 작별 인사 하러 들를 거지?"

방에서 나올 때 프랑크는 침울해 보였다.

나도 모르게 말했다.

"끔찍하군."

프랑크가 맞장구쳤다.

"그래, 정말 끔찍해. 재가 어떻게 될지 모르겠어. 불의를 보고 참지 못하는데 아직 이 일이 얼마나 무시무시한지 몰라. 어제 재가 뭐라고 했는지 알아? 이런 일이 일어나는 걸 보고서도 자기 소원이 히틀러 목숨을 살려주고 이렇게 말하는 거래. '자, 나는 유대인입니다. 이제 우리 한 시간쯤 얘기나 할까요?"

프랑크 방에 들어갔다. 여기저기 가방이 열린 채 널려 있고 양복이 밖에 나와 있었다. 그때가 2시쯤이었다. 프랑크가 말했다.

"6시에 반제 역에서 엘렌을 만나기로 했어. 5시에는 여기서 출발해야 돼. 그때까지 할 일이 많아."

내가 물었다.

"짐 싸는 거?"

프랑크가 대답했다.

"짐도 싸야 하고. 하지만 더 중요한 게 있어. 너한테 부탁할 일이 바로 그거야. 여기 이것저것 많아. 옛날 편지, 사진, 일기장, 시, 기념품. 여기 놔두고 싶지는 않아. 그렇다고 다 가지고 갈 수는 없어. 전부 없애버리고 싶지도 않고. 네가 당분간 맡아줄래?"

"물론이지."

"그럼 쭉 한번 훑어봐야 해. 뒤죽박죽 엉망진창이거든. 그냥 버려야 할 것도 많고. 얼른 살펴볼까?"

프랑크가 서랍을 열었다. 그 안에 종이, 앨범, 일기장 등등 두 더미가 아무렇게나 놓여 있었다. 그의 지난 인생. 그 가운데 많은 부분은 내 인생이기도 했다. 프랑크가 숨을 깊게 들이쉬더니 씩 웃었다.

"얼른 훑어봐야 해. 시간이 별로 없거든."

우리는 종이 더미로 다가가 편지 봉투를 열고 사진을 집어 들었다. 아, 여기서 무엇이 우리를 향해 밀려와 덮치는지! 눌러 말린 식물

표본처럼 여기 이 서랍 안에 보관해놓은 것은 우리의 청춘이었다. 죽음과 과거와 '되돌릴 수 없음'을 덧붙이자 그 향기는 더 강렬하고 진해졌다! 운동복을 입고 친구들 사이에 서 있는 우리 둘의 사진, 여자애들이랑 떠난 뱃놀이 사진, 바닷가 사진, 우리 얼굴은 주근깨로 뒤덮여 있었다. "세상에, 이거 기억나?" 그래, 정말이지 아주 오래 전 여행했을 때 그 햇볕이 사진 위에 그대로 남아 있었다. 행복했던 테니스 클럽 시절 사진. 우리와 팔짱을 끼고 나란히 늘어선 그 친구들은 지금 어디 있을까? 그리고 여기 영원한 시간의 흐름 속에서 순간에 멈춘, 공을 잡으러 뛰어오르던 발랄한 여자애는 어디 있을까? 프랑크가 편지 봉투를 열자 한때 친숙하면서도 가슴 설레게 하던 손글씨들이 다시 우리를 바라보면서 옛 추억을 떠올리게 했다. 몇 년 전 나의 손글씨도 있었다.

이렇게 낡은 물건을 정리하면서 과거에 젖어드는 경험은 누구나 다 해봤을 것이다. 여름비 내리는 일요일에 어울리는 일이다. 그리고 이렇게 추억을 불러오는 일의 애잔하면서도 짜릿짜릿한 자극을, 이 모든 것을 다시 한 번 읽고 이 모든 것을 다시 한 번 살아보고픈 저항할 수 없는 유혹을 누구나 다 알 것이다……. 또 마치 아편을 피운 것처럼 온몸이 노글노글 느슨해지는 상태를 알 것이다. 이러다 보면 하루가 금방 지나고 대개 밤까지 지새우게 된다. 이런 일이 오래 지속할수록 우리는 더 오래 꿈을 꾸게 마련이다.

하지만 우리한테는 고작 세 시간밖에 없었다. 우리는 만화영화속 추격전처럼 깜박이는 빛의 속도로 꿈의 나라를 헤매고 돌아다녔다. 게다가 우리는 엄격해져야 하고 파괴도 해야 했다. 아스라이 먼, 즐거움과 웃음의 순간의 고운 먼지를 담아둘 커다란 상자 속에는 가장 소중한 것밖에 더는 들어갈 자리가 없었다. 나머지는 죄다 휴지통에 버려야 했다. 우리 자신의 청춘에 대한 긴급 재판! 무엇이 더 무겁고 무엇이 더 소중한가? 무엇이 남길 가치가 있는가? 이런 일을 하는 동안 우리는 점점 더 말이 줄어들었다. 시간이 흘렀다. 서둘러야 했다. 죽이고 또 묻어야 했다.

우리는 두 차례 작업을 멈췄다. 란다우 부인이 들어와서 병원 차가 왔다고 했다. 수술을 받으러 동생을 병원에 데려가는데 부인과 남편도 같이 간다고 했다. 프랑크가 동생과 작별 인사를 하려면 지금밖에 시간이 없다고 했다. 프랑크가 대답했다.

"네."

형제 중 하나는 수술대에, 다른 하나는 망명길에 오르는 기이한 작별이었다.

"잠깐만."

프랑크가 이렇게 말하고는 밖으로 나갔다.

그는 5분 뒤에 돌아왔다.

한 시간쯤 지나서 다시 한 번 일을 중단해야 했다. 집에는 우리 두 사람과 하녀만 남아 있었다. 초인종 소리가 나더니 하녀가 방문을 두드리고는 돌격대원 두 사람이 왔다고 했다.

갈색 셔츠에 갈색 승마용 바지를 입고 행진용 장화를 신은 뚱뚱하고 둔중한 젊은이 둘이었다. 돌격대 상어가 아니라 여느 때에는 맥주 한 상자를 날라다 주고는 팁을 받으면 손가락 두 개를 모자에 대면서 고맙다고 퉁명스럽게 중얼거릴 법한 이들이었다. 언뜻 보기에도 새로운 직책과 과제에 아직 익숙해지지 않아서 뻣뻣한 자세로 혼란스러움을 숨기고 있었다.

두 사람이 입을 모아 시끄럽게 외쳤다.

"하일 히틀러!"

침묵. 연장자로 보이는 사람이 물었다.

"란다우 씨입니까?"

프랑크가 대답했다.

"아니요, 전 그분 아들입니다"

"당신은?"

내가 대답했다.

"이 사람 친구입니다."

"아버지는 어디 계십니까?"

프랑크가 대답했다.

"동생이랑 병원에 갔습니다."

그는 무척 신중하고 침착하게 대답했다.

"거긴 왜 갔는데요?"

"제 동생이 수술을 받거든요."

돌격대원이 느긋하고도 만족스럽게 말했다.

"아, 그럼 됐고요. 진찰실을 보여주세요."

"그러죠."

프랑크가 선선히 대답하고 문을 열었다. 두 사람은 우리를 지나서, 비어 있지만 정갈한 하얀색 진찰실로 쿵쿵거리며 들어가더니 반짝이는 기구들을 도끼눈으로 살펴보았다.

대변인이 물었다.

"오늘 환자가 있었나요?"

프랑크가 대답했다.

"아니요."

대변인이 다시 말했다.

"아, 그럼 됐고요."

아마 말버릇인 모양이었다.

"다른 방도 보여주시오."

그는 동료와 함께 마뜩잖고 미심쩍은 눈빛을 이리저리 던지면서 온 집 안을 쿵쿵 헤집고 다녔다. 압류할 물건을 찾는 집행관 같기도 했다.

"그러니까 아무도 안 왔다는 거죠?"

마침내 그가 이렇게 확인하고는 프랑크가 부인하자 세 번째로 말했다.

"아, 그럼 됐고요."

두 사람은 다시 출입구에 서서 조금 머뭇거렸다. 마치 무엇인가 해야 하지만 뭘 해야 할지 모르는 느낌이 드는 듯했다. 그러다가 갑자기 침묵을 깨고 입을 모아 외쳤다.

"하일 히틀러!"

그러고는 쩌벅쩌벅 걸어 나가 계단을 내려갔다. 우리는 문을 닫고 입을 다문 채 원래 하던 일로 되돌아왔다.

시간이 쏜살같이 흘렀다. 마지막엔 점점 더 설렁설렁 해치웠다. 편지 다발은 들춰보지도 않고 죄다 휴지통에 집어넣었다. 어쩌면 우리는 갑자기, 한 시간 전보다 더 분명하게, 어차피 우리 젊은 날이 다 망가지고 무의미해졌다는 사실을 느꼈는지도 모른다. 남은 것들을 다 없애버린들 대수랴!

5시. 상자를 묶은 다음 버리려고 내놓은 것을 바라보았다.

프랑크가 말했다.

"오늘 밤에 마저 싸야지."

프랑크는 병원에, 나는 찰리에게 전화를 걸어야 했다. 그런 다음 그는 엘렌에게 지금 출발한다고 연락했다.

"그나저나 너희가 약혼한 거 부모님도 알고 계셔?"

"아니, 그것까지 알리면 한꺼번에 너무 많을 거야. 이럴 수밖에 없었어."

신문 판매대에 따끈따끈한 「공격자」*가 나와 있었다. "신호탄"이란 고무적인 표제가 적혀 있었다.

우리는 교외선을 탔다. 베를린 동쪽 외곽에서 중심가로 들어간 다음 다시 서쪽 외곽으로 나갔다. 객실 안에서 처음으로 이야기를 나눌 시간이 났다. 하지만 제대로 대화를 할 수 없었다. 너무 많은 사람이 들락거리고 주위에 앉았다. 혹시 그들이 적일지도 몰랐다. 게다가 협의하거나 주문하거나 위임하거나 등등 생각해야 할 일도 계속 나와서 대화를 중단할 수밖에 없었다. 프랑크의 계획은 너무 불확실했다. 우선 매달 200마르크로 살면서 공부를 계속해 박사학위를 딸 생각이었다.(그때만 해도 아직 매달 200마르크를 외국으로 보낼 수 있었다!) 또 뭘 하는지 몰라도 친척 아저씨가 스위스에서 산다고 했다. 어쩌면 그 아저씨가 프랑크를 도와줄 수 있을지도 모른다…….

"일단 나가보려고. 이런 일이 일어난 다음 이제 곧 우리를 내보내 주지도 않을까 봐 겁나."

사실 나치는 이날 칵테일을 다 섞었다. 하지만 얼음 위에 놓아두었다가 5년 뒤에 비로소 마셨다. 엘렌이 반제 역에서 기다리고 있다가 말없이 신문을 내밀었다. '출국 비자 도입'이라는 토막 기사가 실려 있었다. 외국에 끔찍한 헛소문이 퍼지는 걸 막는다는 게 다시금 그 이유였을 것이다. 당연했다.

프랑크가 중얼거렸다.

"젠장, 벌써 덫에 걸린 것 같은데."

• 율리우스 슈트라이허가 창간한 주간신문. 반유대주의 선전으로 악명 높았다.

곱게 자라 평정을 잃지 않는 숙녀인 엘렌이 불현듯 말없이 주먹을 불끈 쥐더니 하늘에 내질렀다. 사실 무대 위나 미술관에 걸린 그림에나 어울리는 동작이었다. 잘 차려입은 젊은 여자가 외진 역에서 그러니 어색하기 짝이 없었다.

내가 말했다.

"아마 당장 시행하지는 않을 거야."

프랑크가 말했다.

"어쨌든 이제 정말 서둘러야겠어. 아직 운이 따라줄지 몰라. 그렇지 않다면…… 어쩔 수 없지, 뭐."

우리는 입을 다문 채 정원을 지나 고급 저택이 늘어선 거리를 걸어 내려갔다. 여기는 고즈넉할 뿐 그날의 사건을 드러내는 것이 없었다. 낙서로 뒤덮인 진열창조차 없었다. 엘렌은 프랑크와 팔짱을 끼고, 나는 그의 유산이 담긴 상자를 들었다. 땅거미가 지고 미지근한 이슬비가 내리기 시작했다. 머릿속이 멍해지는 느낌이었다. 너무나 비현실적이라 모든 것이 누그러드는 듯했다. 하지만 그 안에는 다시금 뭔가 위협적인 것이 있었다.

우리는 어떤 경계선이 있다고 하기에는 너무 갑작스럽고도 깊게, 불가능한 일에 다다랐다. 내일 당장 어떤 일에 대한 벌로 모든 유대인을 체포하거나 그들에게 자살을 강요한다고 해도 놀라지 않을 것만 같았다. 규정에 따라 모두 자살했다고 전해도 돌격대원들은 느긋하고도 만족스럽게 "아, 그럼 됐고요."라고 말할 것이다. 그래도 거리는 여느 때와 똑같아 보일 것이다. "아, 그럼 됐고요."와 모든 게 똑같았다. 저택은 늘 그렇듯 아름다운 정원에 둘러싸여 있을 테고 봄바람과 미지근한 이슬비…….

화들짝 놀랐다. 어느새 엘렌네 집에 도착했다. 문득 제삼자인 내가 여기 있을 이유가 없다는 사실이 떠올라 당혹스러웠다. 하지만 괜한 걱정이었다. 사람이 너무 많아서 나는 눈에 띄지도 않았다. 겉보기에는 아무 흔들림 없이 우아하고 조용한 저택이었지만 그 안은 티파티를 가장한 난민 수용소나 다름없었다. 커다랗고 우아한 응접실에 스무 명쯤 되는 사람들이 앉거나 서서 두런거렸다. 이 집안에 드나들던 젊은 친구들이 모두 평소에는 차를 대접받고 음악을 듣던 이곳에 위로와 도움을 찾아서 달려온 것만 같았다. 하지만 그들은 각자 다른 사람의 두려움과 염려만 발견했고, 공손하고 예의 바른 분위기 속에는 잠잠한 공포가 묻어 있었다. 사람들은 찻잔을 건네고 설탕을 집어넣고 "여기 있습니다."와 "감사합니다."라고 말했다. 평범한 티파티에서 웅성거리는 것보다 시끄럽진 않았지만 이 웅성거림 속에서 갑자기 비명 소리가 튀어나온다고 해도 아무도 놀라지 않을 것 같았다.

손님들 가운데 하나는 나도 좀 알았다. 나처럼 연수생이었는데 언젠가 자기가 일한 적이 있는 브뤼셀의 변호사에게 편지를 써서 엘렌에게 번역해달라고 부탁하러 왔다.

"여기 있어요."

그가 셔츠 주머니에서 쪽지를 끄집어냈다. 이제 이 쪽지에 그의 목숨이 달려 있었다.

"좋아요, 이리 주세요."

엘렌이 이렇게 대답하고 연필로 그 위에 끼적거리기 시작했지만 곧 불려 갔다. 누가 그녀에게 원하는 게 있었다. 엘렌이 돌아와서 다시 끼적이기 시작했을 때 이번에는 엘렌의 어머니가 그녀를 불러 어디론가 데리고 갔다. 다시 돌아왔을 때 엘렌은 평정을 잃기 직전이었다.

"연수생…… 연수생이 프랑스어로 뭐지?"

엘렌은 이렇게 중얼거리다가 갑자기 폭발하듯 말했다.

"미안해요. 못하겠어요. 오늘은 안 돼요, 지금은 못해요."

"아, 괜찮아요. 부담 갖지 마세요."

그 가엾은 남자가 예의 바르게 말했지만 표정은 일그러졌다.

풍채 좋고 사람 좋은 남자인 엘렌의 아버지가 집주인답게 웃으면서 가라앉은 분위기를 어떻게든 띄워보려고 애썼다. 엘렌의 어머니는 프랑크를 비롯해 몇몇 사람들과 한구석에서 출국 비자 이야기를 하고 있었다. 나도 거기 끼어들었다.

누가 말했다.

"언제부터 시행하는지만 알아도!"

다른 사람이 물었다.

"신문에 그 얘기는 안 나왔나요?"

"아뇨, 한마디도 없어요. 그게 문제죠. 직접 보세요!"

엘렌의 어머니가 어디선가 어느새 꽤 꼬깃꼬깃해진 신문을 가져왔다.

내가 제안했다.

"경찰서에 전화를 걸어보면 어떨까요?"

다른 사람이 반박했다.

"그야말로 섶을 지고 불속에 뛰어드는 게 아니라면."

내가 말했다.

"가명을 댈 수도 있잖아요. 원하신다면 제가 걸겠습니다."

엘렌의 어머니가 반색을 했다.

"어머, 정말 그래주시겠어요?"

다들 어찌나 마음을 놓는 게 보이는지 마치 내가 아주 대단한 일이라도 하겠다고 나선 것만 같았다.

엘렌의 어머니가 간절하게 말했다.

"하지만 제발, 제발, 우리 집 전화는 쓰지 마세요."

나는 차차 그녀가 뒤집어쓴 평정의 덮개가 아주 얇아졌으며, 비록 억지웃음을 짓고 있지만 소리를 지르기 직전이라는 사실을 눈치챘다.

"좋은 일을 하시는 김에 저 아래 모퉁이를 돌아가면 바로 공중전화가 있어요. 잠깐만, 동전은 있나요?"

그러는 동안 엘렌의 아버지가 다가와서 프랑크를 데려갔다.

"딸이 그러는데 나한테 할 얘기가 있다면서요. 자, 편하게 얘기해보시오."

두 사람이 사라지고 나서 나는 공중전화를 찾아 밖으로 나갔다.

전화기에서 가명을 댔다. 일반적인 분위기가 벌써 나한테도 옮았다. 한참을 기다린 다음 경찰서 안에서 이 사람 저 사람에게 넘겨지다가 마침내 정보를 잘 아는 사람에게 연결되었다. 그 조항은 화요일부터 시행할 예정이었다.

"고맙습니다."

나는 기쁘게 말하고 전화를 끊었다.

집 안에 다시 들어갔을 때 응접실은 휑하니 비어 있었다. 아주 늙은 남자 한 명만 앉아 있었다. 어쩌면 아까부터 눈에 띄지 않은 채 거기 묵묵히 앉아 있었는지도 몰랐다. 엘렌의 할아버지일까, 마치 렘브란트 그림에 나오는 유대인 노인처럼 보였다. 듬성듬성한 턱수염을 뾰족하게 기르고 얼굴에는 주름이 찌글찌글했다. 그는 안락의자에 앉아 아주 평온하게 파이프 담배를 피웠다. 생각에 잠긴 게 분명했다. 다른 사람들은 이 넓은 집 다른 방으로 옮겨 간 것 같았다. 그들이 어디로 갔는지 막 물어보려는 참에 노인이 먼저 작지만 깊고 맑은 두 눈으로 나를 빤히 보면서 말을 걸었다.

그가 물었다.

"댁은 유대인이 아니지요?"

그저 유대인 친구를 따라왔을 뿐이라고 대답하자 그가 격식을 차려 말했다.

"친구 편에 서주다니 아주 좋군요."

조금 당혹스러워서 더듬거리는데 그는 내가 더 혼란스러워지도록 말을 이었다.

"아주 현명한 일이기도 하고요. 그거 알고 있지요?"

그는 내가 난감해하는 걸 즐기는 듯 느긋하게 파이프를 빨아들이면서 나이 들어 녹슬었지만 카랑카랑한 목소리로 말했다.

"유대인은 견디어낼 거요. 내 말을 믿지 못하겠소? 아, 걱정하지 말라니까, 우리는 이겨낼 테니까. 이미 다른 사람들이 유대인을 다 없애려고 했었소. 하지만 우리는 다 견디어냈지. 이번에도 견디어낼 거요. 그리고 나중에 되새겨보겠지. 네부카드네자르를 아시오?"

나는 미심쩍게 물었다.

"성경에 나오는 사람 말인가요?"

"맞아요, 그 사람."

노인이 이렇게 말하더니 장난기가 번뜩이는 작고 또렷한 눈으로 나를 보았다.

"그 사람도 유대인을 다 없애버리려고 했었소. 그 사람은 당신네 히틀러보다 더 위대했고 그의 제국은 당신네 독일 제국보다 더 컸지요. 그리고 그때 유대인은 더 젊었어요. 더 젊고 더 나약하고 아직 그리 많은 일을 겪지 않았소. 네부카드네자르 왕은 위대하고 현명한 사람이었지만 잔인했었지."

그는 설교하듯 천천히 말했다. 그리고 자신의 이야기를 즐기면서 말하는 사이사이 무척이나 오래 파이프를 빨았다. 나는 공손하게 귀

기울였다.

그가 말을 이었다.

"하지만 네부카드네자르 대왕도 해내지 못했소. 아무리 위대하고 현명하고 잔인해도 할 수 없었지요. 그 사람은 이제 잊혔지. 내가 그 이름을 대자 젊은이가 어리둥절해할 정도로. 유대인만 아직 그 사람을 기억하지. 유대인은 아직 살아 있소, 멀쩡하게 잘 살아있다니까. 그러니까 히틀러란 작자도 못 할 거요. 내 말을 믿지 못하겠소?"

나는 공손히 대답했다.

"정말 어르신 말씀이 맞으면 좋겠습니다."

노인이 말을 이었다.

"내 젊은이한테 귀띔해주겠소. 짓궂은 장난이랄까, 신의 작은 장난이라고나 할까. 유대인을 핍박하는 사람은 죄다 끔찍하게 죽었어요. 왜 그럴까? 난들 알겠소. 나도 모르지. 하지만 사실이오."

내가 머릿속으로 역사적 예에 맞는 경우와 다른 경우를 찾아보려 하는 동안 노인은 계속했다.

"네부카드네자르 대왕을 보시오. 한창때에는 위대한 사람이었지요. 왕 중 왕, 아주 위대한 사람이었다고요. 하지만 말년에는 정신이 나가서 소처럼 초원을 기어 다니면서 풀을 뜯어 먹었지요."

그는 말을 멈추고 연기를 내뿜었다. 그의 얼굴에 진심에서 우러나오는 잔잔한 웃음이 떠올랐다. 마치 우습고도 기분 좋은 생각이 떠오른 듯 눈이 반짝였다.

그가 말을 이었다.

"어쩌면…… 어쩌면 그 히틀러란 작자도 언젠가 암소처럼 네발로 초원을 기어 다니면서 풀을 뜯어 먹을지도 모르지. 당신은 젊으니, 어쩌면 그 꼴을 볼 수 있을 거요. 나는 그럴 수 없겠지만."

상상만 해도 참을 수 없는지 그가 갑자기 웃음을 터뜨렸다. 소리 없는 잔잔한 웃음에 흔들려 그는 결국 연기를 잘못 삼키고 기침을 했다.

그때 엘렌의 어머니가 문틈으로 빠끔히 고개를 들이밀었다.

"어떻게 됐어요?"

긴장해서 묻는 말에 좋은 소식을 전하고는, 고맙다는 말을 민망할 정도로 들었다.

"그나저나 이제 포도주 한잔 같이 마시면서 젊은 한 쌍을 축복해야지요."

엘렌의 어머니가 이렇게 말하면서 나를 잡아끌었다.

"벌써 다 알고 계시죠?"

나는 방을 나서면서 노인에게 고개를 숙였다. 그는 여전히 기분이 좋은 채 위엄 있게 고개를 끄덕여주었다.

다른 방에서는 이 집에 모인 사람들이 얼떨결에 약혼식 손님이 되어 걱정스러운 표정으로 포도주 잔을 손에 들고 서성거렸다. 프랑크와 엘렌은 사람들 사이에 서서 악수를 했다. 두 사람은 행복해 보이지도 불행해 보이지도 않았다. 이상한 약혼식이었다. 아직 이틀 동안

이 나라를 자유롭게 빠져나갈 수 있다는 소식은 약혼 선물이 되었다. 몇몇은 그 말을 듣자 불안해하면서 떠나겠다고 말했다.

30분 뒤 나는 프랑크와 함께 다시 교외선 열차에 앉았다. 어느새 밤이 깊고 빗발이 거세어졌다. 객실은 비어 있었다. 마침내 처음으로 이야기를 할 수 있다는 느낌이 들었다. 하지만 우리는 말을 하지 않았다.

프랑크가 돌연 입을 열었다.

"어떻게 생각해? 넌 아직 아무 말도 안 했어. 내가 잘하는 짓일까?"

내가 말했다.

"모르겠어. 어쨌든 내일 떠나는 건 잘하는 일이야. 나도 같이 갈 수 있으면 좋을 텐데."

마치 내가 자기를 비난하기라도 한 것처럼 프랑크가 말했다.

"모든 걸 정리해야 했어. 이해해? 괜히 마무리도 못하고 너저분하게 놔둔 채 갈 순 없잖아. 그래서 엘렌이랑 약혼해서 같이 가는 거야. 한니는 끝났고. 이제 모든 게 깔끔하지."

내가 고개를 끄덕이고는 물었다.

"너는 만족스럽니?"

프랑크가 대답했다.

"모르겠어."

그리고 한참 뜸을 들이다가 피식 웃더니 덧붙였다.

"어쩌면 완전히 미친 짓인지도 몰라. 정말 모르겠어. 모든 일이 너무 빨리 일어났어."

내가 물었다.

"이제 한니를 만날 거야?"

"응."

그가 갑자기 아주 다정하게 내 팔 위에 손을 올렸다.

"부탁 하나 해도 될까? 그럴 수 있다면 며칠 뒤에 한니한테 전화해서 위로 좀 해줘. 그리고……."

그는 어느 때보다 강한 어조로 말했다.

"한니가 여권을 만들 수 있도록 도와줘. 한니한테는 여권이 없어. 완전히 엉망이야. 국적도 불분명해. 한니는 예전에 헝가리 영토였다가 지금은 체코슬로바키아에 속한 지역에서 태어났어. 한니 아버지는 1920년에 돌아가셨는데 국적을 택했는지, 그랬다면 어느 나라를 골랐는지 아무도 몰라. 그리고 이제 헝가리도 체코슬로바키아도 한니에게 여권을 내주려고 하지 않아. 너무 복잡한 일이야."

내가 대답했다.

"물론 내가 뭘 도울 수 있는지 찾아볼게. 하지만 위로는…… 글쎄."

그가 씁쓸하게 웃으면서 말했다.

"그래, 물론 어렵겠지."

우리는 다시 입을 다물었다. 열차가 밤과 빗속을 뚫고 달렸다. 프랑크가 뜬금없이 말했다.

"만약 한니한테 여권이 있었다면 모든 게, 정말 모든 게 완전히 달라졌을지도 몰라."

우리가 내려야 할 초zoo 역이 가까워졌다. 비록 부정적인 것이지만 처음으로 거리에서 혁명의 조짐을 볼 수 있었다. 초 역 부근 밝고 휘황찬란한 유흥가가 이토록 적막하고 을씨년스러운 것은 처음이었다.

우리는 공중전화 박스 앞에 섰다. 프랑크는 벌써 초조해했다. 한니한테 전화를 걸기로 약속한 시간이 이미 지났다. 프랑크가 생각에 잠겨서 말했다.

"우선 한니, 그다음엔 아버지, 그리고 짐도 싸야지. 어쨌든 도와줘서 고마워."

내가 말했다.

"몸조심해. 오늘 밤만 잘 견뎌. 내일이면 모든 게 다 지나고 넌 멀리 가 있을 거야."

바로 이 순간 나는 이게 작별이라는 사실을 처음으로 절절히 깨달았다.

어쩌면 할 말이 많았을 테지만 이미 너무 늦었다. 공중전화 박스가 비자 우리는 악수를 한 다음 안녕이라고 말했다.

작별

Abschied

26

내 이야기, 특별히 흥미롭지도 중요하지도 않은, 1933년 어떤 독일 젊은이 이야기를 계속하기 전에 독자에게 양해를 구해야겠다. 전혀 정당하지 않은 것은 아니겠지만 내가 우연적이고 사적인, 사실 그렇게 중요하지도 않은 '나'라는 인물을 너무 부각해 힘들게 한다고 생각할 독자에게.

내가 착각하는 걸까? 지금껏 인내와 호의를 보여준 독자들 가운데 몇몇이 조금 성마르게 책장 넘기는 소리가 들리는 게? 그 소리를 말로 표현하면 이럴 것이다.

"이게 다 뭐람? 1933년 베를린에서 어떤 젊은이가 여자 친구가 약속 시간에 늦었다고 안절부절못하고 돌격대원 앞에서 넋이 빠진 듯 굴고 유대인 집에 가서 어슬렁거리고. 몇 장 넘겨보니 앞으로 자기 친구나 인생 계획, 꽤나 인습적이고 미숙한 자기 세계관과 깡그리 결별한다고 해서 그게 대체 우리랑 무슨 상관이야? 1933년 베를린에서는 역사적으로 중요한 사건들이 많이 일어나지 않았나? 굳이 시간을 내서 그 시대를 다룬 책을 읽을 때는 히틀러가 블롬베르크Werner von Blomberg나 슐라이허나 룀과 비밀리에 무슨 얘기를 했는지, 누가 국회의사당에 불을 질렀는지, 왜 브라운Wernher von Braun이 도망치고 오버포렌Ernst Oberfohren이 자살했는지 그런 이야기를 듣고 싶은 거라고. 거기 더 가까이 있었지만 우리보다 더 많이 아는 것도 아니고 사건에 한 번도 끼어들지 못하고 게다가 특별히 정통한 증인도 아닌 젊은이의 개인적인 이야기를 듣다가 지레 지치고 싶진 않아."

의미심장한 질책이다. 그래도 용기를 내서 말하자면 이런 불평이 정당하다고 보지 않으며 내 개인적인 이야기가 가장 진지한 독자한테서도 시간을 훔친다고 생각하지 않는다. 다 맞는 말이다. 나는 사건에 한 번도 끼어들지 못했다. 특별히 정통한 증인도 아니다. 그리고 그 어느 누구도 나라는 인물의 중요성을 나보다 더 회의적으로 평가하지 않을 것이다. 오만하다고 여기지 않았으면 한다. 나는 이렇게 우연적이고 사적인 '나'라는 인물의 우연적이고 사적인 이야기를 함으로써 독일과 유럽의 역사에서 이야기하지 않은 더 중요한 부분을 이야기한다고 믿으며, 이는 누가 국회의사당에 불을 질렀고 히틀러와 룀이 정말 무슨 얘기를 했는지 이야기하는 것보다 더 중요하고 미래를 위해 의미가 있다고 생각한다.

역사란 무엇일까? 어디에서 일어나는 것일까?

일반적인 역사서를 읽을 때 우리는 이런 책이 어떤 사건의 윤곽만 보여줄 뿐 사건 그 자체를 담고 있지 않다는 사실을 쉽게 잊어버린다. 그래서 역사란 '민족의 운명을 조정'하는 열 명 남짓한 사람들 사이에서 일어나며 그들의 결정과 행위가 나중에 '역사'라고 불리는 것을 만들어낸다고 믿기 쉽다. 그 결과 최근 수십 년 동안의 역사는 히틀러와 무솔리니, 장제스, 루스벨트, 체임벌린, 달라디에, 그리고 그 밖에 사람들 입에 이름이 자주 오르내리는 다른 남자들 몇몇이 두는 체스게임 같은 것으로 보인다. 우리처럼 이름 없는 사람들은 기껏해야 역사의 대상, 즉 체스판에서 폰처럼 앞으로 밀리거나 뒤에 선 채 남겨지거나 희생되고 잡히는 존재로, 스스로 의식하지 못한 채 체스판에서 일어나는 일과 아무 상관 없이 완전히 다른 세계에서 살아가는 것 같아 보인다.

이에 비추어보면 정말 중요한 역사적 사건과 결정은 이름 없는 우리, 우연적이고 사적인 한 사람 한 사람의 가슴에서 일어난다고 주장하는 게 이상하게 들리겠지만, 이는 명백한 사실이다. 때로는 자기 자신조차 의식하지 못한 채 동시에 일어나는 이런 대중의 결정 앞에서는 아무리 강력한 독재자, 장관, 장성도 저항할 수 없다. 이런 결정적인 사건은 절대로 대중 현상이나 대중 시위에서 드러나지 않는다. 대중은 모여 있으면 아무 기능도 할 수 없다. 역사의 방향을 결정하는 사건은 모두 수천에서 수백만에 이르는 개인의 사적인 경험에서 드러난다.

이것은 안개에 싸인 역사적 구조물이 아니라 아무도 반박할 수 없을 만큼 실제적인 일이다. 예를 들어 1918년 왜 독일은 전쟁에서 지고 연합국이 승리했을까? 포슈와 헤이그의 전략이 앞서고 루덴도르프의 전략이 뒤처졌기 때문에? 그렇지 않다. 지금까지 어떤 공격을 받아도 기꺼이 자기 목숨을 걸고 마지막 한 사람까지 진지를 지켜왔던 '독일 군인', 즉 이름 없는 천만 대중의 다수가 갑자기 이제 더는 그러고 싶지 않았기 때문이다. 이런 결정적인 변화가 어디에서 일어났을까? 군인들이 폭동을 일으키려고 비밀스럽게 모인 자리가 아니라 통제하지도 않고 통제할 수도 없는 각 개인의 가슴속에서 일어났다. 그들은 대개 그런 변화를 뭐라고 불러야 하는지도 몰라서 매우 복잡하고도 역사적으로 중요한 정신적 과정을 기껏해야 "제기랄!"이라는 한마디 욕설로 표현했을 것이다. 그 군인들 가운데 말재주가 있는 사람을 골라 인터뷰했다면 저마다 아주 우연하고도 사적인 (물론 덜 흥미롭고 덜 중요한) 생각과 감정과 경험이 한 다발 드러났을 테고 그 속에서 집으로 보내는 편지, 상사와의 관계, 음식에 대한 견해 등은 전쟁의 전망과 의미, 더 나아가 (독일인은 모두 조금은 철학자이기에) 인생의 의미와 가치에 대한 생각과 아주 가까이 놓여 있을 것이다. 세계대전을 종결한 심리적 과정을 분석하는 일은 내 관심사가 아니지만 이런 과정이나 비슷한 과정을 재구성해보고 싶어 하는 사람들에게는 흥미로우리라.

나는 여기서 다른 과정, 이와 비슷하지만 어쩌면 더 재미있고 중요하고 복잡한 과정에 관심이 많다. 즉 동시성과 대중화를 통해 히틀러의 제3제국을 만들었고 오늘날에도 보이지 않게 그 배경을 이루고 있는 독일인의 심리적 발전·반응·변화다.

제3제국 건국의 역사에는 풀리지 않은 수수께끼가 하나 있다. 나한테는 이 문제가 누가 국회의사당에 불을 질렀는가 하는 문제보다 훨씬 더 흥미진진하다. 독일인들은 과연 어디에 있었을까? 1933년 3월 5일에만 해도 독일인 가운데 반이 넘는 숫자가 히틀러에 맞서 투표했다. 그 사람들은 어떻게 되었을까? 죽었을까? 지구에서 사라졌을까? 아니면 늦게나마 나치가 되었을까? 어떻게 그 사람들은 눈에 띌 만한 반응을 전혀 보이지 않은 것일까?

이 책의 독자들은 대개 독일인을 한두 명 정도는 만났을 테고, 그 독일인이 몇 가지 민족적 특징은 있겠지만 다른 민족과 다르지 않게 평범하고 친절하고 문화적인 사람이라고 생각할 것이다. 그런데 오늘날 독일에서 흘러나오는 연설을 듣거나 독일에서 새어 나오는 일을 알게 되면, 누구나 대개 독일인 지인을 떠올리면서 어안이 벙벙해질 것이다. 그 사람들은 대체 뭐야? 정말 그 정신 나간 나라 국민들이야? 자기들한테, 그것도 자기들 이름으로 무슨 일이 일어나는지 보이지도 않아? 설마 거기 찬성하는 건가? 독일인들은 대체 어떤 사람들이야? 그들을 어떻게 생각해야 하지?

사실 이런 수수께끼 뒤에는 매우 특이한 정신적 과정과 경험이 놓여 있다. 이 과정은 매우 이상하면서도 흥미로운 사실을 보여주고 또 그 역사적 중요성을 아직 완전히 가늠할 수 없다. 나는 바로 이 과정을 다루려고 한다. 이 정신적 과정을 이해하려면 이 일이 일어나는 곳, 즉 각 독일인의 사생활, 느낌, 생각까지 쫓아가야 한다. 이 정신적 과정은 침략적이고 탐욕스러운 국가가 정치적 영역에서 적들을 다 없애버린 다음 이전의 사적 영역에까지 들어가 적수들, 다루기 어려운 사람들을 내치고 억누르는 작업을 한창 벌일 때 더욱더, 거기서 일어났다. 오늘날 독일에서는, 가장 개인적인 영역에서 싸움이 일어난다. 망원경으로 정치적 영역을 살펴봤자 헛수고다. 무엇을 먹고 마시는지, 누구를 사랑하는지, 여가 시간에 무엇을 하는지, 누구랑 얘기를 하는지, 웃음을 짓거나 뿌루퉁한 표정을 짓는지, 무엇을 읽는지, 어떤 그림을 벽에 거는지, 오늘날 독일에서는 이렇게 다양한 형태로 정치 투쟁을 한다. 이곳은 또한 앞으로 다가올 세계전쟁을 미리 결정하는 영역이기도 하다. 무시무시하게 들리지만 사실이다. 그래서 나는 언뜻 보기엔 너무나 개인적이고 사소한 내 이야기로 진정한 역사를, 더 나아가 미래의 역사를 이야기한다고 믿는다. 사실 나는 내가 중요하고 두드러지는 점이 별로 없는 게 오히려 기쁘다. 내가 중요한 사람이었다면 전형적이지 않을 것이다. 그래서 나는 빠듯한 시간을 쪼개 책에서 진정한 정보와 효용을 얻기를 원하는 바로 그 독자들이 내 내밀한 연대기를 좋아해주길 바란다.

다른 한편 무조건 나에게 공감하면서 특이한 상황에서 특이하게 살아온 사람의 이야기를 그냥 그 자체로 읽어주는 독자들한테는 이렇게 주제에서 벗어나는 이야기를 주절주절 늘어놓는 것을 사과한다.

이야기를 하다가 따라오는 상념을 차마 떨치지 못하고 다른 얘기를 계속 끼워 넣었는데 이 점도 이해해주길 바란다. 하지만 얼른 다시 이야기를 시작하는 것보다 더 나은 사과가 있을까?

27

1933년 4월 1일은 나치 혁명의 첫 정점이었다. 그다음 몇 주 동안 사건은 다시 신문 기사로 물러났다. 물론 테러는 계속 이어지고 축제와 행진도 여전했지만 3월처럼 미친 듯한 속도로 일어나진 않았다. 집단 수용소는 이제 일종의 제도로 발전해서 우리는 이에 익숙해지는 한편 말조심을 해야 했다. 모든 중앙 관공서와 지역 관청, 대형 상점, 조합과 협회 대표단을 나치로 바꾸는 '일체화'도 계속했지만, 이제 이는 거칠고 예측할 수 없는 '개별 행동'이 아니라 법률과 규정에 따라 체계적이고 꼼꼼하고 질서정연하게 이루어졌다. 혁명은 공식적인 양상을 띠었다. '현실성의 토양' 같은 게 만들어져서 독일인들은 혁명에 적응하는 수밖에 없었다.

유대인 상점에서 물건을 사는 게 다시 허용되었다. 물론 사지 말라고 계속 권장했고 그래도 출입하면 '민족의 반역자'라고 벽보를 써 붙이기도 했지만 어쨌든 허용되었다. 이제 상점 앞에 돌격대원들이 지키고 있지 않았다. 유대인인 공무원, 의사, 변호사, 언론인은 해고되기는 마찬가지지만 이제는 민법 조항에 따라 정식으로 해고되었고 전쟁에 나가 싸운 사람이나 제정 때부터 그 일을 해온 사람들을 위한 예외 규정이 생겨났다. 무엇을 더 바랄 수 있을까? 법정은 한 주 동안 휴정한 다음 다시 판결을 내릴 수 있었다. 하지만 법관을 해임할 수 없다는 규정은 법에 따라 정식으로 폐기되었다. 그러는 한편 언제라도 거리에 나앉을 수 있는 법관들에게 그들의 권한이 이루 말할 수 없이 커졌다고 주장했다. 법관들은 이제 '국민 재판관' '정권 재판관'이 되었으니 법조문에 바싹 달라붙어 벌벌 떨고 있을 필요가 없다고 했다. 그러지 않는 게 나을 거다. 알았나?

마치 아무 일도 일어나지 않은 것처럼 다시 대법원에 나와 예전과 똑같은 법정, 똑같은 의자에 앉아 있자니 기분이 묘했다. 똑같은 수위가 다시 법정 문 앞에서 모든 혼란에 맞서 법정의 존엄성을 지켰다. 심지어 법관도 대부분 그대로 남아 있었다. 물론 우리 부서 유대인 대법관은 이제 보이지 않았다. 나이가 많고 제정 때부터 판결을 내린 분이어서 비록 해임하지는 않았지만 어느 지방법원의 토지등기부인가 사무처인가로 보내버렸다. 그 대신 우리 부서에는 멀쑥하니 볼이 발그레한 젊은 금발머리 지방법원 판사가 왔다. 그 사람이 머리가 허옇게 센 대법원 판사들 사이에 앉아 있는 모습은 어색하기 짝이 없었다. 대법원 판사가 장성이라면 지방법원 판사는 중위 정도다. 그가 친위대에서 높은 자리에 있다고들 쑥덕거렸다. 그는 팔을 쭉 뻗어 올리고 쩌렁쩌렁한 목소리로 "하일 히틀러!" 하고 인사했다. 부장판사를 비롯해 다른 노인들은 쭈뼛쭈뼛 팔을 들고 우물쭈물 뭔가 웅얼거렸다. 전에는 회의실에서 간식을 먹을 때면 점잖게 나이 먹은 신사들이 으레 그러듯 그날 일어난 사건이나 사법부 거물들에 대해서 나직나직하지만 명철하게 이야기를 하기도 했다. 이제 그런 일은 없었다. 이어지는 회의 사이에 버터 바른 빵을 먹을 때면 불편한 침묵만 맴돌았다.

회의도 종종 이상하게 흘렀다. 새로운 재판부 구성원이 확신에 찬 목소리로 엉뚱한 법률 지식을 내놓았다. 그가 장황하게 설명하는 동안 시험 준비 중인 우리 연수생들은 서로 눈짓을 주고받았다. 결국 재판부 책임자가 아주 정중하게 입을 열었다. "혹시 지금 민법 816조를 간과하지 않으셨나요?" 그럼 새로운 판사는 구두시험에서 딱 걸린 수험생처럼 법전을 뒤지다가 조금 당황했지만 여전히 생생하고 가벼운 목소리로 대답했다. "아, 네, 그렇다면 정반대겠네요." 옛 사법부의 승리였다.

하지만 그렇지 않은 경우도 있었다. 새로 들어온 사람이 지지 않고 너무 크다 싶은 목소리로 유창하게 옛 법률 조항은 여기서 접어야 한다고 강의하고 법조문의 구문이 아니라 의미를 봐야 한다며 나이 든 동료들을 가르치고 히틀러가 한 말을 인용하면서 무대 위 젊은 주연배우 같은 몸짓으로 근거가 빈약한 결정을 고집할 때도 있었다. 그 동안 나이 든 대법원 판사들의 얼굴을 보면 저절로 동정심이 일었다. 그들은 몹시 슬픈 표정으로 서류를 내려다보면서 난감한 듯 집게나

종잇장을 만지작거렸다. 지금 여기서 대단한 지혜인 양 늘어놓는 장광설을 사법시험 수험생이 내놓는다면 분명 그 수험생을 떨어뜨렸을 것이다. 하지만 이제 이 장광설 뒤에는 국가권력이 버티고 있었다. 그 다음에는 민족적 충정이 부족하다는 이유로 해임이, 실직이, 집단 수용소가 위협하고 있었다. 그들은 헛기침을 하고는 "우리도 물론 동의합니다만…… 이해하시겠지요."라고 말했다. 민법을 이해해달라고 애걸하면서 뭐든 아직 구할 수 있다면 구하려고 애썼다.

1933년 4월 베를린 대법원이 그랬다. 150년 전 대법원 판사들은 옳다고 생각하는 판결을 정부의 압력으로 바꾸기보다는 차라리 감옥에 갇히는 편을 택했다. 실화인지 소설인지 모르지만 프로이센의 학생들은 모두 이 법원의 평판을 특징짓는 전설을 오늘날까지 알고 있다. 거기에 따르면 프리데리쿠스는 상수시Sanssouci 궁전을 지을 때 지금도 궁전 옆에 서 있는 풍차를 없애고 싶어서 방앗간 주인에게 팔라고 했다. 방앗간 주인은 그러고 싶지 않다고 거절했다. 왕이 방앗간을 몰수하겠다고 위협하자 방앗간 주인은 대답했다.

"예, 폐하, 그러시겠죠. 베를린 대법원이 없다면요."

1933년에는 대법원과 그 판결을 '일체화'하기 위해서 프리데리쿠스가 필요 없었다. 히틀러란 작자가 몸소 나설 필요조차 없었다. 태도가 과감하고 법률을 잘 모르는 지방법원 판사 몇 사람이면 충분했다.

나는 이 유서 깊은 위대하고 자랑스러운 기관이 몰락하는 걸 오래 지켜보지는 않았다. 연수 기간이 끝나갔다. 제3제국의 대법원을 나는 단지 몇 달 경험했다. 그 몇 달은 슬펐고 한 가지 이상의 의미에서 작별의 시간이기도 했다. 마치 누가 죽어가는 자리에 있는 것 같았다. 이제 이 건물 안에서 내가 찾을 게 없고 이 안을 지배하던 정신이 흔적도 없이 점점 사라지는 것만 같았다. 고향을 잃는다는 서늘한 느낌도 들었다. 나는 열성적인 법조인은 아니었다. 속으로는 아버지가 나를 위해 계획해 놓은 법률가의 미래에 특별히 매달리지 않았다. 그래도 이 안에서 소속감을 느꼈다. 나는 어쨌든 고향이라고 생각하고 소속감과 자부심도 조금 느끼던 세계가 이름도 없이 음울하게 무너지고 가라앉는 것을 착잡한 심정으로 지켜보았다. 이 세계가 눈앞에서 녹기 시작하더니 산산조각이 나고 몰락하는데 아무것도 할 수 없었다. 그저 어깨를 으쓱하고 여기 내 미래는 없다는 사실을 슬프고도 확실하게 인식했을 뿐, 다른 길이 없었다.

하지만 겉보기에는 아주 달랐다. 우리 연수생들은 날마다 눈에 띄게 주가가 올라갔다. 민족사회주의 법률가연맹은 나를 비롯한 연수생들에게 우리는 새로운 독일의 법을 만들어나갈 세대라고 추켜올리는 서한을 보냈다.

"우리 대열에 와서 동참하라. 지도자께서 우리에게 주신 위대한 과업을 함께 수행하자."

나는 편지를 바로 쓰레기통에 던져버렸지만 모두 다 그러지는 않았다. 연수생들이 스스로 자기가 중요하다고 생각하는 것을 느낄 수 있었다. 휴정 시간에 법조계 거물에 대해 토론하는 것은 이제 판사가 아니라 연수생이었다. 보이지 않는 서류 가방 속에서 보이지 않는 전투 사령관의 지휘봉이 달그락거리는 소리가 들렸다. 지금까지 나치가 아니었던 사람들까지도 이제 기회가 왔다고 느꼈다. 그들은 "거센 바람이 부네요."라면서 어떤 사람은 사법시험을 갓 마치자마자 법무부에서 일한다는 이야기나 다들 어려워하던 '매서운' 부서 책임자가 해임되거나 시골의 지방법원에 보내졌다는 이야기를 했다.

"아시죠? 그 사람은 국기단과 너무 긴밀했어요. 이제 그 대가를 치르는 거죠."

나이 든 사람이나 신중하게 경험에 의지하는 사람들은 그저 영안실로 끌려가는 반면 젊은이들이 갑자기 지배권을 쥐고 하룻밤 사이에 아무나 은행장이나 자동차 소유자가 되던 1923년의 영광스러운 분위기가 느껴졌다.

그렇다고 1923년이랑 완전히 똑같은 것도 아니었다. 입장료가 조금 더 비쌌다. 자칫 법무부 대신 집단 수용소에 들어가지 않으려면 생각도 말도 조심해야 했다. 법원 복도에서 나누는 대화는 아무리 확신에 차고 떳떳해도 두려움과 불신의 어조가 빠지지 않고 약간 머뭇거렸다. 그곳에서 공언하는 견해는 달달 외운 시험 답안처럼 들렸다. 어떤 사람이 말을 하다가 갑자기 입을 다물고 누가 자기 말을 오해한 것은 아닌지 얼른 주위를 둘러보는 경우도 드물지 않았다.

의기양양한 젊은이들이었지만 다들 목에는 끈적이는 덩어리가 걸려 있었다. 내가 어떤 위험한 말을 했는지는 이제는 기억도 안 난

다. 하지만 어느 날 동료 연수생 하나가 사람들이 빙 둘러 서 있는 곳에서 나를 데리고 나와 구석으로 가더니 내 눈을 빤히 보면서 말했다.

"경고합니다. 다 당신을 위해 이러는 거예요."

그는 다시 내 눈을 들여다보더니 물었다.

"당신은 공화주의자죠? 그렇죠?"

그리고 곧 나를 달래려는 듯 자기 손을 내 팔 위에 올려놓았다.

"쉿, 두려워하지 마세요. 나도 마음속 깊은 곳에선 공화주의자예요. 당신이 공화주의자라서 나도 기뻐요. 하지만 조심해야죠. 파시스트를 얕잡아 보지 마세요.(그는 '파시스트'라고 말했다!) 회의적인 발언은 이제 소용없어요. 공연히 제 무덤만 파는 거죠. 파시스트에 맞서 무엇인가 할 수 있다고 생각하지 마세요. 노골적으로 반대하면 더더욱 안 될 테고요! 날 믿으세요! 아마 내가 파시스트를 당신보다 더 잘 알 겁니다. 우리 공화주의자들은 이제 늑대와 함께 울부짖어야 해요."

공화주의자는 이런 사람들이었다.

28

그 무렵 내가 작별을 해야 했던 것이 대법원만은 아니었다. 작별은 모든 것을 관통하는 극단적인 좌우명이 되었다. 예외도 없었다. 내가 살던 세계가 날마다 자연스럽게, 소리를 내지 않고 녹아내리더니 사라져 보이지 않았다. 거의 날마다 그 세계 한 조각이 사라지고 가라앉는 것을 확인할 수 있었다. 그 세계를 찾아보려고 두리번거렸지만 남아있지 않았다. 이렇게 기이한 일을 경험한 건 처음이자 마지막이었다. 내가 딛고 선 땅바닥이 발밑에서 끊임없이 녹아내리는 듯했다. 아니, 어디선가 내가 숨 쉬는 공기를 쉬지 않고 빨아들이는 것만 같았다고 하는 게 더 나을까.

공식적인 영역에서 눈에 띄게 일어나는 일이 거의 가장 무난한 일이었다. 그래, 정당이 사라졌다. 해산했다. 우선 좌파정당이 해산한 다음 우파정당도 해산했다. 나는 어느 정당의 당원도 아니었다. 대중이 그 이름을 말하고 그가 쓴 책을 읽고 그가 한 연설을 토론하던 사람들이 사라졌다. 이민을 떠나기도 했고 수용소에 들어가기도 했다. 때때로 누군가가 '체포될 때 자살했다'거나 '도망치려다가 총에 맞았다'는 얘기가 들렸다. 그 여름 언젠가 아주 유명한 학자와 문인 30~40명의 이름이 신문에 실렸다. '민족의 반역자'라 이름 붙이고 시민권을 박탈하여 추방했다.

더 불안한 것은 어쩐 일인지 우리 일상의 한 부분이던 별로 해를 끼칠 것 같지 않은 사람들까지 꽤 많이 사라진 것이다. 날마다 듣다 보니 그 목소리가 마치 지인처럼 익숙해진 라디오방송 아나운서가 집단 수용소로 사라졌다. 그 이름을 들먹이는 사람까지 곤란해졌다! 여러 해 동안 우리와 동행하던 남녀 배우들도 갑자기 사라졌다. 매력적인 카롤라 네어•는 갑자기 시민권을 박탈당하고 민족 반역자가 되었다. 지난겨울 찬란하게 떠오른 젊고 빛나는 스타—저녁 모임에서마다 모두 그가 독일 연극계가 그토록 오래 기다리던 제2의 '마트코프스키'••가 될 것인지 이야기했다—한스 오토•••는 어느 날 만신창이가

• 카롤라 네어(Carola Neher, 1900~1942): 1926년부터 베를린에서 활동한 여배우로 브레히트의 「서푼 짜리 오페라」에서 폴리 역으로 유명하다. 1933년 봄, 공산당에 동조했던 네어는 히틀러에 저항해 일어설 것을 호소하는 연판장에 서명했다가 독일을 떠나라는 권유를 받았다. 1934년 프라하를 거쳐 모스크바에 정착했으나 스탈린 대숙청 때 강제수용소로 보내져 복역 중 사망했다.

•• 아달베르트 마트코프스키(Adalbert Matkowski, 1857~1909): 독일 배우. 배우로서는 처음으로 프로이센의 궁정 배우로 임명되었다.

••• 한스 오토(Hans Otto, 1900~1933): 연기뿐 아니라 정치에서도 활발하게 활동했다. 1924년부터 공산당원이던 그는 1933년 2월 나치 문화 정책에 따라 연예 활동이 금지되었다. 그해 11월 14일 공산당 활동 혐의로 체포된 후 다양한 장소에서 고문받다가 11월 24일 경찰병원에서 사망했다. 나치는 이를 자살로 위장했다.

된 채 친위대 병영 마당에 누워 있었다. 체포된 다음 '잠시 감시가 소홀한' 틈을 타 4층 창문에서 몸을 던졌다고 했다. 매주 악의 없는 해학으로 베를린 시민을 웃기던 신문 만화가가 자살했다. 유명한 카바레 진행자도 그랬다. 그냥 사라진 사람들도 있었다. 죽었는지, 체포되었는지, 이민을 갔는지 아무도 몰랐다. 그들은 실종되었다.

5월에 상징적으로 책을 불태운 일은 신문 기사에 그쳤다. 하지만 이상하게도 서점과 도서관에서 책들이 사라졌다. 좋든 나쁘든 현대 독일 문학이 완전히 지워졌다. 지난겨울에 새로 나온 책을 4월까지 읽지 못했으면 이제 구할 수가 없었다. 뭔가 알 수 없는 이유로 나치가 참아주던 몇몇 작가들은 이제 볼링 핀처럼 허공에 홀로 서 있었다. 그 밖에는 고전이나 갑자기 솟아난 끔찍하고 부끄러운 수준의 혈통문학과 향토문학뿐이었다. 비록 독일에서 소수, 그것도—늘 들리는 말이지만—주목할 필요가 전혀 없는 소수인 책을 좋아하는 사람들은 하룻밤 사이에 자기 세계를 뺏긴 듯했다. 그들은 나치가 뭔가 뺏는 데 그치지 않고 벌을 줄 위험까지 있다는 사실을 재빨리 알아채고 겁을 먹은 나머지 하인리히 만Heinrich Mann이나 포이히트방거Lion Feuchtwanger의 책을 책장 뒤쪽에 밀어 숨겼다. 요제프 로트Joseph Roth나 바서만Jakob Wassermann의 최신작 이야기를 할 때면 모반자처럼 머리를 맞대고 소곤거렸다.

많은 신문과 잡지가 신문 가게에서 사라졌다. 하지만 거기 남아 있는 신문과 잡지에 일어난 일이 더 이상했다. 정말 그 신문이나 잡지인지 도저히 다시 알아볼 수 없었다. 우리는 신문하고도 사람처럼 교류한다. 이 신문이 어떤 사건에 대해서 어떻게 반응할지, 무슨 말을 어떻게 할지, 그저 느낌으로 안다. 그 신문이 뜬금없이 어제랑 전혀 다른 주장을 하고 자기를 완전히 부정하는 데다가 뒤틀린 모습까지 보여준다면 마치 정신병원에 잘못 들어온 느낌이 들 것이다. 바로 그런 일이 일어났다. 「베를리너 타게블라트」Berliner Tageblatt나 「포시셰 차이퉁」Vossische Zeitung처럼 오랜 전통을 지닌 민주적·지성적 신문이 하룻밤 사이에 갑자기 나치 기관지로 탈바꿈했다. 이런 신문들이 이제 전통적이고 신중하고 교양 있는 목소리로 「공격자」Angriff나 「민족의 감시자」Völkische Beobachter가 침을 튀기며 고래고래 소리를 지르는 것과 똑같은 말을 했다. 나중에는 다들 적응해서 문화면 기사 행간에 이따금 나오는 암시를 감사하는 마음으로 골라 읽었다. 하지만 신문 전체는 나치의 기준을 철저하게 지켰다.

물론 편집부가 다 갈리는 경우도 종종 있었다. 하지만 이렇게 단순하게 설명할 수 없는 경우가 종종 있었다. 「실천」Die Tat이란 잡지가 있었다. 입장도 이름만큼이나 진지했다. 1933년 바로 전 몇 해 동안은 아주 널리 읽혔다. 똑똑하고 급진적인 젊은이들이 만들었는데 역사가 발전하고 지금이 바로 그 전환기라는 확신에 차 있었다. 워낙 잘나고 문화적이고 근본적이어서 어떤 정당에도 속할 수 없었다. 나치에는 더더욱 어울리지 않았다. 그해 2월까지만 해도 편집부는 나치가 당연히 곧 스쳐 지나갈 일시적 현상에 지나지 않는다고 확신했다. 그런

데 편집장이 너무 용감해졌다가 그 자리를 잃고 죽음까지 아슬아슬하게 피했다.(어쨌든 그 사람은 이제 통속소설은 써도 괜찮다.) 나머지 편집부원들은 그대로 남았지만, 그 우아한 문체와 역사적 전망은 조금도 잃지 않은 채 갑자기 아주 당연한 듯 나치가 되어버렸다. 물론 그들은 원래 나치였다. 사실 진짜 나치들보다 더 낫고 더 진실하고 더 근본적으로. 그 잡지는 판형도 똑같고 문장도 똑같고 이름도 똑같고 자기는 절대 오류를 범하지 않는다는 턱없는 오만함까지 그대로였다. 하지만 전체적으로는 눈 한번 깜박하지 않고 순수하고 약삭빠른 나치 기관지로 바뀌었다. 개종이었을까? 냉소였을까? 아니면 프리드, 에쉬만, 비르징• 같은 신사분들이 속으로는 이미 나치들이었을까? 아마 그들 자신도 분명하게 알지는 못했으리라. 어쨌든 아무도 이를 깊이 생각하지 않았다. 이제 지겹고 피곤해서 이 잡지와 작별하는 것으로 끝내버렸다. 어쨌든 이렇게 뭐라 이름을 붙이기는 어렵지만 한 시대의 분위기를 함께 결정하는 반쯤 비개인적인 현상이나 요소들과 작별하는 것이 가장 아픈 것은 아니었다. 물론 이런 작별을 가볍게 여겨서는 안 된다. 이는 인생을 우울하게 만들기까지 한다. 어떤 나라 전체에 드리운 공기, 보편적이고 공식적인 공기가 신선함과 향기를 잃고 독과 연기까지 내뿜는다면 불쾌하기 짝이 없다. 하지만 이런 외부 공기는 창문을 꼭 닫아걸고 그동안 비워둔 사생활이라는 방 안으로 물러나면

• 「실천」의 편집진.

어느 정도는 막을 수 있다. 집 안에만 틀어박혀 방에 꽃을 꽂아놓고 어쩌다 거리에 나설 때는 귀를 막고 코를 움켜쥘 수 있다. 이렇게 하고 싶은 유혹은 충분히 컸다. 많은 사람이 이 유혹에 넘어갔다. 나 또한 그랬다. 다행히 나는 성공하지 못했다. 창문이 닫히지 않았다. 가장 개인적인 생활에서도 잇단 작별이 기다리고 있었다.

29

어쨌든 주변 세계랑 접촉을 끊고 은둔하려는 시도는 매우 중요한 시대현상이므로 좀 더 상세히 논의해보자. 이런 시도는 독일에서 1933년부터 수백만 번 거듭해온 정신·병리학적 과정에서 일정한 역할을 담당한다. 오늘날 독일인은 대부분 평범한 사람들 눈에는 전형적인 정신병이나 적어도 중증 히스테리 증상이 있는 듯하다. 어떻게 이런 일이 일어났는지 이해하려면 1933년 여름 나치가 아니었던 독일인들의 입장이 되어보아야 한다. 여전히 다수이던 그 사람들은 어떤 상황에 있었을까? 어떤 문제에 직면하고 있었을까? 그 문제는 그 자체로 벌써 기이하고도 까다롭지만 그래도 이해하려고 애써봐야 한다.

1933년 여름, 나치가 아닌 독일인들은 아주 어려운 상황에 처해 있었다. 기습을 당한 충격이 아직 채 가시지도 않은 채 빠져나갈 길 없이 완벽하게 사로잡혀 있었다. 우리는 좋든 나쁘든 나치의 손아귀 안에 있었다. 모든 요새가 함락되고 집단적인 저항은 불가능해지고 개인적인 저항은 자살의 형태로만 가능했다. 모든 생활 영역은 혼란스럽기만 했다. 우리는 너무 당황한 나머지 어디서 끝날지도 모른 채 이리저리 도망치다가 사생활의 가장 외진 구석까지 몰렸다. 이와 동시에 날마다 권유를 받았다. 항복하라가 아니라 전향하라고. 악마와 사소한 계약만 맺으면 당장 포로나 사냥감이 아니라 승자나 추적자에 속했다.

이것이 가장 간단하고도 무시무시한 유혹이었다. 많은 사람이 이런 유혹에 굴복했다. 하지만 나중에 그들이 그 대가를 너무 얕잡아 보았고 그들은 진정한 나치가 될 수 없다는 사실이 자주 드러났다. 오늘날 독일에는 죄책감을 지닌 나치들이 수천 명이나 돌아다닌다. 그들은 맥베스가 왕을 죽이고 그의 옷을 입듯 가볍게 나치 배지를 달고는 같이 붙들리고 같이 매달려서 점점 더 무거워지는 마음의 짐을 감당해야 한다. 지금이라도 빠져나갈 기회를 엿보고 있지만 쉽지 않다. 이제는 차마 생각할 엄두도 내지 못한 채 그들 자신의 시대인 나치 시대가 끝나는 걸 기원해야 할지 두려워해야 할지도 모르고 술을 마시거나 수면제를 먹는다. 만약 나치 시대가 끝나는 날이 오면 그들은 분명 자신은 나치가 되고 싶지 않았다고 주장할 것이다. 하지만 그들은 어느새 세상의 악몽이 되었다. 실제로 이 사람들이 완전히 무너지기 전에 도덕이나 신경이 흐트러진 상태에서 과연 어떤 일까지 저지를 수 있을지 예측하기 어렵다. 그 사람들의 이야기는 아직 아무도 쓰지 않았다.

하지만 1933년에는 이런 조악한 유혹 말고도 각각 그 유혹에 굴복한 사람한테는 광기와 정신병을 불러일으키는 다른 유혹이 많았다. 악마한테는 갖가지 그물이 있다. 조악한 사람을 위해서는 성긴 그물이, 민감한 사람을 위해서는 촘촘한 그물이.

나치가 되길 거부한 사람들 앞에는 힘겨운 상황이 펼쳐져 있었다. 그야말로 철저하게 암담해서 아무 희망이 없었다. 매일 저항도 못 한 채 모욕과 굴욕을 감내해야 하고 차마 눈뜨고 볼 수 없는 일을 어쩔 수 없이 지켜보아야 했다. 고향이 완전히 사라졌다. 정당한 이유도 없이 고난받아야 했다. 그러나 이런 상황에서도 다시금 나름대로 유혹이 있다. 언뜻 보기엔 위안을 주지만 그 속에는 악마의 갈고리를 품고 있다.

이런 유혹 가운데 나이 든 사람들이 좋아하던 한 가지는 환상 속으로 도피하는 것이다. 우월성이라는 환상이 그나마 가장 낫다. 이 유혹에 굴복한 사람들은 초기 나치 정책이 보여주던 초심자의 도락적 성격에 연연한다. 그들은 날이면 날마다 이 모든 게 오래 지속할 수 없다는 사실을 자신과 다른 사람들에게 증명하려고 애쓴다. 모든 것을 자기가 더 잘 안다는 듯이 유쾌한 포즈를 잡고 나치즘 안에 숨어 있는 극악무도함을 보지 않으려고 그 유치함에 주의를 돌린다. 그들은 사실 나치에게 완전히 무력하게 넘어갔지만 마치 우월하고 무심한 관찰자인 양 허세를 부리면서 새로운 농담이나 「타임」지 기사를 인용할 수 있으면 그걸로 안심하고 위안하다. 바로 이런 사람들이 처음에는 확신에 차서 평온하게, 시간이 지나면 자기를 속이려 애쓰면서 나치 정권은 반드시 몰락한다고 예언한다. 하지만 가장 끔찍한 일은 나치 정권이 자리를 잡고 성공했을 때 일어난다. 그들은 이런 상황에 대비해 무장하지 못했고 허황한 통계에 따라 면밀하게 계산한 심리적 폭격의 대상이 되었다. 실제로 1935년부터 1938년까지 뒤늦게 나치에 복속한 사람들은 대부분 이 집단에서 나왔다. 그들은 자기가 우월하다는 입장을 필사적으로 고수하다가 힘들어지자 한꺼번에 포기해 버렸다. 늘 불가능하다고 말하던 것이 성공하자 패배를 인정했다. 바로 이런 성공이 가장 끔찍한 일이라는 것까지 볼 능력은 없었다. "그는 정말 아무도 해내지 못한 일을 해냈어요!" "바로 그게 문제라니까요." "당신은 궤변만 늘어놓는군요."(1938년에 나눈 대화.)

그 사람들 가운데 몇몇은 아직도 깃발을 높이 치켜들고 있다. 아무리 패배해도 아랑곳하지 않고 한 달에 한 번, 적어도 1년에 한 번 나치 정권은 몰락할 수밖에 없다고 예언한다. 그들의 태도가 비장함은 인정하지만 한편 기이하기도 하다. 우스운 것은 언젠가 실망을 모두 맛본 다음 그들이 옳다고 증명되리라는 사실이다. 나치가 몰락한 다음 그들이 돌아다니면서 아무한테나 내 이럴 줄 알았다고 떠벌리는 모습이 선연하다. 그러나 그때까지 그들은 희비극적 인물로 남을 것이다. 그들이 옳을지는 모르지만 이는 수치스러운 일이고 적들이 부당한 영광을 얻도록 도와주는 일이다. 루이 18세를 생각해보라.

둘째 유혹은 원한을 품는 것, 즉 피학적으로 증오와 고통과 한없는 비관주의에 자신을 넘겨주는 일이다. 이런 반응은 독일인들이 패배를 맞을 때 거의 자연스럽게 보여주는 반응이다. 즉 독일인은 누구나 (사생활이나 공공생활에서) 영영 포기해버리고 싶은, 무심하고 기진해서 자신과 세계를 기꺼이 악마에게 넘겨주고 싶은, 화가 나고 우울해서 도덕적으로 자살하고 싶은 유혹에 맞서 싸워야 한다.

나는 햇빛에 지치기 시작하나니
아, 이제 곧 세상이 무너졌으면•

모든 위로를 거부하다니, 아주 영웅적으로 보인다. 하지만 이런 자세에 가장 유독하고 위험하고 악랄한 위로가 숨어 있는 걸 아무도 보지 못한다. 이렇게 마음껏 자기를 희생하면서 바그너적인 죽음과 몰락에 탐닉하는 것이야말로 자신의 패배를 패배로 받아들일 능력이 없는 패자에게 남은 가장 큰 위안이다. 아이가 인형을 잃어버리고 나서 세상이 무너지기라도 한 것처럼 서럽게 엉엉 울어대는 게 나치와의 전쟁에서 지고 난 다음 독일인의 기본자세가 되리라고 감히 말한다.(1918년 많은 독일인이 이미 이런 태도를 보였다.) 1933년 이른바 '공식적인' 태도에는 패배한 다수의 내적 감정이 드러나는 일이 드물었다. 공식적으로 아무도 패하지 않았기 때문이다. 오직 환호, 상승, '해

• 『맥베스』 5막 5장에서 인용.

방', '구원', 치유, 요란한 통합만 있었고 고통에 대해서는 입을 다물었다. 그렇지만 1933년 이후 이렇게 원한을 품는 자세는 매우 빈번했다. 나는 개인적으로 이런 경우를 얼마나 많이 봤는지 그 숫자를 100만쯤으로 잡을 수 있다고 생각한다.

이런 태도가 실제 어떤 결과를 불러왔는지 일반적으로 말하기는 쉽지 않다. 어떤 경우에는 자살로 이어졌다. 하지만 훨씬 더 많은 사람이 이 상황에 맞춰 오만상을 찌푸린 채 계속 살아갔다. 이런 사람들이 유감스럽게도 독일에서 '야당'의 대리자 다수를 구성했다. 이런 야당이 목표, 방법, 계획이나 전망을 발전시킨 적이 단 한 번도 없다는 사실은 그리 놀랍지 않다. 그들은 그저 '끔찍해하면서' 돌아다녔다. 끔찍한 일들은 차츰 그들에게 없어서는 안 될 정신적 양식이 되었다. 그들에게 딱 하나 남은 즐거움은 이런 잔학 행위를 상세하게 기술하는 것이었을 뿐, 그들과 다른 것에 대해 대화하는 것은 불가능했다. 많은 사람이 이런 이야기를 할 수 없다면 뭔가 아쉬우리라는 사실을 깨닫고 어떤 사람은 외려 이를 편안하게 느끼기까지 했다. 하지만 이것도 대체로 '위험하게 사는 것'이긴 마찬가지였다. 분노를 품게 하고 요양소로 보내 진짜 광기로 끝나는 경우도 없지 않았다. 그리고 여기서 나온 좁은 샛길도 결국 나치즘으로 이어졌다. 이미 모든 게 아무 상관 없고 모든 것을 잃었는데 왜 화를 내고 처참해하고 조소하면서도 직접 나치즘에 동참하지 않을까? 속으로는 비웃어도 왜 같이 하지 않을까? 이런 사람들도 있었다.

셋째 유혹에 대해서도 이야기해야겠다. 이 유혹은 나 자신과도 관련이 크지만 나 혼자만 그랬던 것은 아니다. 이 유혹은 앞에서 나온 유혹에 굴복할 때 어떤 결과가 빚어지는지 인식하는 데서 출발한다. 증오와 고뇌로 영혼이 망가지고 싶지는 않다. 선량하고 온유하고 친절하고 '착하게' 남아 있고 싶다. 하지만 날이면 날마다 증오와 고뇌를 불러일으키는 일이 몰려드는데 어떻게 피할 수 있을까? 모든 것을 무시하고 외면하고 귀를 막고 숨어들 수밖에 없다. 이는 부드러운 것을 딱딱하게 만들어 결국 현실감각을 잃고 마는 다른 형태의 광기로 이어진다.

간단하게 내 이야기를 하겠지만 수십만, 수백만이 나와 비슷했다는 사실을 절대 잊지 말았으면 한다.

나는 증오하는 데 재능이 없다. 나는 절대 바뀌지 않을 사람이랑 논쟁하거나 토론하는 데 너무 깊이 빠지는 것은 의미 없다고 생각했다. 아무리 야비한 것이라도 너무 증오하면 그 사람 안에 있는 아주 소중하고 다시 만들어내기 어려운 것을 망가뜨린다고 믿어왔다. 나에게 자연스러운 거부 방식은 몸을 돌리고 공격하지 않는 것이었다.

또한 나는 적을 증오하는 것 자체가 적을 대우해주는 것이라 믿는다. 내가 보기에 나치는 이런 명예조차 누릴 자격이 없었다. 나는 나치를 증오할 만큼 친밀해지기도 싫었다. 그들이 나에게 행하는 가장 불명예스러운 일도 자기들과 함께하자는 요구가 아니었다. 집요했지만 이 요구는 고려할 만한 가치도 없었다. 증오와 역겨움 따위는 없던 내 성정에서는 나치를 무시할 수 없어서 증오하고 역겨워해야 한다는 사실 그 자체가 가장 치욕적이었다.

그런데 아무것도, 정말 아무것도, 심지어 증오나 역겨움조차 강요받지 않는 태도가 가능했을까? 아무 거리낌 없이 우월한 위치에서 경멸하고 '흘낏 보고 스쳐 지나갈' 가능성이 없었을까? 비록 내 공적인 인생을 반쯤, 아니 다 내놓았어야 하더라도.

바로 그 무렵 나는 위험하고도 신비스럽게 모호한 스탕달의 글귀를 읽었다. 그는 1814년 왕정복고 때, 마치 내가 1933년 봄에 일어난 사건들을 보면서 그랬던 것처럼 자신을 '진흙탕에 빠진 것'처럼 느끼게 한 그 사건을 마무리하면서 이렇게 썼다. 이제 주의나 노력을 쏟을 만한 가치가 있는 것은 딱 한 가지, '나를 경건하고 순수하게 유지하는 것'뿐이라고. 경건하고 순수하다니! 이는 어디에도 참여하지 않는다는 뜻일 뿐만 아니라 고뇌를 통한 황폐화나 증오를 통한 손상에서, 간단히 말해 거부할 때 생기는 모든 작용, 반응, 접촉에서 자유로워진다는 뜻이었다. 몸을 돌리고 오염된 공기가 스며들지 않는 가장 외진 구석으로 물러나야 구할 만한 가치가 있는 단 하나를 온전히 구할 수 있다는 뜻이다. 오랜 신학적 개념을 사용하자면 죽지 않는 영혼.

나는 여전히 이런 입장에는 정당성이 있다고 믿으며 거부하지 않는다. 하지만 내가 그때 생각했던 것과는 달리 그냥 모든 것을 무시하고 상아탑으로 물러나는 것은 옳은 일이 아니었다. 그리고 은둔하려는 내 시도가 빠르고 처참하게 실패한 것을 신께 감사한다. 나와 다르게 빨리 실패하지 않은 사람들을 나는 알고 있다. 그들은 때로 영혼을 희생하고 대가로 지불해야 안식을 누릴 수 있다는 사실을 알아차리는 데 아주, 아주 비싼 값을 치러야 했다.

이 셋째 태도는 앞서 나온 두 가지와 달리 그 뒤 몇 년 동안 독일에서 일종의 공식적인 표현을 찾았다. 갑자기 다양한 전원문학이 불쑥불쑥 튀어나왔다. 1934년에서 1938년까지 독일에서는 어린 시절의 회상록, 가족소설, 풍경 화보집, 전원시와 섬세하고 여린 소품이 그 어느 때보다 더 많이 나왔다. 평범한 사람들은 물론 문학계에서도 이를 거의 알아채지 못했다. 나치의 공공연한 선전문학을 빼면 거의 모든 책이 다 이런 분야에서 나왔다. 그러나 2년쯤 전부터 이것도 시들해졌는데 아마 아무리 애를 써도 이런 문학에 필요한 무해함을 더는 얻을 수 없기 때문일 것이다. 하지만 그때까지 무척이나 이상했다. 행진과 집단 수용소와 군수공장과 「공격자」 상자 한가운데서 워낭과 데이지, 방학을 맞은 아이들의 행복과 첫사랑, 동화의 향기, 구운 사과와 크리스마스트리로 가득한 문학, 지나칠 만큼 사적이고 세월이 흘러도 변치 않는 문학이 대량으로 만들어졌다. 나처럼 우연히 이런 책을 많이 읽은 사람들은 이 책들이 아무리 민감하고 고요하고 부드러워도 그 속에 담긴 절규를 점점 더 분명하게 느꼈을 것이다. 이 책들은 행간에서 악을 써댔다.

"모르겠어? 우리가 얼마나 사적이고 변치 않는지? 아무것도 우리를 방해할 순 없어! 우리는 절대 아무 영향도 받지 않을 거야! 제발 그

걸 봐줘, 봐달란 말이야!"

이런 책을 쓰는 작가들 가운데 몇 사람은 나도 개인적으로 잘 알았다. 어느새 그들도 거의 다 더는 어떻게 할 수 없는 순간에 이르렀다. 예를 들어 아주 가까운 지인이 체포되었다면 아무리 귀를 틀어막아도 못 들은 척할 수 없다. 어린 시절의 어떤 추억도 이런 일에서 한 사람을 지켜주지 못한다. 그러면 그들은 몹시 좌절하고 절망했다. 매우 슬픈 이야기다. 때가 되면 그중 한두 사람 이야기도 해보겠다.

1933년 여름 독일인들은 이런 갈등 앞에 있었다. 마치 갖가지 정신적 죽음 가운데 하나를 골라야만 할 것 같았다. 평범한 시대에 사는 사람들은 마치 정신병원이나 심리병리학적 실험실에 들어가본 기분일 것이다. 하지만 방법이 없었다. 상황이 정말 그랬고 나는 그걸 바꿀 수 없었다. 게다가 그때만 해도 비교적 무난한 시절이었다. 그보다 더 나쁜 때가 온다.

30

안전하고 좁은 사적 영역 속에 숨으려는 나의 시도는 금방 실패하고 말았다. 그런 곳은 없기 때문이다. 사방에서 바람이 불더니 내 사생활도 금방 산산조각이 났다. 가을쯤에는 '교우관계'라고 할 수 있는 게 하나도 남지 않았다.

젊은 지성인 여섯으로 이루어진 스터디 그룹이 있었다. 모두 시험을 앞둔 연수생으로 같은 사회적 계급 출신이었다. 시험을 함께 준비한다는 핑계로 모였지만 작고 친밀한 토론 그룹으로 발전한 지 오래였다. 우리의 정치적 견해는 매우 달랐지만 그렇다고 서로 미워할 생각은 꿈에도 하지 않았다. 사실 우리는 모두 사이가 좋았다. 우리의 정치적 견해가 꼭 대립한다고 할 수도 없었다. 1932년 독일의 젊은 지성인이 흔히 그렇듯, 이런 견해는 하나의 원을 이루어서 언뜻 가장 멀어 보이는 극단도 다시금 서로 만났다.

예를 들어 가장 왼쪽에 있는 이는 의사의 아들인 헤셀로 공산주의에 동조했다. 가장 오른쪽에 있는 이는 장교의 아들인 홀츠로 군국주의적·민족주의적으로 생각했다. 그러나 두 사람이 우리와 맞서 공동전선을 이룰 때도 많았다. 두 사람은 '청년운동'Jugendbewegung 출신으로 '집단적으로' 생각하고 부르주아와 개인주의에 반대했다. 둘 다 '공동체'와 '공동체 정신'을 이상으로 삼았고 재즈음악, 패션잡지, '쿠담', 즉 쉽게 벌어 쉽게 쓰는 경박한 세계에 분노했다. 한 사람은 인본주의로 다른 사람은 민족주의로 위장했지만 두 사람 다 내심 테러를 좋아했다. 세계관이 비슷하면 얼굴도 닮는지 두 사람 다 조금 뻣뻣하고 입술이 얇고 유머 감각이 없었다. 하지만 두 사람은 서로 매우 존중했다. 어쨌든 기사도 정신은 우리 사이에서 당연했다.

서로 잘 이해하고 때로는 다른 사람들에 맞서 공동전선을 형성한 두 적수는 브로크와 나였다. 우리의 정치적 입장이 무엇인지는 헤셀과 홀츠보다 알아내기 어려웠다. 브로크가 혁명적이고 매우 민족주의적인 반면 나는 보수적이고 아주 개인주의적이었다. '좌파'와 '우파'의 사상 가운데 우리는 각각 정반대의 것만을 골라냈다. 그래도 우리를 연결해주는 끈이 있었다. 우리는 둘 다 유미주의자고 비정치적인 신을 경배했다. 브로크의 신은 모험, 그것도 1914년에서 1918년이나 1923년 같은 집단적 모험이었다. 둘 다 한꺼번에 겪을 수 있다면 더욱 좋았다. 나의 신은 괴테와 모차르트가 섬긴 신이었다. 그 신의 이름을 지금 부르지는 않겠다. 그러니 우리는 좋든 나쁘든 모든 점에서 대립할 수밖에 없었지만 그러면서도 은근슬쩍 눈짓을 나누는 사이였다. 좋은 술친구이기도 했다. 헤셀은 술을 입에도 대지 않고 알코올에 반대했으며 홀츠는 민망할 정도로 못 마셨다.

천성이 중재자인 사람도 둘 있었다. 유대인 대학교수의 아들인 히르쉬와 고위 관료의 아들인 폰 하겐이었다. 폰 하겐은 유일하게 정치조직에 속해 있었다. 그는 독일민주당Deutschen Demokratischen Partei 당원이자 흑·적·황 국기단 단원이었다. 그렇다고 중재를 할 수 없는 건 아니라서 외려 여기저기 끼어들고 모든 의견에 이해심을 보여주었다. 게다가 그는 가정교육도 참 잘 받아서 예절도 흠잡을 데 없고 임기응변에도 능했다. 그가 있는 자리에서는 어떤 토론도 싸움으로 변하지 않았다. 히르쉬가 그를 도와주었다. 히르쉬의 장기는 신중한 회의주의와 잠정적 반유대주의였다. 그는 반유대주의자들에게 약해서 그들에게 언제나 다시금 기회를 주었다. 언젠가 우리 두 사람이 했던 대화가 떠오른다. 히르쉬가 진지하게 반유대주의 입장을 대변하는 동안 나는 균형을 맞추려고 반게르만주의 입장을 맡았다. 우리 토론은 이렇게 신사적이었다. 히르쉬와 폰 하겐은 홀츠와 헤셀이 가끔 떨떠름하게나마 웃고 브로크와 내가 가끔 진지하게 '고백'하도록 최선을 다했다. 또 홀츠와 내가, 또는 헤셀과 브로크가 서로 가장 소중한 것을 건드리지 않도록 신경 썼다.(그런 일은 오직 이런 조합에서만 가능했다)

전도유망한 젊은이들의 모임이었다. 1932년 우리가 원탁에 둘러앉아 담배를 피우면서 열띠게 토론하는 모습을 보았다면 그 구성원들이 몇 년 지나지 않아 바리케이드 뒤에서 총이라도 쏠 듯 맞서게 되리라고는 상상할 수 없었을 것이다. 간단히 말해서 오늘날 히르쉬와 헤셀과 나는 망명자이고 브로크와 홀츠는 나치 고위 당직자이며 변호사인 폰 하겐은 어쨌든 민족사회주의 법률가동맹과 민족사회주의 자동차군단의 회원이자, 어쩌면 이미 (안타깝지만 어쩔 수 없이) 나치에 입당했는지도 모른다. 그는 여전히 자기 중재자 역할에 충실하다.

3월 초부터 우리 모임의 분위기가 물들기 시작했다. 갑자기 나치에 대해 신사적이고 학구적으로 토론을 하는 게 예전처럼 쉽지 않았다. 4월 1일 직전 히르쉬네 집에서 열린 모임에선 적대적인 긴장감이 팽팽했다. 브로크는 서슴없이 지금 일어나는 일을 유쾌하고 따뜻하며 즐거운 감정으로 지켜보고 있다고 말하고는 '유대인 친구들은 당연히 일종의 신경쇠약 상태'라는 사실을 확인하면서 우월감을 느낀다고 토로했다. 그는 똑같은 말투로, 조직들은 한동안 꽤 비참하겠지만 이런 대중 실험이 어떤 결과를 가져올지 매우 흥미롭다고 했다. 어쨌든 이런 대중 실험은 놀라운 미래 전망을 제시했다. 브로크는 이렇게 말한 다음 무슨 말을 하든 천연덕스럽게 웃기만 했다. 홀츠는 신중한 태도로 이렇게 총체적이고 즉흥적인 과정에서 유감스러운 개별 사례는 있겠지만 유대인이 이러저러하다는 사실을 잊어서는 안 된다고 거들었다. 집주인인 히르쉬는 반유대주의를 옹호할 필요가 없어지자 묵묵히 앉아 입술을 자근자근 깨물었다. 폰 하겐이 예의 바른 태도로, 한편 다른 면에서 유대인은 이러저러하다고 지적했다. 유대인에 대한 토론이 아주 오래 이어졌다. 그동안 히르쉬는 자리에 앉아서 이따금 이 사람 저 사람한테 담배를 권했다. 헤셀은 과학적 논거로 나치의 인종이론을 공격하려고 들고 홀츠는 아주 꼼꼼하고 냉철하게 역시 과학적 논거로 이를 옹호하려고 했다.

홀츠가 담배를 천천히 빨아들였다가 내뱉고는 연기를 바라보면서 말했다.

"좋습니다, 헤셀 씨. 당신이 늘 당연한 것으로 상정하는 인류국가에서 이런 문제는 존재하지 않는다고 칩시다. 하지만 민족국가를 제대로 세우려면 인민의 동질성이……."

나는 진절머리가 나서 눈치 없이 끼어들기로 마음먹고 말했다.

"내가 보기에 여기서 논쟁하는 건 민족국가의 설립이 아니라 우리 각자의 개인적 태도 같습니다. 안 그렇습니까? 게다가 지금 우리가 실제적으로 결정할 수 있는 건 하나도 없습니다. 다만 당신이 이 집에서 어떻게 그런 태도를 보일 수 있는지 궁금하네요."

그러자 히르쉬가 내 말을 자르고 끼어들어 자기는 지금까지 누가 어떤 정치적 견해를 가졌는지 상관하지 않고 우리를 초대했다고 강조했다.

급기야 나는 히르쉬한테까지 화가 나서 말했다.

"물론이죠. 내가 비판하는 건 당신 태도가 아니라 홀츠 씨 태도입니다. 어떤 사람과 똑같은 사람은 다 죽여버리길 바라면서 그 사람이 초대하면 덥석 받아들이다니, 어떻게 그럴 수가 있어요?"

홀츠가 외쳤다.

"아니 다 죽여버리다니, 누가 그런 말을 합니까?"

어느새 다들 항의하기 시작했다. 브로크만 개인적으로 여기서 넘어설 수 없는 모순을 보지 않는지 이렇게 말했다.

"아시다시피 전쟁 때 장교들은 다음 날 폭파해버릴 집에서도 손님 노릇을 자주 하지요."

하지만 홀츠는 유대계 상점을 엄격하고 질서정연하게 보이콧한다고 해도 죽여버리는 것이라고 할 수는 없다고 냉정하게 설명했다.

내가 부아가 치밀어서 외쳤다.

"그게 죽이는 게 아니면요? 어떤 사람을 체계적으로 파산시키고 돈을 벌 기회를 다 빼앗으면 마지막에는 결국 굶어 죽어야 하잖아요. 안 그래요? 어떤 사람을 의도적으로 굶어 죽게 만들면서 죽여버리는 게 아니라면 대체 뭡니까?"

홀츠가 말했다.

"아, 진정하세요. 독일에선 아무도 굶어 죽지 않습니다. 유대계 상점 주인들이 정말 파산한다면 복지 수당을 받겠죠."

가장 끔찍한 일은 그가 이런 말을 조롱기 한 점 없이 아주 진지하게 했다는 사실이었다. 우리는 끝내 마음을 풀지 못한 채 헤어졌다.

4월 당원 명부가 '닫히기' 직전에 브로크와 홀츠는 나치에 입당했다. 그 두 사람을 순수한 기회주의자로 분류할 수는 없을 것이다. 그들의 견해가 늘 나치와 통하는 데가 있었던 건 분명하다. 다만 그때까지 당원이 되는 데 이르지 못했을 뿐이다. 승리라는 흡인력이 더 필요했다.

'스터디 그룹'을 유지하는 일이 그때부터 어려워졌다. 폰 하겐과 히르쉬도 할 일이 무척 많았다. 어쨌든 모임은 대여섯 주 더 지속했다. 5월 말에 마지막으로 모였다가 결국 끝장났다.

쾨페닉에서 학살이 일어난 직후였다. 브로크와 홀츠는 마치 현장에서 방금 빠져나온 살인자처럼 모임에 나타났다. 두 사람이 살육에 직접 참여했다는 뜻은 아니다. 하지만 그들이 새로 만나는 사람들 사이에서는 그 사건이 주된 화제였는지 일종의 공범자라고 느끼는 듯했다. 커피를 마시며 담배를 피우는 문화적이고 시민적인 분위기에 두 사람은 피와 죽음의 땀 냄새가 나는 특이한 붉은 안개를 몰고 왔다.

두 사람은 당장 그 사건에 대해 얘기하기 시작했다. 어찌나 생생하게 묘사하는지 우리도 비로소 사건의 전모를 알게 되었다. 신문은 그저 넌지시 암시만 했다.

브로크가 입을 열었다.

"어제 쾨페닉에서 끝내줬지요?"

이 말투가 전체 분위기를 결정했다. 그는 세부 사항으로 들어가서 우선 아이와 여자들을 옆방으로 몰아넣은 다음 어떻게 남자들을 아주 가까이에서 연발 권총으로 쏘거나 머리를 곤봉으로 내려치거나 돌격대 칼로 처치했는지 설명했다. 놀랍게도 그 사람들은 대부분 전혀 저항하지 않고 잠옷 바람으로 비극적인 최후를 맞이했다. 시체는 강물에 던져버렸는데 오늘까지 계속 그 근처 강가에 떠내려온다고 했다. 이런 얘기를 하는 동안 브로크의 얼굴에는 요즘 들어 틀에 박혀 굳은 듯한 유들유들한 웃음이 내내 서려 있었다. 그는 아무도 옹호하지 않았지만 그럴 필요도 느끼지 않는 듯했다. 그는 이 사건을 그저 센세이션으로 보았다.

우리가 고개를 절레절레 내저으면서 끔찍해하니 그는 외려 만족스러워했다.

결국 내가 입을 열었다.

"이런 일이 일어난 마당에 나치당에 가입한 게 마음에 걸리지 않아요?"

그는 바로 방어적인 태세가 되어 뻔뻔스러운 눈빛으로 말했다.

"아니, 전혀 그렇지 않습니다. 그 사람들이 불쌍한가요? 불쌍해할 필요가 없습니다. 그저께 처음으로 총을 쏜 사람은 자기 목숨을 내놓고 그랬을 겁니다. 그 사람을 목매달지 않는다면 그거야말로 의무를 다하지 않는 거죠. 어쨌든 나는 그 사람이 존경스럽긴 해요. 하지만 다른 사람들은 부끄러운 줄 알아야 합니다. 왜 저항하지 않아요? 다들 옛날 사회민주당원에 '강철전선'• 조직원인데. 그런 사람들이 왜 잠옷 바람으로 침대에 마냥 누워 있습니까? 저항하다 명예스럽게 죽어갈 수 있었을 텐데. 죄다 어중이떠중이였어요. 나는 그 사람들이 손

• Eiserne-Front: 공산당을 제외한 좌익정당이 연합해 만든 조직으로 파시즘, 왕정, 공산주의에 반대하는 것을 표어로 내세웠다.

톱만큼도 불쌍하지 않습니다."

내가 찬찬하게 말했다.

"내가 그 사람들을 불쌍하게 여기는지는 잘 모르겠어요. 하지만 나는 중무장을 하고 돌아다니면서 저항할 수 없는 사람들을 살육하는 사람들이 역겹기 그지없습니다."

브로크는 뻔뻔스럽게 고집을 꺾지 않았다.

"그러니까 저항을 했어야죠. 저항할 수 없는 사람들도 아니었을 겁니다. 사태가 심각해지면 저항할 수 없는 척하는 게 바로 마르크스주의의 역겨운 간계잖아요."

홀츠가 끼어들었다.

"나는 모든 게 혁명이 과열되어서 일어난 유감스러운 사고라고 생각합니다. 우리끼리 하는 말이지만 담당자는 처벌을 받아야 마땅하지요. 하지만 먼저 총을 쏜 사람이 사회민주당원이라는 사실을 간과해서는 안 돼요. 이럴 때 돌격대가, 음…… 적극적으로 보복 조치를 취하는 건 이해할 만합니다. 정당하기도 하고요."

이상한 일이었다. 브로크가 하는 말까지는 간신히 참고 있었는데 홀츠의 말을 듣자 다시금 부아가 치밀었다. 어쩔 수 없이 인신공격을 해야 했다.

내가 말했다.

"정당화에 대한 새로운 이론을 들으니 흥미롭군요. 내가 착각하는 게 아니라면 당신은 언젠가 법학을 공부하지 않았나요?"

그는 도끼눈으로 나를 노려보다가 정중하게 도전을 받아들여 천천히 말했다.

"예, 나는 법학을 공부했어요. 그때 언제인가 국가 자위권에 대한 수업을 들은 적이 있습니다. 당신은 그 수업을 게을리했나 봐요."

내가 맞받아쳤다.

"국가 자위권이라, 흥미롭군요. 사회민주당원 몇백 명이 잠옷을 입고 잠자리에 들어 있다면 그게 국가가 공격받아서 자위권을 행사해야 할 상황이라고 보는 겁니까?"

홀츠가 대답했다.

"그건 아니죠. 하지만 당신은 사회민주당원이 먼저 돌격대원을 쏘았다는 사실을 계속 잊어버리는군요."

"그 사람 집에 침입한 사람들이죠."

"그 사람 집에 공권력을 행사하러 간 사람들입니다."

"그래서 그게 국가가 아무한테나 자위권을 휘두를 권리를 줍니까? 당신이나 나한테요?"

홀츠가 대답했다.

"나한테는 아니지만 당신한테는 아마 그렇겠죠."

그가 정말 매서운 눈으로 나를 쏘아보자 갑자기 오금이 저렸다.

그가 말을 이었다.

"당신은 언제나 다시금 사소한 일로 꼬투리를 잡아서 독일인의 민족 형성이 얼마나 엄청난 일인지 보지 못하고 있습니다.(그가 '독일인의 민족 형성'이라고 말하는 소리가 오늘날까지 귓가에 생생하다.) 뭔가 트집을 잡고 책망하느라 자잘한 생각이나 법률적인 궤변에 매달리죠. 당신 같은 사람들이 국가를 세우는 데 잠재적인 위험 요소라는 사실을 의식하지 못하는 것 같네요. 또 당신 같은 사람이 공공연하게 반항할 때 국가는 이에 적절하게 반응할 권리와 책임이 있다는 사실도요."

그는 마치 민법을 논평하듯 느리고 침착하게 말했다. 게다가 이런 말을 하는 동안 내 눈을 똑바로 들여다보았다.

내가 대꾸했다.

"협박을 하고 싶다면 왜 대놓고 하지 않으세요? 나를 국가의 적이라고 비밀경찰에 고발이라도 할 건가요?"

바로 이 순간 폰 하겐과 히르쉬가 모든 것을 농담으로 돌려버리려는지 웃음을 터뜨렸다. 그러나 이번에는 홀츠가 가만있지 않았다. 그가 또박또박 말했다.(그가 뼛속까지 자극받은 것을 이제야 비로소 깨닫고 나는 왠지 뿌듯했다.)

"안 그래도 얼마 전부터 그게 내 의무가 아닌지 고민했습니다."

"아!"

나도 모르게 한숨이 튀어나왔다.

우선 시간을 들여 혀 위에서 뒤죽박죽 한꺼번에 생겨난 맛을 다 맛보아야 했다. 조금 놀랍기도 하고 그가 어떻게 그토록 멀리 나갔는지 감탄스럽기도 하며 '의무'란 말 때문에 조금 씁쓸하기도 했다. 내가 그를 얼마나 많이 자극했는지 조금 뿌듯하기도 하고 '사는 게 이렇구나, 이렇게 변했구나.' 하는 냉정한 인식도 새로 생겼다. 또 그가 정말 나를 고발한다면 얼마나 할 말이 많을지 머릿속으로 따져보면서 조금 두렵기도 했다. 한참 뒤에야 입을 열 수 있었다.

"고민했다고는 하지만 결국 나한테 다 털어놓다니 별로 진지해 보이지는 않는군요."

그가 조용히 말했다.

"그렇게 말하지 마세요."

할 말 못 할 말 다 했기 때문에 뭔가 더 진행하려면 행동에 나서야 했다. 사실 이 모든 논쟁은 자리에 앉아 담배를 피우다가 일어났다. 하지만 이제 다른 사람들이 끼어들어 우리 둘 다 책망하고 달랬다.

이상하게도 우리는 기분이 상했지만 그다음에도 몇 시간 더 자리에 평온하게 앉아서 정치 토론을 계속했다. 하지만 '스터디 그룹'은 이제 끝이었다. 아무도 말은 하지 않았지만 언제 다시 모이자는 약속도 하지 않았다.

그해 9월 히르쉬는 파리로 가기 전에 나와 작별했다. 브로크와 홀츠는 그때 이미 나랑 만날 일이 없었다. 그저 두 사람이 어떤 경력을 쌓고 있는지 소문만 종종 들었다. 헤셀은 이듬해에야 비로소 미국으로 떠났다. 우리 모임은 흔적도 없이 사라졌다.

그 뒤 며칠 동안 나는 홀츠가 나를 비밀경찰에 정말 고발했을까 봐 조마조마했다. 그러지는 않은 것 같았다. 그가 신사적이긴 했다.

31

아니, 개인 생활로 물러나봤자 아무 소용 없었다. 어디로 물러나든 내가 피해 도망친 그것이 바로 옆에 있었다. 나는 나치 혁명이 정치와 사생활의 오랜 분리를 없애버렸고 나치 혁명을 단지 '정치적 사건'만으로 다룰 수 없다는 사실을 깨달았다. 혁명은 정치 영역뿐만 아니라 모든 사람의 사생활에서도 똑같이 일어났다. 독가스처럼 벽을 통해 스며들었다. 이 독가스에서 벗어나려면 딱 한 가지 방법밖에 없었다. 신체적으로 멀어지는 것, 이민이었다. 즉 내가 태어나 언어를 배우고 교육을 받은 나라, 게다가 애국이라는 연결 고리가 있는 나라에 작별을 고하는 것이다.

1933년 여름 나는 이런 작별까지 할 작정이었다. 크고 작은 작별에 이미 익숙해진 다음이었다. 나는 친구를 잃었고, 무난하게 지내던 지인이 잠재적 살인자가 되고 나를 비밀경찰에 넘겨주고 싶어 하는 적으로 변하는 것을 봤고, 일상생활의 소소한 기쁨이 흔적도 없이 사라지는 것을 느꼈다. 프로이센 법원처럼 굳건한 기관이 눈앞에서 붕괴하고 책과 토론의 세계도 녹아내리고 견해와 의견과 사상의 건물은 그 어느 때보다 더 황폐해졌다. 몇 달 전만 해도 나와 함께하던, 그토록 확실하고 합리적이던 인생 계획이나 전망은 지금 어디 있을까? 모험이 시작되었다. 내 인생의 기본 정조가 벌써 변했다. 작별할 때 고통뿐만 아니라 마취와 환각도 생겨났다. 단단한 땅에 발을 딛고 서 있는 것이 아니라 허공에 둥둥 떠 있거나 헤엄치는 것만 같았다. 이상하게도 새처럼 가볍고 자유로웠다. 어느덧 새로운 상실이나 작별을 맞아야 해도 그리 아프지 않았다. 그저 "보낼 건 보내야지."나 "그래, 그까짓 거 없어도 살 수 있어." 하는 느낌이 들었다. 점점 가난해지는 한편 점점 가벼워지는 듯했다. 그래도 내 나라와 마음속으로 영원히 작별하는 일은 여전히 어렵고 힘들고 고통스러웠다. 이 작별은 언제나 머뭇거리면서 한 발 내딛었다가 다시 뒷걸음질 치기도 하면서 이루어졌다. 때때로 내가 과연 이 작별을 완수할 수 있을지 의심스럽기도 했다.

그 무렵 이야기를 할 때 나는 다시금 나 혼자만 우연히 체험한 일이 아니라 수천, 수만 명이 함께 체험한 것을 이야기한다.

사실 그해 3월과 4월에 독일이 내 눈앞에서 애국적 환호와 승리의 함성과 함께 '진흙탕으로 추락'하는 동안 나는 이미 분노를 터뜨리면서 이민을 가고 싶다느니, '이따위 나라'와 연을 끊고 싶다느니, 독일에서 고위 관료가 되느니 시카고에서 담배 가게를 열고 싶다느니, 입에서 튀어나오는 대로 말했다. 하지만 그건 말 그대로 폭발일 뿐 심사숙고하거나 현실성 있는 발언은 아니었다. 비록 이 3월과 4월이 답답하고 서늘한 작별의 달이었지만 그래도 내 나라와 정말 작별하기로 진지하게 마음먹는 것은 완전히 다른 일이었다.

물론 나는 독일 민족주의자는 아니었다. 전쟁 때 창궐하고 지금도 여전히 나치의 정신적 양식인 스포츠 클럽 민족주의, 내 나라가 지도에서 점점 더 커지는 것을 볼 때의 유치한 기쁨, '승리'의 환희, 다른 이를 경멸하고 정복하는 데서 오는 즐거움, 자기가 불러일으킨 두려움을 향락하며 만끽하는 일, '마이스터징거'* 스타일로 폭발하는 자화자찬, '독일적' 사유와 '독일적' 감정과 '독일적' 신의와 '독일적' 남성성과 '독일적이 되어라'를 둘러싼 허세, 나는 이 모든 것에 거부감이 들고 다 역겨워진 지 오래였다. 그런 것들을 위해서 조금도 희생하고 싶지 않았다. 그렇다고 내가 꽤 좋은 독일인이 될 수 없는 건 아니었다. 비록 독일 민족주의가 변질하는 걸 부끄러워할 뿐이지만 나도 내가 독일인임을 의식하고 있었다. 한 나라의 국민이 대개 그렇듯 나도 내 동포나 내 나라가 좋지 못한 인상을 주면 부끄러웠다. 다른 나라의 민족주의자들이 이따금 말이나 행동으로 독일을 모욕하면 기분이 상하고 때때로 기대치 않은 칭찬을 받거나 그 역사와 특성이 여기저기서 좋은 면을 드러내면 자랑스러웠다. 한마디로 나는 어떤 사람이 가

* Meistersinger: 14~16세기 독일 주요 도시에서 장인·상인들이 시와 음악 수업을 위해 만든 조합의 일원. 예술적 창의성보다 규율에 따라 노래했다고 한다.

족에 속하듯 민족에 속했다. 외부인보다 훨씬 더 비판적이고 그 구성원과 언제나 좋은 사이는 아니고 내 인생 전체를 그에 맞추면서 "내 가족, 모든 것 위에 드높아라."•라고 외치진 않겠지만 그래도 나는 여전히 이 나라에 속하고 이 소속을 진지하게 부정할 마음도 없었다. 이런 소속을 깡그리 포기하고 싹 돌아서서 고국을 적국으로 느끼길 배우는 일은 절대 사소한 일이 아니다.

나는 마치 내가 나 자신을 '사랑'하지 않는 것처럼 독일도 '사랑'하지 않았다. 내가 사랑하는 나라가 있다면 프랑스였다. 하지만 나는 다른 어떤 나라도 내 나라보다 더 사랑할 수 있었을 것이다. 나치가 있든 없든. 하지만 내 나라는 내가 사랑하는 나라와는 완전히 다른 역할을 하고 이는 훨씬 더 대체하기 어렵다. 내 나라는 그냥 내 나라다. 나라를 잃어버리면 다른 나라를 사랑할 자격도 거의 다 잃어버린다. 서로 교류하고 서로 초대하고 서로 이해하고 서로 자랑하는 민족적 환대라는 아름다운 놀이를 할 수 있는 전제 조건을 모두 잃어버리는 셈이다. 나는 '무소속', 즉 그림자도 배경도 없어지고 어디 가더라도 기껏해야 참아주는 사람이 된다. 또한 자발적이든 수동적이든 내적인 이민에 외적인 형식을 덧붙이는 일을 포기하면 완전한 실향민, 자기 땅에서 유배당한 자가 된다.

자기 나라에서 내적으로 떨어져 나오는 일을 자발적으로 완수하

• 나치 시대 독일 국가의 가사 "독일, 모든 것 위에 드높아라."를 패러디한 구절.

는 작업은 '네 눈이 너로 하여금 죄짓게 하거든, 눈을 뽑아내어라.'라는 성경 구절만큼이나 극단적인 행위다. 나만큼이나 이에 가까웠던 사람들 가운데 아주 많은 이들이 결국 마지막 발걸음을 내딛지 못하고 정신적으로 도덕적으로 굳어버린 채 비트적거린다. 그들은 자기들 이름으로 저질러지는 범죄를 보고 끔찍해하지만 언뜻 헤어날 수 없는 모순의 덫에 걸려 이를 자기 책임이라고 공공연하게 말하지 못한다. 그들이 조국을 위해 희생해야 할까? 더 나은 인식과 도덕과 인간의 존엄성과 양심까지? '독일 민족 초유의 비상'이라는 것은 자기를 희생할 만한 가치가 있으며 새로운 전망을 열어주지 않을까? 그들은 인간과 마찬가지로 어떤 나라가 영혼에 해를 입는다면 온 세상을 얻는다고 해도 아무 소용 없다는 사실을 간과한다. 또한 그들은 자기가 애국심(또는 애국심이라고 믿는 것)을 위해 단지 자기 자신뿐만 아니라 자기 나라를 희생한다는 사실도 간과한다.

그 이유는—바로 그래서 우리는 독일에 작별할 수밖에 없었다—독일이 독일로 남지 않기 때문이다. 독일 민족주의자들 스스로 독일을 망가뜨렸다. 자기 자신에게 충실하기 위해서 자기 나라에서 떨어져 나가야 하는지, 이 문제는 갈등의 표면일 뿐이라는 사실을 차차 그냥 넘겨볼 수 없게 되었다. 비록 수많은 통용구와 상투적 표현으로 가려 있지만 진정한 갈등은 민족주의와 내 나라에 대한 충실함 사이에서 일어났다.

나랑 나와 비슷한 사람들에게 '우리나라'인 독일은 그저 지도 위의 한 지점이 아니다. 독일은 일정한 성격적 특징의 구조물이다. 인본주의를 비롯해 많은 것이 그 특징에 속한다. 모든 면을 향해 열려 있음, 꼬치꼬치 캐묻는 사유의 철저함, 세상과 자기 자신에 대해 절대 만족하지 않음, 언제나 다시금 시도하고 물리치는 용기, 자기비판, 진리에 대한 사랑, 객관성, 불충분성, 무조건성, 다형성, 어떤 둔중함, 하지만 가장 자유로운 즉흥성에 대한 즐거움, 느림과 진지함, 하지만 마찬가지로 언제나 다시금 새로운 형식을 배출해내고 효과 없는 시도로 다시 철회하는 생산에 있어서의 유희적인 풍부함, 제멋대로인 사람과 특별한 사람에 대한 존중, 온화함, 너그러움, 다정다감함, 음악적 재능, 특히 거대한 자유, 약간 방황하기도 하지만 제한이 없고 끝이 없고 절대 포기하지 않는 것. 우리는 은밀하게 우리나라가 정신적으로 무한한 가능성의 나라임을 자랑스러워했다. 어쨌든 이것이 우리가 연을 맺고 고향이라고 느끼는 나라다.

그런데 독일 민족주의자들이 이런 독일을 망치고 짓밟았다. 마침내 독일의 천적이 누구인지 이제 분명해졌다. 독일 민족주의자와 '독일 제국'. 독일에 충실해왔고 앞으로도 계속 독일에 속하길 원하는 사람은 이를 인식하고 그 결과를 모두 감당하기 위해서 용기를 내야 한다.

민족주의, 즉 국수적인 자기 재현과 자기 숭배는 분명 어디에서나 위험한 정신병이다. 교만과 이기주의가 어떤 사람의 모습을 일그러뜨리고 흉하게 만드는 것처럼 민족주의는 어떤 나라의 모습을 일그러뜨리고 흉하게 만들 수 있다. 하지만 민족주의라는 질병은 이 세상 그 어디에서도 지금 독일에서처럼 악의적이고 파괴적인 성격을 띠지 않았다. '독일'의 가장 깊은 곳에 있는 본성이 넓음, 열려 있음, 사방으로 향함, 어떤 의미에서 자아가 없음이기 때문이다. 다른 민족은 민족주의라는 병에 걸려도 이는 그저 비본질적인 약점일 뿐 다른 특성은 그대로 유지할 수 있다. 하지만 독일의 경우 민족주의는 민족적 특성의 근본 가치를 죽인다. 바로 그래서 건강한 상태에서는 멋지고 다정다감하고 아주 인간적인 독일인이 민족주의라는 병에 걸리자마자 당장 비인간적으로 변해 다른 민족은 할 수 없는 야수 같은 흉측함을 발휘한다. 독일인들은 그리고 독일인들만 민족주의 때문에 모든 것을 잃는다. 즉 그들은 인간성, 실존, 자아의 핵심을 잃어버린다. 다른 민족한테 민족주의라는 병은 그저 외적인 태도에 해를 입히지만 독일인들한테서는 영혼까지 잠식한다. 프랑스 민족주의자는 때때로 매우 전형적인 (그리고 매우 사랑스러운) 프랑스인으로 남을 수 있다. 하지만 민족주의에 빠진 독일인은 독일인으로 남지 못할 뿐더러 인간으로 남기도 거의 불가능하다. 그가 완성하는 것은 어떤 독일 제국, 어쩌면 대독일 제국이나 범 독일 제국이기도 하지만 독일의 몰락이기도 하다.

하지만 1932년 독일 문화가 화려하게 꽃피었는데 나치가 이를 단박에 뒤엎어버렸다고 생각해서는 안 된다. 독일이 병적인 민족주의 때문에 스스로 자기를 파괴한 역사는 훨씬 더 이전으로 거슬러 올라간다. 그 과정을 죽 적어보면 매우 역설적인 사실이 드러난다. 독일이

자기를 파괴하는 일은 모두 독일이 승리한 전쟁, 거대한 외부적 전승으로 이루어졌다. 150년 전 독일은 흥성했다. 1813년부터 1815년까지 나폴레옹에 맞선 '해방전쟁'이 첫 후퇴를, 1864년부터 1870년까지 전쟁이 두 번째 후퇴를 가져왔다. 니체는 그때 이미 독일 문화가 독일 '제국'에 대항한 전쟁에서 졌다는 사실을 예언자처럼 알아차린 첫 사람이었다. 독일〔문화〕은 그때 이미 비스마르크의 프로이센 제국 속에 처박혀 있느라 오랫동안 자기에 맞는 정치체제를 찾아낼 기회를 잃고 말았다. 그다음부터 가톨릭이 우세한 지역을 빼면 정치적인 표현형식도 찾지 못했다. 민족주의적인 우익은 독일 문화를 증오하고 마르크스주의적인 좌익은 이를 무시했다. 하지만 독일 문화는 1933년까지 조용하고도 끈질기게 살아남았다. 수많은 집과 가족과 친구들 사이에서, 몇몇 신문의 편집국이나 극장이나 음악회장이나 출판사에서, 교회에서 카바레에 이르는 공공생활의 여기저기에서 우리는 여전히 이를 발견했다. 철저하고 유능한 조직인 나치가 처음으로 독일 문화를 어디에서나 몰아냈다. 나치가 처음으로 점령한 지역은 오스트리아나 체코슬로바키아가 아니었다. 독일이었다. 그들이 '독일'이란 구호 아래 독일을 점령하고 독일 문화를 짓밟았다. 이게 파괴 작업의 일부였다는 사실은 어느덧 널리 알려졌다.

때에 따라 커지는 특정한 지리적 공간의 구성물이 아니라 이런 진정한 독일과 이어진다고 느끼는 독일인들은 그래서 떠날 수밖에 없었다. 외면적으로 나라를 잃게 만드는 이 작별이 얼마나 두렵든 상관 없었다. 하지만 독일인들은 원래 마음이 넓고 사방으로 열려 있으니 아마 다른 민족들보다 이런 상실을 감내하기가 조금 더 쉬울 것이다. 아무리 낯선 나라도 아돌프 히틀러의 '제국'보다 더 고향 같을 테니까. 그리고 혹시 '바깥' 여기저기에 한 조각 독일을 세울 수 있지 않을까? 다들 실낱같은 희망으로 물었다.

32

그래, 그 무렵 독일에서는 이민에 막연한 희망을 품었다. 딱히 희망을 품을 만한 근거가 있는 건 아니지만 이제 독일 어디에서도 희망을 품을 수 없는 게 분명한데 희망 없이 살기란 어렵기 짝이 없어서 바깥세상에 희망을 걸었다.

물론 몇 달 전만 해도 대개 하나의 두려움이었을 테고 지금도 많은 사람들이 이를 희망이라고 불러야 할지 두려움이라고 불러야 할지 모르지만, 하나의 희망은 '외국'이었다. 독일에서 '외국'이라면 프랑스와 영국을 뜻했다. 프랑스와 영국이 지금 독일에서 일어나는 일을 마냥 지켜보기만 할까? 인본주의적 좌파가 이웃나라에서 야만적인 전제정치가 다시 일어나는 것을 깜짝 놀라 지켜보지 않을까? 민족주의적 우파는 전쟁 의지를 가리지도 않고 아예 드러내며 군비를 거의 대놓고 확충하는 걸 걱정하면서 지켜보지 않을까? 좌파가 집권하든 우파가 집권하든 영국과 프랑스가 이제 곧 참을성을 잃고 그때만 해도 비교할 나위 없이 우월한 무력 수단을 사용해서 이 무시무시한 일을 당장 끝장내지 않을까? 사실 정치인들이 눈이 멀지 않았다면 다른 길이 없을 텐데. 독일에서 자기 나라에 쓸 칼을 아주 공공연하게 갈고 있는 걸 정치인들이 느긋하게 지켜보기만 하리라고는, 독일에서는 아무리 어린 학생들도 몇몇 '평화 연설'이 무슨 뜻인지 아는데 정치인들이 그걸 들으면서 마음을 놓으리라고는 아무도 예상하지 않았다.

그러는 동안 독일에서 프랑스와 영국으로 건너간 지성적·정치적 망명객을 그곳의 이성적인 정치인들은 잘 돌보고 지원했을 것이다. 그 사람들은 지난 실수에서 배워서 정말 효율적인 독일 공화국을 세우기 위한 조직의 두뇌 집단을 이룰 것이다. 이 모든 일이 나중에 되새겨보면 모든 것을 씻어내는 뇌우처럼, 단호하게 얼른 잘라낸 농양처럼, 무시무시해 보일지도 모른다. 아무튼 우리는 조금 더 현명해지고 조금 더 편견에서 자유로워져서, 1919년에 시작하지 못한 그 지점에서 다시 시작하리라.

이런 것들이 우리가 바깥세상에 건 희망이었다. 물론 이게 바람직하고 매우 이성적이라는 것밖에 이렇게 믿을 만한 근거는 별로 없었다. 하지만 이제 아무것도 예측할 수 없고 지금 이 순간을 믿을 수밖에 없다는 느낌이 내 마음속에 점점 퍼질 때, 나는 이런 희망으로 이민을 계획했다. 모든 것을 내려놓고 훌훌 떠나리라. 어디로? 당연히 파리로! 아버지한테 할 수 있는 한 매달 200마르크를 보내달라고 한 다음 이리저리 둘러봐야지. 분명 내가 할 일이 있을 거야. 설마 하나도 없겠어.

이런 허술한 계획에는 그때 내 개인적인 상황이 그대로 드러난다. 여태껏 부모님 댁에 얹혀살다가 마침내 '세상'으로 나갈 때를 맞은 젊은이의 상황이. 이 경우 '세상'으로 나가는 건 망명한다는 뜻이고 이 망명길이 내가 알지 못하는 것으로 가득한 모험이라고 해도 별로 불안하지 않았다. "더 나빠지기야 하겠어." 하는 멍한 체념과 젊은이다운 모험심이 기이하게 뒤섞여 쉽게 결정을 내릴 수 있도록 도와주었다. 그리고 내가 시대사적인 경험에서 모든 일이 불확실하고 예측 불가능하다는 느낌을 깊이 지니고 있었다는 사실도 지적해야겠다. 나와 내 또래 독일인들은 모두 이렇게 생각했다. 신중한 사람은 사실 무모한 사람과 똑같은 위험 부담을 진다. 그런데 그는 무모함의 황홀경도 맛볼 수 없다. 덧붙이자면 나는 이 문장을 확인하지 않는 사례를 오늘날까지 보지 못했다.

법원에서 연수 기간이 끝난 다음 나는 아버지에게 이제 '떠나고' 싶다고 선언했다. 내가 여기서 뭘 해야 할지 모르겠다고. 특히 요즘 같은 상황에서 법관이나 관료가 되는 것은 불가능할 뿐만 아니라 아무 의미도 없어 보인다고. 나는 멀리, 우선 파리로 갈 테니 나를 축복해주고 아버지가 할 수 있을 때까지 매달 200마르크를 보내달라고.

아버지의 반대가 어찌나 미지근한지 놀라울 지경이었다. 지난 3월, 내가 홧김에 이와 비슷한 제안을 했을 때 아버지는 그저 피식 웃어버렸다. 그동안 아버지는 몰라보게 늙었다. 밤에 잠을 잘 자지 못했다. 가까이 있는 친위대 병영에서 나는 북소리와 나팔 소리가 끊임없이 그의 잠을 깨웠다. 하지만 이런저런 생각도 많았을 것이다.

자신이 평생토록 추구하던 것, 자신이 평생토록 함께해온 것이 다 망가지고 사라진다면 나이 든 사람은 젊은이보다 더 견디기 어렵다. 작별이 아무리 극단적이라도 나한테는 새로운 시작이었다. 아버지에게는 궁극적인 끝이었다. 아마 '내가 헛살았구나.' 싶었으리라. 아버지는 관료로 일하면서 어떤 법안을 만드는 과정에 참여하였다. 그 법안은 매우 중요하고 과감하면서도 신중한 정신적 노동의 산물로 수십 년에 걸친 경험이 녹아 있었고 몇 년 동안 거의 예술 작품을 만들 듯 꾸준하게 검토하고 퇴고한 결과였다. 그런 법안이 펜대 놀림 하나로 효력을 잃었다. 사실 그리 큰일도 아니었다. 하지만 단지 그 법안만이 아니라 이런 법안을 만들거나 보완할 수 있는 기반까지 무너져버렸다. 법치국가의 전통을 세우기 위해서 내 아버지 세대의 사람들은 줄곧 매달려 일했다. 아주 탄탄해서 망가질 수 없어 보이던 이 전통이 하룻밤 사이에 사라져버렸다. 엄격하고 절제하고 끊임없이 노력해서 전체적으로 매우 성공적이던 내 아버지의 인생을 끝맺는 것은 그저 그런 패배가 아니었다. 재앙이었다. 만약 나치가 적수였다면 내 아버지는 현명하게 받아들였으리라. 하지만 그는 적수가 아니라 적수로 치지도 않던 야만인들이 승리하는 것을 보았다. 그 무렵 나는 이따금 아버지가 책상 앞에 앉아 있는 모습을 보았다. 그는 자기 앞에 놓인 신문은 거들떠보지도 않고 마치 완벽한 파멸의 너른 표면을 비껴

가려는 듯 휑하니 울적한 눈빛으로 허공을 멍하니 바라보곤 했다.

아버지가 물었다.

"거기서 뭘 할 생각이니?"

그 질문 속에는 아버지의 오랜 회의가 여전히 남아 있었고 본질적인 문제에 대한 법률가적인 시선이 들어 있었다. 하지만 너무 지친 듯한 목소리에서 나는 이게 무늬만 질문일 뿐 어떤 대답을 해도 아버지는 다 받아들이리라는 사실을 알아차렸다.

나는 내 무계획성을 가능한 한 듣기 좋은 단어로 포장해서 대답했다.

"글쎄다……."

아버지가 탄식하듯 말하더니 살짝 친절하지만 서글픈 웃음을 지었다.

"그렇게 근사하게 들리지는 않는구나. 안 그래?"

내가 대답했다.

"네, 하지만 제가 여기서 뭘 기대할 수 있겠어요?"

"내가 걱정스러운 건……."

아버지는 입을 열었다가 약간 뜸을 들이더니 처음보다 단호한 자세를 보여주었다.

"네가 너무 좋게만 생각하는 것 같다. 외국에서 우리를 기다려주지는 않아. 이민자는 어느 나라에서나 짐이고 자기가 부담을 주는 걸 달가워할 사람은 없다. 외교관처럼 할 일이 있고 갖다줄 것도 있어서

가는 것과 패배자로 피난처를 찾아가는 것은 천지 차이야. 엄청난 차이지."

내가 발끈해서 물었다.

"우리가 가져갈 게 왜 없어요? 독일의 지성인들이, 문인이랑 학자들이 다 이민을 간다면 어떤 나라가 그걸 그냥 거저 받으면서 좋아하지 않겠어요?"

아버지가 팔을 번쩍 들었다가 지친 듯 다시 내리고는 말했다.

"파산자의 재산이지. 누구든 난민이 되면 가치는 떨어진단다. 러시아 사람들을 보렴. 그 사람들도 다 엘리트였다. 한때 장성이나 고위 관료나 작가였던 사람들이 지금은 여기나 파리에서 웨이터나 운전사 자리만 얻어도 감지덕지한단다."

내가 반박했다.

"어쩌면 그 사람들도 모스크바에서 고위 관리 노릇을 하는 것보다 파리에서 웨이터로 일하는 걸 더 좋아할지도 몰라요."

아버지가 말했다.

"그럴 수도 있지. 아닐 수도 있고. 뭐든 직접 해보기 전에 말하기는 쉽다. 하지만 실제로 경험해보면 아주 다를 때가 많아. 먹을 게 충분할 때는 배고픔도 가난함도 그리 나빠 보이지 않는단다."

내가 따지고 들었다.

"저더러 배고프고 가난할까 봐 겁나서 여기서 나치가 되라고요?"

아버지가 말했다.

"아니, 그건 아니지. 아니야."

"제가 여기서 나치가 되지 않고 지방법원 판사라도 할 수 있겠어요?"

아버지가 말했다.

"아마 판사는 못하겠지. 적어도 한동안은 못할 거야. 그다음에는 어떨지…… 누가 말할 수 있겠니. 하지만 나는 네가 변호사는 할 수 있을 거라고 생각했어. 그리고 너 이제 글을 써서 돈을 벌기 시작하지 않았니?"

사실이었다. 때때로 내 짧은 글을 실어주었던 평판이 좋은 신문사에서 앞으로 더욱 긴밀하게 일해보자고 편지를 보내왔다. 그 무렵 한때 민주적이던 큰 신문사에서는 나치가 아니지만 '좌파'라는 과거도 없고 아리아인이면서 아무것도 쓰지 않은 백지 같은 젊은이들이 잠깐 주가가 올랐다. 그런 제안에 어떻게 솔깃하지 않을 수 있을까. 나는 신문사에 찾아갔다가 놀랍게도 전혀 나치가 아닐뿐더러 나랑 똑같이 생각하고 느끼는 편집부원들을 만나 기쁘기 짝이 없었다. 편집실에 앉아서 불평을 하고 정보를 교환하는 것도 무척 즐거웠다. 기사를 불러준 다음 그걸 뒤에 있는 사환이 식자실로 가지고 가는 걸 보면 기분이 좋았다. 때로는 모반자의 소굴에 있는 듯한 느낌이 들었다. 편집실에서 기사를 쓸 때는 이런저런 암시를 숨겨 넣으면서 신나게 웃어댔지만, 그래도 다음 날 아침 어떤 기사가 실려도 그 신문이 확신에 찬 나치 신문으로 보이면 기이하고도 마음이 불편했다.

"우선 바로 그 신문을 위해서 외국에서 일할 수 있을 거라고 생각했어요."

아버지가 말했다.

"괜찮은 생각이구나. 담당 편집자랑 이야기는 해봤니?"

아직 못했다고 실토할 수밖에 없었다.

아버지가 결론을 내렸다.

"오늘은 일단 이만 이야기하고 하루 이틀 더 생각을 해보자꾸나. 그나저나 너를 멀리 보내는 게 네 어머니나 나한테 쉬우리라고 생각하지 마라. 게다가 전혀 알지 못하는 곳이잖니. 어쨌든 나는 네가 사법시험을 보길 바란다. 일단 시작했으니 끝을 맺기 위해서라도."

아버지는 이것만은 양보하지 않았다. 며칠 뒤 그는 직접 계획을 세워 내 앞에 펼쳐놓았다.

"너는 이제 예정대로 사법시험을 치는 거다. 20년이나 교육을 받고 나서 졸업을 코앞에 두고 마무리도 안 한 채 다 내버리고 도망칠 순 없어. 아마 5개월쯤 걸릴 테지. 그다음에도 상황이 달라지지 않는다면…… 내가 생각해봤는데 어차피 박사 논문을 쓰려면 반년쯤 매달려야 할 거야. 박사 논문이야 여기서 써도 되지만 파리에서 써도 상관없어. 그러니까 반년 동안 휴가 삼아 어디론가 가보는 거야. 내 생각에는 파리도 괜찮고. 박사 논문을 쓰면서 그 기회에 두루두루 살펴보렴. 거기에서 자리를 잡을 수 있을 것 같으면, 좋아. 그렇지 않더라도 여기에서 잃은 것도 없으니 돌아올 수 있어. 그럼 아마 1년쯤 지난

다음일 텐데, 그때 상황이 어떨지 누가 지금 알 수 있겠니."

조금 밀고 당기기는 했지만 우리는 이 계획에 합의했다. 나는 사법시험을 보는 게 아무 쓸모 없다고 생각했지만 아버지를 생각해서 시험을 보기로 했다. 다만 내가 여기 남아 있는 동안 전쟁이 일어날까 봐 두려웠다. 다른 나라가 히틀러를 먼저 공격할 때 내가 잘못된 편에서 싸워야 할까 봐 걱정스러웠다.

아버지가 말했다.

"잘못된 편이라니? 프랑스가 너한테 옳은 편이라는 거냐?"

단호하게 대답했다.

"네, 이 경우에는 그렇다고 생각해요. 요즘 상황을 보면 독일은 외국에서 해방시킬 수밖에 없어요."

아버지가 탄식했다.

"세상에! 외국에서 해방시키다니. 너도 진심으로 그렇게 생각하진 않을 거다. 아무도 자기가 스스로 원하지 않으면 해방될 수 없어. 독일인들이 자유로워지길 원한다면 그러기 위해 스스로 노력해야지."

"우리가 이렇게 꽁꽁 묶여 있는데 그럴 수 있겠어요?"

"아니."

"그러니까 남은 방법은……."

"그 '그러니까'는 비논리적이야. 어떤 길이 막혀 있다고 해서 반드시 다른 길이 있는 법은 아니란다. 부질없는 환상에서 위안을 찾아서는 안 돼. 우리가 1918년에 환상 속으로 도피한 결과가 나치다. 우리 자유주의자들이 다시 환상 속으로 도피한다면 그 결과는 외세의 지배일 거야."

"그래도 그게 나치 지배보다 나을 거예요."

아버지가 말했다.

"그건 모르겠구나. 악은 멀리 있을 때 가까이 있는 것보다 언제나 작아 보이지. 하지만 반드시 더 작지는 않단다. 나는 외국 세력을 불러오기 위해 손가락 하나도 까딱할 생각 없다."

"그럼 아무 목표나 희망이 없잖아요."

아버지가 말했다.

"거의 없지. 한동안 없을 거야."

그의 눈은 마치 표면 너머 멀리 파멸을 바라보는 듯 다시금 휑하고 어두워졌다.

때때로 아버지와 같이 일했던 사람들이 집에 찾아왔다. 몇 해 전에 은퇴했지만 개인적인 친분은 아직 남아 있었다. 아버지는 어떤 사안이 어떻게 발전했는지, 어떤 젊은 동료가 어떻게 지내는지 듣거나 끼어들고 사람들에게 비공식적으로 충고나 조언을 해주기를 좋아했다. 손님들은 여전히 찾아왔지만 대화는 단조롭고 음울해졌다. 사람들 근황을 물을 때 아버지가 어떤 동료의 이름을 대면 손님은 짧게 '4조'나 '6조'라고 대답했다.

얼마 전에 새로 생긴 '공무원 제도 재건을 위한 법안'의 항목을 가리키는 숫자였다. 각 조항에 따라서 공무원을 강등하거나 강제로 은퇴시키거나 위로금을 쥐여주고 해고하거나 아무 보상도 없이 퇴직시킬 수 있었다. 각 조항마다 한 사람의 운명이 걸려 있었다. '4조'는 엄청난 타격이고 '6조'는 좌천과 굴욕이었다. 그 무렵 공무원들이 모이면 화제의 중심에는 늘 이 법률 조항이 있었다.

어느 날 아버지가 일하던 부서 책임자가 찾아왔다. 아버지는 자기보다 훨씬 젊은 그와 때때로 심하게 말다툼을 했다. 그는 사회민주당원이고 아버지는 훨씬 더 '오른쪽'이었다. 두 사람은 벌써 몇 번이나 충돌했는데, 그럴 때 젊은 사람이 직위가 더 높다는 사실은 아무 상관도 없었다. 그래도 아버지와 그는 서로 존중했고 관계를 완전히 끊지는 않았다.

이번 방문은 고통스러웠다. 이제 겨우 40대인 부서 책임자가 70대인 아버지만큼이나 늙어 보였다. 머리카락이 다 세어 있었다. 아버지 말로는 얘기를 하다가 자주 맥락이 끊기고 대답을 못하는가 하면 넋이 빠진 듯 바닥만 내려다보다가 뜬금없이 "끔찍합니다. 그저 끔찍합니다."라고 중얼거렸다고 했다. 그는 집단 수용소에서 방금 돌아와서 '시골 어딘가에 숨으려고' 베를린을 떠나기 전에 작별 인사를 하러 온 참이었다.

그는 4조였다.

아버지는 오래전에 은퇴해서 아무 권한이 없었다. 설령 자기 직위를 이용해 나치에 해를 끼치고 싶어도 그럴 수 없었을 것이다. 그는 사선에서 벗어난 듯했다. 하지만 어느 날 아버지에게도 공식 서한이 도착했다. 긴 설문지가 들어 있었다.

"공무원 제도를 재건하기 위한 법률 제 몇 조에 따라 다음 설문지의 질문에 정직하고 성실하게 응답해주시기 바랍니다……. 설문에 응하지 않거나 사실과 다르게 대답할 때는 이 법률 제 몇 조에 따라 연금 손실이 따를 수 있습니다."

질문이 무척 많았다. 아버지는 지금까지 어떤 정당, 조직, 협회에 속했는지 다 써야 했고, 공무원으로 어떤 일을 했는지 열거한 다음 이것을 설명하고 저것을 변명해야 했고, 마지막으로 자신이 "민족주의적 정부를 무조건 지지한다."는 성명서에 서명해야 했다. 간단히 말해서 국가를 위해 45년 동안 일한 다음 그 당연한 보답인 연금을 계속 받으려면 다시 한 번 굴욕을 겪어야 했다.

아버지는 입을 꾹 다문 채 오랫동안 설문지를 빤히 내려다보았다.

다음 날 아버지가 책상에 앉아 있는 모습이 보였다. 아버지 앞에 설문지가 놓여 있었지만 그는 그 너머 어딘가를 망연히 보고 있었다.

내가 물었다.

"거기 답하시게요?"

아버지는 설문지를 내려다보고 인상을 찌푸리더니 오랫동안 입을 다물었다.

한참이 지나서 그가 물었다.

"내가 그러지 말아야 한다고 생각하니?"

침묵.

결국 아버지가 다시 입을 열었다.

"너랑 네 어머니가 어디서 돈이 나서 살아갈지 난 모르겠구나. 정말 모르겠어."

그는 한동안 뜸을 들이다 억지로 웃음을 지으려고 애쓰면서 되풀이했다.

"그것도 모르겠다. 네가 도대체 무슨 돈으로 파리에 가서 박사 논문을 쓰려고 하는지."

나는 난감해서 입을 다물었다. 아버지는 설문지를 옆에 밀쳐두었지만 버리지는 않았다.

설문지는 며칠 동안 빈 채로 책상 위에 놓여 있었다. 어느 날 오후 방에 들어갔더니 아버지가 책상에 앉아 작문 숙제를 하는 어린 학생처럼 천천히 설문에 답하고 있었다. 30분쯤 지났을까. 아버지는 마음이 바뀌기 전에 설문지를 직접 우체통으로 들고 갔다. 겉보기에 달라진 게 없었고 목소리도 평소보다 더 높아지지 않았지만 그래도 이 모든 일이 그에게는 너무 버거웠다. 말이랑 행동에서 평정을 유지하는 데 익숙한 사람들은 대개 정신적 부담이 너무 커지면 어떤 신체 기관이 이를 떠맡아 병으로 드러낸다. 심장 발작을 일으키는 사람도 있다. 아버지의 표현 기관은 위였다. 아버지는 책상 앞에 다시 앉기가 무섭게 벌떡 일어나더니 갑자기 막 토하기 시작했다. 사나흘 동안 제대로 먹지도 못하고 소화하지도 못했다. 이렇게 시작한 육신의 단식투쟁으로 그는 2년 뒤 비참하고도 고통스럽게 죽었다.

33

1933년 여름에 접어들면서 모든 일이 점점 더 비현실적으로 변했다. 사물이 점점 실체를 잃어가더니 기괴한 꿈으로 바뀌었다. 나도 열에 조금 들뜬 듯 쾌적하고 해이해져서 모든 책임에서 벗어난 마취 상태에서 살았다.

나는 독일 법학도의 졸업 시험으로 법관이나 고위 관료, 변호사가 될 권리를 주는 사법시험을 보려고 신청했다. 그 권리를 이용할 생각은 전혀 없었다. 시험에 붙을지 떨어질지도 아무 상관 없었다. 시험이란 대개 사람을 흥분시키는 일이다. 오죽하면 시험 열병이란 말까지 있을까. 하지만 나는 조금도 들뜨지 않았다. 그보다 더 큰 다른 열병에 걸려서 시험이라고 해도 시큰둥할 뿐이었다.

나는 커다란 오피스 빌딩의 맨 꼭대기 층에 있는 도서관 '법률 문서고'에 앉아 마치 편지를 쓰듯 가볍고 무심하게 사법시험 예비 답안을 쓰고 있었다. 선선한 바람이 부는 파란 여름 하늘 아래 공기가 잘

통하는 열람실에는 통유리창이 달려 있었다. 이 시험을 진지하게 여기기란 불가능했다. 그 질문과 과제는 이제 존재하지 않는 세계를 전제로 하고 있었다. 시험 과목에는 민법뿐만 아니라 바이마르 헌법까지 들어 있었다. 나는 얼마 전만 해도 여기저기서 많이 인용했지만 이제 죽어버린 법 조항에 달린 주석을 읽었다. 답안에 필요한 구절을 골라내는 대신 계속 죽죽 읽어가다가 어느새 백일몽을 꾸기 시작했다. 밑에서 나지막하게 행진곡이 들려왔다. 창문 밖으로 몸을 내미니 갈색 제복 행렬이 거리를 돌아다녔다. 그 사이사이에 하켄크로이츠 깃발이 끼어 있었다. 깃발이 지나가는 거리 양쪽 인도에 서 있던 사람들이 팔을 높이 들어 인사했다.(이렇게 하지 않으면 두드려 맞는다는 사실을 우리는 배웠다.) 또 무슨 일일까? 아, 루스트가르텐*으로 가는구나. 레이 씨**가 무엇이 못마땅했는지 제네바 국제노동청에서 자리를 박차고 나왔다. 이제 베를린 돌격대원들이 노래와 함성으로 단박에 용을 처단하려고 루스트가르텐으로 행진해 갔다.

날이면 날마다 행진하는 모습이 보이고 노래하는 소리가 들렸다. 하켄크로이츠 깃발에 인사하지 않으려면 얼른 집 안으로 들어가야 했다. 우리는 전쟁 상태에서 살았다. 하지만 노래와 행진으로 승리를 거두는 이상한 전쟁이었다. 돌격대, 친위대, 히틀러유겐트, 노동전선 등

* Lustgarten: 베를린 대성당 앞에 있는 잔디밭으로 나치가 집회와 시위 장소로 자주 사용했다.

** 로베르트 레이(Robert Ley, 1890~1945): 나치가 독일노동동맹을 해산하고 새로 만든 노사 통합 단체인 노동전선Arbeitsfront 지도자로 뉘른베르크 전범 재판 직전 자살했다.

갖가지 단체가 「동쪽에 떠오르는 해를 보는가?」나 「브란덴부르크의 황야」를 부르면서 거리를 행진하다가 어디엔가 '정렬'해서 수천 명이 입을 모아 우렁차게 '만세'를 외치면 적수 하나를 다시금 처단할 수 있었다. 어떤 사람들에게는 이게 그냥 천국이었다. 그들은 1914년 8월의 분위기를 다시 누리고 있었다. 장바구니를 든 할머니들이 멈춰서더니 노래를 부르며 행진하는 갈색 벌레들의 뒤꽁무니를 따라갔다.

그들은 반짝이는 눈빛으로 이렇게 말하는 듯했다.

"보이죠? 눈에 딱 보이죠? 이제 모든 분야에서 다시 앞으로 나가잖아요."

이따금 더 분명하게 승리하기도 했다. 어느 날 막강한 경찰 병력이 빌머스도르프에 있는 '예술가 마을'을 둘러싸고 점령했다. 예전에 좌파 문인들이 많이 살았던 지역으로 몇몇은 아직도 살고 있었다. 승리! 노획물도 풍성했다. 적의 깃발 여남은 장이 우리 손에 들어오고 칼 마르크스에서 하인리히 만에 이르는 불온서적이 뭉텅이로 트럭에 실리고 포로 숫자도 굉장했다. 실제로 신문들은 이 사건이 마치 제2의 타넨베르크 전투•인 양 보도했다. 또 다른 날에는 낮 12시 정각에 열차와 차량을 모두 멈춰 세우고 수색했다. 승리! 얼마나 많은 일들을 들춰냈는지. 보석이랑 외국 화폐에서 '국가의 적들이 사용하는 선전

• 1차 세계대전 초기 동프로이센에서 벌어진 전투로 독일군은 부족한 병력에도 러시아군에 큰 승리를 거두었다.

수단'까지! 그러니 루스트가르텐에서 '자발적인 대규모 시위'를 할 만도 했다.

6월 말 신문들은 "베를린 상공에 나타난 적기!"라는 표제를 커다란 활자로 뽑았다. 아무도, 심지어 나치조차 그 말을 믿지 않았다. 하지만 이제 놀라지도 않았다. 이런 일이 마치 유행처럼 자리 잡았다. 자발적인 대규모 시위가 이어졌다. '독일 하늘에 자유를 돌려 달라', 행진과 깃발, 호르스트 베셀 노래, 만세. 거의 비슷한 시기에 문화부 장관은 개신교회 지도부를 물러나게 하고 나치 군목인 뮐러라는 사람을 '제국 주교'로 지명했다.• 스포츠 궁전에서 열린 대규모 시위에서 새로운 독일 기독교는 아돌프 히틀러를 독일의 구세주로 내세우고 깃발과 호르스트 베셀 노래와 '만세'로 승리를 축하했다. 하지만 이번에는 자기들이 매장한 기관에 경의를 표하기 위해선지 아니면 다른 이유가 있었는지 집회를 끝낼 때 「내 주는 강한 성이요」를 불렀다. 그런 다음 '교회 선거'가 열렸다. 나치는 기독교도인 당원들이 모두 투표에 참여하도록 독려했고 다음 날 신문은 새로운 독일 기독교가 압도적으로 승리했다고 보도했다. 그날 저녁 시내를 지나가는데 교회의 탑이란 탑에는 모두 하켄크로이츠 깃발이 걸려 있었다.

나치가 개신교를 이렇게 공격하자 교인들이 거세게 저항했지만

• 루트비히 뮐러(Ludwig Müller, 1883~1945, 자살한 것으로 추정)는 독일 개신교의 지도층을 나치로 바꾸는 일체화 과정에서 중요한 역할을 했으며 1933년부터 1945년까지 제국 주교를 맡았다. 하지만 그가 제국 주교에 오른 시기는 1933년 9월로 아마 하프너가 착각한 듯하다.

외부인들은 이를 거의 눈치채지 못했다. 나는 그때 조금 묘한 기분으로 교회의 행정 문제에 관한 투표에 참여해 '고백교회'•라는 단어가 쓰인 투표함에 내 소중한 한 표를 집어넣었다. 나는 스스로 고백자라고 느끼지 않았다. 그동안 내내 교회를 '존중하지만 열망하지는 않았다.' 나는 교회를 열망하지 않더라도 존중할 수 있다고 늘 굳게 믿어왔다. 하지만 나는 새로운 '독일 기독교'인의 불경스럽고 가식적인 행동이 역겨웠다. 특히 이런 분야에서는 저항해봤자 아무 소용이 없다는 것을 다 알고 있으면서도 존엄을 지키기 위해서라도 한 번쯤 심한 타격을 받고 굴욕을 당한 교회를 지지한다고 '고백'하고 싶었다. 그 무렵 포도주를 즐겨 마시는 보수적인 노인이 한 말에 나는 매우 공감한다.

"세상에! 이제 우리는 아예 있지도 않은 신앙을 위해서 투쟁해야 하네."

여름이 흐르면서 감정은 대체로 희미해져서 긴장감이 줄어들었고 심지어 역겨움도 약해졌다. 모든 게 마취라는 구름을 통해 스며들었다. 독일에 머물러야 하는 사람들은 그때 모든 위험을 포함한, 상황에 순응하기 시작했다. 나는 사실 여기 살고 있다고 느끼지 않았다.

• Bekennende Kirche: 나치에 협조하는 독일기독교도연맹이 복음주의 교회를 지배하고 아리아인의 우월성을 강조하며 성서를 왜곡하기에 이르자, 일부 독일 교회는 목사긴급연맹을 중심으로 고백교회로 재편성했다. 그들은 우선 19세기 고백 부흥 운동의 전통을 물려받아 교리를 보존하는 데 관심을 두었지만 차차 행동에까지 나섰다. 기독교 내부에서 저항 세력으로 활동했지만 대중적으로 퍼질 수 없었고 1930년대 말 전쟁이 시작하고 탄압이 거세지자 지하로 숨어들어 명맥을 유지했다.

몇 달만 더 참으면 파리에 간다. 거기서 되돌아올 생각은 아예 하지 않았다. 여기 생활은 곧 끝날 테니 중요하다고 생각하지 않았다.

사실 생활이라고 할 만한 것도 그리 많이 남지 않았다. 친구들은 하나둘씩 떠나거나 이제 친구가 아니었다. 종종 외국 우표가 붙은 그림엽서가 날아왔다. 프랑크 란다우는 이따금 편지를 썼다. 그 편지들은 차츰 음울해졌다. 처음에는 확신과 희망에 차 있다가 조금 짧고 모호해지더니 8월 중순 갑자기 편지 한 무더기가 도착했다. 열두 장인가 열네 장, 지치고 낙담한 말투로 혼잣말하듯 하염없이 쓴 편지는 무척 혼란스러웠다. 모든 게 아무 쓸모 없다. 엘렌이랑도 안 맞는다. 두 사람은 곧 헤어질 것이다. 스위스에서도 아무 전망이 보이지 않는다. 박사학위를 딴 다음 뭘 할지 모르겠다. 한니를 잊을 수 없고 우리가 나눈 대화도 잊을 수 없다. 독일에 남겨두고 온 것들을 대신할 수 있는 게 없다. 지난날과 연결 고리도, 살아야겠다는 의욕도, 마음을 붙일 실체도 없다.

"너에게 조언을 해달라고 이런 편지를 쓰는 게 아니야. 조언을 할 수 없다는 걸 잘 알거든."

얼마 지나지 않아 엘렌이 갑자기 돌아왔다. 그냥 혼자 돌아왔다. 이제 모두 끝났고 그녀는 무기를 버리고 항복했다. 나는 엘렌의 연락을 받고 두세 번 반제로 찾아갔다. 지난 4월 1일을 보낸 집의 정원에 착잡한 심정으로 앉아서 모든 것을 설명하고 그녀를 위로하고 충고도 해줘야 했다. 엘렌은 평정을 잃고 혼란스러운 채 힘든 상황에 있었다.

프랑크를 사랑하지만 그와 함께 살 수 있다고 믿지 않았다. 모든 게 너무 급작스러웠고 어쩌면 이미 다 영원히 망가졌는지도 모른다. 시간이 있었다면, 모든 일이 천천히 발전하도록 놔두고 어떻게 진행되는지 볼 수 있었다면! 무엇이든 늘 지금 당장 결정해야 하는 게 가장 끔찍한 일이다. 지금 여기 수많은 갈림길 앞에서 마음을 정해야 하고 인생은 예측할 수 없는 방향으로 갈라진다. 엘렌의 가족은 곧 미국으로 떠날 참이었다. 같이 가야 할까? 그럼 프랑크를 다시는 보지 못한다. 취리히로 돌아가야 할까? 그럼 그에게 영원히 묶인다. 그런데 이번 여름을 보내고 난 다음 쉽사리 용기를 낼 수 없었다. 하지만 엘렌은 여전히 프랑크를 사랑했다.

"당신은 그 사람을 알잖아요. 그이가 어떤 사람인지 말해주세요. 내가 어떻게 해야 할지 제발 말 좀 해주세요."

4월 초 나는 한니와도 이야기했다. 그녀는 어두운 방 안에서 아무것도 먹지 않고 몇 날 며칠 울기만 한 참이었다. 나중에 둘이서 대사관들을 돌아다니고 체코슬로바키아의 여러 관청에 편지를 쓰고 경찰서에도 찾아갔다. 하지만 한니의 국적 문제를 해결할 수 없었다. 한니는 독일에 사로잡혀 있었다.

이상한 인생이었다. 다른 사람이 파산하고 난 다음 뒷갈망을 하는 것 같은 느낌도 약간 들었다. 그러는 동안 나에게 아무 의미도 없고 조금은 다른 사람의 인생, 그러니까 나의 지난 인생에 속하는 것 같은 시험을 준비하면서 리포트를 썼다. 그리고 틈틈이 씁쓸한 유머를 힘껏 담아 짧은 신문 기사나 소품을 썼다. 몇 달 전만 해도 세계적으로 유명한 신문이었지만 지금은 조금 맛이 간 듯 변죽을 때리는 억지 나치 신문에서 며칠 뒤 그 기사를 읽으면 놀라웠다. 몇 달 전이라면 그 신문을 위해 일하는 게 얼마나 자랑스러웠을까? 하지만 이제 그것도 사실 나랑 상관없었다. 죄다 일시적이고 중요하지 않았다.

가까운 사람들 가운데 이상하게도 찰리만 남았다. 하필이면 사육제에서 만나 불장난처럼 시작한 여자. 찰리는 남았다. 이 비현실적인 여름의 잿빛 천을 꿰뚫는 붉은 실처럼 찰리는 머물렀다. 조금은 아프고 조금은 어긋난, 아주 행복하지만은 않은 사랑, 하지만 한 조각 달콤함이 아예 없지는 않은 사랑.

찰리는 착하고 소박하고 단순한 여자였고 행복한 시절이었다면 우리 사랑도 단순하고 진부하고 달콤한 이야기였으리라. 하지만 불행이 우리를 지나치게 꼭 묶어주고 우리가 서로 줄 수 있는 것보다 더 많은 것을 요구했다. 굳이 꼭 집어 말하자면 하나의 세계를 잃어버린 것에 대한 보상, 날마다 괴롭고 답답한 고통에 대한 보상. 하지만 우리 두 사람 가운데 아무도 이 단계에 이르지 않았다. 나는 찰리에게 내 속에 있는 이야기를 거의 할 수 없었다. 찰리 자신의 불행이 훨씬 더 현실적이고 단순하고 무겁고 설득력 있었다. 찰리는 유대인이었다. 그녀는 박해받았고 날마다 조마조마한 심정으로 자기 자신과 부모님과 대가족의 목숨을 걱정해야 했다. 찰리가 무척 사랑하지만 나는 누가 누군지 분간도 할 수 없는 이 가족들에게 요즘 끔찍한 일들이 너무 많이 생겼다. 찰리도 많은 젊은 유대인들처럼 요즘 일어나는 일에서 유대인에게 일어나는 일만 볼 뿐 더는 보지 못했다. 이해할 수 있는 일이었다. 찰리는 천진하게도 하룻밤 사이에 유대인 민족주의자 시오니스트가 되어버렸다. 이런 매우 흔한 반응을 이해하면서도 직접 보자니 서글펐다. 유대인에 대한 악의에 찬 가정을 마음 약하게 받아들여 시오니스트가 되다니, 이 또한 나치의 의도에 놀아나는 일이었다. 하지만 내가 찰리랑 논쟁을 하려고 든다면 딱 하나 남은 희망마저 빼앗는 꼴이었을 거다. 언제인가 내가 아주 조심스럽게 회의적인 말을 꺼냈을 때 찰리는 슬픈 눈을 커다랗게 뜨고는 물었다.

"피터, 그럼 우리는 어쩌라고?"

찰리는 히브리어를 배우고 팔레스타인을 생각했다. 하지만 아직 그곳에 가진 못했다. 찰리는 다시 상점에 나가 가족이 생계를 유지하도록 도왔다. 유대인들도 이제 다시 일할 수 있었다. 얼마나 오래 더 그럴지 아무도 몰랐다. 찰리는 아버지를 비롯해 친척들을 눈물겹도록 돌보고 일하고 고난받았다. 살이 죽죽 빠지고 많이 울었지만 때때로 위로를 받으면 다시 웃기도 했다. 그럴 때면 다시 귀엽게 호들갑을 떨고 발랄해졌지만 오래가진 못했다. 8월에 그녀는 몹시 아파서 결국 맹장을 잘라내야 했다. 이상해라. 정신적 부담 때문에 맹장염에 걸리는 것을 올해 벌써 두 번이나 보았다. 이런 사건들 사이사이 우리는 작은 사랑 이야기를 힘껏 끼워 넣었다. 영화를 보러 가고 와인을 마시러 가고 사랑에 빠진 사람들이 으레 그러듯 즐거워지려고 애썼다. 밤늦게 헤어져 지하철 막차를 타고 집으로 돌아갈 때면 에스컬레이터만 살아 있을 뿐 아무도 없는 지하철역 플랫폼에 나는 지친 채 텅 빈 머리로 앉아 있었다.

일요일에는 멀리 나가서 숲 속을 돌아다니거나 물가나 숲 속 빈터에 누워 있었다. 베를린 주변에는 길들지 않은 아름다운 자연이 그대로 남아 있었다. 교외선이 다니는 역 근처에도 사람들이 많이 다니는 산책로를 벗어나면 아무도 밟지 않은 듯 보이는 곳에 다다를 수 있었다. 무척이나 호젓하고 단조로우며 마음을 뺏길 만큼 슬펐다. 그런 곳을 찾아 짙푸른 소나무 사이 숲길을 거닐거나 눈부시도록 파란 하늘 아래 풀밭에 누웠다. 하늘은 아름다웠고, 촘촘하게 서 있는, 훤칠하게 죽죽 뻗은 나무도 잔디도 이끼도 개미도 윙윙거리는 벌레들도 다 그랬다. 모든 게 영원하고 절실하게 위안이 되었다. 다만 우리가 그 그림 속에 끼어들어선 안 됐다. 우리가 없다면 더욱 아름다웠을 것이다. 우리는 불청객이었다.

그해 여름 날씨는 눈부셨다. 태양은 지치지 않았고 짓궂은 신은 하고많은 해 중에서 1933년을 독일 포도주 양조 역사에서 전문가가 오랫동안 칭송해 마지않을 전설적인 해로 만들었다.

34

파리에 있는 테디한테서 갑자기 편지가 왔다. 믿을 수 없게도 베를린에 오겠다고 했다. 그것도 바로 다음 주에. 가슴이 쿵쾅거리기 시작했다. 테디는 어머니를 파리에 모셔 갈 수 있는지 살펴보고 모든 것을 다시 한 번 가까이서 보고 싶다고 썼다. 조금 두렵기도 하지만 기대하는 것도 많다고 했다. 또 나를 자주 보고 싶단다.

편지를 앞주머니에 집어넣을 때 마치 개미가 스멀스멀 기어가는 듯 온몸이 짜릿짜릿해지면서 인생이 되돌아온다는 느낌이 들었다. 내가 그동안 내내 차고 뻣뻣해진 채 거의 죽어 있었다는 사실을 불현듯 깨달았다. 나는 어쩔 줄 모르고 온 집 안을 서성거리면서 휘파람을 부는가 하면 줄담배를 피워댔다. 요즘 상황에서는 이렇게 기뻐하는 것조차 버거웠다.

다음 날 신문 표제 기사는 "사법 연수생을 위한 훈련소"였다. 사법시험을 보려고 신청한 연수생들은 예비시험 답안을 제출한 다음 모두 훈련소에 들어가야 한다고 했다. 공동체 생활을 하는 가운데 군사훈련을 받고 세계관 학습을 하면서 국민 재판관으로 위대한 사명을 다할 수 있도록 준비해야 한다. 며칠 안에 첫 입소자들이 소집장을 받을 것이다. 그런 다음 칭찬과 만세로 가득한 편집자 논평이 이어졌다.

"독일의 젊은 법조인들은 모두 법무부 장관에게 감사해야 한다……."

내가 제대로 분통을 터뜨린 것은 처음이었다. 그 동기는 정말 사소해 보이지만 여리고 약한 인간인 우리의 반응은 꼭 동기의 크기나 보편적 의미에 따르는 것은 아니다. 나는 마치 감옥에 갇힌 사람처럼 주먹으로 벽을 때리고 소리를 지르면서 우는가 하면 신과 세계와 아버지와 나와 독일 제국과 신문 등등 누구한테나 무엇한테나 저주를 퍼부었다. 나는 이제 막 마지막 예비시험 답안을 제출할 참이고 훈련소에 가장 먼저 들어갈 확률이 꽤 높았다. 격분해서 미친 듯 날뛰다가 결국 털썩 주저앉았다. 겨우 마음을 추스르고 하루나 이틀이라도 얼굴을 볼 수 있도록 가능한 한 일찍 오라고, 테디한테 짧지만 간절하게 편지를 썼다.

그리고 다음 날인가 다음다음 날인가 곤죽이 되도록 몹시 두들겨 맞은 기분으로 고분고분하게 시험 답안을 제출했다.

그런데 프로이센의 관료주의를 찬양하고 찬미할지니, 아무 일도 일어나지 않았다. 내 답안지는 아마 어느 사무실에서 먼지를 뒤집어 쓰고 뒹굴 것이다. 내 답안이 그 사무실에서 빠져나와 내 이름이 어떤 명단에 올라갔다가 다른 명단으로 옮겨지고 훈련소에 들어갈 사람을 모아서 소환장을 작성해 인쇄하고 발송할 때까지, 그때마다 황금처럼 귀한 시간이 흘러갈 것이다. 아무 일도 일어나지 않은 채 며칠이 지나자 나는 프로이센 관청이 일하는 방식을 떠올린 다음 안심하며 아직 희망이 있다고 확신하기 시작했다. 2주나 3주, 어쩌면 4주까지 자유 시간이 나리라는 희망. 그 자유는 오늘 당장이라도 끝날 수 있지만 꼭 그럴 필요는 없었다. 나는 날마다 우편함을 살펴보면서 아직 소환장이 오지 않았음을 확인했다. 처음에는 가슴을 졸였다가 안심하고 이어 확신이 생겼다. 그리고 시간이 지날수록 이 확신은 오만하리 만큼 단단해졌다. 소환장은 언제라도 올 수 있었지만 오지 않았다. 대신 테디가 왔다.

그녀는 마치 한 번도 떠난 적이 없었던 것처럼 갑자기 나타났다. 파리 한 조각까지 데려왔다. 파리산 담배·잡지·뉴스에 향수처럼 증명할 수 없지만 저항할 수도 없는, 홀가분하게 들이마실 수 있는 공기까지 데려왔다. 그리고 나는 그 공기를 힘껏 들이마셨다. 독일에서 제복이 역겨운 유행이 된 그해 여름, 파리에서는 여자들이 제복 같은 옷을 입는 게 유행이었다. 테디도 어깨심이 들어가고 구리 단추가 달린 파란 창기병 재킷을 입고 있었다. 여자들이 그런 옷을 장난삼아 입어도 아무도 나쁜 것을 생각하지 않는 곳에서 테디가 왔다니, 그저 놀랍기만 했다! 테디는 할 얘기가 많았다. 이제 막 스웨덴, 헝가리, 폴란드, 오스트리아, 독일, 이탈리아, 체코슬로바키아, 스페인 등 여러 나라에서 온 대학생들과 6주 동안 프랑스 곳곳을 돌아다니고 온 참이었다. 그들은 각각 자기 나라 민속 의상을 입고 민속춤을 추고 민요를 불렀다. 어디서나 그들을 제후처럼 맞아들이고 관중은 "브라보!"와 "앙코르!"라고 외치고 환영 연설도 했다. 리옹에서는 에리오•가 직접 연설했는데 하마터면 모두 울 뻔했다. 그런 다음 시에서 식사도 대접했는데 어찌나 잘 먹었는지 이틀 동안 배탈이 날 지경이었다. 나는 테디 옆에 앉아서 조금만 더 얘기해달라고 졸랐다. 이런 게 아직도 있었구나! 여기서 가는 데 하루도 안 걸리는 곳에 이 모든 게 아직 남아 있었구나! 그리고 테디가 여기 앉아서, 정말 내 바로 옆에 앉아서 이 모든 일이 아주 자연스러운 것처럼 이야기하는구나.

이번에는 테디한테 그 보답으로 보여줄 게 없었다. 정말이지 아무것도 없었다. 테디가 전에 왔을 땐 베를린에도 '보여줄' 게 남아 있었다. 모든 사람이 얘기하는 흥미진진한 영화, 대형 콘서트, '분위기' 있는 카바레나 소극장. 이제는 하나도 없었다. 테디가 답답해하는 게 눈에 빤히 보였다. 테디는 별 생각 없이 오래전에 문을 닫은 카페나 카바레에 대해, 오래전에 사라진 배우에 대해 물었다. 물론 신문에서 읽었을 테지만 실제로 와서 보니 또 달랐나 보다. 충격은 덜했을지 몰라도 이해하거나 참기는 훨씬 더 힘들었을 것이다. 어디를 가든 하켄

• 에두아르 에리오(Édouard M. Herriot, 1872~1957): 프랑스의 정치가로 급진 사회당 당수, 리옹 시장, 상원 의원을 거쳐 여러 차례 총리, 하원 의장을 역임했다. 문학, 음악사에도 조예가 깊으며 아카데미 프랑세즈 회원이기도 했다.

크로이츠 깃발과 갈색 제복에서 벗어날 수 없었다. 버스에서, 카페에서, 거리에서, 심지어 티어가르텐 공원까지 그들은 어디서나 점령군처럼 뻐기고 다녔다. 끊임없는 북소리에 밤낮 없는 행진곡. 테디가 그 소리를 듣더니 무슨 일이냐고 물었다. 행진곡이 들리지 않으면 무슨 일이냐고 물어야 한다는 것을 테디는 아직 몰랐다. 원형 광고탑에는 영화관이며 음식점 광고 옆에 처형을 공지하는 붉은 포스터가 거의 매일 붙어 있었다. 나는 이제 거들떠보지도 않는데 테디는 멋모르고 찬찬히 살펴보다가 흠칫 몸서리를 쳤다. 어느 날 산책을 하다가 나는 테디를 갑자기 집 안으로 끌어들여야 했다. 그녀는 아무것도 이해하지 못하고 깜짝 놀라 물었다.

"왜 이래?"

나는 아주 자연스럽게 대답했다.

"저기 돌격대 깃발이 오잖아."

"응, 그래서?"

"설마 저기 경례하고 싶어?"

"아니, 왜?"

"거리에서 돌격대 깃발을 만나면 경례해야 해."

"해야 하다니? 안 하면 되지."

가엾은 테디, 정말 다른 세상에서 왔구나! 나는 아무 말도 하지 않은 채 그저 우울한 표정만 지었다.

테디가 다시 입을 열었다.

"나는 외국인이야. 아무도 나한테 그런 걸 강요할 순 없어."

테디의 착각에 나는 다시금 그저 씁쓸하게 웃었다. 테디는 오스트리아인이었다.

언제인가 테디가 하필 오스트리아인이기 때문에 하루 종일 몹시 걱정한 적이 있었다. 그 전날 밤 나치는 오스트리아 공보 담당관을 침대에서 끌어내 체포하고 결국 추방했다. 다 알다시피 오스트리아가 동참하지 않기에 '우리'가 화났다는 게 이유였다. 그러자 돌푸스•도 이에 질세라 빈에서 나치당원을 추방했다. 한 명을 추방했는지, 여러 명을 추방했는지 기억이 나지 않는다. 하지만 신문은 한목소리로 오스트리아 정부의 도발적 행위를 성토하면서 '기필코 이에 대응해야 한다'고 주장했다. 이에 대응한다면 지금까지 정부가 해온 방식으로 보아 오스트리아인을 모두 추방하는 것밖에 다른 수가 있을까? 하지만 다행히 히틀러가 그러면 문제가 생길 거라고 생각했는지 아니면 다른 일 때문에 이를 제쳐놓았는지 모르지만 이번에는 대응을 하지 않았고 테디는 독일에 머무를 수 있었다.

테디가 말했다.

"내가 여기 오는 것도 이번이 정말 마지막이야."

나는 테디에게 내가 곧 파리로 갈 거라고 말했고 우리는 당장 갖

• 엥겔베르트 돌푸스(Engelbert Dollfuß, 1892~1934): 오스트리아의 정치가. 총리 겸 외무장관을 지냈고 '조국전선'을 조직하여 독재정치를 펴려고 했다. 독일과 합병하는 데 반대해 나치를 탄압했으나 결국 암살당했다.

가지 계획을 세우기 시작했다. 대학생과 이민 배우들이 참여하는 작은 국제 극단이 공중누각처럼 지어졌다.

내가 기대에 부풀어 물었다.

"독일 이민자들은 어떻게 지내?"

테디는 눈에 띄게 어물쩍거리다가 에둘러 말했다.

"물론 그 사람들이 다 잘 지내지는 않아."

며칠이 이렇게 지났다. 그러다가 마른하늘에 날벼락이 떨어졌다. 테디가 결혼할 생각이라고 알렸다. 아니, 내가 그렇게 짐작하게끔 했다. 파리로 돌아간 뒤 곧.

"앤드류 씨랑?"

왠지 그럴 것만 같아서 물었다.(테디가 그의 이야기를 그리 많이 한 것은 아니다.)

테디는 고개를 끄덕였다.

"잘됐다."

내가 말했다. 우리는 쿠담 거리 끄트머리 카이저 빌헬름 기념 교회 맞은편, 한때 베를린 문인의 집합 장소였지만 이제 황량해진 로마니셰스 카페 앞에 앉아 있었다. 갑자기 기념 교회의 로마식 사각 돌탑이 마치 지하 감옥의 벽처럼 나한테 성큼 다가왔다.

테디가 물었다.

"Mon pauvre vieux*, 속 많이 상해?"

나는 고개를 저었다.

테디가 무슨 말인가 하자 내 머릿속에 달콤하고도 고통스러운 파도가 지나갔다. 우리 두 사람 사이에서는 결혼 이야기는 한 번도 나온 적이 없었다. 우리 연애도 언제나 조금 진전이 생겼다 싶으면 이내 중단되었다. 테디한테 내가 그저 많은 친구들 가운데 하나가 아니라 그 이상인지도 확실하지 않았다. 테디가 나한테 어떤 의미가 있는지 말한 적도 없었다. 사실 너무 거창하게 들렸을 테니 말하기도 쉽지 않았으리라. 우리 사이에는 가장 은밀한 순간에도 장난기가 묻어 있었다.

테디가 말했다.

"어쨌든 우리는 결혼할 수 없을 거야. 네가 여기서 나랑 뭘 할 수 있겠니?"

나는 깜짝 놀라 물었다.

"네가 그런 생각을 다 해봤어?"

"아, 그럼."

테디는 내 아둔함에 웃더니 가까이 다가오면서 덧붙였다.

"어쨌든 난 아직 여기 있어."

작별, 또 다른 작별, 그러나 그 전의 어떤 작별보다 더 아프고 쓰라린 작별. 이제 모든 게 우리에게 남은 3주를 위한 준비인 듯 다시 좋아 보였다. 모든 것이 내가 자유로워지도록 자리를 마련해주는 것만 같았다. 아침부터 저녁까지 테디와 함께 있으면서 그녀에게만 속하는

• 가엾은 내 옛 친구.

걸 막을 친구도 의무도 남아 있지 않았다. 테디도 오로지 나를 만나기 위해 베를린에 온 것만 같았다. 비록 작별 인사를 하기 위해서지만.

그 순간에는 모든 게 이 3주를 자유롭게 만들어주려고 약속이라도 한 듯 뒤로 물러선 것만 같았다. 독일 제국도 이미 나를 향해 손을 뻗었지만 자비롭게도 그 손을 어깨에 올려놓을 때까지 시간을 두었다. 나를 멀리 데려갈 소환장은 아직 오지 않았다. 부모님은 여행을 떠났다. 불쌍한 찰리는 아파서 입원했다. 이렇게 생각하면 안 된다는 것을 알면서도 찰리가 나를 위해 차마 받아들이기 미안한 호의를 베푸는 것만 같았다.

3주가 하루처럼 흘렀다. 목가적인 시간은 아니었다. 연인처럼 굴거나 우리 감정에 대해 이야기할 시간은 거의 없었다. 테디는 그동안 자기 어머니의 이민 수속을 처리해야 했다. 이 자그마한 노부인은 세상이 어떻게 돌아가는지 전혀 이해하지 못한 채 잠잠하고 무력하게 방에만 틀어박혀 있었다. 그래서 우리가 관공서와 이삿짐 회사를 돌아다니고 국영 화폐 교환소의 대기실에 몇 시간이고 앉아 있어야 했다. 날마다 뭔가 계획하고 처리할 일이 있었다. 마지막엔 일꾼들과 더불어 이사를 감독, 진행해야 했다. 출발과 작별, 이미 익숙해진 일이었다. 하지만 이 출발과 작별의 3주일은 여러 해에 걸친 수줍은 열정의 감정을 다 집어넣기 위해 영원에서 우리에게 남은 시간 전부였다. 그동안 우리는 갓 약혼한 사람들처럼 서로 떨어질 수 없는 한편 오랫동안 함께 살아온 부부처럼 친밀했다. 단 한 순간도 헛되이 흘려보내지 않았다. 화폐 교환소에서 머리를 맞대고 앉아 공무원에게 뭐라고 할 것인지 꾸며대는 시간조차 달콤하기 그지없었다.

화폐 교환소에서는 결국 재산의 일부는 외국으로 가져갈 수 없다는 판결을 내렸다.

테디가 말했다.

"어쩔 수 없지. 몰래 들고 나가는 수밖에. 우리 돈을 호락호락 내줄 순 없어."

"그러다 만약 걸리면!"

"난 절대 안 걸려."

테디는 확신에 차서 활짝 웃었다.

"내가 다 알아서 할 거야. 게다가 난 책을 제본할 줄 알아."

며칠 동안 우리는 한동안 비워두었던 테디의 방에 앉아 두꺼운 종이와 풀과 그림이 그려진 종이로 정성껏 책 표지를 만들었다. 책 속은 100마르크짜리 지폐로 채웠다. 언제인가 한번 일을 하다가 일어나서 우연히 거울 속 우리의 달뜬 얼굴을 보았다.

테디가 말했다.

"늙다리 범죄자 면상이야."

그리고 일은 몇 분 동안 제쳐두었다. 또 한번은 일하는 동안 초인종이 울렸다. 언제인가 프랑크네 집에서처럼 돌격대원 두 명이 문 앞에 서 있었다. 무엇을 위해선지 모금을 한다며 위협하듯 깡통을 달그락거렸다. 나는 능청스럽게 "유감이네요." 하고 말한 다음 얼굴에 대고 문을 쾅 닫아버렸다. 테디가 뒤에 있으면 나는 자신감이 넘친 나머지 거의 경솔해질 지경이었다.

하지만 때때로 밤에 깨어나면 갑자기 온 세상이 처형장처럼 잿빛으로 보였다. 그런 시간에는 그리고 그런 시간에만 이 모든 게 끝이라는 사실을 알았다. 파리에서는 앤드류 씨가 테디를 기다릴 것이다. 내가 파리로 갈 때쯤이면 테디는 이미 앤드류 부인이 되어 있을 테고 앤드류 씨는 오쟁이 지우기에는 너무 착했다. 두 사람은 아이들을 낳을지도 모른다. 그 생각을 하면 죽고 싶을 만큼 참담했다. 2년 전 가끔 본 그의 모습이 눈앞에 선연했다. 이상한 시절이었다. 가족들이 반대해도 파리에 남은 테디는 결국 집에서 버린 자식 취급을 받았다. 돈은 없고 친구는 많았다. 친구들은 모두 테디를 조금이라도 더 차지하려고 싸우면서 온갖 질투극을 벌였지만 실제로 테디를 도와줄 수는 없었다.(나 또한 별로 나을 바 없었다.) 그때 과묵한 앤드류 씨는 테디의 작고 허름한 호텔방에 가끔 찾아와서 벽난로 위에 발을 올려놓고 별 필요도 없고 효과도 없는 독일어 과외를 받았다. 그러다가 문득 살짝 웃으면서 아주 현명한 조언을 해주고는 조용하고 눈에 안 띄게 사라졌다. 참을성 있는 남자. 이제 그 사람이 테디랑 결혼한다. 영국인. 영국인은 언제나 값지고 귀한 것들을 다 차지한다. 인도, 이집트, 지브롤터, 사이프러스, 호주, 남아프리카, 금이 나는 나라들, 캐나다, 그리고 이제 테디까지! 나처럼 불쌍한 독일인은 그 대신 나치를 차지했다. 어쩌다 운 나쁘게 밤에 깨어나면 이런 우울한 생각이 꼬리를 물고 이어졌다.

하지만 낮에는 모든 것을 잊고 행복했다. 가을, 황금처럼 귀한 초가을이었고 날마다 햇볕이 쨍쨍했다. 아직 소환장은 오지 않았다. 오늘은 국세청, 경찰서, 영사관, 그리고 운이 좋으면 오후에 티어가르텐 공원에서 한 시간. 기분이 내키면 배 한 척을 빌려서 타리라. 하루 종일 테디랑 함께.

> 앞으로도 뒤로도 돌아보지 않으리,
> 호수 위에 떠다니는 거룻배처럼
> 그저 흔들리게 놔두리.•

• 독일 낭만주의 시인 프리드리히 횔덜린(Friedrich Hölderlin, 1770~1843)의 「므네모시네」에서 인용. 므네모시네는 그리스신화에 나오는 기억의 여신이다.

35

4주 뒤 나는 유터보그 근방에서 목이 긴 군화를 신고 하켄크로이츠 완장이 달린 제복을 입고 하루에도 몇 시간씩 제복을 입은 종대의 일원으로 행진하며 입을 모아 「동쪽에 떠오르는 해를 보는가?」나 「브란덴부르크의 황야」를 비롯한 행진곡을 불렀다. 우리한테는 깃발도 있었다. 물론 하켄크로이츠 깃발이었다. 때로는 대열 맨 앞에 있는 사람들이 깃발을 들고 갔다. 마을을 지날 때면 주위에 있던 사람들이 손을 높이 들어 올리든가 부랴부랴 집 안으로 들어갔다. 안 그러면 우리, 그러니까 내가 자기를 두드려 팬다는 사실을 배웠기에 그랬으리라. 나를 비롯해 꽤 많은 사람들이 스스로 깃발 뒤에서 행진하지 않을 때면 깃발을 피해 집 안으로 들어갔지만 상황은 조금도 달라지지 않았다. 지금 깃발 뒤에서 행진하는 우리는 다른 사람들에게 여차하면 몰매질하겠다는 소리 없는 위협이 되어버렸다. 다들 경례하거나 도망쳤다. 우리가 두려워서. 내가 두려워서.

이 상황을 되새겨보면 지금도 여전히 어지럽다. 이는 호두 껍질 속에 제3제국 전체를 품고 있었다.

36

유터보그는 브란덴부르크 남쪽의 위수衛戍도시다. 어느 화창한 가을날 아침 독일 전역에서 모인 50명에서 100명에 이르는 젊은이들이 팔에 웃옷을 걸고 손에 가방을 든 채 당혹스러운 표정으로 역에 나타났다. 여기서 우리에게 어떤 일이 일어날지 아무도 몰랐다. 다들 우리가 여기서 무엇을 해야 할지 스스로 물어보았다. 우리는 그저 사법시험을 치려고 했을 뿐인데, 갑자기 의견도 묻지 않고 이 차가운 지방 플랫폼에 불려 왔다. 많은 이가 우리가 받을 '세계관 학습'에 맞서 조용한 신중함과 역설로 무장했을 수도 있다. 하지만 아무도 이 우스우면서도 낯설고 모험적인 상황을 미리 그려볼 수는 없었다. 우리는 여기 이 외진 곳에 가방을 들고 어정거리면서 이른바 '새 훈련소'라는 장소를 찾는 것뿐 다른 과제가 없었다. 아무도 훈련소가 어디 있는지 몰랐고 그 목적이 뭔지도 몰랐다. 누가 우리를 데리러 나올 것 같지는 않았다. 결국 가방을 싣고 가려고 차를 한 대 빌렸다. 운전사가 길을 가르쳐주었다. 국도를 따라 몇 킬로미터만 더 가면 훈련소가 나온다고 했다. 몇몇이 차 몇 대를 더 빌려서 타고 가자고 제안했다. 그러나 높은 사람들처럼 차를 빌려 타고 간다면 그리 좋은 인상을 남기지 못할 거라고 단박에 거절하는 사람도 있었다. 돌격대 제복을 입은 사람도 몇 명 있었다. 그중 하나가 앞에 나서길 좋아하는지 구령을 붙였다.

"세 줄로 정렬, 전진!"

다른 좋은 수가 떠오르지 않기에 다들 이 명령에 따랐다. 조금 밀치락달치락하다가 우리는 국도를 따라 행진하기 시작했다. 갑자기 상황이 독일적인 면모를 띠었다. 우리는 훈련소로 행진하는 신병이었다.

돌격대원은 예닐곱 명쯤이었는데 제복 차림으로 앞장서서 걸었다. 나머지 사람들은 뒤에서 종종걸음 치면서 대충 속도를 맞췄다. 아주 상징적인 광경이었다. 앞장선 사람들이 노래를 부르기 시작했다. 우선 돌격대 노래, 이어 군가를 시도했다가 결국 민요를 부르기 시작했다. 하지만 우리는 대개 노래 가사를 잘 몰랐고 알아도 기껏 1절 가사만 알았다. 그래서 결국 노래하기를 포기하고 묵묵히 국도를 따라 행진했다. 민둥민둥한 땅이 길 양쪽 가장자리 가을 햇볕 아래 놓여 있었다. 파리로 가는 에움길이 참 이상하다는 생각을 하면서 걸어갔다.

훈련소에 도착한 다음 일단 기다려야 했다. 우리는 '열중쉬어' 자세로 난감하게 서서 여기 먼저 와 있던 연수생들이 커다란 빗자루로 막사 사이사이 운동장을 이리저리 쓸고 있는 모습을 바라보았다.(일주일 뒤 이 '관할구역 청소'가 자연스런 토요일 일과임을 우리도 알게 되었다.)

그 사람들은 비질을 하면서 이상한 노래를 불렀다. 게다가 나치가 도입한 방식대로 딱딱 끊어서 특이하게 불렀다. 귀를 쫑긋 세워 가사를 들어보고는 이 노래가 나치가 선거에서 이긴 다음 갑자기 당에 들어온 '3월 떨거지들'을 조롱하는 내용이란 사실을 알아차렸다. 나는 그 의미를 잘못 넘겨짚고 몇 분 동안 희망에 부풀어 환상을 품었다. 하지만 이런 조롱이 내가 지레 짐작한 것과 정반대라는 사실을 차차 깨달았다. 그 노래 가사는 이랬다.

1933년
싸움이 끝났을 때……
1933년
점잖은 신사분이
재단사를 찾아가서
멋진 옷을 맞추더니
이제 잘난 척 뻐기기까지……

분명 '옛 투사'들에게서 나온 투박한 돌격대 노래였다. 하지만 저렇게 딱딱 끊어가며 노래를 부르는 저 사람들도 대부분 3월 떨거지들일 테니 아귀가 맞지 않았다. 어쩌면 3월 떨거지조차 아닌지도 몰랐다. 다들 똑같은 잿빛 제복을 입고 하켄크로이츠 완장을 차고 다들 똑같이 절도 있게 노래하니 구분을 할 수 없었다. 나는 아직 사복을 입고 노래를 부르지 않는 옆 사람을 초조한 눈빛으로 힐끗거리며 어림잡아 보려고 했다. 그 사람도 아마 나한테 똑같은 일을 했을 것이다.

'혹시 이 사람도 나치일까? 조심하는 게 나을 거야…….'

우리는 마냥 기다렸다. 몇 번 끊어지긴 했지만 서너 시간은 족히 기다렸다. 그렇게 기다리는 사이사이 각각 장화, 식사용 주발, 하켄크로이츠 완장, 감자 수프 한 '방'을 받았다. 뭔가 받을 때마다 다시 30분을 더 기다려야 했다. 마치 우리가 30분에 한 바퀴씩 삐걱거리면서 돌아가는 커다랗고 묵직한 기계 속에 앉아 있는 듯했다. 그런 다음 의사한테 검진도 받았다. 우악스럽고도 모욕적인 군대식 간이 검진이었다. 혀를 쭉 내밀고 바지를 아래로 내리고 "성병에 걸린 적 있습니까?" 하는 질문을 받고 의사가 우리 가슴에 귀를 한 번 갖다 댔다가 다리 사이에 손전등 불빛을 한 번 비추고 종지뼈를 망치로 한 번 때리고는 끝이었다. 그런 다음 '숙소'를 배정받았다. 커다란 숙소에는 2층 침대 4, 50개, 작은 사물함, 아주 긴 식탁과 벤치가 있었다. 모든 게 군대식이었다. 이상한 게 있다면 우리는 사실 군인이 되고 싶은 게 아니라 사법시험을 보고 싶을 뿐이라는 사실이었다. 아무도 우리한테 군인이 되어야 한다고 말하지 않았고 방금 환영사를 들을 때도 그런 말은 없었다.

숙소 대표가 우리를 정렬했다. 돌격대원, 그것도 일반 대원이 아니라 돌격대 소위였다.(그의 제복 옷깃에 별 세 개가 달려 있었다. 그날 나는 이게 돌격대 소위란 뜻이며 이는 중대장쯤 된다는 사실도 알았다. 그 사람도 우리처럼 연수생이었다.) 인상이 좋지 않다고 말할 수는 없었다. 작고 귀여운 갈색 머리 젊은이로 눈이 초롱초롱했다. 분명 건달은 아니었다. 하지만 얼굴 표정에서 무엇인가 눈에 띄었다. 특별히 거슬리는 것은 아니었지만 왠지 낯설지 않아 개운하지 않았다. 문득 기억이 났다. 그건 바로 브로크가 나치당에 들어간 다음 끝내 벗어버리지 못하고 굳은, 뻔뻔스러운 표정이었다.

그는 '차려'라고 구령을 붙이더니 곧 '열중쉬어'라고 명령했다. 아니, 구령을 붙이고 명령했다기보다는 이성적으로 설득했다. 마치 이렇게 말하는 듯했다.

"우리는 이제 여기서 놀이를 할 거야. 나는 명령을 해야 하니까 산통 깨지 말고 내가 시키는 대로 해줘."

우리는 그의 부탁을 들어주었다. 그는 이어지는 연설에서 다음과 같은 세 가지를 강조했다.

첫째, 아직 분명하지 않아 보이는데 여기 훈련소에서 호칭은 딱 하나, 동료에 어울리는 '너'를 사용하고 말도 놓는다.

둘째, 이 숙소는 훈련소의 모범이 될 것이다.

셋째, "발 냄새가 심한 사람은 아침저녁으로 깨끗하게 씻어라. 이건 동료애의 규율이다."

그는 연설을 마치고 나서 이제 오늘과 내일 일과는 끝났다고 선언했다.(토요일 오후였다.) 아직 밖에 나갈 수는 없지만 훈련소 안에서 뭐든 하고 싶은 일을 하라고 했다.

"해산!"

지금까지 일어난 일만 해도 낯설기만 한데 이제 하루와 한나절을 하릴없이 죽여야 하는 과제까지 떠맡았다.

우리는 머뭇거리면서 통성명하기 시작했다. 다른 사람이 나치인지 아닌지 아무도 모르기에 조심해야 했다. 몇몇은 제복을 입은 돌격대원들에게 대놓고 다가갔지만 그들은 사복을 입은 동료들에게 서먹서먹하게 굴었다. 자기들이 여기서 일종의 귀족이라고 느끼는 게 분명했다. 나는 정반대로 나치처럼 보이지 않는 얼굴을 찾았다. 하지만 인상만 보고 어떻게 알 수 있을까? 우물쭈물하자니 마음이 불편했다.

그런데 어떤 사람이 말을 걸었다. 얼른 훑어보았다. 금발에 평범하고 시원스런 얼굴이었다. 하지만 그런 얼굴이야 돌격대원 모자 아래서도 종종 볼 수 있다.

그가 입을 열었다.

"전에 어디선가 본 것 같은데…… 그런가?"

내가 대답했다.

"글쎄, 난 사람들 얼굴을 잘 기억 못해. 혹시 베를린에서 왔어?"

"응."

그가 대답하더니 고개를 약간 숙이면서 자기 이름을 댔다.

"부르카르트."

나도 내 이름을 대고 우리가 어디서 봤는지 알아내려고 해보았다.

무난한 대화가 10분 정도 이어졌다. 전에 어디서 만났을 리 없다는 사실을 확인하고 나자 더 할 말이 없었다. 둘 다 헛기침을 했다.

내가 말했다.

"아님 말고. 방금 여기서 만난 셈이네."

그가 맞장구쳤다.

"맞아."

침묵.

내가 다시 입을 열었다.

"여기 어딘가 구내식당이나 매점이 없을까? 커피 한잔할래?"

그가 대답했다.

"뭐, 안 될 건 없지."

우리는 이름을 부르는 것을 피하고 있었다.

"뭔가 하긴 해야 하잖아."

나는 그렇게 말한 다음 조심스럽게 찔러보았다.

"여기 좀 이상하지?"

그가 나를 곁눈질하더니 더 조심스럽게 대답했다.

"아직 잘 모르겠어. 전체적으로 군대 같네, 뭐."

우리는 매점을 찾아가서 커피를 마시고 담배를 나눠 피웠다. 대화가 드문드문 이어졌다. 이름을 부를 일도 약점을 드러낼 일도 피했다. 무척이나 힘겨운 대화였다.

결국 그가 물었다.

"체스 둘 줄 아세요? 아니, 체스 둘 줄 알아?"

내가 대답했다.

“물론 알지. 한판 둘까?”

그가 말했다.

“오랫동안 체스를 두지 않았어. 하지만 여기 체스 판이 있을 거야. 이 기회에 한판 두지, 뭐.”

바에서 도구를 빌려 체스를 두기 시작했다. 나는 기억 속에서 게임을 시작할 때 필요한 이론을 긁어모았다. 나도 오랫동안 체스를 두지 않았다. 안 둔 지가 벌써 여러 해 되었다. 그런데 이제 게임을 시작하자 문득 내가 체스를 열심히 두던 아주 오래 전 기억이 떠올랐다. 대학에 들어간 첫 학기, 1926년에서 1927년이 생각나고 그때 분위기와 젊은이다운 무모한 극단주의, 자유와 즉흥성, 개방적이고 열띤 토론, 농담과 경솔함까지 새록새록 떠올랐다……. 한순간 여기 앉아 있는 나 자신이 마치 낯선 사람처럼 보였다. 나이를 일곱 살이나 더 먹어 왜 오는지도 모른 채 그저 명령에 따라 세상 끝 외딴 곳에 떠밀려 와서 생판 모르는 사람이랑 말을 놓으면서 대체 뭘 해야 할지 몰라 다시 체스를 두고 있다니. 캐슬링을 하려고 폰을 신중하게 밀어내면서 이 상황이 굴욕적이면서도 이색적이라고 느꼈다. 벽에 걸린 커다란 히틀러 초상이 부루퉁한 표정으로 내려다보고 있었다.

한쪽 구석에서 라디오가 윙윙거렸다. 늘 그렇듯 행진곡이었다. 다른 자리에도 예닐곱 명이 앉아서 담배를 피우고 커피를 마셨다. 다른 사람들은 훈련소 안을 돌아다니는 것 같았다. 열린 창문으로 가을

날 오후 햇살이 비스듬하게 비췄다.

갑자기 라디오 소리가 멈췄다. 라디오에서 흘러나오던 진부한 행진곡조는 발을 들어 올렸다가 허공에 턱 걸리고 말았다. 거북한 정적이 흘렀다. 다들 그 곡조가 다시 땅에 발을 내딛기만 기다렸다. 하지만 대신 뻰질거리는 목소리가 알렸다.

"주목, 주목! 특별 방송입니다."

나와 부르카르트는 둘 다 고개를 번쩍 들었지만 눈을 마주치는 일은 피했다. 1933년 10월 13일 토요일 독일이 군비축소회의와 국제연맹에서 탈퇴했다는 소식이었다. 아나운서는 이 소식을 괴벨스가 창시한 낭독 방식으로 전했다. 책략가를 연기하는 배우처럼 목소리가 느글느글했다.

더 많은 소식이 꼬리에 꼬리를 물고 이어졌다. 제국 의회가 해산되었다. 고분고분하게 히틀러에게 전권을 넘겨준 그 제국 의회를 도대체 왜 해산했을까? 새로 선거를 치를 때는 오직 하나의 정당만 후보를 낼 것이다. 당연히 민족사회주의독일노동자당•. 이제 별별 일에 다 익숙해졌지만 그래도 이건 놀라웠다. 선출할 게 없는 선거라니, 대담하기 짝이 없었다. 맞은편에 앉은 사람을 힐끗거렸다. 더할 나위 없이 무심한 표정이었다. 각 주의 주 의회도 해산되지만 선거를 다시 하

• die NSDAP: 정식 명칭은 die Nationalsozialistische Deutsche Arbeiterpartei이다. 기본 정강인 민족사회주의Nationalsozialismus에서 나치Nazi라는 약칭이 나왔다.

지는 않을 것이다. 이 소식은 비록 프로이센이나 바이에른처럼 전통적이고 유명한 정치체제에서는 법치주의 원칙을 폐기한다는 뜻이지만 바로 앞의 소식에 비하면 대수롭지 않게 들렸다. 히틀러가 오늘 저녁 대국민 연설을 할 것이다. 맙소사, 아마 여기 모두 모여 그걸 들어야 하겠지.

"특별방송을 마치고 행진곡을 계속 들려드리겠습니다."

타룸타타 타룸타타…….

아무도 자리에서 벌떡 일어나 만세를 부르거나 환성을 내지르지 않았다. 하지만 다른 일도 일어나지 않았다. 부르카르트는 세상에 흥미로운 일은 우리 체스 게임밖에 없다는 듯 고개를 체스 판 위에 깊이 숙였다. 다른 자리에 앉아 있던 사람들도 꽤 의미심장하지만 속내를 짐작할 수 없는 표정으로 담배 연기를 내뿜을 뿐 말이 없었다. 하지만 할 말이 얼마나 많은데! 나는 양가감정에 속이 쓰릴 지경이었다. 나치가 확연하게 너무 멀리 나가서 기쁜 한편 내가 이제 여기 잘못된 편에 붙잡혀 있다는 사실에 화가 나서 견딜 수 없었다. 또한 나치가 하필이면 올바른 정책에서 발목을 잡혀 몰락할 거라는 사실이 슬프기 짝이 없었다. '동등한 권리'나 '무장의 자유'야 공화주의자들도 늘 바라던 바고 그 자체만 보면 아무 문제도 없었다. 하지만 아무도 쉽게 거부할 수 없는 구호로 신임 투표를 사취하려 들다니, 나치의 간악함에 분노가 치밀어 올랐다. 정당이라고는 딱 하나만 남겨놓고 '선거'를 고지하다니, 이 끝없는 뻔뻔스러움에 적절한 단어를 찾아보려고 했지만 정말 할 말이 없었다. 이 모든 것이 발언하고 토론하라고 나를 채근했지만 대신 이렇게만 말했다.

"한꺼번에 많기도 하네. 안 그래?"

부르카르트가 고개를 들지 않은 채 대답했다.

"응. 나치들은 중용을 몰라."

와! 드러났다! 밝혀졌다! 그는 '나치'라고 말했다. '나치'라고 말하는 사람은 나치가 아니다. 부르카르트랑은 얘기를 할 수 있다.

얼른, 말했다.

"하지만 이번에는 잘 안 될 거야."

하지만 부르카르트는 영문을 모르겠다는 표정으로 나를 쳐다보았다. 그 사이 자기가 너무 성급했다고 깨달은 듯했다.

그가 말했다.

"쉽게 단정할 순 없죠. 그나저나 비숍을 잃어버리겠네요."(그는 심지어 반말을 써야 한다는 사실을 깜박 잊었다.)

"아, 그래?"

나는 다시 체스 게임에 집중하려고 애썼다. 나도 갈피를 못 잡고 있었다.

우리는 때때로 '체크'나 '막아'라고 했을 뿐 더 이상 대화하지 못하고 게임을 마쳤다.

그날 저녁 우리는 그 매점에 모여 앉아 히틀러의 거대한 초상화가 부루퉁한 표정으로 우리를 내려다보고 있는 동안 그가 라디오에서 허세를 떠는 소리를 들었다. 이제 돌격대원들이 분위기를 잡고는 국회의원처럼 적절한 곳에서 웃거나 고개를 끄덕였다. 우리는 빽빽하게 앉거나 서 있었다. 너무 비좁아서 거기서 쉽사리 벗어날 수 없었다. 옆 사람의 정치적 입장을 전혀 모른 채 이토록 바짝 붙어 있으니 라디오에서 나오는 소리에 평소보다 더 얽매일 수밖에 없었다. 몇 사람은 분명 열광했다. 다른 사람들은 속내를 짐작할 수 없었다. 말은 딱 한 사람만 했다. 라디오 속 보이지 않는 사람.

가장 끔찍한 일은 히틀러가 연설을 마친 다음 일어났다. 독일이여, 모든 것 위에 드높아라. 국가의 첫 소절이 흘러나오자 모두 팔을 번쩍 들어 올렸다. 몇몇은 나처럼 머뭇거렸다. 뭔가 품위를 떨어뜨리는 요소가 거기 있었다. 하지만 우리는 시험을 치고 싶지 않은가? 나는 처음으로 강렬한 감정을 느꼈다. "이건 중요하지 않아. 난 아니잖아. 이건 중요하지 않아." 하는 느낌이 혀 위에 쓴맛처럼 남았다. 이런 느낌으로 나는 팔을 들어 올린 채 3분쯤 허공에 뻗고 서 있었다. 국가와 호르스트 베셀 노래가 딱 그만큼 오래 걸렸다. 거의 다 절도 있게 딱딱 끊어가며 쩌렁쩌렁 같이 불렀다. 나는 교회에서 찬송가를 부를 때 그러듯 입술을 조금 달싹이면서 같이 부르는 시늉만 했다.

하지만 모두 팔은 높이 치켜들고 있었다. 인형극을 공연하는 사람이 끈 달린 인형의 팔을 들어 올리듯 라디오가 우리 팔을 잡아당겼다. 눈이 없는 라디오 앞에 그렇게 서서 우리는 노래를 부르거나 부르는 척했다. 한 사람 한 사람이 모두 다른 사람의 비밀경찰이었다.

37

히틀러는 국제연맹에서 탈퇴한 다음 거의 대놓고 재무장을 추진했다.(물론 배경음악처럼 말로는 이를 여전히 부정했다.) 하지만 국제 열강은 아무 반응도 보이지 않았다. 며칠이 지나서 나는 처음으로 비겁한 안도감과 깊은 실망이 섞인 감정을 경험했다. 그 뒤 몇 년 동안 나를 비롯해 나와 비슷한 사람들은 이런 감정을 인생이 지긋지긋해질 만큼 여러 번 경험했다.

같은 날 우리는 '세계관 학습'을 시작했다. 이 학습은 놀랄 만큼 간접적이고 미묘한 방식으로 이루어졌다.

우리는 강의와 연설을 듣고 토론으로 위장한 심문을 받을 준비를 했다. 강의도 연설도 토론도 없었다. 그 대신 우리는 월요일에 정식 제복을 받았다. 러시아인이 지난 세계대전 때 입었음 직한 재단이 깔끔하지 못한 잿빛 제복에 전투모랑 허리띠. 우리는 군인 같은 차림새로 훈련소 여기저기를 터벅터벅 돌아다녔다. 우리가 할 일이라고는 우선 시험 답안을 쓰는 것밖에 없었다. 회녹색 군복을 입은 수험생들.

그런 다음 '훈련'이라는 것을 시작했다. 얼핏 군사훈련과 비슷했다. 특히 돌격대 중대장쯤이라는 우리 지휘관이 짐짓 전투 지휘관의 목소리를 낼 때면 더 그랬다. 하지만 무기를 다루는 법은 배우지 않았다. 준비운동을 조금 한 다음 인사하고 노래하고 행진하는 법을 배웠다. '인사'는 어느 날 오전 내내 이렇게 배웠다.

모두 세 줄로 맞춰 섰다. 세 사람이 나란히 서서 구령에 맞춰 행진하는 동안 소대장—이게 우리 지휘관의 공식 호칭이었다—은 왼쪽으로 몇 걸음 떨어져 뒤에서 따라가면서 줄이 가지런한지 자세가 똑바른지 감독했다. 그러다가 소대장이 갑자기 폭탄이 떨어지는 듯한 목소리로 "하일 히틀러!" 하고 외치면 행진하던 남자 셋은 다른 손가락은 쭉 편 채 왼손 엄지를 허리띠 속에 집어넣고 그와 동시에 오른팔은 쫙 편 손가락 끝이 눈동자 높이에 딱 닿도록 내밀면서 고개를 재빨리 왼쪽으로 돌려야 했다. 그리고 속으로 '둘, 셋' 하고 센 다음 마찬가지로 폭탄이 떨어지는 듯한 목소리로 일제히 "하일 히틀러! 소대장님!" 하고 대답해야 했다. 만약 이 과정이 만족스럽지 않으면 "처음부터 다시! 행진!"이라는 명령에 따라 되풀이했다. 그렇지 않으면 다음 세 사람이 앞으로 나오고 처음 세 사람은 10분 뒤 다시 차례가 올 때까지 딱히 할 일이 없었다. 인사 연습은 두어 시간 걸렸다.

이런 연습을 하지 않으면 그냥 행진만 했다. 두어 시간 때로는 네 시간까지 목적지도 뚜렷한 목적도 없이 훈련소 주변을 행진했다. 이렇게 행진하는 동안 오후에 배워둔 노래를 불렀다. 우리가 부르는 노래에는 세 가지가 있었다. 첫째는 돌격대 노래로 가게 점원이 지어서 작은 지역신문에 투고하는 종류의 노랫말에 곡을 붙인 것이다. 노랫말은 주로 유대인을 위협하는 한편 "황금빛 저녁 해가 마지막 빛을 비추면" 같은 구절이 꼭 들어 있었다. 지난 전쟁 때 군인들이 부르던 노래도 있었다. 부드럽고 감정적인 헛소리지만 노랫말에 감상적인 매력이 없진 않았다. 이 노래들은 거의 다 음란한 변종이 있었다. 마지막으로 이상한 「농노의 노래」가 있었다. 예를 들어 이런 노래 가운데 하나에서 우리는 스스로 가이어(플로리안 가이어Florian Geyer는 1525년 농민전쟁의 지도자다.)의 검은 부대라고 선언하며 수도원 지붕에 붉은 수탉을 올려놓겠다*고 다짐했다. 이 노래들이 가장 인기가 있었다. 다른 노래들보다 더 시끄럽고 요란하게 불렀다. 신교를 믿는 지역인 유터보그 주변을 행진하는 동안 우리 사법 연수생 겸 예비 판사들 가운데 적어도 반쯤은 정말 가이어의 검은 부대원이라도 된 듯한 기분으로 수도원 지붕에 붉은 수탉을 올려놓고 싶어 했다고 나는 믿는다. 놀이에 빠져 자기를 잊은 아이들처럼 거센 환희에 싸여 몽둥이로 무장하고 출병하는 고대 게르만 부족민처럼 거칠고 소름 끼치는 목소리로 우리는 이런 노래를 불렀다.

* '붉은 수탉을 올려놓는다'는 표현은 관용적으로 '불을 지른다'는 뜻도 있다.

하느님께 하소연하고

하이아 호호

신부들을 때려죽이자

하이아 호호

그들에게 다가가

하나도 남김없이

수도원 지붕에 붉은 수탉을 올려놓자!

당연히 나도 같이 불렀다. 우리 모두 불렀다. 그게 우리의 세계관 학습이었다. 훈련소에서 우리를 데리고 하는 놀이의 규칙을 받아들임으로써 우리는 거의 저절로 꼭 나치는 아니더라도 나치가 이용할 만한 도구로 바뀌었다. 그런데 우리는 왜 그 규칙을 받아들였을까?

이유는 여러 가지였다. 큰 이유도 있고 작은 이유도 있고 우리 부담을 덜어주는 이유도 있고 도리어 더 무겁게 하는 이유도 있었다. 가장 표면적인 이유는 물론 우리는 모두 사법시험을 치려고 했고 훈련소 생활이 갑자기 그 시험을 치기 위한 필수 조건이 됐기 때문이었다. 또 '훈련소 성적'이 시험에서 중요한 역할을 할 것이며 필기시험을 잘못 봐도 반듯하게 행진하고 힘차게 노래를 부르면 성적이 나아질 수 있다는 은밀한 암시도 일정한 몫을 해서 몇몇 사람의 동기를 부추겼을 것이다. 하지만 훨씬 더 중요한 이유는 우리가 완전히 기습 공격을 받고 여기서 우리를 가지고 어떤 놀이를 하는지 또 어떻게 이에 맞서야 하는지 전혀 몰랐다는 사실이다. 폭동을 일으킬까? 그냥 훈련소를 떠나서 집으로 돌아갈까? 하지만 그러려면 조직적으로 행동해야 할 텐데 우리는 훈련소 동료들이란 얄팍한 관계일 뿐 서로 깊이 불신했다. 게다가 이 모든 일이 어떻게 발전할지 궁금하기도 했다. 그리고 마지막으로 매우 독일적인 공명심도 우리가 미처 눈치채지도 못한 사이 영향을 미치기 시작했다. 이는 자기가 맡은 과제를 가능한 한 잘해내려는 추상적인 유능함을 추구하는 욕심이다. 어떤 과제가 아무 의미도 없고 이해할 수도 없고 심지어 굴욕적이라도 우리는 이를 유능하고 철저하게 잘해내려고 안간힘을 다 한다.

우리가 지금 책장을 닦아야 하나? 행진을 하거나 노래를 불러야 하나? 좋아, 그렇다면 비록 아무 의미도 없지만 청소부보다 더 잘 닦고 노병처럼 행진하고 나무가 휘어지도록 힘차게 노래할 테니 잘 봐. 유능함을 지나치게 숭상하는 것은 독일인의 악덕이지만 우리는 이를 미덕이라고 생각한다. 어쨌든 이는 뿌리 깊은 독일인의 특징이다. 우리도 어쩔 수가 없다. 독일인은 세계에서 가장 나쁜 태업자다. 무슨 일을 하든 꼼꼼하게 잘해야 한다. 이런 자세 앞에서 양심의 목소리나 자기 존중은 아무런 힘이 없다. 품위 있고 의미 있는 일이든, 모험이든, 범죄든 상관없이 우리는 지금 하는 일을 잘하려는 노력 속에서 우리를 행복하게 해주는 깊은 악덕의 마취제를 찾는다. 그러나 이런 마취제는 우리한테서 지금 하는 일의 의미나 뜻을 생각할 능력을 빼앗아간다. 절도범이 어떤 곳을 체계적으로 철저하게 비웠을 때 독일 경찰관은 감탄하면서 이렇게 말한다.

"정말 일을 잘했군요."

나치든 나치가 아니든 이게 우리 독일인의 약점이다. 그리고 바로 이 지점에서 나치는 놀라운 심리적·전술적 기량을 사용해 우리를 사로잡았다.

한두 주일 뒤 지휘관이 갑자기 바뀌면서 이 사실이 아주 분명해졌다. 어느 날 갑자기 지금까지 우리를 호령하던 돌격대 소위가 자기도 '교육'받으러 '훈련소'에 가느라고 사라졌다. 대신 국방군 소위 하나가 하사관 여남은 명을 데리고 나타났다.

그날 아침 우리가 쏟아지는 빗속에서 행진하려고 막 정렬했을 때 갑자기 젊고 서글서글한 젊은이가 우리 앞에 서 있었다.

"다들 웬 울상이십니까? 좋은 날씨에 이렇게 좋은 일을 하시면서!"

친절하고 인간적인 목소리였다. 게다가 그는 다시금 존댓말과 부르주아적인 호칭을 허용했다. 돌격대 일반과 특히 지금까지 우리를 훈련시킨 지휘관에 대한 의견도 거침없이 말했고 그의 하사관들은 더욱 솔직했다.

그날 오후 우리 행렬을 맡은 하사관 슈미트가 말했다.

"이제 여기서 뭔가 뜻있는 일을 하죠."

우리는 곧 무기를 건네받고 우선 총의 일곱 가지 구성 부분을 배운 다음 총을 어떻게 쏘는지 배웠다. 그야말로 흥가분했다. 우리는 이제 정말 신병이었고 이를 진전으로 좋게 보고 싶었다. 이제 적어도 우리가 여기서 무슨 놀이를 하는지 여기 왜 와 있는지 알 수 있었다. 하루 종일 아무 의미나 목적을 알아볼 수 없는 일을 하면서 불평도 못하고 끊임없이 굴욕감을 느껴야 하는 시간은 지났다! 얼마나 기뻤는지! 우리는 세계관 학습을 벌써 꽤 많이 했다…….

히틀러가 이런 말을 했다고 한다.

"우리에 맞서 싸우려고 하는 사람들은 이제 국방군에 복무한다."

이 말은 그의 다른 발언들보다 더 많은 진실을 담고 있다. 실제로 국방군은 나치가 아닌 독일인을 거의 다 수용하는 거대한 기구가 되었다. 국방군은 제어하기 어려운 유용성·활동성의 욕구를 지녔지만 지성적이고 도덕적인 비겁함도 지닌 평균적인 독일 대중을 위한 곳이다. 여기 끊임없이 팔을 들어 올리지 않아도 괜찮고 심지어 한 번쯤은 그리 큰 어려움도 없이 히틀러와 나치에 대해 험한 말을 할 수도 있는 영역이 있다. 다른 한편 여기는 효과적이고 근본적인 방식으로 사람을 분주하게 만들고 모든 것이 '이루어지고' '일을 잘 할 수 있는' 영역이다. 그러나 가장 좋은 것은 그저 '묵묵히 자기 의무를 수행'하기만 하면 된다는 점이다. 여전히 안정제가 필요한 사람들은 몇 년이고 '어느 날 국방군이 이 모든 속임수를 끝장내리라'고 되뇌면서 스스로 위로했다. 그러면서 바로 이 국방군이 자기 능력을 히틀러를 위해 쓴다는 사실을 다들 고의적으로 간과했다. 중요하고도 결정적인 과정이었다. 그때 유터보그에서 나는 그 미시적인 편린을 보았다. 하지만 아주 가까이 확대해서 모든 심리학적 세부 사항을 폭로하는 현미경 아래에서.

우리는 열성적인 신병이 되었다. 몇 주일 뒤 사법시험을 치려고 여기서 총 쏘는 법을 배우는 게 사실 얼마나 우스꽝스러운 일인지 거의 잊어버렸다. 병영 생활에는 나름대로 규칙성이 있다. 그 속에 일단 빠져들면 왜, 어떻게, 무슨 목적으로 여기 들어왔는지 자유롭게 물을 수 없다. 무기와 군화를 닦고 제대로 조준하고 엄호하는 법을 배우고 줄에 서서 걸음을 맞추느라 너무 바쁘다. 몸이 너무 피곤해서 다른 생각을 할 수가 없다. 게다가 하사관들은 무척 친절했다. 그들은 절대 전통적인 스타일의 무뚝뚝하고 우악스러운 상사가 아니었다. 우리는 나치 강의를 듣지 않는 게 어찌나 좋은지 세계관 학습을 잘 피했다고 생각했다. 그러던 어느 날 (그것도 토요일 오후에) 나치당에서 중간 지위에 있는 연수생 하나가 그런 강연을 하자 정말 봉기가 일어났다. 그가 강연을 하는 동안 소란스러워졌고 그날 밤에는 여럿이 강연자를 두드려 팰 기세였다. 우리는 아주 대놓고 거친 말로 그런 강연이 우리에게 기대하는 '수준'을 비판했다. '나치의 세계관' 그 자체를 비판하기에는 아직 역부족이었다. 연수생으로 지낸 첫 며칠 동안은 입을 열 엄두도 못 냈을 테지만 이제 군인이 된 우리는 어느새 입을 열 수 있었다!

우리는 이렇게 세계관 학습이 한창이라는 사실은 눈치채지 못한 채 무사히 빠져나왔다고 믿었다. 그러던 어느 날 우리는 이런 생각을 무색하게 만드는 강의를 듣게 되었다. 나치 정당의 선전이 아니었다. 유대인이나 '시스템'에 반대하거나 지도자의 신비한 능력이나 베르사유의 굴욕적인 평화조약에 대한 강의도 아니었다. 그 가운데 어떤 요소도 없었지만 훨씬 더 효과적인 강의였다. 우리 소위 겸 지휘관은 마른 전투•에 대해 이야기했다.

그 사람이 선전 전문가였다고 해도 더 미묘하고 근사한 주제를 고를 수 없었을 것이다. 하지만 그는 아마 본능적으로 이런 주제를 고르고 자신이 전하고자 하는 내용을 자기도 굳게 믿고 있었을 것이다.

독일인들은 마른 전투에 대해 다른 나라 사람들과는 아주 다른 이미지를 지니고 있다. 다른 곳에서는 연합군이 승리한 게 갈리에니 덕인지, 조프르나 포슈•• 공인지 놓고 다투지만 독일에서는 그런 질문이 아예 존재하지 않는다. 마른 전투에서 연합군이 승리했다고 인정하지 않기 때문이다. 모든 독일인에게 깊이 새겨진 이미지는 다음과 같다. 독일인이 전투를 거의 다 이기고 이제 막 그런 결정이 날 참인데 불행한 오해가 잇달아 일어나 전세를 뒤엎어버렸다. 더 나아가 이런 오해가 없었다면 독일인은 마른 전투뿐만 아니라 전쟁 전체를 다 이겼을 것이다. 그다음에 섬멸전과 진지전이 시작된 것도 다 이런 오해 탓이고 만약 이런 오해가 없었다면 독일군은 그런 전쟁에서도

• Marneschlacht: 1차 세계대전 초기인 1914년 9월 파리 동북부의 마른 강을 사이에 두고 독일군과 프랑스·영국 연합군이 벌인 전투. 이후 서부전선의 교착상태를 불러왔다.

•• 모두 1차 세계대전 때 프랑스의 전투지휘관들이다.

이겼을 텐데…… 여기서 다른 전설이 꼬리에 꼬리를 물고 이어진다.

이렇게 스스로 만들어낸 이미지는 독일인을 몹시 괴롭힌다. 생살에 가시가 박힌 것처럼 따끔거린다.

다른 곳에서는 누가 전쟁을 일으켰는지가 매우 중요한 문제지만 독일인들은 이 문제에 대해서는 별 관심이 없다.

공식적으로는 부인하지만 독일인들은 자기들이 전쟁을 일으켰다고 해도 아무 상관 없을 것이다. 그들이 화가 나고 괴로운 건 전쟁에서 졌기 때문이다. 독일인들은 독일이 패배한 궁극적 원인을 때로는 '등 뒤에서 찌른 단검'이라는 전설로, 때로는 독일이 윌슨 14조를 신뢰하고 자발적으로 무기를 손에서 놓았는데 파렴치하게 기만당했다는 또 다른 전설로 해명하려 애쓴다. 하지만 독일의 최종적인 붕괴도 마른 전투의 패배처럼 아프고 괴롭지 않다. 독일 역사의 전설에 따르면 그때 영광스러운 최종승리가 거의 손안에 들어왔는데 오해와 혼란과 우스꽝스러울 정도로 사소한 진행상 실수 때문에 간발의 차이로 놓쳐버렸다. 그것은 참을 수 없다. 거의 모든 독일인은 1914년 9월 5일과 6일 전투 상황도를 마음의 눈앞에 가지고 있고 안타까운 마음으로 검은 표식을 이리저리 움직여보았다. 제2군단이 방향을 조금만 틀었다면, 예비군이 여기서 조금만 비껴났다면 전투에서 이겼을 텐데! 도대체 왜 그러지 않았을까? 독일인들은 여전히 누가 불필요한 후퇴 명령을 내렸는지 토론한다. 몰트케, 연대장 헨치, 최고사령관 뷜로…… 이런 이미지에서 이를 보상해야 한다는 생각이 자연스럽게 뒤

따라 나온다. 양편을 원래 서 있던 자리에 다시 한 번 세워놓고 이번에는 실수하지 말고 제대로 해야 한다……. '베르사유의 굴욕 강화' 조차 이 기술적 부족함, '사실' 거의 다 이겨놓고 실수로 진 이 전투만큼 파기와 보복을 강력하게 요구하지 않는다.

우리 소위는 이 전투를 독일 역사의 전설이 기술하고 있는 그대로 우리 앞에 펼쳐놓았다. 제1군단이 유명한 선회 작전으로 파리를 에둘러 싼다. 갈리에니가 파리에서 측면 공격을 하지만 제1군단은 무장 행군을 하다가 북서쪽으로 방향을 틀어 그의 위협에서 벗어난다. 그런 과정에서 제1군단과 제2군단 사이에 너무 큰 간격이 생기는데 만약 그때 제2군단 예비군이…… 하지만 노쇠한 최고 지휘관은 전선에서 너무 멀리 있어서 상황을 제대로 알지 못하고 심약한 헨치 중령은 정신을 차리지 못한다. 이렇게 해서 결국 참을 수 없을 만큼 잘못된 종말에 이른다.

그리고 그는 이런 결과에 견딜 수 없을 만큼 감질나고 만족하지 못한 우리를 이런 식으로 뒤에 남겨두었다. 어느새 우리 사이에서는 군사적 토론이 일어났다. "만약 뷜로가…… 만약 헨치가…… 만약 클루크가…… 바로 여기서 제2, 제3군단이 포슈를 압박해 들어와야 했는데……." 우리는 모두 19년이 지난 다음 마른 전투를 바로잡는 중이었다. 이런 토론은 새로운 전쟁의 전망에 대한 논의로 이어질 수밖에 없었다. "우선 군비를 확장해야지!" 누가 말했다. "하지만 우리가 군비를 확장하도록 그냥 놔두지 않을 거야." 다른 사람이 반론했다. "아니,

그렇게 하도록 놔둘 거야. 비록 우리한테 군인은 아직 적지만 비행기가 많은 건 그들도 알거든. 우리가 당하기 전에 파리로 날아가서 그곳을 다 쓸어낼 만큼 많아."

이러면서 우리는 우리가 세계관 학습을 하지 않았고 나치가 되지도 않았다고 착각했다.

38

그럼 나는? 한동안 내 이야기에서 '나'라는 단어를 사용할 기회가 없었다는 사실을 나도 알아차린다. 나는 1인칭이나 3인칭 복수를 번갈아 사용했다. 1인칭 단수를 사용할 틈이 없었다. 우연이 아니다. 이는 훈련소에서 우리한테 어떤 일이 일어났는지 보여주는 지점, 어쩌면 바로 그 지점이다. 우리들 각자는 그 과정에서 어떤 역할도 하지 못했다. 완전히 꺼져 흐릿해지고 그야말로 전혀 의미가 없었다. 상황은 늘 처음부터 정해져 있고 개별적인 자아가 활동할 여지는 전혀 없었다. 어떤 사람이 '사적으로' '실제' 무엇인지, 어떤 생각을 하는지는 중요하지 않은 채 옆에 제쳐놓았다. 이를테면 얼음 위에 올려놓은 것이다. 그러나 밤에 동료들이 코 고는 사이 깨어나 자기 자신에 대해 생각할 시간이 있을 때 여기에서 실제로 어떤 일이 일어나는지 내가 어떤 일에 기계적으로 참여하는지 톺아보면 비현실적이고 가치가 없는 듯한 느낌이 들었다. 그리고 오직 이런 시간만 자신에게 일종의 시말서를 제출하고 자신을 방어하기 위해 남아 있었다. 대강 이렇게.

좋아, 이제 4주나 6주, 아니면 8주 남았어. 눈에 띄지 않고 견디어야 해. 그런 다음 시험을 치고 나서 나는 파리에 갈 거야. 그리고 마치 이런 일이 아예 없었던 것처럼 모든 것을 잊어버릴 거야. 어느새 이런 일도 모험이나 경험이 됐어. 어떤 일은 절대 하지 말아야겠지. 내가 나중에 부끄러워해야 하는 말을 하지는 않을 테야. 표적은 쏘아도 사람을 쏘지는 않을 거야. 관계를 맺지도 않을 거야. 나를 팔아넘기지는 않을 테고……. 그리고 또 어떤 일이 있을까? 하지만 다른 건 이미 다 내주고 잃었는걸. 나는 하켄크로이츠 완장을 단 군복을 입었어. 꼿꼿이 서서 무기를 닦았어. 하지만 이 모든 건 아무 의미도 없어. 이 일을 하기 전에 내 의견을 묻지도 않았잖아. 그런 일을 한 사람은 내가 아니야. 이건 하나의 놀이고 나는 어떤 역할을 한 것뿐이야.

하지만 오, 하느님, 어디엔가 이런 사정은 고려하지 않고 어떤 일이 있었는지 다 적어놓은 법정이 있지 않을까. 내 속마음은 들여다보지 않고 그냥 하켄크로이츠 완장만 보는 법정. 그런 법정에 서면 나는 곤란해질 수밖에 없어. 세상에! 내가 뭘 잘못했을까? 법관이 물으면 어떻게 대답해야 할까? 너도 하켄크로이츠 완장을 찼잖아. 너는 원하지 않았다고? 좋아, 그럼 원하지 않았는데 왜 찼지?

첫날 완장을 받았을 때 거부해야 했을까? 그 자리에서 이런 것은 차지 않겠다고 말한 다음 짓밟아야 했을까? 하지만 그건 무모했을 테고 더 나아가 우스꽝스러웠을 테지. 그건 내가 파리 대신 수용소에

간다는 것을 뜻했을 거야. 사법시험을 치겠다고 아버지한테 한 약속도 지키지 못할 테고. 어쩌면 거기서 죽을 테지. 헛되이. 돈키호테처럼 행동한 탓에, 봐주는 사람도 없는데. 어리석은 일이야. 여기선 다들 완장을 차는데. 그리고 난 '사적으로' 나랑 똑같이 생각하는 사람이 더 있다는 사실을 알고 있어. 내가 난리를 쳤다면 그 사람들은 어깨만 으쓱했을걸. 지금은 그냥 완장을 차는 게 나아. 그럼 나는 자유롭고 나중에 이 자유를 제대로 이용할 수 있을 거야. 지금은 총을 쏘는 법이나 잘 배워둬야지. 그럼 나중에 좋은 일을 위해 필요할 때 총을 쏠 수 있을 거야…….

하지만 그 아래 결코 잠잠해지지 않는 목소리가 있었다. 다 소용없어. 넌 완장을 찼는걸.

동료들은 코를 골고 잠결에 이리저리 뒤척이고 다른 소음을 쏟아냈다. 나만 혼자 깨어 있었다. 갑갑했다. 창문을 열어야 했다. 달빛이 비춰 들어왔다. 다시 잠들어야 했다.

하지만 다시 잠드는 게 이제 그리 쉽지 않았다. 숙소에서 깨어나면 마음이 편치 않았다. 다른 쪽으로 돌아누웠다. 옆에서 자는 사람 숨에서 나는 냄새가 고약해 다시 돌아누웠다.

다른 생각, 더 어두운 생각. 얼마 전에 파리를 쓸어낸다고 했을 때 심장에 칼이 꽂힌 것 같았다고? 그런데 왜 아무 말도 하지 않았지?

그럼 무슨 말을 해야 했을까? 예를 들어 파리가 아깝다고? 아마 내가 그런 말을 하지 않았나. 했나? 이제는 기억도 나지 않는다. 어쨌든 틀림없이 이렇게 대답했을 것이다. "그래, 파리가 아깝긴 해." 그런 다음엔? 그렇게 온화하게 말하는 것은 입을 닫는 것보다 더 비겁하고 위선적이다. 그렇다면 뭐라고 말해야 했을까? "끔찍하군. 비인간적이야. 넌 네가 무슨 말을 하는지도 몰라."라고 해야 했을까? 아무 효과도 없었을 것이다. 그들은 그저 어이없어할 뿐 화조차 내지 않았을 것이다. 아마 웃었을 것이다. 아니면 어깨를 으쓱하거나. 정말 그 상황에 딱 맞는 어떤 말을 해야 했을까? 마취의 갑옷을 때려 부수고 내 영혼을 구할 정말 효과적인 말은 무엇일까?

뭔가 찾아내려고 애썼지만 찾을 수 없었다. 그런 말은 없었다. 오히려 침묵이 나왔다.

또 얼마 전에 누군가 다른 사람이 국회의사당 방화 사건 재판에 대해 얘기하면서 이렇게 말했다.(그는 아주 친절한 동료였는데 아무 악의도 없이 유쾌하게 말했다.) "세상에, 나는 그 사람들이 범인이라고 믿지 않아. 하지만 그게 뭐가 중요해? 그들에게 불리한 증언을 할 증인들이야 충분하잖아. 그러니 죽여야지. 사형수가 한둘쯤 늘거나 준다고 해도 아무 차이가 없어."

말이 나오지 않았다. 정말 할 말이 없었다. 그런 말을 들으면 그저 도끼를 집어 들고 그 말을 한 사람 두개골을 부수어야 한다. 그래, 정말 그 방법뿐이다. 하지만 내가 도끼를 집어 들어? 게다가 그 말을 한 사람은 아주 친절했다. 얼마 전에 내가 밤에 속이 좋지 않았을 때 그는 선뜻 일어나서 나를 변소에 데려가고 가운도 둘러주었다. 내가 그 사람 두개골을 부술 수는 없다……. 그리고 그 사람이 '사적으로'도 '실제' 그렇게 생각하는지 누가 알까? 어쩌면 말이 헛나온 것뿐일지도 모른다……. 그런데 그 사람처럼 그런 말을 하는 것과 나처럼 그런 말을 그냥 듣는 것 사이에는 얼마나 큰 차이가 있을까? 그게 그거 아닐까?

다시 다른 상황을 찾아보다가 생각이 조금 옮겨 갔다. 시키는 대로 할까? 그래, 결정적인 차이가 거기서 시작하지……. 이제 우리한테 어떤 행동을 하라고 요구한다면 우리 가운데 하나가, 그러니까 내가 빠져나갈 길을 찾아낼까? 지금 갑자기 전쟁이 일어나서 이대로 전장에 보내져 히틀러를 위해 총을 쏴야 한다면…… 그럼 어떡하지? 무기를 버리고 도망칠까? 아니면 옆에 있는 사람을 쏠까? 어제 내가 무기를 닦을 때 도와준 사람을? 내가 그럴까? 정말 그럴 수 있을까?

끙끙거리면서 어떻게든 생각을 그만두려고 애썼다. 내가 정말 덫에 걸렸다는 사실을 깨달았다. 훈련소에 절대 오지 말았어야 했는데. 나는 동료애라는 덫에 걸려 있었다.

39

낮에는 생각할 시간도 그냥 '나' 자신일 기회도 없었다. 낮에는 동료애가 행복이었다. 이런 '훈련소'에서도 의심할 나위 없이 행복이 피어난다. 동료애라는 행복이다. 아침에 시골길을 함께 달리는 일, 샤워장 콸콸 쏟아지는 따뜻한 물 아래 다 벗고 함께 서 있는 일, 누가 집에서 받은 소포를 함께 나누는 일, 어떤 사람이 저지른 잘못에 대한 책임을 함께 나누는 일, 수많은 사소한 일에서 서로 돕고 편들어주는 일, 하루 일과의 모든 활동에서 무조건 서로 신뢰하는 일, 아이처럼 토닥토닥 다투고 싸우는 일, 구태여 서로를 구분하지 않는 일, 부드럽고 안전하게 우리를 싣고 가는 신뢰와 친숙함의 파도에 둥둥 떠서 헤엄치는 일. 이 모든 게 행복이라는 사실을 누가 부정하고 싶을까? 인간의 본성에는 정상적이고 평화로운 일상생활에서 좀처럼 만족시키기 힘든 이런 일들을 바라는 성향이 있다는 사실을 누가 부정하고 싶을까?

어쨌든 나는 절대 부정하고 싶지 않다. 하지만 나는 바로 이런 행복, 이런 동료애가 가장 무시무시한 비인간화 수단이 될 수 있고 나치의 손아귀에서 실제로 그렇게 되었다는 사실을 확실하게 알고 강력하게 주장한다. 동료애는 나치의 커다란 유혹 물질이자 미끼였다. 나치는 행복을 갈망하는 독일인들을 진전섬망증에 이를 때까지 동료애라는 알코올 속에 빠뜨렸다. 히틀러유겐트, 돌격대, 국방군, 수많은 훈련소와 연맹들을 통해 어디에서나 독일인을 동료로 만들었고 저항할 수 없는 나이에서부터 이런 마취제에 익숙해지게끔 했다. 그렇게 하면서 동료애라는 행복으로 결코 대체할 수 없고 보상할 수도 없는 것을 빼앗아갔다.

동료애는 전쟁에 속한다. 동료애는 알코올처럼 비인간적인 조건에서 살아야 하는 사람을 위로하고 도와주는 수단 가운데 하나다. 동료애는 참을 수 없는 것을 참을 수 있게 해준다. 죽음과 더러움과 궁핍함을 견디도록 도와준다. 동료애는 마취시킨다. 문명의 편리함을 모두 잃어버린 것도 위로해준다. 이런 상실 자체가 동료애의 전제 조건이다. 동료애는 끔찍한 곤궁과 쓰라린 희생을 통해 거룩해진다. 동료애가 이런 곤궁과 희생에서 떨어져 나와 오직 그 향유와 마취만을 위해 그리고 오직 그 자체만을 위해 찾아지고 실행된다면 동료애는 악덕이 된다. 동료애가 우리를 한동안 행복하게 만든다고 해도 이 사실은 달라지지 않는다. 동료애는 어떤 알코올이나 아편보다 더 인간을 망가뜨리고 타락시킨다. 인간이 스스로 책임지면서 정상적이고 문화적인 생활을 하는 것을 가로막는다. 동료애는 사실 미개화의 도구다. 나치는 독일인을 동료애라는 오입질로 유혹해서 이 민족의 수준을 그 무엇보다 더 떨어뜨렸다.

동료애가 어떤 부위에서 독약으로 작용하는지 살펴보자.(다시 말하지만 독약은 우리를 행복하게 만들 수도 있고 인간의 육체와 영혼이 독약을 갈망할 수도 있다. 독약은 어떤 부위에서는 치유 효과가 있고 심지어 없어서는 안 될 수도 있다. 그래도 독약은 독약이다.)

가장 중요한 것을 먼저 들자면 동료애는 시민적인 의미에서든, 더 나쁜 종교적인 의미에서든 자기 스스로 책임진다는 느낌을 완전히 없애버린다. 동료애 속에서 사는 사람은 살아남기 위한 모든 걱정에서, 생존경쟁의 모든 엄정함에서 벗어난다. 막사에 잠자리가 있고 먹을 것과 제복도 있다. 하루 일과는 아침부터 저녁까지 미리 정해져 있다. 자잘한 걱정을 할 필요가 전혀 없다. '각자 자기를 위해서'라는 냉혹한 법칙이 아니라 '모두 한 사람을 위해서'라는 관대한 법칙 아래 산다. 동료애의 법칙이 일반적인 시민생활의 법칙보다 엄정하다는 것은 새빨간 거짓말이다. 동료애의 법칙은 외려 느슨하고 부드러우며 진짜 전쟁에 나간 군인, 그러니까 곧 죽어야 하는 사람에게만 정당하다. 죽음의 위협만이 이토록 무시무시한 책임의 면제를 정당화하고 받아들이게 한다. 사실 아주 용감한 전사도 너무 오랫동안 동료애라는 포근한 울타리 속에서 살았다면 시민적인 생활의 가혹함에 다시 적응하기가 얼마나 어려운지 우리는 잘 알고 있다.

더 나쁜 것은 동료애가 자기 자신과 신과 양심 앞에서 자기가 한 행동에 대한 책임을 덜어낸다는 사실이다. 그는 동료들도 다 하는 일을 한다. 선택의 여지가 없다. (불행하게도 밤에 혼자 깨어날 때를 빼면) 곰곰이 생각할 시간도 없다. 동료가 그의 양심이고 그는 동료들이 다 하는 일을 하고 있기 때문에 언제나 용서받는다.

> 그런 다음 친구들은 항아리를 들고
> 세상의 슬픈 길과
> 그 혹독한 법칙을 한탄하고
> 소년을 아래로 내던졌다.
> 구덩이 가장자리에
> 다닥다닥 붙어 서서
> 눈을 꾹 감고 내던졌다.
> 아무도 옆사람보다 죄가 더 많지 않다.
> 흙덩이와
> 납작한 돌도
> 뒤따라 던졌다.

독일 공산주의자 시인인 브레히트가 쓴 이 구절은 긍정적으로 칭찬하는 의미다. 다른 점에서도 그렇지만 이 구절에서도 공산주의자와 나치는 의견이 같다.

훈련소에 모인 사람들은 어쨌든 사법 연수생이니까 교육을 받은 지식인이자 예비 법관이고 판사석에 앉는 만큼 신념도 의지도 없는 무뇌아는 분명히 아닐 것이다. 그런 우리가 유터보그에 온 지 몇 주 만에 파리나 국회의사당 방화 사건 피의자에 대해 함부로 위험한 발언을 하는데 반박도 하지 않고 오히려 우리 수준을 거기 맞출 만큼 생각 없고 경박한 대중이 됐다면 이는 동료애를 통해서다. 동료애에서는 어쩔 수 없이 모든 사람이 접근할 수 있는 가장 낮은 정신적 수준에 기준을 맞춰야 하기 때문이다. 동료애는 토론을 허용하지 않는다. 동료애라는 화학적 용액 속에서 토론은 즉시 잔소리와 말다툼의 색채를 띠고 이는 죽음에 이르는 죄다. 동료애 속에서는 사유가 번성하지 못하고 가장 원초적인 대중적 표상만 번영한다. 우리는 이 표상에서 벗어날 수 없다. 거기서 벗어나려면 자신을 스스로 동료애라는 울타리 바깥에 세워야 한다. 몇 주 뒤 동료애가 지배하는, 우리 훈련소에 널리 퍼진 절대적이고 벗어나긴 힘든 이 표상이 나한테 어찌나 친숙한지! 사실 동료애는 공식적인 나치 개념도 아니었다. 하지만 분명 나치 개념이었다. 그것은 세계대전 당시 아이들 사이에서 지배적인 표상이었다. 알트 프로이센 달리기 협회의 표상이고 슈트레제만 시대 스포츠 클럽의 표상이었다. 나치 세계관의 몇 가지 특징은 아직 뿌리를 내리지 못했다. '우리'는 사실 위험한 반유대주의자는 아니었다. 하지만 그에 대해 의연해질 준비도 하지 않았다. 그런 것들은 아주 사소한 일이었다. 누가 그런 데 신경이나 쓰겠는가. 우리는 집단적 존재인 만큼 집단적 존재의 지성적 비겁함과 허위의식으로 집단적 자기만

족을 방해하는 것들은 모두 본능적으로 무시하고 경시했다……. 작은 독일 제국.

동료애가 개인과 문명의 모든 요소를 적극적으로 해친다는 사실은 특기할 만하다. 동료애 속에 집어넣을 수 없는 개인적 인생의 가장 중요한 영역이 사랑이다. 동료애에는 그에 맞서 음담패설이라는 특별 무기가 있다. 밤마다 마지막 순찰을 마친 뒤 침대에서는 일종의 의식처럼 음담패설을 했다. 이는 남성적 동료애의 고정 프로그램에 속한다. 이런 음담패설에서 충족되지 못한 성의 탈출구나 대리만족 등을 찾으려는 일부 의견만큼 엉뚱한 것은 없다. 이런 음담패설에는 자극하고 열망하는 효과가 없다. 외려 사랑을 가능한 한 구미가 당기지 않게 하고 소화 기능에 가까이 끌어들여서 웃음거리로 만들려는 노력으로 귀착한다. 여기서 접대부에 대한 시구를 읊어대고 여성의 신체 부위에 대해 험한 단어를 사용하는 남자들은 자기들이 예전에 아름다운 사랑에 빠져 절박했음을, 자신을 멋지고 사랑스럽게 만들었음을, 그 신체 부위에 대해 달콤한 단어를 사용했음을 부정하는 것이다……. 그들은 그런 문화적인 달콤함을 거칠게 넘어서 버렸다.

동료애의 성격상 시민적인 예의범절이 쉬운 먹잇감이 되는 것도 자연스러운 일이다. 사람들이 얼굴을 붉히고 고개를 숙이면서 가정교육을 잘 받았음을 보여주는 시대는 지났다. 여기서는 '젠장'이 반대의 평범한 표현이고 '개새끼'가 친숙하고 편안한 호칭이며 '볼기짝 때리기'가 인기 있는 놀이였다. 어른이 될 의무가 사라지고 그 자리에 소년이 될 의무가 대신 들어섰다. 그래서 밤에 물통을 채운 '폭탄'을 들고 옆 숙소를 습격해 침대에 던졌다. 하하 호호 밝은 웃음소리와 비명과 환호 속에 싸움이 이어진다. 같이 하지 않는 사람은 나쁜 동료다! 순찰자가 나타나면 모두 열에 들뜬 채 끙끙거리면서 순식간에 침대 속으로 사라졌다. 침대에 누워 코를 골면서 깊이 잠든 척했다. 물론 공격을 받은 사람들이 상급자 앞에서 자기들이 실수로 침대를 적셨다고 주장하는 것도 동료애의 당연한 계명이었다. 하지만 다음 날 우리는 그 방에서 공격받을 준비를 해야 했다…….

이런 일은 어느새 동료애에서 절대 빠지지 않는 어두운 원형적 핏빛 관례로 이어진다. 동료애에 맞서 죄를 짓는 사람, 특히 '고상한' 척하거나 '나대거나' 동료애가 허용하는 것보다 더 개성적인 사람은 비밀재판을 거쳐 밤에 체벌을 받았다. 펌프 아래 질질 끌려가는 것은 작은 죄를 위한 처방이었다. 그러나 누가 그때만 해도 충분했던 버터를 나눠주다가 자기 몫을 더 챙겼다면 끔찍한 비밀재판을 통과해야 했다. 그가 없는 자리에서 재판이 이루어진다면 더욱 음산했다. 순찰이 끝난 저녁, 숙소에는 숨 막히는 처형의 긴장감이 감돌았다. 의식처럼 읊어대는 접대부에 대한 시구에도 웃는 사람이 없었다. 갑자기, 스스로 재판관을 맡겠다고 나선 동료의 목소리가 쩌렁쩌렁 울렸다. "마이어, 너랑 할 얘기가 있어!" 하지만 얘기를 제대로 하기도 전에 그 가엾은 남자는 침대에서 끌려나와 식탁 위에 묶였다. "이제 다 마이어를 한 대씩 때린다." 재판관의 목소리가 울렸다. "아무도 빠지면 안 돼!"

나는 숙소 바깥에서 철썩철썩 때리는 소리를 들었다. 나는 결국 빠졌다. 내가 농담조로 피를 볼 수 없다고 하자 그들은 자비롭게도 망을 보게끔 허락했다. 몰매를 맞은 사람은 자기 운명을 받아들였다. 그가 만약 우리를 고발했다면 우리 의사와 상관없이 우리 위에 어둡게 드리워져 있던 으스스한 동료애의 규칙에 따라 정말 생명이 위험해졌을 것이다. 어쨌든 이 사건은 곧 묻혀버렸다. 며칠이 지나면 징계를 받은 사람도 마치 아무 일도 없었던 것처럼 다시 우리 사이에서 무난하게 움직였다. 명예나 존엄의 법칙도 '동료애'라는 화학적 부식제에 필적하지 못했다.

무해하고 아름다운 남자들만의 동료애는 칭송을 많이 받지만 그 속에는 뭔가 초자연적이고 매우 위험한 요소가 있다. 이런 동료애를 한 민족의 평범한 생활 방식으로 만들 때 나치는 지금 자기들이 어떤 일을 하는지 너무나 잘 알고 있었다. 개인적인 생활과 행복에는 영 재능이 없는 독일인은 이를 받아들일 준비가 너무나 잘되어 있었다. 독일인은 자유라는 부드럽게 잘 익은 향기로운 과실을 동료애라는 쉽게 딸 수 있고 과즙이 뚝뚝 떨어지고 탐스러운 과실과 열광적으로 맞바꾸었다. 이 도취의 과실인 동료애는 독일인을 경솔하고 거칠게 만들었다.

독일인이 노예가 되었다고들 하지만 이 말은 반쯤만 옳다. 독일인들은 뭔가 다른, 더 나쁜 것이 되었는데 이 상태를 지칭할 만한 단어는 아직 존재하지 않는다. 그들은 동료가 되었다. 이는 무척이나 위험한 상태다. 독일인들은 일종의 주문에 걸린 채 꿈의 세계, 도취의 세계에서 살아간다. 그들은 그 세계 속에서 무척 행복하지만 위신은 끔찍하게 떨어졌다. 자기들 스스로 매우 만족스러워하지만 한없이 흉측하다. 아주 뿌듯해하지만 인간이랄 수도 없을 만큼 야비하다. 그들은 스스로 산꼭대기에서 돌아다닌다고 믿지만 사실 진창에서 구른다. 하지만 도취 상태의 매혹이 지속하는 한 그에 맞설 수단은 거의 없다.

40

하지만 속임수와 흥분제와 주문에 근거한 상태가 다 그렇듯 도취 상태가 아무리 위험하다고 해도 약점이 있다. 이런 상태는 외부 조건이 달라지는 순간 흔적도 없이 사라진다. 진짜 합법적인 전쟁의 동료애에서 우리는 이런 현상을 수천 번이나 관찰했다. 참호 속에서 아무 조건 없이 서로 목숨을 내주고 마지막 담배를 한 번 이상 나눠 피웠던 남자들이 나중에 사복으로 갈아입고 다시 만나면 서로 낯설어하고 쑥스러워하고 난감해한다. 이때 기만적이고 허위적인 것은 사복을 입은 민간인으로 만나는 상황이 아니다. 우리가 유터보그에서 누린 동료애도 나치가 하는 일답게 억지로 꾸며낸 감정이었다. 이런 임시변통의 동료애는 허깨비처럼 순간적이고 허망하게 끝나고 말았다. 고작 일주일 만에, '동료'들이 두 번 모이는 동안.

첫 번째는 유터보그에서 떠나기 전날 밤 송별회였다. 이는 간단히 말해서 동료애를 핑계로 연 방만한 술자리였다. 술에 취하니 분위기는 흥겹고 기분은 좋았다. 우리가 어차피 반말을 하고 있지 않았더라면 분명 이날 밤 술을 마시고 형제애를 들먹이면서 말을 놓았을 것이다. 훈련소장이 연설을 했다. 자기 사병단의 퇴거와 국방군의 침입을 의연하게 견딘 돌격대 대령은 이 연설에서 마침내 우리 '세계관 학습'의 비밀을 털어놓았다. 거창한 연설도, 세심한 가르침이나 설명도 필요 없다. 그저 독일 젊은이를 허위적인 부르주아 환경과 썩은 서류 먼지에서 끄집어내서 적절한 환경에 데려다놓으면 우리가 근본적으로 참된 민족사회주의자임이 저절로 드러날 것이다. 모든 독일인이 마음속 깊이 지니고 있는 그 무엇에 호소하는 일이야말로 민족사회주의가 성공을 거둔 비결이다. 아직 이성적으로는 민족사회주의자가 아닌 사람도 자기 몸속에 민족사회주의의 피가 흐른다는 사실을 이제 정확하게 알 것이다. 그럼 나머지는 저절로 드러날 것이다…….

가장 끔찍한 일은 이 연설을 제대로 해석하면 뭔가 진실이 담겨 있다는 사실이었다. 정말이지 우리를 특정한 생활 조건 속에 옮겨놓자 일종의 화학작용이 일어났다. 각자 개성이 사라지고 우리는 아무 일에나 대책 없이 감격하는 대중이 되었다……. 이 과정은 그날 저녁 절정에 이르렀다. 친교는 무한했다. 누구나 다른 사람을 칭찬하고 그를 위해 건배했다. 소위는 우리가 군사적으로 성취한 결과가 놀랍다고 칭찬했다. 우리는 소위가 천재적인 전략을 쓴다고 칭찬했다. 하사관 하나는 걸걸한 목소리로 건배사를 재치 있게 받으면서 법학도와 박사들이 이렇게 훌륭한 군인이 되리라고는 꿈에도 생각하지 못했다고 선언했다. 만세, 만세, 만만세!

몇몇이 우스꽝스러운 시를 지어 와서는 곤드레만드레 취한 관중의 환호 속에서 큰소리로 읊었다. 술자리를 끝낼 때 마지막으로 다시 한 번 우리는 가이어의 검은 부대라고 노래하면서 '하이아 호호' 부분이 나오자 신바람이 나서 의자와 맥주잔을 내동댕이쳤다. 우리는 전승을 축하하는 자리에서 스스로 만족스러워하는 식인종 한 무리랑 다를 게 없었다. 그런 다음 우리는 물 폭탄을 들고 다른 숙소를 덮쳤다. 전에 없이 치열한 전투가 벌어졌다. 그러다가 고주망태가 된 몇몇이 누군가 한 사람을 펌프 아래로 끌고 가자고 제안했다. 그 사람이 뭔가 잘못해서가 아니라 그냥 동료애라는 신에게 상징적인 제물로 바치기 위해서. 희생제물이 되라는 요구를 받은 사람은 그러고 싶어 하지 않았다. 몇몇이 자기가 대신하겠다고 자원했지만 희생제의 사제가 못마땅해했다. 다른 사람들이 반항하는 희생제물에게 분위기를 망치지 말고 동료들을 위해서 그렇게 하자고 조곤조곤 설득했다. 조금 으스스하기도 했지만 그래도 화기애애하고 술과 광기가 번뜩였다. 한동안 시달리던 희생제물이 결국 동의했다. "좋아, 내가 할게. 하지만 머리만 대는 거야. 난 잠옷을 적시고 싶지 않다고." 다들 그렇게 하겠다고 약속했다. 하지만 일단 펌프 아래로 가자 그의 온몸을 흠뻑 적셔버렸다. "이 새끼들!" 희생자가 소리를 질렀지만 왁자지껄한 웃음소리만 되돌아왔다. 희생자도 결국 분위기에 맞추는 수밖에 없었다. 근본적으로 폭력적인 하급인간들의 축제였다.

다음 날 우리는 베를린을 향해 떠났고 그다음 주에 구두시험을 보았다. 모든 게 갑자기 싹 달라졌다. 우리는 다시 사복을 입고 접시에 음식을 담아 나이프와 포크로 먹고 수세식 화장실을 쓰고 먹을 때 '젠장' 대신 '잘 먹겠습니다' 하고 말했다. 나이가 지긋한 시험관 앞에서 고개를 숙이고 그들이 질문을 던지면 저당권이나 부부간 재산공유처럼 잊어버린 대상에 대해 교양 있는 표준어로 대답했다. 몇몇은 시험에 떨어지고 다른 사람들은 붙었다. 두 집단 사이에 갑자기 깊은 만灣이 생겨나 하품을 했다.

지인들을 다시 만났다. 다시 '하일 히틀러!' 대신 '안녕하세요?' 하고 인사할 수 있었다. 다시 진짜 대화다운 대화를 했다. 내 자아가 여전히 존재하는 걸 다시금 발견하고 그 자아와 새삼 알게 되었다. 누가 훈련소에서 어땠는지 물으면 조금 당황해서 "뭐, 그리 나쁘지 않았어."라고 대답하고는 총 쏘는 법과 아주 해괴한 노래를 배웠다고 짧게 설명했다. 이제 파리에 대해서도 다시 현실적인 일처럼 생각하기 시작했다. 수용소에서는 파리도 현실로 존재하지 않았다. 그 대신 훈련소가 마치 꿈처럼 사라졌다……. 어느새 나는 갑갑하고 착잡한 심정으로 훈련소 동료들이 송별회에서 만나기로 약속한 쿠담의 술집으로 갔다. 썩 내키지 않았지만 어쨌든 갔다. 주문은 여전히 그만큼 효과가 있었다.

불편한 저녁이었다. 유터보그에서 방만한 술자리는 고작 일주일 전이었다. 시험에 떨어지고 속상해서 나오지 않은 사람들만 빼고 다시 여기 다 모였지만 마치 난생처음 만난 듯 데면데면했다. 다들 사복을 입으니 아주 달라 보였고 몇 사람은 다시 알아보지도 못했다. 어떤 사람들은 섬세하고 착해 보였고 다른 사람들은 사람 같아 보이지도 않았다. 훈련소에서는 그런 차이가 별로 눈에 띄지 않았다.

대화는 좀처럼 활기를 띠지 않았다. 다들 시험 얘기는 더 하고 싶어 하지 않았다.(이미 붙은 시험 얘기를 누가 하고 싶을까!) 하지만 이상하게도 훈련소 시절에 대해서도 아무도 기억하고 싶어 하지 않았다. 몇몇 사람이 대담하게 말을 꺼냈지만 다들 눈만 끔벅거리자 그만두었다. 마치 유터보그 역에서 처음 만난 날 같았다. 가장 거추장스러운 것은 우리가 여전히 반말을 써야 한다는 사실이었다. 존댓말을 썼다면 이야기하기가 오히려 쉬웠으리라.

앞으로 무엇을 할지 서로 물으며 마지못해 건배했다. 악단이 조금 시끄럽다 싶게 연주했고 감상적인 음악이 대화 사이 긴 간격을 채워주었다. 돌격대원들은 자기들끼리 모여 정치 이야기를 했다. 그들은 당과 '서류 전쟁'에 대해 투덜거리고 에른스트•를 위해 건배했다. 다른 사람들은 그냥 거리를 두었다. 이제 거기 끼어들 이유가 없었다.

얼마 지나지 않아 삼삼오오 모여 앉았다. 나는 유터보그에서도 일요일에 가끔 훈련소 밖에서 음악 이야기를 하곤 하던 소년과 같이

• 베를린 브란덴부르크 주 돌격대 최고책임자이던 중대장 카를 에른스트(Karl Ernst, 1904~1934)는 긴 칼의 밤에 처형당했다.

앉았다. 이야기를 하다 보니 우리 둘 다 지난 일요일에 푸르트벵글러 Wilhelm Furtwängler가 지휘한 음악회에 다녀온 참이었다. 우리는 열심히 음악회 이야기를 했다. "아, 저 책상물림들 좀 봐." 한동안 옆에서 우리 얘기를 듣던 사람 하나가 말했다. 우리는 영문을 모르겠다는 듯 흘끗 보고는 얘기를 계속했다.

하지만 분위기는 점점 더 가라앉았다. 12시쯤 다들 슬금슬금 시계를 보기 시작하다가 완전히 흩어지고 말았다. 옆자리에 수상쩍은 아가씨들이 자리를 잡자 몇몇은 그 여자들과 시시덕거리더니 차츰 그 자리로 가거나 그들을 우리 자리로 데려왔다……. "이제 지루해지는군." 누가 꽤 큰 목소리로 말하더니 이만 일어서자고 했다. 많이들 따라 일어섰다. 나도 같이 나왔다.

거리에서 누가 다른 술집에 가자고 했지만 호응이 없었다. 내가 탈 버스가 다가오는 게 보였다. "아, 난 저거 타, 다음에 보자!" 나는 그렇게 외친 다음 손을 흔들고는 버스에 올라탔다.

나머지 사람들은 거기 그대로 서 있었다. 나는 그 가운데 어느 누구도 다시 보지 못했다. 버스는 나를 멀리 데려다 주었다. 춥고 부끄러운 한편 홀가분했다.

후기

독자는 이 책이 시작할 때 한 약속을 마지막에 지키지 못한 것을 놓치지 않았을 것이다. 마지막 횔덜린 인용구•로 표현한, 행복은 어느덧 스쳐 지나가고 불행이 다가온다는 분위기를 '결국 싸움을 포기하고 또는 다른 차원으로 이전하는' 것으로 볼 수는 없으리라. 이 책은 끝을 맺지 못한 게 분명하다. 왜 이 책을 제쳐놓았는지, 그리고 어쩌면, 어떻게 이 책이 오랜 세월이 흐른 뒤 다시 나타나 출판되었는지 궁금해하는 사람들이 있을 것이다. 나는 이 후기에서 이런 물음에 대해 내가 아는 한 힘껏 대답하고자 한다.

나의 아버지 제바스티안 하프너가 죽은 뒤 이 수고手稿를 찾아냈을 때 나는 이 원고가 언제 어떻게 생겨났는지 전혀 알지 못했다. 나

• 제바스티안 하프너의 아들 올리버 프레첼이 쓴 이 후기는 추가 원고가 발견되기 전, 즉 원고가 총 34장으로 끝날 때 쓴 것이다. 그러므로 '마지막 횔덜린 인용구'란 이 책 312쪽의 시를 뜻한다.

이 들어서 자신의 글이 보잘것없다고 생각하고 특히 영국 정착 초기 저작에 대해 비판적이었던 아버지는 이 원고에 대해서 나한테 한마디도 하지 않았다. 청춘소설 이야기를 자주 하고 1941년쯤 「옵서버」지에서 시작한 일 이야기도 했지만 그 일을 시작하기 전에 펴낸 책들에 대해서는 말을 아꼈다.

그래서 나는 우선 내용으로 이 원고가 집필된 날짜를 추측해야 했다. 원고를 책으로 펴낸 다음 다른 정보원도 만났는데 모두 1939년이라는 내 추측이 맞음을 입증했다. 이 가운데 특히 유타 크루크Jutta Krug의 학사 학위 논문과 내 부모님이 어머니의 전남편 하랄트 란드리•에게 쓴 편지를 참조하면 이 수고가 생겨난 과정을 재구성할 수 있다.

어머니 에리카가 영국으로 건너간 지 몇 달 뒤인 1938년 늦여름 아버지도 그곳에 도착하였다. 바로 이 이중 탈출이 '싸움을 중단'하는 것을 뜻했을 것이다. 부모님은 영국에 친구들이 없지 않았고 도움도 조금 받았겠지만 무척 가난하였다. 이민 직전 아버지는 독일 울슈타인 출판사에서 꽤 높은 자리에 있었지만 영국에선 전혀 알려지지 않았다. 영어는 그럭저럭 의사소통할 정도였고 프랑스어를 영어보다 훨씬 더 잘했다. 아버지는 고심 끝에 라이카 카메라••까지 한 대 샀다. 사진은 언어와 별로 상관이 없으니까. 하지만 안타깝게도 아버지한테

• 란드리의 유품 가운데 이 편지들을 내게 넘겨준 게오르크 비징-브란데스에게 깊이 감사한다. —원주

•• 이 카메라는 우선 전당포에 맡겼다가 1939년 여름 21파운드에 팔았다. —원주

는 사진기자의 눈이 없었다. 그의 재능은 말과 글에 있었다. 울슈타인 출판사에서 아버지에게 위장 의뢰를 해준 덕분에 영국 체류 허가를 받긴 했지만 아주 잠깐 동안만 유효했고 이를 거듭 연장해야 했다. 노동 허가는 아예 없었다.

출판인 프레데릭 워버그Frederic Warburg는 자신의 회고록 『모든 저자는 평등하다』All Authors are Equal 2권에서 이렇게 이야기한다.

"1939년 봄 절망적인 상황에 있던 하프너가 어떤 책의 구상안을 보내왔다. 내가 기억하기로는 내가 받은 구상안 가운데 가장 훌륭한 것이었다."•

이 책의 원고를 언급하는 듯하다. 그 구상안이 어땠는지, 샘플도 몇 단락 같이 보냈는지 지금 확인할 수는 없지만 나는 아버지가 적어도 그 무렵 이 원고를 쓰기 시작했다고 확신한다. 어쨌든 워버그는 아버지에게 일주일에 2파운드씩 선금을 주었다. 그의 출판사는 토마스 만 등 유명한 작가들의 책을 펴냈지만 그때만 해도 재정적으로 탄탄하지 못했다. 2파운드는 그때도 아주 큰 돈이 아니었지만 부모님은 그럭저럭 생계를 유지할 수 있었고 상황이 훨씬 나아졌다. 아버지는 전쟁이 끝난 다음에도 오랫동안 워버그에게 고마워했다.

"내 인생에서 그때만큼 마음이 놓인 적이 없었단다."

워버그는 체류 허가를 연장하는 데도 도움을 주었다. 1939년 6월

• 프레데릭 워버그, 『모든 저자는 평등하다』 2권 6쪽, 허치슨, 런던, 1973. —원주

13일 아버지는 란드리에게 다음과 같이 썼다.

"오늘 커다란 두려움과 우울함에서 벗어났어. 우르젤(어머니의 자매 가운데 하나)이 다시금 힘을 써주고 워버그가 '나의 문학적 능력과 탁월한 인품'(!)을 칭송하는 '매우 강력한 편지'를 보내자 이민국이 누그러져서 '세커&워버그 출판사를 위해 집필만 한다'는 조건으로 1년을 연장해줬어."

그러므로 아버지는 1939년 봄과 여름에 걸쳐 이 원고를 썼다. 언제인지 모르지만 그 무렵 지금까지 남아 있는 영어 번역도 시작되었다. 영어 번역자가 누구인지는 모르지만 절대 영국인일 리 없다는 것만은 분명하다. 영어 번역은 독일어 원고보다 더 일찍, '프롤로그'가 끝나면서 중단되었다.

1939년 8월 20일 아버지는 란드리에게 쓴다.

"일을 하지만 영감을 제대로 받지 못해선지 진도가 더뎌. 그저께 3부를 간신히 보냈어."

다음에 인용할 편지에서 추측해보면 '부'는 앞에 있는 책의 세 부분, 프롤로그와 혁명과 작별을 뜻하는 것이 분명하다.

워버그는 또한 아버지가 1939년 가을 다른 책을 쓰기 위해 원래 쓰던 책을 중단하고 싶어 했다고 전한다. 그 책은 더 짧고 영국인의 관점에 더 가까우며 이제 이미 시작한 전쟁에 관한 책으로 제목은 『독일, 어떤 개요』Deutschland, ein Abriß였다. 워버그는 이렇게 쓴다.

"『어느 독일인 이야기』는 결국 끝을 맺지 못했다. 하프너가 반쯤

셨을 때 전쟁이 터졌고 그는 조금 덜 개인적이지만 더 정치적인 책을 써야 한다고 생각했다. 1939년 늦가을 하프너는 나에게 『독일, 어떤 개요』라는 책의 원고를 여러 장 보내왔다. 나는 제목을 『독일, 지킬 박사와 하이드 씨』Germany, Jekyll and Hyde로 바꾸자고 제안했다."•

이에 대해서는 1939년 10월 6일 란드리에게 쓴 편지에 더 자세하게 나온다.

"이제 (고작) 4부 270쪽 써둔 원래 책과 별도로 새로운 책을 쓰기 시작했어. 200쪽을 넘지 않을 테고 제목은 『독일, 어떤 개요』야. 8장이야. 1.히틀러 2.나치 지도층 3.나치들 4.충성스러운 민족 5.불충한 민족 6.반대파 7.이민 8.희망. 머릿속에 맴도는 생각들, 전통, 징후, 감성 판단 등등 독일에 있는 건 좋든 나쁘든 다 이 분류 안에 들어가. 독일을 상대하는 선전 담당자를 위한 소책자로 만들 생각이야. 물론 평범한 독자도 읽을 수 있지. 내 속마음을 숨기지 않으면서도 전체적으로 담담하고 논쟁의 여지 없이 유지할 거야. 괜찮은 생각이지?"

앞에 있는 『어느 독일인 이야기』의 원고는 빠진 부분까지 합해서 234쪽에 3부뿐, 4부는 흔적도 없고 3부 또한 끝을 맺은 것 같지 않다.

어쨌든 아버지는 벌써 1940년 1월에 『독일, 지킬 박사와 하이드 씨』 원고를 완성해 워버그에게 넘겼다. 이 책은 아버지가 영국에서 저자로서 경력을 쌓을 도약판이 되어야 했다.

• 같은 책 7쪽. —원주

내가 알기로 아버지는 전쟁 동안 『어느 독일인 이야기』 원고를 더 쓰지 않았다. 그럴 이유도 없었을 것이다. 이제 주제가 그리 흥미진진하지도 않고 아버지는 어느새 '진짜 영국인'처럼 영국인의 관점에서 글을 썼다. 하지만 아버지가 이 책을 잊지 않았다는 사실은 1946년 독일에 꽤 오래 머무르는 동안 끄적거린 메모에서 알 수 있다. 이 메모가 두 가지 언어로 씌었다는 점도 특기할 만하다. 아버지는 아마 망가진 고국에 머물면서 당신 인생을 돌아보았나 보다. 그저 이런저런 생각만 했을 뿐 더 발전시키진 않았지만 그 메모는 이 책을 마저 썼다면 어떻게 이어졌을지 잘 보여주기에 여기 인용한다.

첫 장에는 대체적인 목차가 두 가지 언어로 나온다.

~~역설적인 내 인생~~

사자 굴에서 춤추기

30년대 어떤 개인적 인생의 연대기

사전 보고

I 모험으로서 붕괴

II 영광스런 실패

III 장애물을 만난 체념

IV 의지에 맞선 경력

V 위험

~~VI 영국의 이민자~~

사후 보고

이제 독일어로만 쓴 메모 다섯 장이 나오는데 다섯 부분을 언급한다. 하지만 마지막 세 부분에는 표제만 하나씩 적혀 있다. 제목 가운데 몇 가지는 배열할 때 조금 바뀌었다.

I 작별과 출발

나의 아버지

프랑크 란다우

테디

1933년 2월

베를린 사육제 무도회

혁명의 올가미

혁명

3월 31일 금요일

4월 1일 토요일

1933년 4월 대법원

1933년 배경

교우관계의 몰락

나의 아버지 II

체념과 행복

지하 세계

작별

1934년 6월 베를린

왼손으로 살기

나체주의자

데 보아 호텔

막간극: 테디 IV

행복에 대하여

1934년 10월 9일 파리

III 장애물을 만난 체념

IV 의지에 맞선 경력

V 슬로모션 도주

여기 있는 계획은 오늘날 독자에게 아주 중요한 1차 세계대전부터 히틀러의 권력 장악까지의 전사前史가 빠져 있는 분명 완전히 다른 책을 위한 기획이다. 하지만 이 메모를 보면 『어느 독일인 이야기』가 어떻게 발전했을지 예감할 수 있다. '테디 II'까지 제목은 앞에 있는 대체적인 목차에 상응한다. 그다음에는 분명 유터보그의 사법 연수생 훈련소를 상세하게 다루었을 것이다. 그런 다음 아버지가 첫 이민 시도라고 여긴 1934년 봄 첫 번째 파리 체류가 나온다. 아버지가 베를린으로 돌아온 다음 이야기는 유감스럽게도 영영 사라졌다. 아버지는 몇몇 일화를 빼면 우리에게 그 무렵 이야기를 많이 해주지 않았다. 이 기획안은 우리 부모님의 영국 도주로 끝난다. 그에 대해서 우리는 조금 더 알고 있지만 아주 잘 알지 못한다.

그때 이런저런 생각을 좀 하였지만 아버지는 그다음부터 이 책에 큰 관심을 두지 않았다. 이 원고는 장편소설 하나, 노벨레 하나, 몇몇 단편소설과 30년대 울슈타인 출판사에서 간행한 신문과 잡지의 문예면 기사 여러 편 등 다른 전쟁 전 작품과 함께 아버지 책상에 남아 있었다.

아버지는 두 차례 이 원고의 일부를 떼어 출판하도록 제공하였다. 1923년 하이퍼인플레이션을 다룬 10장과 1933년 4월 1일 첫 유대인 보이콧을 다룬 25장이다. 아버지가 첫 번째 부분을 어디에 주었는지는 모르지만 이는 사라져버렸다. 두 번째 부분은 1983년 「슈테른」지에 내주었고 이는 이 사건의 50주년을 맞아 발간되었다. 이에 비추어 보아 10장은 아마 1973년에 발간되었으리라고 추측한다. 아버지는 수고의 완결성에 대해서는 신경을 쓰지 않아서 두 번 다 자신이 내준 원고를 돌려달라고 요구하지 않았다. 아버지는 중세의 농부들이 로마 유적을 다루듯 이 원고를 다루었던 것 같다. 전체는 별 쓸모 없지만 그 안에 예쁘고 쓸 만한 조각들이 남아 있다고.

아버지가 돌아가신 뒤 내가 발견한 수고의 상태를 설명했으니 이제 그 원고로 어떻게 책을 만들게 되었는지 이야기하고자 한다.

아버지가 너무 노쇠해 글을 쓰지 못하게 된 말년에 나는 가능한 한 자주 그를 찾아갔다. 우리는 학문과 정치와 가족사에 대해 이야기하고 기회가 있으면 아버지 인생에 대해서도 이야기했다. 그때 아버지에게 물어봤으면 좋았을 게 너무나 많이 남아 있지만 아버지는 겸손해서 스스로 내세우지 않았고 뭔가 특정한 것에 대해 말을 꺼내야 비로소 대답하였다. 그리고 나는 아는 게 너무 적어서 적절한 질문을 할 수 없었다. 아버지는 무척 겸손했지만 그래도 자신이 후세에 남길 만한 것을 몇 가지 썼다고 믿었고 때때로 나와 유고를 어떻게 할 것인지 의논하였다. 초기 저작 가운데 특히 아버지 책상 비밀 서랍에 숨겨뒀다는 장편소설을 언급했다.

1999년 1월 아버지가 사망했을 때 내 동생 사라는 독일연방기록보관소에 연락해 우리 두 사람의 이름으로 아버지 유고를 그곳에 보관하기로 약속했다. 나는 아버지 작업실에 있는 문서의 중요성을 평가하려고 얼른 훑어보면서 '비밀 서랍'에 들어 있다는 소설을 찾았다. 하지만 아버지 책상에는 비밀 서랍이 없었다. 80년대 중반 아버지는 자신에게 있던 책상 두 개 가운데 하나를 내 아들 보리스에게 선사하고 다른 책상을 업무용으로 썼다. 보리스에게 준 책상에는 비밀 서랍이 있었지만 텅 비어 있었고 다른 책상에는 비밀 서랍이 없었다. 장편소설이 다른 문서들 사이에 있을 것이라고 짐작했지만 거기에도 없었다. 훨씬 뒤에 우리는 그 소설이 서랍장 아래 그의 두 번째 아내 크리스타 로촐의 작품 사이에 묻혀 있는 것을 우연히 발견했다.

그런데 이 소설을 찾는 과정에서 나는 '자서전'이라는 제목의 파일 속에서 『어느 독일인 이야기』의 영어 번역문을 발견했다. 어설픈 영어에 약간 실망해서 그 원고를 제쳐놓았다가 이내 독일어 원고를 발견하고는 당장 사로잡혔다. 타자기로 친 내 할아버지의 가족사 20쪽 분량의 미완성 원고 등 다른 것들이 계속 나와서 마음을 빼앗았다. 나는 (내 동생은 더욱) 오로지 누가 이 원고를 무단으로 출판하는 것을 막기 위해서 출간을 생각했다. 우리는 독일연방기록보관소에 연락해서 우리가 고른 몇 가지 원고를 따로 보관해달라고 부탁했다. 그 원고 가운데 자서전 격인 이 두 원고가 당연히 들어 있었다. 독일연방기록보관소는 이 원고를 복사해서 보내주기로 약속했다.

아버지가 살던 집을 비우기 위해 사전 작업을 할 때 베를린의 언론인이자 출판인인 우베 소우쿠프가 우리를 도와주었다. 나는 그에게 『어느 독일인 이야기』의 수고를 보여주었다. 그가 아버지를 숭배한다는 사실을 알고 있었고 그가 도와준 데 대해 감사를 표시해야 한다고 생각했기 때문이다. 그가 처음으로 출간에 대해 말을 꺼내더니 너그럽게 덧붙였다. "하지만 저희 출판사가 아니라 더 큰 출판사에서요." 하지만 아직 책을 펴낼 만한 상태가 아니었다. 두 장이 빠진 채로 책을 낼 수는 없었다. 우베 소우쿠프는 25장에 무슨 일이 일어났는지 알아냈다. 그가 출간한 하프너 선집 『두 전쟁 사이에서』Zwischen den Kriegen에는 '작별'이란 제목이 붙은 「슈테른」지 기사가 들어 있었다. 이 기사의 도입부가 지나면 이게 사라진 25장의 축약본이라는 게 분명했다. 나는 「슈테른」지에 편지를 써서 사정을 알아보기로 마음먹었다.

1999년 5월 독일연방기록보관소에서 약속한 대로 복사물을 보내왔다. 나는 「슈테른」지에 25장에 대해 알려달라고 부탁했지만 수고를 보관하지 않았다는 대답만 들었다. 1923년을 다룬 10장은 전혀 찾을 수 없었다. 그래서 나는 그해 여름 독일어 수고에 빠져 있는 10장을 영어 번역본을 기초로 복원하기로 결심했다. 이 번역의 언어적 성격상 그리 어렵지 않았다. 지금까지 내가 원본과 다르게 번역한 단어를 적어도 하나 발견했다. 나는 영어 단어 'Saviour'를 'Erlöser'•라고 옮겼는데 14장에서 아버지가 '뮌헨의 Heiland'라고 말하는 부분을 발견했다. 그는 10장에서도 아마 'Heiland'라는 단어를 썼을 것이다.

1999년 가을, 번역을 완성하고 나와 내 동생은 이 책을 출간하기로 뜻을 모았다. 그해 봄 동생은 DVA 출판사의 미하엘 네어한테서 아버지의 유고를 책으로 출간하고 싶다는 편지를 받았다. 동생이 전시회를 준비하는 중이라 내가 대신 원고를 보내면서 이렇게 썼다.

"〔이 수고는〕 아버지가 제바스티안 하프너란 이름 아래 완성한 간

• Heiland나 Erlöser 둘 다 우리말로 구원자, 구세주라고 번역하지만 Erlöser는 '남의 죄를 대신 사한다'는 대속의 어감이 짙다.

결한 문체를 보여주지 않습니다. 이 수고의 문체는 감정적이고 '문학적'입니다. [……] 하지만 이 수고가 나온 시대상을 생생하게 보여줍니다."

미하엘 네어는 우리가 보내준 원고에 무척 열광적으로 반응했다. 그는 출간을 가로막던 마지막 문제도 해결했다. 수고에서는 각 장을 시작할 때마다 새로운 종이에 쓰지 않았기에 10장과 25장 모두 연결 문장이 빠져 있었다. 10장에서 이는 그리 큰 문제가 아니었다. 나는 그냥 영어 번역본에서 연결 문장을 찾아 다시 독일어로 옮겼다. 하지만 영어 번역본은 15장에서 끝나기에 25장에서는 도움을 줄 수 없었다. '혁명' 부분이 25장에서 끝나기에 26장은 새로운 종이에서 쓰기 시작한다. 하지만 24장에서는 마지막 문장을 시작했다가 끝을 맺지 않고 마친다. 네어는 그 문장만 빼면 24장이 아주 깔끔하게 마무리된다는 의견을 냈다. 그래서 우리는 '아침이면 나는 법원에서……'라는 문장을 지워버렸다. 이 책의 초판을 준비할 땐 시간이 매우 빠듯했다. 그래서 수고의 한 쪽을 실수로 빠뜨리고 말았다. 개정판에서는 이를 다시 끼워 넣었다.

이 책이 이토록 큰 성공을 거두리라고는 나는 꿈에도 생각하지 못했다. 언론과 독자의 반응에 어안이 벙벙할 지경이었다. 이 책은 군데군데 흠이 있는 토르소인 데다가 그 뒤 훨씬 더 끔찍한 일이 많았는데 1933년 중반에 미흡하게 끝나버린다. 시간이 흐른 다음에야 그 이유를 해명할 수 있었다. 이 책은 "어떻게 그럴 수 있었어요?"라는 질문에 증언의 형식으로 대답한다. 전후 세대는 전전 세대에게 언제나 다시금 이 질문을 던졌지만 대개 "우리는 아무것도 몰랐단다." 하는 대답만 받았다. 이 책은 그 대답을 완전히 무력하게 만들어버린다. 아무것도 보지 못한 사람은 아무것도 보고 싶어 하지 않았기 때문에 못 봤다. 하지만 다른 한편 이 책은 세계대전 사이 독일 국민의 심리 상태를 알기 쉽게 그려내서 그들을 그냥 용서하지 않으면서도 나치의 성장을 이해할 수 있게 한다. 이해할 수도, 극복할 수도 없었던 1차 세계대전의 패배, 억눌린 혁명, 인플레이션이란 모험, 사랑받지 못한 공화국, 그리고 아주 중요한 요소인 민주적 정치인들의 비겁함. 이 모든 것을 워낙 생생하고 설득력 있게 묘사해서, 이런 결과가 나올 수밖에 없었다는 사실이 눈앞에 보듯 명백하다.

아버지가 전쟁이 끝난 뒤 이 책을 마저 썼다면 바람직했겠지만 다른 한편 그러느라고 1차 세계대전에서 1933년에 이르는 전사를 빠뜨렸다면 그것 또한 커다란 손실이었을 것이다.

올리버 프레첼

2001년 런던

꽤 오래 전, 유학 시절에 '제3제국의 분위기에 대해 웬만한 역사서보다 훨씬 많은 정보를 준다'는 영화사 강사의 권유를 받고 읽었던 책이다. 사실 출간만 그 무렵에 되었을 뿐 지난 세기에 태어나 죽은 제바스티안 하프너가 원고를 쓴 것은 먼 과거의 일이다. 게다가 저자의 어린 시절과 젊은 시절을 다루는 만큼 배경은 더 예전으로 거슬러 올라간다. 원고를 다듬으면서 다시 들춰보니 이 회고록은 1914년 여름, 그러니까 딱 100년 전에 시작한다.

그 아득한 옛날 어떤 먼 나라 사람의 인생 궤적을 따라가는 일이 지금 우리에게 어떤 의미가 있을까? 아니 과연 의미가 있기는 있을까?

하프너가 이 책에서 기술하는 것은 일곱 살 어린아이일 때부터 청소년기를 거쳐 청년이 될 때까지 목격한 위태로운 시대상이기도 하지만, 자기 자신을 비롯한 동세대의 내면 풍경이기도 하다. 그는 개인적인 경험을 근간으로 삼아 이를 사회현상과 병치하면서 한 시대의 전반적인 분위기를 드러내고 평가하며 왜 그렇게 되었는지 분석한다. 결코 주관적인 입장에만 매몰되지 않고 개인적인 경험을 세대 공통의 경험으로 확장해서 당시 독일의 역사와 현실을 탁월하게 분석하고 미래까지 예견한다.

하프너의 다른 작품 『히틀러에 붙이는 주석』이 히틀러라는 정치현상을 분석 대상으로 삼는다면, 이 책은 그 히틀러를 가능하게 한 대중, 그리고 그 대중을 이루는 구성 요소인 개인까지 조금 더 세밀하게 다룬다. 이 과정에서 저자가 강조하는 것은 허울 좋은 마취제에 지나지 않는, '공동체'라는 이름의 집단주의에 매몰되지 않는 개인이다. 그러나 이 개인이 외따로 떨어져 있을 때 자신을 올곧게 지키기란 너무나 어려운 일이다. 아마 그래서 연대의 필요성이 끊임없이 제기되는 것이리라. 집단에 그냥 묻히지 않고 자기 자아를 지켜나가면서, 그와 동시에 서로 돕기 위한 연대의 고리를 찾아내는 일은 그때나 지금이나 우리 한 사람 한 사람에게 가장 중요한 과제가 아닐까.

나는 사실 역사를 공부하지 않았다. 그러나 우리가 역사에서 배우지 않으면 몸소 겪어서 배울 수밖에 없음을 안다. 그리고 그 경험이 마냥 좋지만은 않을 수 있다는 사실도. 정치에 그다지 큰 관심도 없다. 그러나 정치는 어떤 공동체 안에서 우리가 함께 살아가는 규칙을 결정하는 데 매우 중요한 기준임을 안다. 그리고 그 기준을 어떻게 세우는지에 따라 우리 삶의 질이 아주 달라질 수 있다는 사실도. 그래서 내가 사는 세상이 돌아가는 모습을 어떤 기시감과 함께 현기증으로 지켜보았던 요즘, 이 책을 젊은이들의 손에 들려주는 일이 여전히 뜻깊어 보인다.

다른 나라의 책 한 권을 골라 펴낼 때 번역자의 몫은 무엇일까? 책 한 권이 만들어지기까지 정말 많은 사람들이 관여하지만, 이 책의 편집자는 몇 년에 걸친 (주로 나의 무능과 나태로 인한) 지지부진한 출간 과정 속에서 한결같은 열정과 감격을 보여주었고 더 나아가 그에 따른 수고와 노력까지 감내했다. 그에게 나보다 이 책을 더 사랑해줘서 고맙다는, 초보 시절 내가 어느 편집자에게 들은 가장 아름다운 찬사를 돌려드린다.

그리고…… 이 책을 집어 든 젊은 당신에게도 비슷한 인사를 보낼 수 있길, 당신이 읽는 이 책이 더 나아가 당신을 만드는 책이 되길, 신중하게 그러나 간절하게 바란다. 결국 모든 텍스트는 독자의 해석과 체현으로 완성되는 것일 테니.

2014년 9월

이유림